In einem Dorf in der Haute Provence wird eine ganze Familie brutal ausgelöscht. Fünf Menschen wird die Kehle durchgeschnitten, einziger Überlebender ist ein Säugling, Séraphin. Dieser kommt dreiundzwanzig Jahre später in sein Heimatdorf zurück und erfährt zum ersten Mal von der schrecklichen Geschichte. Séraphin beschließt, sein Haus Stein für Stein abzutragen, den Zeugen des Mordes seinerseits zu zerstören. Mit bloßen Händen »ermordet« er das Haus und entdeckt dabei in einem Mauerloch eine Dose voller Goldstücke und drei Schuldscheine mit den Namen der Mörder seiner Familie, wie der junge Mann glaubt.

Doch der wahre Hergang ist ein ganz anderer, und Séraphins Verdächtige – deren Töchter sich um den schönen, geheimnisvollen Séraphin streiten – finden nacheinander den Tod, denn es gibt jemanden, der alles weiß …

Pierre Magnan (1922–2012) war ein französischer Schriftsteller, der vor allem durch die Figur des Commissaire Laviolette bekannt wurde. Er hat zahlreiche Romane veröffentlicht, von denen mehrere in Frankreich und anderen Ländern preisgekrönt sind, in zahlreiche Sprachen übersetzt und verfilmt wurden.

Pierre Magnan

COMMISSAIRE LAVIOLETTE

und das ermordete Haus

Kriminalroman

Aus dem Französischen
von Jörn Albrecht u. a.

FISCHER Taschenbuch

Aus Verantwortung für die Umwelt hat sich der S. Fischer Verlag zu einer nachhaltigen Buchproduktion verpflichtet. Der bewusste Umgang mit unseren Ressourcen, der Schutz unseres Klimas und der Natur gehören zu unseren obersten Unternehmenszielen.

Gemeinsam mit unseren Partnern und Lieferanten setzen wir uns für eine klimaneutrale Buchproduktion ein, die den Erwerb von Klimazertifikaten zur Kompensation des CO_2-Ausstoßes einschließt.

Weitere Informationen finden Sie unter:
www.klimaneutralerverlag.de

FSC
www.fsc.org
MIX
Papier aus verantwortungsvollen Quellen
FSC® C014496

Erschienen bei FISCHER Taschenbuch
Frankfurt am Main, März 2022

Die französische Originalausgabe erschien unter dem Titel
»La maison assassinée« bei Editions Denoël, Paris

Deutsche Erstausgabe Fretz & Wasmuth Verlag, Bern 1999

Satz: Pinkuin Satz und Datentechnik, Berlin
Druck und Bindung: GGP Media GmbH, Pößneck
Printed in Germany
ISBN 978-3-596-70685-3

Für meine Schwester
Alice Magnan

~ *Prolog* ~

MONGE war auf der Hut. Dies war eine jener Nächte, die es einem geraten scheinen lassen, wachsam zu sein, um bösen Überraschungen aus dem Weg zu gehen; eine Nacht, in der man den Atem anhält, in der man in dieser Gegend auf alles gefasst sein muss.

Monge hatte soeben in den Ställen die Pferde trockengerieben, die für die Post nach Gap bestimmt waren und die vor Nässe trieften wie Scheuerlappen. Früh um drei würde er aufstehen müssen, um ihnen Futter zu geben; denn in der Dämmerung würde man sie als Zugpferde vor den Leiterwagen spannen, mit dem die Post nach Embrun befördert wurde.

Gerade hatte er den Handwerksgesellen, der zwischen den Pferdegeschirren auf einem Haufen von Postsäcken Quartier bezogen hatte, mit einem Laib Brot und einer Hartwurst versorgt. Bei Einbruch der Dunkelheit war er eingetroffen, der Bursch, als hätte man gerade noch auf ihn gewartet, herausgeputzt wie ein junger Bräutigam, mit seinem bändergeschmückten Stock. Obwohl er völlig durchnässt war und sein Gesellenhut vor Feuchtigkeit glänzte, hatte er den Anwesenden, die mit weit aufgerissenen Augen das Halbdunkel zu durchdringen versuchten, ein »Grüß euch Gott, alle zusammen!« zugerufen. Monge hatte ihn ohne Umschweife zu den Pferdeställen gebracht.

Der Fuhrhalter hängte seine Pelerine hinter der Tür auf und betrachtete seine Angehörigen mit diesem neuen Blick, den er seit einiger Zeit für alles hatte.

Die Hängelampe brannte noch nicht. Das Licht des Herdfeuers genügte für die üblichen Verrichtungen. An den Wänden, an denen grüne Salpeterblumen blühten, zeichneten sich die vom Zucken der Flammen zerfetzten Schatten der Zimmergenossen ab, die sich unter der niedrigen Decke aufhielten.

Am Boden piepste *le caquois*, das Küken, in seiner Wiege vor sich hin. Die Girarde stand auf. Sie legte einen Stapel Betttücher ordentlich auf einer Ecke der Backtruhe zurecht. Sie nahm das Kleine in ihre rotgescheuerten Hände und setzte sich dem *Papé*, dem Opa, gegenüber an die andere Seite des Kamins.

Beim ersten Geräusch des sich öffnenden Mieders verstummte das Kind wie durch ein Wunder. Es hielt sich mit beiden Händen an der Brust fest, die seine Mutter ihm darbot, und sogleich hörte man, untermalt vom Knistern des Feuers, auf dem die abendliche Suppe kochte, nur noch die Sauggeräusche seiner ungeduldigen Lippen.

Der Papé hielt seinen zahnlosen Mund ungeniert geöffnet und sah sich an diesem für ihn immer wieder neuen Schauspiel satt. Er hatte seine Freude an diesem beginnenden Leben, zu dem er genug eigenes beigesteuert zu haben glaubte, um sein Fortleben zu sichern.

Dieser Großvater war überhaupt ein Philosoph. Seitdem ihm die Zähne ausgefallen waren, kaute er keinen Tabak mehr. Fünfzig Jahre lang hatte ihn unaufhörliches Kauen den Geräuschen seiner Umwelt entzogen, so dass er nun alles mit neugeschärften Ohren aufnahm.

An jenem Abend erlosch sein Interesse für die Brust seiner Tochter mit einem Schlag. Sein Blick kletterte die Wand hoch bis zu den grünen Salpeterblumen. Ohne den Kopf zu bewegen, rief er mit seiner tonlosen Stimme nach seinem Schwiegersohn:

»Monge, hörst du nichts?«

»Was soll ich schon groß hören?«, brummte Monge.

Der Papé wandte den Kopf, ohne zu antworten. Aus seinen Ohren quoll weißes Haar hervor. Er spitzte sie, so gut er konnte, um die Geräusche zu erhaschen.

Draußen erfüllte das Rauschen der Durance, die ihr ganzes Bett von den brüchigen Uferhängen bei Dabisse bis zum Deich von Peyruis in Anspruch nahm, das Tal mit einem Lärm, der alles mit sich riss, das Klagen des Sturms, die Geräusche einer hin und wieder vorbeirollenden Kutsche oder einer in einem Schafstall zusammengedrängten Herde.

In diesem Getöse rollender Steine, das den Schutzwall der Mauern mühelos durchdrang, war das anzügliche Gekicher der beiden älteren Mongekinder, die sich unter dem mit einem Wachstuch bedeckten Tisch verstohlen kitzelten, kaum zu vernehmen.

Monge zuckte mit den Schultern; dennoch begab er sich zu der Fensterluke über dem Spülstein und hob den Vorhang.

Die Nacht, die sich vor ihm auftat, war genau so, wie er sie sich vorgestellt hatte. Der Himmel, aus dem sich seit drei Wochen Wassermassen ergossen, hatte wie jeden Abend bei Einbruch der Dämmerung aufgeklart. Die noch regenschweren Wolken zogen über den vollen Mond hinweg. Im kalten Licht schoss der Strom zwischen seinen kaum auszumachenden Ufern dahin.

Das Wasser floss dick und zäh wie Mörtel; die Untiefen der Furten warfen Wellenkämme auf, und die Wasseroberfläche erschien Monges Blicken in den Farben der Fäulnis.

Zwischen der Durance und der Poststation *La Burlière* erhob sich hinter der Straße ein schöner weißer Damm – der aufgeschüttete Schotter für die Bahngeleise. Er endete dort vorne. Morgen würden – dampfend unter dem Regen und vom Gequietsche und den Rauchwolken der Lokomotiven begleitet – hundert Arbeiter auftauchen. Sie würden mit dem Gleisbau dort weitermachen, wo sie am Vorabend aufgehört hatten. Sie würden den Damm um zwanzig, dreißig Meter verlängern, und dies jeden Tag, bis sie hinter der nächsten

Biegung verschwinden würden. Und die Schienen würden Rost ansetzen in Regen und Wind, und eines schönen Tages, wenn Sisteron, wenn Gap erreicht war, würde der Zug an La Burlière vorüberfahren, und Schluss würde sein mit Monges Beruf. Aber Monge begegnete diesen Aussichten, die sein Leben einschneidend verändern konnten, mit der mechanischen Gleichmut, die er allen Ereignissen entgegenbrachte – seit jenem Abend.

Er hatte einen bitteren Zug um den Mund, dieser Monge. Eine fixe Idee quälte ihn wie ein Geschwür. Seit Monaten lebte er nun schon wie in Trance. Seit jenem Tag, an dem er die Kellertreppe heraufgekommen war und dabei rein zufällig durch einen Spalt der nicht ganz geschlossenen Falltür eine behaarte Pranke bemerkt hatte, die sich hastig vom Handgelenk der Girarde zurückzog, auf das sie sich schützend gelegt hatte. Er hatte nichts wissen wollen, nichts in Erfahrung zu bringen gewagt. Die Szene hatte sich ohnehin blitzartig abgespielt. An jenem Tag, einem Samstag, waren die Wagen aus allen Himmelsrichtungen in La Burlière zusammengekommen. Zahlreiche Fuhrleute brachen auf, kamen an, wollten etwas zu trinken haben. Dabei entstand in Haus und Hof ein Durcheinander von Flüchen, Rufen, Peitschengeknall, Gelächter, von Hin- und Hergelaufe genagelter Schuhe. Wie hätte man in diesem Tohuwabohu denjenigen herausfinden sollen, der sich diese Geste erlaubt hatte? Eine offenbar willkommene Geste, denn die Girarde hatte ihre Hand nicht zurückgezogen. Überhaupt hätte man erst einmal das Bedürfnis danach haben müssen. Monge hatte der Antrieb dazu gefehlt. Er war zu sehr überrascht worden, um sich unbedacht auf ein Drama einzulassen. Das hätte alle seine Pläne durcheinander gebracht. Er hatte sich also nichts anmerken lassen, aber seither war er ins Grübeln geraten.

Er beobachtete schweigend, wie sich diese neue Frau an seiner Seite entfaltete, ohne einen Unterschied zur früheren feststellen zu können. Er belauerte sie leidenschaftlich und ließ dabei keinerlei Veränderung in seinem gewöhnlichen Gesichtsausdruck durchschimmern. Und seine Verstellung war belohnt worden. Eines Nachts war er von einem seltsamen Geräusch aufgewacht. Es kam von der Girarde, die neben ihm träumte. Sie schrie leise im Schlaf. War es der Schrei eines verwundeten Tiers, war es ein Brunftschrei? Monge hätte es nicht zu sagen gewusst. Die Schreie waren jedenfalls nicht für ihn bestimmt. Sie gingen über seinen Kopf hinweg, sie gingen durch ihn hindurch. Es waren Hilfeschreie oder auch Freudenschreie, die sich an irgendjemanden richteten.

Dies geschah noch mehrere Male im Laufe der Nächte, während unter der Bettdecke der Bauch der Girarde sich mehr und mehr zu einem Hügel auswuchs, der das gesamte Bettzeug für sie beanspruchte. Monge zündete die Öllampe an und blieb minutenlang auf den Ellbogen gestützt liegen und beobachtete die dicken Lippen der Girarde. Niemals entglitt ihnen ein deutlich vernehmbares Wort, aber die Heftigkeit, mit der die zusammenhanglosen Worte hervorgestoßen wurden, boten Monges Einbildungskraft einen weiten Spielraum, dem er keinerlei Beschränkung auferlegte. Die Erregung legte sich übrigens ebenso plötzlich, wie sie begonnen hatte. Schlagartig nahm das Gesicht der Schläferin wieder seine runde Form, seinen zufriedenen Ausdruck an, als habe der Traum, der sich in ihrem Unterbewussten geformt hatte, es vermocht, sie zu besänftigen.

Unter diesen hartnäckig wachenden Blicken erwachte die Girarde nie. An Monge war es schließlich, die Lampe auszublasen und aufgewühlt liegen zu bleiben, Trost zu suchen in den Geräuschen, die von draußen hereindrangen, im Wind in den Pinien, dem Murmeln der Durance, dem Glockengeläut dort oben bei den Klosterbrüdern von Ganagobie, die dieser Welt Lebewohl gesagt hatten, in der die Frauen im Ehebett laut im Traum redeten.

Aber kaum erwachte er morgens, fing er wieder an zu grübeln. Mehrmals wurde er von den Kutschern und Pferdeknechten grob angefahren, weil er ihnen die Ersatzpferde verkehrt hingehalten hatte.

Er grübelte noch weit mehr, als die Girarde niederkam. Als das Kleine auf die Welt kam, zeigte es, sechs Stunden lang, ein für alle fremdes Gesicht, ein Gesicht, das es in der Familie nie gegeben hatte. Kein Gesicht von hier. So erschien es Monge jedenfalls. Auch war es ihm vorgekommen, als ob die Hebamme voll dunkler Ahnungen die Augen abwandte, als sie es vor sich hochhielt; als ob sie versuchte, es aus dem Kerzenlicht zu halten; als ob sie es, wenn sie sich getraut hätte, gern unter ihre Schürze gestopft und das Köpfchen unter ihren Arm genommen hätte, um es zu ersticken, wie man ein zuckendes Täubchen erstickt. Und weiterhin hatte Monge den Eindruck, dass die Girarde, unter dem Vorwand, Schmerzen zu haben, den Kopf hartnäckig gegen die Wand presste, als offenbare sich in dem Kind eine allzu offenkundige Wahrheit.

Monge hatte dagestanden wie ein vom Blitz Getroffener.

Seitdem war das Wickelkind blond und glatt geworden wie ein Engelchen an der Kirchendecke. Das unbekannte Aussehen hatte sich in seinem seraphischen Gesicht verloren. Aber diese ursprünglichen Gesichtszüge, so trügerisch sie sein mochten – die hatte Monge sich eingeprägt. Die späteren sah er nicht. Er wandte sich ab, um sie nicht zu sehen.

Wie er so seinen Erinnerungen aus jüngster Zeit nachgrübelte, fiel ihm im Spiegel der Fensterluke das Bild des Würmchens ins Auge, das sich an die Brust seiner Mutter klammerte. Er drehte sich um und ging zu dem großen Tisch zurück, wo die beiden Älteren zu seinen Füßen flüsterten und gluckste. Mit einer heftigen Bewegung riss er die Tischschublade auf. Gründlich musterte er ihren Inhalt und stieß sie wieder zu.

Dann strich er mit der Hand über den Staub auf der Backtruhe. Er wühlte in der Schachtel, in der die Knöpfe aufbewahrt wurden. Er nahm die Kurbel der Standuhr von der Wand, steckte sie in die Öffnung des Zifferblatts und kurbelte, ganz langsam, die Gewichte hoch. Den Zeiger stellte er um zehn Minuten vor.

»Monge!«, rief der Papé. »Hörst du denn wirklich nichts?«

Monge gab keine Antwort. Zerstreut winkte er ab. Er hatte die alte Flinte vom Kaminsims heruntergenommen. Mechanisch überprüfte er das Schloss.

Die Girarde gab dem Würmchen die andere Brust. Sie hielt den Kopf leicht geneigt und ließ ihren Mann nicht aus den Augen. Von Fieberkrämpfen, die sie im Säuglingsalter befallen hatten, war ihr ein schielendes Auge zurückgeblieben, das ohne klares Ziel leicht nach oben blickte. Das andere folgte jedoch, genau ausgerichtet und hellblau, mit größter Wachsamkeit jeder Bewegung Monges.

Seit Monaten beobachtete sie ihn ohne Unterlass. Er veränderte sich von Woche zu Woche. Sie hatten sich in den zwölf Jahren gemeinsamen Lebens nie viel zu sagen gehabt, aber es herrschte wenigstens Friede zwischen ihnen. Jeder ging seiner Arbeit nach, und darüber hinaus ersetzte der tiefe Schlaf der Erschöpften die Zärtlichkeiten. Wenn ihr je einmal nach Zärtlichkeit zumute war... Aber das waren ja gerade die Anwandlungen, die man in Monges Gegenwart besser verscheuchte.

Sollte er einen Schimmer von Glück in ihrem gesunden blauen Auge entdeckt haben? Das fragte sie sich jeden Abend, wenn er ins Grübeln verfiel...

Monge legte die Flinte zurück und schickte sich langsam an, sein Reich zu erkunden. Er öffnete die knarrende Schranktür, musterte die Vorräte, die Marmeladengläser. Er zählte die Seifenstücke, die pyramidenförmig auf dem Regal gestapelt lagen. Danach hängte er den Kalender, den *calendrier des Postes*, wieder gerade. Irgendjemand musste ihn verrückt haben.

Seit er ins Grübeln verfallen war, kam es oft vor, dass er alle seine Besitztümer auf diese Weise inspizierte. Man hatte den

Eindruck, als kenne er sie persönlich, bringe sie ins rechte Gleichgewicht. Im Übrigen gab er sich nicht damit zufrieden, sie zu betrachten. Er betastete sie wie ein Blinder. Die Krüge und die buntbemalten Kaffeegläschen, die auf der Anrichte aufgereiht standen, die großen Olivenölflaschen in den dunklen Ecken, die Stöße von Kupferkasserollen, die Brottruhe, das Kohlebecken, die Nähmaschine Marke *Cornelia*, auf alle diese Gegenstände legte er die Hände, als ob er ihre mit den Fingern ertastete Gestalt für immer festhalten wollte.

Mehr noch, er befingerte jede Wand, strich mit der Hand über jeden rauen Winkel, an dem er seine Haut seit seiner Kindheit einmal aufgekratzt hatte. Er streichelte die Wölbung eines Steins, der zu groß war, um gerade mit der Wand abzuschließen, und den man dennoch mit Gips überzogen hatte. An diesem Stein hatte er sich den Kopf aufgeschlagen, als ihn sein Vater eines Tages mit einem Fußtritt gegen die Wand befördert hatte. Er wusste nicht mehr warum ...

Was jedoch Monge vor allen anderen Dingen anzog, war der finsterste Winkel zwischen dem Kamin und der Stelle, wo die Reisigbündel lagerten. Dort hing an einer Schnur unter dem Bratspieß an der Wand, der nur an Weihnachten abgenommen wurde, ein Salzbehälter aus Tannenholz. Er war von einem fernen Vorfahren zu provisorischem Gebrauch zusammengebastelt worden, und sein Holz wurde nun seit vielleicht hundert Jahren dunkler und dunkler. Üblicherweise gab sich Monge damit zufrieden, sich vor dem Kasten aufzupflanzen, und wenn er dort stand und sich mit seinen klobigen Fingern das Kinn knetete, hatte man den Eindruck, als geriete er in noch tieferes Grübeln.

An diesem Abend nahm er ihn nun plötzlich ab, diesen Salzbehälter. Er fuhr mit der flachen Hand über die dahinter liegende Stelle, die sich hell von der dunklen Wand abhob. Seine Stirn furchte sich in angestrengtem Nachdenken. Plötzlich bückte er sich. Er presste seine Handflächen auf den Rand der Feuerstelle, dort, wo die Asche fast ganz erkaltet war. Zwischen den Fingern zerdrückte er einige Stückchen erloschener Holzkohle und schwärzte mit den Händen, die ihm als Kelle dienten, sorgfältig die Stelle hinter dem Salzkasten. Danach hängte er ihn wieder zurück.

Der Girarde und dem Opa waren keine einzige seiner Bewegungen entgangen. Als er sich ihnen wieder zuwandte, bemühten sie sich, seinen Blick aufzufangen; doch seine Augen waren blank wie die eines Pferdes.

»Monge, wenn du dieses Mal wieder nichts hörst, dann musst du schwer von Begriff sein!«

Der Alte war halb aus seinem Sessel aufgestanden. Er drehte sich zur Tür hin, deren Falle unter den Stößen des Sturms im Schließblech klapperte.

Es war, als habe das Haus vom Land abgelegt, als sei es ihm entwischt und gleite nun auf der Durance dem Meer entgegen. Aus dem allgemeinen Getöse war nur das Brausen der großen Bäume im Sturm herauszuhören. Was hätte man da sonst noch hören sollen?

Nichtsdestoweniger trat Monge von neuem an die Fensterluke, um sich Gewissheit zu verschaffen. Am Ende des zuletzt verlegten Schienenstücks schimmerte eine Draisine mit Handantrieb schwach in der Dunkelheit, beide Antriebshebel hoch zum Himmel erhoben. Weiter hinten bürstete die gewaltige Strömung der Durance das halbverwelkte Weidenlaub gegen den Strich, dem Wind entgegen. Im Mondlicht trieb ein großer umgestürzter Baum auf dem Fluss dahin und zog zwischen den Fangarmen seiner Wurzeln kleine Strudel hinter sich her.

Über den tobenden Fluten erschien auf der Fensterscheibe, vom Herdfeuer hingeworfen, das Bild der Girarde und des Würmchens an ihrer Brust. In ihrer Zartheit und Zerbrechlichkeit trotzte dieses Bild der Madonna mit dem Kinde der wilden Gewalt der Nacht. Es überdeckte flackernd die Windhosen, die sich bis auf den Grund der Strömung herabsenkten, Jagdhörnern gleich ihre Klagerufe ausstoßend.

Gierig genoss Monge diese undeutlich hingeworfene Szene, denn unmittelbar, im hellen Licht des Tages, hätte er aus Scheu nur gewagt, dieses Schauspiel heimlich zu beobachten. Der Schein des Feuers, dem das Mondlicht entgegentrat, hob die Züge von Mutter und Kind scharf hervor. Und nun schien es, als hätten die beiden Lichtquellen, die des Herdes und die des Mondes, sich zusammengetan, um eine Wahrheit zum Vorschein zu bringen, die Monge sich nicht eingestehen wollte: Plötzlich traten auf dem Gesichtchen des Kindes die Züge wieder hervor, die es bei seiner Geburt gehabt und gleich wieder verloren hatte.

Einen kurzen Augenblick lang schien es Monge, als schwebe zwischen der Draisine und ihm, zwischen der Durance und ihm, scherenschnittähnlich vom Strom abgehoben, das Gesicht eines unbekannten Mannes.

Die Qualen, die ihn bedrängten, hatten Monge so sehr verwirrt, dass er sich noch vor wenigen Stunden, an ebendiesem Nachmittag, fast dazu durchgerungen hätte, den Zorme um Rat zu bitten. Dieser Zorme, das war einer, den man besser nicht aufsuchte. Schweigsam wie ein Rabe. Er tauchte plötzlich links von einem auf, ohne dass man vorher irgendetwas bemerkt hätte. Wenn man sich umdrehte, stand er da. Man nahm sich zusammen in seiner Gegenwart. Man durfte sich sein Unbehagen nicht anmerken lassen. Dass man Angst vor ihm hatte, erweckte seinen Unmut.

Er war ein Mann, der von keiner geregelten Arbeit lebte, und er lebte gut dabei. Das Gras wuchs frei auf dem Weg, der zu seinem Haus führte. Er konnte den Schlüssel im Schloss stecken-, die Geldbörse auf dem Tisch liegen-, den *bœuf en daube* auf dem Herd stehen lassen, die angebrochene Flasche Wein daneben. Mit geheimen Zeichen, die hie und da in Tuffsteine geritzt waren, hatte das fahrende Volk, dessen Wanderwege sich zwischen dem Schloss von Peyruis und den Büßerfelsen von Les Mées sternförmig kreuzten, sich die

Annäherung an sein Haus versagt. Die verbotene Zone bildete einen Kreis von einem Kilometer Umfang.

Worauf sich die Furcht vor diesem Mann nun eigentlich gründete, hätte niemand zu sagen gewusst. Wenn aber zufällig jemand seinen Namen fallen ließ, so hätte er ihn gern wieder eingefangen wie einen Schmetterling. Stellte ein Kind eine unschuldige Frage nach seiner Person, so wurde es zurechtgewiesen, es solle lieber brav seine Suppe essen. Wenn der Zorme eine Geburtsurkunde beantragte, musste sogar die Standesbeamtin schlucken, bevor sie sorgfältig die Buchstaben seines Namens malte.

Und dieser Mann hatte sich, wie schon so oft, am selben Nachmittag gegen vier Uhr bei starkem Regen in La Burlière eingefunden. Nur so, ohne bestimmten Grund... Er selbst hatte nichts gesagt, hatte gewartet, dass ihn jemand ansprechen würde.

So kam er nun schon seit mehreren Tagen vorbei – rein zufällig, wie er sagte –, seitdem die Durance diese Farben der Verwesung angenommen hatte.

Er strich um das Anwesen wie ein aufgescheuchter Rabe. Er stand da, die Hände auf dem Rücken verschränkt, mit zappelnden Fingern und etwas verdrehtem Kopf. Sein dichter schwarzer Schnurrbart – er trug ihn gestutzt, um nicht gar so furchterregend zu wirken – verlieh ihm ein gutmütiges Aussehen.

Monge zog den Schwanz ein, wenn der Zorme sich zeigte. An diesem Regennachmittag spürte er ihn ständig um sich herumschnüffeln, fühlte er seinen Atem im Nacken.

Monge hatte gesehen, wie er wegging unter seinem großen roten Schirm. Er hatte ihn von hinten gesehen, wie er den neuen Schotterdamm hinaufkletterte, um die Draisine herumging, nicht ohne sie einige Sekunden lang starr anzublicken. Er hatte ihn beobachtet, wie er dann auf der anderen Seite hinuntergestolpert war, der Strömung des Flusses zu, der sein Bett bis obenhin füllte, wie er sich gebückt hatte, das

Wasser mit der Hand berührt, eine Hand voll davon geschöpft und in der hohlen Hand gehalten hatte, bis es zwischen den Fingern hindurchgeronnen war. Worauf er dann lange den verhangenen Horizont gemustert hatte, dort, wo der Strom auftauchte, als entspringe er unmittelbar dem wassergesättigten Dunst.

Und dann hatte Monge beobachten können, wie der Zorme unter seinem Regenschirm und dem nach hinten gerutschten Hut laut redete, als wende er sich an jemanden, als stelle er jemandem eine endlose Frage. Seine unebene Stirn war zerfurcht vor Besorgnis.

Als er sich dieses seltsame Verhalten des Zorme nochmals vor Augen führte, bemerkte Monge plötzlich, dass er unwillkürlich die Hände mit gespreizten Fingern auf die Scheibe gelegt hatte, um sich den Anblick der Girarde und des Würmchens zu ersparen, die durch die angehobene Brust so eng verbunden waren.

Er drehte sich unvermittelt um. Die Girarde hob den Blick mit dem leicht schielenden Auge zu ihm auf. Sie stand auf, legte das Kleine in die Wiege zurück, nahm ihren Platz wieder ein und legte die Hände flach auf die Schenkel. Der Papé hielt den Kopf zur Seite geneigt. Offensichtlich bestand er immer noch darauf, neben dem schrillen Gelächter der älteren Kinder unter dem Tisch noch etwas anderes zu hören.

Das Haus stöhnte unter dem Anbranden des Sturms, der seine Mauern ohrfeigte. Weit hinten in den Ställen hörte man die Postpferde sich aufbäumen.

Aber der Alte hatte wahrscheinlich Recht. Trotz des Urgetöses, das der Fluss und der Himmel mit vereinten Kräften veranstalteten, schien es doch, als mische sich ein flüchtiger Seufzer – Zeichen der Anwesenheit eines Menschen – in das Heulen des Sturms.

Monge kehrte zum Feuer zurück. Einmal noch schickte er sich an, den Salzbehälter abzunehmen, ließ es dann jedoch sein.

Daraufhin schritt er schwerfällig auf den Tisch zu, mit wohlbemessenen Schritten. Wiederum öffnete er die Schublade, dieses Mal geräuschlos.

Die beiden Älteren unter der Wachsdecke hörten auf zu lachen.

Im Glanz des Mondlichts zeigte sich die Poststation La Burlière, die nach dem letzten Regen noch nicht richtig abgetrocknet war, dem Betrachter als großes, nahezu fensterloses Landhaus mit geraden, aus dem Geröll der Durance aufgemauerten Wänden und tiefer gelegenen Pferdeställen, die sich hinter dem Gebäude in dem schwefelhaltigen Sandstein verloren, in den sie gehauen worden waren. Die dort untergebrachten Pferde glänzten golden im Schein der Öllämpchen.

Es gab an diesem Haus eigentlich nur Einfahrten, durch die sich Leiterwagen und Frachtwagen, schwere Langholzwagen und Zweispänner drängten, nur Luken, durch die das Futter für die Tiere eingebracht wurde. Alles war für die Bequemlichkeit der Pferde und des Fuhrparks eingerichtet, nichts für die der Bewohner.

Wenn man das Anwesen in einer solchen Nacht betrachtete, mit dieser fensterlosen Wand, die sich bis zur Straßenbiegung erstreckte, so wurde man durch seine scharfen Kanten und seine schlanke, lang gestreckte Form an einen großen Sarg erinnert. An den Ecken des gepflasterten Hofes brannten wie riesige Kerzen vier leuchtend grüne Zypressen, die vor langer Zeit einmal dort eingepflanzt worden waren.

In leuchtend grünem Schein erschienen sie zumindest den drei Männern, die sich zwischen dem Schuppen mit dem Pferdegeschirr und dem Wagenfriedhof niedergekauert hatten, wo die Langholzwagen mit zerbrochenen Deichseln und aus den Fugen gegangenen Rädern ruhten, Überreste von Fahrzeugen, denen Schreckliches auf den Gebirgsstraßen zugestoßen war und die man hierhergebracht hatte, wo sie in Frieden verrotten durften.

Hinter diesem löchrigen Schutzwall beobachteten die drei Männer die Fensterluke an der Vorderseite, aus der ein kümmerlicher Rest Licht drang.

Schon seit einiger Zeit kauerten sie da, eng aneinandergedrängt. Ihre schweren Kleidungsstücke rochen nach Regen und nach den riesigen Buchsbäumen, zwischen denen sie sich hatten durchzwängen müssen, um hierherzugelangen. Denn sie waren nicht auf der Straße hergekommen. Sie waren dem Bewässerungskanal gefolgt. Sie hatten den Weg unter der verfallenen römischen Brücke hindurch genommen. Sie waren oberhalb von La Burlière angelangt und hatten lange hinter den Wacholderbüschen gekauert. Bei Einbruch der Nacht – noch bevor der Mond sein Licht verbreitete – waren sie den Abhang hinuntergeklettert und hatten sich zwischen dem Schuppen und dem Wagenfriedhof auf die Lauer gelegt. Seither machten sie sich flüsternd gegenseitig Mut.

»Meinst du, die werden endlich mal schlafen gehen?«

»Irgendwann schon.«

»Und wie sollen wir es aus ihm rauskriegen?«

»Wie man so was eben macht: Wir werden ihm die Füße ein bisschen anwärmen …«

»Hast du ihn dir mal richtig angeschaut, diesen Monge?«

»Was heißt hier richtig angeschaut? Füße wird er schon haben, wie alle andern auch.«

»Siehste, du hast ihn dir eben nicht richtig angeguckt, wenn du das meinst. Ich schon. Das war beim Jahrmarkt. Er hat sich einen Zahn ziehen lassen, beim Griechen.«

»Der, dem seine Tochter Trommel spielt?«

»Genau der. Bei Monge hat sie gar nicht spielen müssen, damit man nicht hört, wie er schreit. Der hat nicht geschrien! Der hat sich danach gerade mal ein bisschen die Backe gerieben …«

»Zwischen einem Zahn und glühender Holzkohle gibt's wohl 'nen kleinen Unterschied. Der ist auch nicht aus Stahl, *l'Uillaou* – der Blitz …«

»Da weiß ich nu nicht... Einmal hab ich gesehen, wie er einem Hengst, der ihn gebissen hatte, eins auf die Schnauze gegeben hat... Ich hab noch nie 'nen Gaul gesehen, der so gekuscht hat ...«

»Er hat Recht... Monge hat ein Herz aus Stahl... Niemand weiß das besser als wir drei ...«

»Pssst! Seid still, ihr beiden!«

»Was ist los?«

»Hört ihr denn nichts?«

»Was sollen wir schon hören?«

Hier draußen, außerhalb der schützenden Mauern auf der nackten Erde, konnte man eigentlich nur etwas hören, wenn einem die Angst die Kehle zuschnürte und die Ohren aufriss. Dieser wilde Strom, der das Gebirge ins Meer trug, zerriss mit schneidenden Pflugscharen die Fluren der Nacht. Sein Lärm übertönte sogar den des Sturms, der die Steineichenwälder in Aufruhr versetzte, die sich von den Abhängen des Plateaus von Ganagobie bis zu den Ausläufern des Lure-Gebirges erstreckten, dort hinten auf den Steinhügeln bei Mallefougasse. Man ahnte den Sturm nur, wenn man sah, wie sich die Bäume alle auf einmal dem Mond entgegenstreckten, als höben sie die Arme zum Himmel.

Die drei Männer flüsterten. Sie hätten ebenso gut schreien können. Niemand hätte sie bemerkt.

»Und wenn ich dir sage, dass ich was höre!«

Es war kaum möglich, aber die drei duckten sich noch tiefer zu Boden. Sie waren ganz offensichtlich in einem Zustand, in dem man alles Mögliche hört. Hin und wieder blickte einer von ihnen zurück wie ein verängstigter Hase. Und das Einzige, woran er sich halten konnte, war der Anblick des ambossförmigen Felsens von Ganagobie, der wie ein steinernes Schiff unter dem Mond dahinsegelte. Hatte man Heil oder Unheil von ihm zu erwarten? Wer konnte das wissen. Von diesem Richtstuhl aus aufgetürmten Felsen, der sein drohendes Wesen unter einem harmlosen Wald aus Steineichen verbarg, war erst am Ende der Zeiten ein Urteilsspruch zu erwarten.

Wie jedes Mal, wenn ein Berg den Menschen als Unruhestifter verdächtig war, hatte man auch diesem ein Heiligtum aufgesetzt, um ihn zu zähmen. Und von dorther konnte man noch unten bei La Burlière einen schwachen Schein wie das Glimmen erlöschender Holzkohle erkennen. Das mussten die letzten Mönche der Brüderschaft sein, die vor einer einsamen Kerze beteten, bevor sie sich auf ihren Pritschen zur Ruhe legten.

»Na, hab ich was gehört oder nicht?«

Den drei Männern lief es kalt den Rücken hinunter. Eine schwarze Gestalt, die sie nur von hinten sehen konnten, tauchte vor ihnen auf und ging auf das Haus zu. Über die gewölbten Steinplatten des Fuhrhofs kämpfte sich jemand von der Straße her gegen den Wind vor. Hose und Jacke bauschten sich, verwischten die Umrisse seines Körpers, sodass man ihn nicht erkennen konnte. Man sah nur, dass er groß war, dass er seine Arme ein wenig gekrümmt und seine Hände geöffnet hielt, wie jemand, der sich anschickt, einen Gegner zu packen.

Während die Gestalt sich der niederen Tür näherte, wurde der Sturm noch wüster. Der Wind drehte und schleuderte den Lärm des Flusses gegen die Mauern von La Burlière, als wollte er sie einreißen.

Der Mann stand jetzt vor der Tür. Er hob die Hand, um den Türklopfer zu betätigen, überlegte es sich dann aber anders und zog an der Schnur, mit der man die Klinke anhob. Widerspenstig, mit schwergängigen Angeln, öffnete sich der Türflügel und schloss sich wieder hinter dem Mann.

Hinter den Kutschenrädern kauernd, beobachteten die drei Spießgesellen angestrengt die Fensterluke. Mehr konnten sie nicht tun, um zu erfahren, was sich da drinnen abspielte. Hin und wieder verdunkelte kurz der Schatten einer Hand, eines Kopfes das Licht, das vom Herdfeuer ausging.

Manchmal wurde der Lichtschein auch für etwas längere Zeit von einer dazwischentretenden Gestalt abgeschirmt. Sie warteten ab. Es fiel kein Wort mehr.

Plötzlich ging die Tür wieder auf, dieses Mal weit. Für einen Augenblick füllte die Gestalt von vorhin mit ihrem massigen Körper den ganzen Türrahmen. Der Mann stürzte heraus, als würde er von drinnen gestoßen, als werfe man ihn hinaus. Aber er zog die Tür hinter sich zu und stand nun im vollen Mondlicht vor den drei Männern. Er war noch zu weit weg, sodass sie, trotz des Mondscheins, keinen Namen mit seinem Gesicht verbinden konnten.

Der Sturm hatte kein bisschen nachgelassen und blähte Hose und Jacke des Mannes von neuem auf. Er ging mit leicht gespreizten Armen und geschlossenen Fäusten auf den Brunnen zu. Obwohl er, wenn auch mit zögernden Schritten, vorankam, schien er unbeweglich gleich einer klapprigen Vogelscheuche, die jeden Moment zu Boden stürzen konnte. Sie sahen ihn um die Pferdetränke herumgehen, sich mit beiden Händen am marmornen Rand des Brunnens fest halten, sich hinunterbeugen. Da es aussah, als wolle er sich hinunterstürzen, hielten sie sich alle gegenseitig an den Armen fest, damit keiner losrennen konnte, um ihn daran zu hindern. Er tat nichts dergleichen. Er richtete sich wieder auf. Als gerade eine vorübersegelnde Wolke den Mond verdunkelte, kam er so nah an den dreien in ihrem Versteck vorbei, dass ihnen der kalte Tabaksgeruch in die Nase stieg, den er verströmte; und da erkannten sie ihn.

Er stolperte an der tiefen Radspur, die sich im Laufe der Jahrhunderte in die Steinplatten des Hofs gegraben hatte, und überquerte die Straße, vom Sturm geschoben. Er kletterte auf den Bahndamm, hielt sich an der Draisine fest und stieg auf. Er ergriff die beiden Antriebshebel und ruderte, zunächst mit Mühe, auf dem Gleis davon. Seine aufgeblähte Kleidung flatterte wie eine Fahne um ihn herum. Und so entschwand er auf seiner Geisterdraisine, wie ein Alptraum im

Unwetter, hinter der nächsten Kurve dort hinten beim Bahnhof von Lurs, der in frischem Weiß erstrahlte.

In diesem Augenblick mischte sich ein seltsames Geräusch in den Lärm des Flusses, der sein Geröll vor sich herschob. Durch den Sturm hindurch, der Pinien und Steineichen mit unheildrohendem Jaulen durchfuhr, drang von dort oben, von der Hochfläche von Ganagobie, das Geläut der Klosterglocke herunter, die zur Frühmette rief.

Dieses schlichte Glockenläuten, das stark genug war, die entfesselten Elemente zu durchdringen, erinnerte die drei Männer daran, dass sie sich beeilen mussten.

Und so stürzten sie, Seite an Seite, zu einem einzigen Leib verschmolzen, um sich Mut zu machen, auf das Haus zu. Die Imkerhüte, mit denen sie sich maskiert hatten, ließen ihre Köpfe viereckig aussehen wie bei unausgetragenen Föten. Die Klingen ihrer Sattlermesser blitzten im Mondschein wie von einer einzigen Hand geführt.

Durch die Fensterluke hindurch schimmerte das ersterbende Herdfeuer.

~ 1 ~

MAÎTRE Bellaffaire, Notar in Peyruis, hatte eine Art von Erzengel vor sich; unter dem ausgewaschenen Trikot, das er statt eines Hemdes trug, zeichnete sich eine muskulöse Brust ab.

Dass eine so breite Brust bei all den Gelegenheiten, die sich in vier Jahren Krieg geboten hatten, nicht von einer einzigen Kugel getroffen worden war, erfüllte den Anwalt mit Bewunderung. Es war überhaupt erstaunlich, dass einer da so gut erhalten wieder herauskommen konnte, aus diesen Schützengräben.

Es fiel schwer, das Aussehen dieses Davongekommenen mit all dem in Einklang zu bringen, was über diese höllischen Gefilde geredet worden war, in die man um keinen Preis der Welt geraten durfte. Wie konnte einer von dort zurückgekommen sein, mit solch geschmeidigen Muskeln, mit einem Gesicht wie ein Frühlingsmorgen, ohne die geringste Falte …

Séraphin Monge seinerseits betrachtete den Anwalt mit den Augen eines Waisenkindes. Er hatte sein Leben ohne jedes Vertrauen in die Menschen begonnen. Die Nonnen seines Waisenhauses hatten ihn nicht dazu erzogen. Er hatte Angst vor den Menschen, so wie sie sich vor dem Geistlichen, dem Herrn Bischof, dem Verwalter, dem hochherzigen Gönner fürchteten … Sie lebten in Demut vor diesen Autoritäten und brachten Séraphin bei, es ihnen gleichzutun. Und Gott selbst, den fürchteten sie ebenso sehr wie die Menschen und erwarteten von ihm keine Gnade. Indem sie ihn als schrecklich und unbarmherzig darstellten, hatten sie ihm in den Augen Séraphins eine unumstößliche Glaubwürdigkeit verliehen.

Nach einer solchen Erziehung hatten die vier Kriegsjahre nicht gerade dazu beigetragen, seine Sicht der Dinge zu bessern; die ständige Aussicht auf den Tod war für ihn nicht ohne einen gewissen Reiz gewesen.

Andererseits war dieses Misstrauen gegenüber seinen Mitmenschen nicht zu einer Waffe in Séraphins Händen geworden. Obwohl er die Menschen durchschaute, war er unfähig, sich vor ihren Machenschaften in Acht zu nehmen, und so hörte er mit Engelsgeduld dem Notar zu, der sich in verwirrenden juristischen Erläuterungen erging. Wovon sprach dieser Notar eigentlich? Vom Krieg natürlich. Er seufzte leise.

»Natürlich hätte ich … Wir hätten Ihnen Abrechnungen vorlegen müssen … Schon längst … Aber leider gab es da gewisse Schwierigkeiten … Ein Familienrat konnte nicht zusammentreten, aufgrund der Tatsache, dass Sie keine Familie mehr hatten. Da waren zunächst die dringendsten Bedürfnisse zu befriedigen: Sie brauchten eine Amine, Schutz, Hilfe und später eine Erziehung … Weiß Gott, man kann sagen, was man will, aber sie nehmen es von den Lebenden, diese Barmherzigen Schwestern, wenn jemand über Grundbesitz verfügt …«

Mit angefeuchtetem Finger blätterte er geräuschvoll einen Stoß Papiere durch, die er über den Rand seiner Brille hinweg überflog.

»Die Grundstücke sind selbstverständlich verkauft worden, das Haus hingegen …« Sein Gesicht nahm einen bekümmerten Ausdruck an. »Das Haus konnten wir nicht verkaufen …«

»Warum nicht?«, fragte Séraphin gleichgültig.

»Warum nicht? Na aber, weil … Nun, Sie wissen doch Bescheid?«

»Nein«, antwortete Séraphin.

»Wie, Sie wissen es nicht? Aber Sie haben doch sicher Ihr Familienstammbuch gelesen?«

»Ich weiß, dass ich Waise bin«, antwortete Séraphin mit leiser Stimme, als ob er sich dessen schämte.

Die Notaren eigene Vorsicht ließ es Maître Bellaffaire geraten scheinen, das Thema fallen zu lassen und die Wahrheit zu unterschlagen. Sein Vater hätte das fertig gebracht, ohne mit der Wimper zu zucken. Doch wenn sich einem eine Erinnerung anschaulich aufdrängt, ist es schwer, seine Gefühle gänzlich zu unterdrücken.

Er fuhr in unbeteiligtem Ton fort: »Wissen Sie, damals war ich gerade mal zehn Jahre alt und in Manosque im Internat untergebracht. Ich konnte also ...« Seine weißen, manschettengeschmückten Hände beschrieben eine anmutige Bewegung, die wie ein Flügelschlag aussah. »Aber warum sollten Sie sich eigentlich damit abgeben? Lassen wir die Vergangenheit ruhen!«

Zum ersten Mal sah Séraphin ihn an, und sofort wich der Notar seinem Blick aus und schielte nach der Standuhr.

»Sind Sie von Nonnen aufgezogen worden?«, fragte Séraphin.

»Nnein ...«, stammelte Maître Bellaffaire, »natürlich nicht!«

»Ich schon«, sagte Séraphin mit sanfter Stimme.

»Kurz und gut«, fiel ihm der Notar ins Wort, »es bleiben Ihnen eintausendzweihundertfünfzig Franc und fünfzig Centime aus dem Verkauf der Grundstücke und des lebenden und toten Inventars.« Er klopfte auf ein Bündel Geldscheine zu seiner Rechten und beteuerte wortreich, dass alle sich in dieser heiklen Angelegenheit durch und durch anständig verhalten hätten. Er schwenkte die Akte, in der alles in gestochener Kanzleischrift festgehalten war. Seiner Meinung nach hatte alles seine Richtigkeit. Keine Spur von irgendeiner krummen Tour. (Er legte besonderen Nachdruck auf diese Formulierung.) »Also wie gesagt: eintausendzweihundertfünfzig Franc und fünfzig Centime, dazu das Haus. Hier ist der Schlüssel!«

Mit diesen Worten legte er den Schlüssel auf den Schreibtisch neben das Geld. Auf der eichenen Tischplatte klang das wie ein Peitschenknall. Séraphin schaute starr auf den Schlüssel. Er war groß, krumm, rundum abgenutzt und mit goldgelben Flecken überzogen, die sich wie Flechten auf ihm ausgebreitet hatten.

Der Notar erhob sich und kam hinter seinem Schreibtisch hervor. Er nahm die Scheine und die Münzen und legte beides in einen für diesen Zweck vorbereiteten Umschlag, den er Séraphin zusammen mit dem Schlüssel überreichte.

»Bitte sehr!«, sagte er. »Prüfen Sie die Unterlagen genau, und falls Sie etwas zu beanstanden haben sollten, scheuen Sie sich nicht, es mir mitzuteilen!«

»Oh, ich bin sicher, dass alles seine Richtigkeit hat«, sagte Séraphin mit seiner schleppenden Stimme.

Der Notar bemerkte, dass sein Besucher den Schlüssel zwischen seinen großen Fingern rieb und ihn mit gespannter Aufmerksamkeit betrachtete. Er kam Séraphin tatsächlich eigentümlich kalt vor, dafür, dass er an einem Frühlingsmorgen aus einem so behaglichen Ort wie der Schreibtischschublade dieses Notars geholt worden war. Er blieb breitbeinig mitten im Zimmer stehen und konnte sich nicht zum Weggehen entschließen.

»Haben Sie noch etwas auf dem Herzen?«, fragte Maître Bellaffaire.

»Wenn Sie gestatten, Herr Notar, ich hätte da noch eine Frage … Fast jeden Monat, als ich an der Front war, da bekam ich von hier ein Päckchen. Wissen Sie vielleicht, von wem die kamen?«

»Päckchen? Nein …« Er verbesserte sich: »Sie müssen von meinem Vater gekommen sein, er war ja so großzügig …«

Séraphin schüttelte den Kopf. »Ihr Vater ist doch 1916 gestorben, oder?«

»Ja, schon«, räumte Maître Bellaffaire ein.

»Also kann er es nicht gewesen sein. Ich habe die Päckchen bis zum Ende, bis zum letzten Monat, bekommen, bis kurz vor der Entlassung aus der Armee.«

»War denn kein Absender angegeben?«

»Nein, nie.«

»Dann wird es wohl irgendeine gute Seele gewesen sein. Es gibt ja so viele gute Menschen auf dieser Welt!«

Um ihn zum Gehen zu bewegen, versuchte Maître Bellaffaire seinen Arm auf Séraphins Schulter zu legen. Daraus wurde nichts. Er musste den Arm zu weit nach oben strecken, und so hatte die Geste nichts Begütigendes mehr.

»Hat man wenigstens anständig für Sie gesorgt?«, erkundigte er sich.

»Ich habe eine Stelle als Straßenarbeiter.«

»Als Straßenarbeiter!«, begeisterte sich Maître Bellaffaire. »Das ist ja großartig ... Beim Straßenbauamt gibt es immer etwas zu tun. Und die Rente nicht zu vergessen!« Du Glückspilz! Er sprach das Wort nicht aus, dachte es aber so nachdrücklich, dass man es ihm von den Lippen ablesen konnte.

Nachdem er die Tür hinter ihm geschlossen hatte, sah Maître Bellaffaire, die Hände hinter dem Rücken verschränkt, dem früh verwaisten jungen Mann durch seine großen, gut vergitterten Fenster nach. Die massige, lautlos dahinschreitende Gestalt, die man nicht einmal atmen hörte, hatte ihn tief beeindruckt.

Auf dem kleinen Platz vor der Notariatskanzlei plätscherte ein Brunnen im Schatten von Platanen. Séraphin ging auf ihn zu, umfasste mit beiden Händen das kupferne Rohr und hielt den Kopf unter den Wasserstrahl. Dabei rutschte sein Trikot hoch bis unter die Achseln. Die Muskeln über seinen Rippen schwangen wie Saiten, andere spannten sich über seinen flachen Bauch. Als er sich nach vorn beugte, um seinen Mund der wasserspeienden Fratze darzubieten, enthüllte das verrutschte Trikot sein hervorstehendes Brustbein.

Auf der anderen Seite des mit erotischen Szenen geschmückten Brunnenpfeilers ließ ein junges Mädchen seinen Wasserkrug überlaufen. Voll Bewunderung und mit aufgerissenen Augen blickte sie in die Helle dieses Gesichts mit den geschlossenen Augen, dessen weitgeöffneter Schlund das Wasser in sich aufnahm.

Der alte Burle hatte soeben ein Stück Kautabak zwischen die letzten ihm verbliebenen Zähne geschoben und betrachtete fachmännisch die kraftvollen Bewegungen Séraphins, der gerade seine Ramme hochwuchtete. Sie waren beide dabei, die Kurve an der Kanalbrücke auszubessern, wo der Straßenbelag von den schweren Vollgummireifen der Lastwagen ständig beschädigt wurde.

Es war bereits Sommer, doch an diesem Abend stieg in der Ferne über der Durance kaum merklich ein düsterer Staub auf, der keine Wolkenform annehmen wollte. Er war gestaltlos und leicht, und man musste schon lange hinsehen, um zu bemerken, dass er das Blau des Himmels verschwinden ließ und sich langsam vor die Sonne schob.

»Junge, da kommt bald was runter«, prophezeite der alte Burle, »wir sollten uns besser mal auf die Baracke zubewegen!«

Séraphin stellte seine Ramme ab und drehte sich zu ihm um: »Und wenn Monsieur Anglès vorbeikommt? Er hat uns eigens gesagt, dass es eilig ist mit dieser Kurve …«

»Ach, hör mir auf mit Monsieur Anglès, immer Monsieur Anglès! Der kriegt's ja nicht ab. Wenn ich mich nach so 'nem Guss vierzehn Tage nicht rühren kann, ist dem Chef damit auch nicht geholfen!«

Séraphin antwortete nicht und arbeitete weiter, während Burle ihm gemächlich ein, zwei Schippen voll Schotter brachte.

»Diese Laster mit ihren Vollgummireifen«, schimpfte er, »die bringen uns noch ins Grab!« Er stieß seine Schaufel in den am Straßenrand aufgehäuften Kieshaufen, spuckte ein wenig Tabaksaft in die Hände und begutachtete wieder misstrauisch den Himmel. »Junge, Junge, wenn die Felsen von Les Mées diese Farben haben… Das gibt ein Gewitter, das haut alles zusammen! Du wirst schon sehen! Da kommt was runter!«

Sein ausgestreckter Arm zeigte auf jene Reihe von Felsen, die man *les Pénitents*, die Büßer, nennt; Büßer, die aussehen, als seien sie auf ihrem Pilgerzug kurz vor Erreichen der Durance durch einen bösen Fluch in Stein verwandelt worden. Dort standen sie, auf der anderen Seite des Flusses, ragten hoch über dem Dorf auf, und das düstere Aussehen dieser zu Stein gewordenen Mönche mit ihren spitzen Kapuzen verhieß dem alten Burle nichts Gutes.

»Schau mal, Junge! So wirst du sie selten sehen, die Mées-Felsen! Wie heißt du noch?«

»Séraphin.«

»Séraphin? So so, Séraphin heißt du also?« Der alte Burle hielt inne und vergaß einen Moment lang, seinen Tabak zu kauen. Sein Arm, der auf die Büßer-Felsen zeigte, blieb ausgestreckt, und er schien zu überlegen, woran ihn dieser Vorname erinnerte. Aber er hielt sich nicht lange mit Nachdenken auf. Seine Aufmerksamkeit richtete sich voll und ganz auf das Unheil, das sich da um sie herum zusammenbraute.

»Schau dir nur die Bléone an, Séraphin. Das sieht gerade so aus, als ob da Staub fließt statt Wasser. Es ist schon über dem Couar! Das zieht zu uns, in fünf Minuten …« Er brachte seinen Satz nicht zu Ende. Über den Korbweiden auf den Inseln in der Durance blitzte es, und sofort danach hörten sie einen eigenartigen Laut, als ob man ihnen eine Karre Flusskies direkt in die Ohren schüttete, um sie taub zu machen.

»Schnell, Séraphin, hauen wir ab!«

Burle warf seine Schaufel auf den Kieshaufen und ergriff die Flucht. Aber es war schon zu spät. Kirschgroße Hagelkörner schlugen ihm um die Ohren.

»Nach da oben!«, schrie er und zeigte auf vier hohe Zypressen, die sich im Wind hin und her bogen und plötzlich von der Dunkelheit verschluckt wurden. Séraphin legte seine Ramme auf dem Bankett ab und rannte seinem Kollegen hinterher.

»Warten Sie doch auf mich! Wo rennen Sie denn hin?«

Doch Burle rannte, so schnell ihn seine kurzen Beine trugen, den Hang hinauf. Ein Kugelblitz trat ihm buchstäblich in den Hintern. Er hüpfte auf dem Boden hinter ihm her und machte dabei dieses grässliche Geräusch eines über Kiesel gezogenen Blechtopfs, das nur diejenigen kannten, die so etwas schon einmal erlebt haben. Vom Luftzug angesogen verschwand er im grünen Gewölbe der Steineichen. Er kreiste die beiden Männer geradezu ein, die unter der Flut von Hagelkörnern, die ihnen die Ohren zerfetzten, halb erstickt nach Luft schnappten. Sie wagten nicht zu schreien, obschon sie gute Lust dazu gehabt hätten.

Burle stand schon oben vor den Zypressen, die ihm die Richtung gewiesen hatten und die sich im Sturm tief nach unten bogen. Er trat auf die gewölbten Steinplatten eines alten Fuhrhofs. Er versuchte, sich zurechtzufinden. Zerfallene Schuppen, deren Überreste auf einen Kutschenfriedhof und einige landwirtschaftliche Geräte gestürzt waren, konnten ihnen keinen Schutz bieten. Burles Blick fiel auf eine fensterlose Wand mit einer festen Eichentür, die auch unter seinen Fußtritten nicht nachgab.

»Séraphin! Wo zum Teufel bleibst du? Komm doch her, verdammt nochmal!«

Er sah ihn wie einen Ertrinkenden aus der Hagelflut auftauchen; die blonden Haare hingen ihm in langen Strähnen um den Kopf, doch auch inmitten dieser Sintflut blieb er bei seinem gemächlichen Gang. In diesem Moment schlug ein Blitz so dicht neben ihnen ein, dass der gleich darauf folgende Donner sie betäubte. Und im gleißenden Licht des Blitzes erschienen Burle plötzlich die wahren Gesichtszüge Séraphins, die nun ganz anders hervortraten als bei gewöhnlichem Tageslicht.

»Gott im Himmel!«, stieß er hervor.

Doch wenn man seit fünf Minuten mit Hagel bombardiert wird, wenn die Hagelkörner in den offenen Kragen gefallen und von dort unter dem wollenen Gürtel hindurch bis in die Unterhose gerutscht sind, wo sie ein Nest aus Eis bilden, das den Bocksbeutel umschließt, dann ist man kaum bereit, gewisse Gedanken zu Ende zu führen, die einem durch den Kopf schießen.

»Auf was wartest du, verdammt nochmal?«, schrie Burle. »Komm endlich her und hilf mir, die Tür einzutreten!«

Riesengroß und unbeweglich stand Séraphin vor ihm. Unter Hagelkörnern halb begraben, starrte er die Tür an. Sie war mit zwei alten schwarzen Wachssiegeln verschlossen, die durch ein gut erhaltenes Stück Hanfseil verbunden waren. Vor allem aber bemerkte Burle, dass ihm Séraphin einen großen, alten, verbogenen und abgegriffenen Schlüssel hinhielt.

Er nahm ihn, steckte ihn ins Schloss und öffnete die Tür. Die Siegel brachen mit einem Geräusch von reißendem Stoff. Burle stürzte durch die weit geöffnete Tür ins Haus und wandte sich um. Séraphin stand wie festgewurzelt auf der Schwelle, trotz der Hagelkörner, die ihm um die Ohren schlugen.

»Los, auf was wartest du?«, schrie Burle ihn an. »Willst du dir den Tod holen? Los, rein mit dir!«

»Nein«, sagte Séraphin mit erstickter Stimme.

Burle warf sich auf ihn und brachte diese unbewegliche Masse Mensch in Bewegung. Mit Hilfe von Fußtritten und Fausthieben gelangte Séraphin in die dunkle Höhle. Er ließ es über sich ergehen wie eine große, ungelenke Marionette. Im Inneren empfing ihn ein Geruch von Salz, erkalteter Asche und Schmiedeeisen, der ihm das Gefühl gab, nach Hause zurückgekehrt zu sein. An manchen Stellen roch es auch nach geronnener Milch und gemahlenem Bohnenkraut.

»Ich heiße Séraphin Monge«, murmelte Séraphin vor sich hin.

»Na und?«, sagte Burle, der sich das Gesicht mit seinem Taschentuch trockenwischte. »Glaubst du, das hilft dir gegens Verrecken? Zieh deine Jacke und dein Hemd aus, am besten dein ganzes Zeug. Lass mich mal sehen, ob da noch Feuerholz ist... Wart, ich will doch mal sehen, ob meine Streichhölzer trocken geblieben sind... Zum Glück habe ich einen Tabaksbeutel aus Gummi. Ha! Sieh mal an! Schmeiß doch mal dieses Reisigbündel dort auf den Aschenhaufen; das wird schon brennen. du musst wissen, ich hab's in meinem verdammten Leben schon dreimal erlebt, dass jemand mitten im Juli an doppelseitiger Lungenentzündung gestorben ist.«

Mit seinen weißen Brusthaaren, seinen Säbelbeinen und seinen kurzen, mageren Oberarmen fast ohne Muskeln stand er schon in langer Unterhose da, als die Flammen zu knistern begannen. Er setzte sich mit dem Rücken zum Fenster.

»Wenn's einen erwischt, Junge, dann meistens am Rücken! Du bist zwar kräftig, aber verlass dich nicht drauf! Je kräftiger einer ist, desto anfälliger sind seine Lungen. Ich hab in meinem verdammten Leben schon zwei gekannt, Straßenarbeiter und fast genauso kräftig wie du... Nach einer Dusche wie der von eben haben die keine Woche gebraucht, bis sie hinüber waren. Und, nur um dir klar zu machen, was das für Kerle waren: Sechs Mann hat man gebraucht, um den Sarg zu tragen...«

Er richtete sich auf, packte seine weite Hose am Gürtel und schüttelte sie kräftig, sodass die Hagelkörner, die sich in ihr gesammelt hatten, wie Murmeln auf die Erde prasselten.

Draußen war das Unwetter in vollem Gang. Hin und wieder sprangen einige Hagelkörner durch den Schornstein hinunter in den Kamin. Burle hatte sich aufgewärmt und steckte sich ein neues Stück Kautabak in den Mund.

»Stell dir mal vor, Junge, das Holz, das da brennt, das ist vor dreiundzwanzig Jahren geschlagen worden – da ist es wirklich trocken ... Was machst du? Hörst du mir überhaupt zu?«

»Ich schau mich um«, sagte Séraphin.

Die hell lodernden Flammen des Reisigs hatten nun die Schatten aus den hintersten Winkeln des Raums verjagt.

»Mach die Tür zu!«, befahl Burle. »Wenn der Blitz erst einen Luftzug spürt ...«

Séraphin gehorchte. Hinter der Tür hingen zwei Kutschermäntel am Haken, die die Motten aus unersichtlichen Gründen verschmäht hatten. Daneben hing eine Fuhrmannspeitsche und eine Blendlaterne. Den Falten der Mäntel entströmte noch immer Pferdegeruch.

»So so, du heißt also Séraphin Monge?«, begann Burle.

»Ja.«

»Dann bist also du der, den man mit drei Wochen zu den Barmherzigen Schwestern gebracht hat?« Er schlug sich mit der Hand auf die Schenkel. »Was für eine üble Geschichte, mein Lieber! Man fand einfach niemanden, verstehst du? Die Ammen schlotterten vor Angst – nicht dass es keine versucht hätte! Doch sie sagten, ihre Brust würde gefrieren, wenn sie dich anlegten! Sie konnten nicht anders, sie rissen dich von ihrer Brust. Und du hast geschrien! Eine üble Geschichte! Endlich fand man eine aus der Gegend von Guillestre, die hatte einen Kropf – und trotzdem musste der Priester ihr erst von den Leiden Christi erzählen, ehe sie es versuchte! Also du bist dieser Séraphin Monge! Junge, Junge, das ist dir aber gut bekommen!«

Er duckte sich. Im Hof schlug ein Blitz ein, und obwohl die Tür vollkommen zu und der Laden vor der Fensterluke geschlossen war, ließ sein helles Licht die Flammen im Kamin verblassen.

»Tod und Teufel! Der kriegt uns noch, der Hurensohn! Da hat man nun den Krieg und die Spanische Grippe überstanden, um am Ende vom Blitz erschlagen zu werden!«

Burle machte eine drohende Geste nach draußen, wo dicht über der Durance das Gewitter tobte.

Séraphin stand völlig nackt und unbeweglich in der Ecke am Feuer und zuckte weder bei den grell leuchtenden Blitzen noch beim ohrenbetäubenden Donner. Sein aufmerksamer Blick nahm von allem Besitz, was da war; er schweifte von der Brottruhe über den Schrank mit seinen rauchgeschwärzten Türen bis zur großen Standuhr, die in der hintersten Ecke stand. Das Pendel war durch das verschmutzte Uhrglas nicht mehr zu erkennen, doch das Zifferblatt war sauber. Die Uhr zeigte zwanzig vor elf. Zu diesem Zeitpunkt waren die Gewichte am Boden angekommen und das Uhrwerk stehen geblieben.

Séraphin Blick wanderte von dort zu den auf den Fliesen aufgereihten Korbflaschen, dem Spülstein mit den roten Kacheln, zu den Töpfen und Pfannen und dem Kalender, der schief an der Wand hing. Lange ruhte sein Blick auf dem von Bänken und Stühlen umstandenen Tisch. Eine Wachstuchdecke mit dunklen Flecken lag darauf, die in der Mitte einen großen Riss hatte.

Von der Tischkante fiel sein Blick auf ein Möbelstück, das zwischen den Pressmatten, die man zur Olivenölgewinnung brauchte, unterhalb der Anrichte stand. Es war eine kleine Wiege, kaum fünfzig Zentimeter hoch, die da auf dem Boden stand und deren Gitterstäbe im Feuerschein rot leuchteten. Trotz der dicken grauen Staubschicht, die sie bedeckte, ließ der Lichtschein der Flammen die geschnitzten Rosetten, mit denen die Wiege geschmückt war, lebhaft hervortreten. Séraphin war völlig in ihre Betrachtung versunken.

»Sie haben nur die Leichen mitgenommen«, sagte Burle, »und dich haben sie weggebracht. Abgesehen von dem fingerdicken Staub hat alles genauso ausgesehen, als ich das letzte Mal hier war, vor dreiundzwanzig Jahren – genauso alt bist du jetzt.« Sein Arm beschrieb einen Kreis. »Allerdings«, sagte er, »damals war alles sauber, mit Verlaub! Bei der

Girarde, bei der war alles spiegelblank. Alles, was recht ist, das war eine tüchtige Frau!« Er hielt ihm die Faust mit ausgestrecktem Daumen unter die Nase.

»Die Girarde?«, hakte Séraphin nach.

»Deine Mutter«, gab Burle zurück.

»Meine Mutter«, sagte Séraphin vor sich hin, »meine Mutter ...«

Das Wort floss langsam aus seinem Mund, und er wiederholte es mehrere Male, als zähle er bedächtig ein Goldstück nach dem anderen auf den Tisch.

Seine Beine gaben nach, und er musste sich auf die Platten aus dem Gemüsegarten setzen, die an der Ecke des Kamins aufgestapelt lagen. Burle stand noch, und so konnte er ihm endlich die Hand auf die Schulter legen.

»Hat sich denn niemand getraut, es dir zu sagen?«, fragte er.

»Nein, niemand«, antwortete Séraphin.

»Willst du's wissen?«, fragte Burle.

»Ja«, antwortete Séraphin.

»Also, dann erzähl ich's dir ...«

Sein Blick fiel unvermittelt auf einen alten Sessel mit einer Sitzfläche aus Strohgeflecht, den er, so wollte es ihm scheinen, bisher noch gar nicht bemerkt hatte, obwohl er direkt vor dem Kamin stand. Der Sessel war durchgesessen und machte den Eindruck, als ob noch jemand in ihm säße. Von ihm ging eine Ausstrahlung aus, der man sich nur schwer entziehen konnte. Als Burle sich schließlich auf dem knirschenden Strohgeflecht niederließ, hatte er das deutliche Gefühl, sich auf jemanden zu setzen, und ein erneuter Donnerschlag ließ ihn vor Schreck hochfahren. Schnell begann er zu sprechen, um sein Unbehagen abzuschütteln.

»Das war so«, begann er. »Fuhrleute, die gerade aus Embrun ankamen, haben mich hergeholt. Ich arbeitete an der Straße; seit vierzig Jahren kenne ich nichts anderes. Sie kamen angerannt, und dabei haben sie auch den Bautrupp aufgescheucht, der hier die Bahngleise legte. So kam es, dass wir etwa fünfzig Leute waren, die sich hier, vor dieser Tür da, versammelten, stumm und wie festgewurzelt. Und drinnen war an diesem Morgen nur zweierlei zu hören: das Ticken der Uhr, die immer noch ging, und das erbärmliche Schreien eines Säuglings: Das warst du, du hattest Hunger. Woran ich mich sonst noch erinnere, das war der Geruch. Seit diesem Tag, Junge, kann ich keinem mehr beim Schweineschlachten helfen. Die Luft war erfüllt vom Geruch nach Blut, nach warmem Blut, wie im Krieg, du kannst dir das nicht vorstellen ...«

»O doch«, seufzte Séraphin, »ich kann.«

Burle schaute ihn verwundert an. »Ach ja, richtig«, sagte er, »natürlich, den Geruch, den kennst du ja jetzt. Aber ich, ich war nicht im Krieg, ich war übrigens noch nie im Krieg. Also ich kannte ihn nicht, ich wusste nicht, wie Blut aussehen kann, welche Farbe es hat, wenn alles voll ist damit. Überall war Blut! Überall, wo du heute Staub liegen siehst, überall am Boden waren Blutpfützen, Spuren von Füßen, die durch das Blut gewatet waren, Blut an der Truhe, Blut an der Schranktür. Jetzt weißt du, warum ich vorhin... Schau mal, die Uhr! Wenn du den Staub abwischst, siehst du überall noch die schwarzen Flecken! Und dann ...« Burle erhob sich aus dem Sessel und betrachtete ihn misstrauisch. Er zeigte mit dem Finger auf den Platz, den er eben noch eingenommen hatte. »Da«, sagte er, »da, wo ich gerade gesessen habe, saß der Papé, der alte Opa. Das war der Vater deiner Mutter. Seine Augen standen weit offen. Das Blut... es sah aus wie ein großer roter Bart über seinem Brustlatz. Als ob ihm jemand zur Abendsuppe eine blutrote Serviette umgebunden hätte.« Mit einer Handbewegung deutete er die Umrisse des Bartes an, so wie er ihn in Erinnerung hatte. Er schluckte geräuschvoll, als ob ihm etwas in der Kehle steckte. »Und dort«, fuhr er leiser fort, »neben ihm an der Wand, mit einer Hand in der Asche, lag *Moungé l'Uillaou*, Monge der Blitz, denn so flink war er! Klein, mager, knöchern ... aber hart im Nehmen ... Ein schlauer Teufel ... Wenn man den in die Luft geworfen hätte, wäre er an der Decke hängen geblieben, so krumm waren seine Finger vor lauter Geldzählen ... Der kannte kein Mitleid«, fügte Burle hinzu.

Und dann schwieg er.

»*Moungé l'Uillaou* ...«, wiederholte Séraphin.

»Dein Vater ...«, murmelte Burle. Er zeigte auf eine Stelle neben dem Kamin. »Und seine Hände, seine Hände! Seine Handabdrücke waren auf dem Salzbehälter! Sieh mal an, man kann sie sogar noch sehen, da am Salzbehälter, die schwarzen Flecken.« Er drehte sich zu Séraphin um. »Man hat sich nie erklären können, wie er es bis dahin geschafft hat, weil nämlich ...« Mit großen Schritten ging er zum Tisch. »Der Mörder hatte ihn nicht richtig erwischt. Auch Monge hatte einen Schnitt am Hals wie eine Schlachtsau, aber nicht rundherum. Er muss sich verteidigt haben, als ob ihm jemand einen Sack voll Gold stehlen wollte. Schau!« Er zeigte auf den Riss in der Tischdecke. »Schau dir diesen Tisch genau an: Der ist aus Nussbaum. Als dein Vater starb, war der Tisch schon über hundert Jahre alt, und Nussbaumholz wird mit dem Alter immer härter. Also schau genau hin! Siehst du das Loch? Und die dunklen Flecken drum herum, die aussehen wie vergossener Wein? Das ist immer noch das Blut deines Vaters! Der Mörder hat ihn mit dem Weihnachtsbratspieß durchbohrt, der dort an der Wand hing. Und dein Vater ... Mit dem Ding im Leib hatte der noch die Kraft, sich bis zum Salzbehälter zu schleppen.« Burles Finger blieb einige Sekunden lang anklagend auf das Corpus Delicti gerichtet.

»Man hat nie herausgekriegt, warum«, schloss er.

Langsam und mit schleppenden Schritten, als ob er jeden Augenblick zusammenbrechen könnte, legte er den Weg zu dem Platz zurück, wo *Moungé l'Uillaou* hingefallen war, als würden Worte nicht genügen, um die Szene zu beschreiben. Dabei presste er die Hände um einen unsichtbaren Spieß in seiner Brust. Er hörte ein Geräusch wie von gequältem Holz – es war Séraphin, der sich auf einen Stuhl hatte fallen lassen.

»Soll ich aufhören?«, fragte Burle.

»Nein«, antwortete Séraphin.

Da ging Burle auf den dunklen Schrank zu, der ganz hinten im Raum stand. Daneben befand sich die Falltür, die in den Keller und zu den Ställen führte; sie ließ sich mit Hilfe eines Eisenrings öffnen, der seltsamerweise nach oben zeigte, und ihre Umrisse waren trotz der Staubschicht noch gut zu erkennen. Burle zog kräftig an der kleinen Hanfschlaufe, mit der man den Schrank öffnen konnte. Und dann hörte man trotz des Donners und der prasselnden Hagelkörner, wie die feinen Spinnweben zerrissen und wie sich die verrosteten Scharniere der Tür mit einem trostlosen Seufzer drehten, wie ihn seit langem unbenutzte, leblose Dinge von sich geben.

Burle machte die Tür weit auf und zeigte mit ausgestrecktem Finger ins dunkle Innere. Er verharrte in dieser Stellung. »Deine beiden Brüder … die lagen da drin, ordentlich aufgestapelt … Auch sie mit aufgeschlitzter Kehle, genau wie dein Vater und der alte Opa. Man hatte sie da hingeschleppt, ich weiß nicht warum. Die Blutspuren führten geradewegs vom Tisch bis zum Schrank …« Bei den Worten »mit aufgeschlitzter Kehle« beschrieb er mit der Handkante den entscheidenden Schnitt am eigenen Hals. Mit seinen kurzen Armen und seinen ausdrucksstarken Händen zeichnete er das wilde Getümmel jener unbekannten Personen nach, deren Bild nach dreiundzwanzig Jahren verblichen war, deren dunkle Schatten jedoch Burles Stimme in der Enge dieses Raums in namenlosem Grauen erzittern ließen.

Nach der Schilderung der Szene mit dem Schrank schien er zu stocken. Er stand mitten im Zimmer, mit hängenden Schultern, und starrte auf die grauen Staubflocken zu seinen Füßen, die den gefliesten Boden bedeckten.

»Und an dieser Stelle«, sagte er zögernd, »ich glaube jedenfalls, dass es da war … ja, genau da muss es gewesen sein, mitten im Weg, denn später musste man um sie herumgehen, um den Schrank mit deinen Brüdern zu öffnen, ... ja, genau da war es: Da lag die Girarde auf dem Boden, mit hochgeschobenen Unterröcken.«

Er hörte wieder das Krachen des Stuhls, auf den sich Séraphin mit weichen Knien von neuem hatte fallen lassen.

»Nein, beruhige dich, man hat sie nicht vergewaltigt«, beeilte sich Burle hinzuzufügen.

»Meine Mutter ...«, sagte Séraphin mit tonloser Stimme.

»Ja, deine Mutter«, bestätigte Burle, »also pass auf: Auch ihr hatte man die Kehle rundherum aufgeschlitzt, aber, und das soll einer verstehen, sie hatte als Einzige die Augen zu, alle anderen schauten einen noch an.«

»Hat sie ... gelitten?«

Séraphins Frage ging in einem Donnerschlag unter, und so konnte Burle sie nicht hören. Séraphin wiederholte sie nicht. »Wie sie so dalag, mit hochgeschobenen Röcken ...«, sprach der Alte weiter, »also wir haben alle weggeschaut. Wie gesagt, wir waren wohl etwa fünfzig, aber die arme Frau, die da unseren Blicken ausgeliefert war, wir konnten einfach nicht, hatten nicht die Kraft ..., und trotzdem, das war ja nicht zu übersehen, das musst du wissen ... sie hatte ja gestillt. Also war ihr Mieder geöffnet, und man sah ihre Brüste ... Und auf ihrer Brustwarze, da war noch ein Tropfen geronnener Milch ...«

»Das reicht!«, schrie Séraphin. Wiederum begleitete der Donner seine Worte, doch diesmal übertönte er seine Stimme nicht.

»Du wolltest es doch wissen!«, sagte Burle begütigend und zuckte mit den Schultern. Er schüttelte sich. »Und schließlich«, rief er aus, »dort neben der Truhe, neben dem Schrank, da lagst du! In dieser Wiege da!« Er gab dem kleinen Möbel einen Schubs mit dem Fuß, und sofort begann die Wiege auf ihren Kufen sacht zu schnurren, als ob man noch das Kindchen schaukelte, das darin gelegen hatte.

»Da warst du!«, wiederholte Burle mit hängenden Schultern.

Er betrachtete Séraphin, der ein Scheit ins Feuer legte, um sein Gesicht zu verbergen. Er betrachtete die kleine Wiege, die immer langsamer wurde und schließlich stillstand. Ein ungläubiger Ausdruck malte sich auf seinen Zügen, wie er dort wohl schon vor dreiundzwanzig Jahren erschienen war.

»Man weiß nicht, ob sie dich übersehen haben! Sicher, da waren die Decken, in die dich deine Mutter gewickelt hatte, die waren dir über das Gesicht gerutscht. Ganz nebenbei, auch die waren von oben bis unten mit Blut bespritzt. Aber trotzdem! Man konnte dich sehen! Und außerdem hast du bestimmt gebrüllt! Wer soll daraus schlau werden … Ob sie dich nicht gesehen haben, ob sie dich verschonen wollten? Sicher ist nur, dass du der einzige Überlebende warst!«

Er ging zum Kamin zurück und ließ sich in den Großvatersessel sinken. Dieses Mal kam es ihm nicht mehr so vor, als ob da noch jemand säße.

»Wenn du das gesehen hättest«, sagte er. »Und das Schlimmste ist: Du hast es gesehen! Da war eine Nachbarin – die gute Seele –, die hat dich bei der Beerdigung deiner Familie hinter dem Leichenzug her getragen … Das gab ein fürchterliches Aufsehen – bis nach Paris! An die zweitausend Leute waren da … Selbst die, die deinen Vater nicht mochten, und das waren bei Gott nicht wenige … Berittene Gendarmen, die sich umhörten, rumspionierten und jedem erzählten, dass Mörder immer zur Beerdigung ihrer Opfer gingen. So eine Beerdigung, mein armer Junge, hatte man in ganz Lurs noch nicht gesehen! Sie hatten sich den Leichenwagen aus Les Mées und den von Peyruis ausgeliehen, und deine beiden Brüder brachten sie auf den *comètes*, den Kindertotenwägelchen, zum Friedhof. Drei große Leichenwagen und zwei kleine! Und dann die Nachbarin, ganz in Schwarz und ganz allein folgte sie diesem ganzen Totentanz und hat dich getragen, dich, ganz in Weiß und so winzig, und geschrien hast du! Das einzige, was man hörte, wenn der Pfarrer mal gerade nicht gesungen hat. Geschrien hast du, als ob du gewusst hättest, was passiert ist!«

Séraphin erhob sich aus seinem Stuhl, und Burle sah ihn vor sich aufragen, riesengroß.

»Ja und …«, sagte er.

»Setz dich hin, setz dich nur wieder hin«, rief Burle eilig, »mir wird schwindlig! Und vorher drehst du noch die Hemden und die Hosen um, damit sie auch von der anderen Seite trocknen. Gut so, das reicht! Ich weiß, was du mir sagen wolltest. Klar hat man sie schließlich geschnappt, die Mörder. Drei Männer sollen es gewesen sein, die an der Bahnlinie arbeiteten, die damals gerade bis hierher reichte. Angeblich hat man sie völlig besoffen mit vier angebrochenen Flaschen Schnaps von deinem Vater auf ihren Pritschen gefunden. Es hieß, sie kamen aus irgend so einem Land, ich glaube, es heißt Herzegowina. Die sprachen kaum drei Brocken Französisch. Bis man für die einen Dolmetscher gefunden hatte, das war wie eine Stecknadel im Heuhaufen suchen. Na ja, und dann, ihre Latschen waren voller Blut. Die Fußspuren, die man auf den Fliesen in La Burlière entdeckt hatte, passten genau zu ihrer Größe! Sie hatten Blut an ihren genagelten Sohlen, Blut an ihren Samthosen… Da gab es nichts zu deuteln …« Er spuckte einen Strahl Tabaksaft geradewegs ins Feuer.

»Weißt du«, setzte er hinzu, »wenn man bei uns den zwölf Geschworenen ein paar Täter vorsetzt, gegen die alles spricht, dann kommt es fast nie vor, dass nicht alle Daumen gleich nach unten zeigen… Weil… Verstehst du, bei uns haben die Türen schon lang keine Schlüssel mehr, und wenn zufällig doch noch welche da sind, weiß jeder, dass sie unter dem großen Stein am Ende der Treppe liegen. Es wird einem also allzu leicht gemacht, irgendwo reinzugehen und jemanden umzubringen …«

»Es wird einem allzu leicht gemacht …«, wiederholte Séraphin mechanisch. Er konnte seinen Blick nicht von der

Stelle zwischen der Brottruhe und der Wiege wenden, wo seine Mutter vor dreiundzwanzig Jahren gelegen hatte, mit hochgeschobenen Röcken und aufgeschlitzter Kehle.

»Sie wurden mit der Guillotine hingerichtet«, sagte Burle, »an einem zwölften März, um sechs Uhr früh, in Digne vor dem Gefängnistor. Nicht um alles Gold der Welt wollte man das verpassen! Ich weiß nicht, wie sich das rumgesprochen hat, aber wir waren um die zweihundert... Einige aus Lurs... einige aus Peyruis oder Les Mées... Da waren sogar welche aus Forcalquier und Château-Arnoux. Wir dachten, wir würden auf unsere Kosten kommen, aber das lief nicht, man hat nichts gesehen. Es schneite dermaßen, dass man noch nicht mal das Beil hat fallen hören. Das einzige, was man gehört hat, war, dass sie irgendwas geschrien haben – wahrscheinlich, dass sie unschuldig waren –, aber das taten sie auf herzegowinisch... Als ob das jemanden gekümmert hätte. Dazu kam noch, dass der Polizist, der uns zusammen mit zwanzig Kollegen zurückhielt, ständig wiederholte, dass sie alle schreien, sie seien unschuldig, und dass sie, wenn sie es nur lang genug geschrien hätten, am Ende selbst daran glauben würden.« Burle stand auf. »Das wär's«, sagte er und schlug sich auf die Schenkel.

Das Gewitter war jetzt aus größerer Entfernung zu hören.

Burle versuchte, seine Hose, die er für trocken genug hielt, über seine Schuhe zu ziehen, die er noch immer an den Füßen trug.

»Das wär's«, wiederholte er, »was sich hier drei Wochen nach deiner Geburt abgespielt hat. Verstehst du jetzt, warum hier alles noch so ist wie damals? Warum in dreiundzwanzig Jahren niemand auf die Idee gekommen ist, auch nur eine Prise Salz aus dem Salzbehälter da zu klauen? Warum dieses Haus niemand kaufen wollte? Versucht hat man es schon. Fünfmal klebte das gelbe Plakat, auf dem die Versteigerung angekündigt wurde, an der großen Stalltür! Fünfmal ist keiner gekommen! Verstehst du? Dieses Haus steht unter dem Zeichen des

Verbrechens und, was noch schlimmer ist, unter dem Zeichen des Schafotts! Und wenn sie La Burlière verschenkt hätten, dieses Haus hätte trotzdem niemand genommen!«

Er hielt Séraphin die inzwischen trockene Hose hin, die dieser mechanisch anzog. Aus der Tasche seiner Drillichjacke zog Burle seinen Tabaksbeutel und öffnete ihn. Er nahm sich ein neues Stück Kautabak vor. Bedächtig wiegte er den Kopf und lauschte dem letzten Grollen des abziehenden Gewitters.

»Aber, wenn du mich fragst«, sagte er schließlich, »für mich kann sich das nicht so abgespielt haben... Du musst verstehen, Monge, dein Vater, was der früher so gemacht hatte, das war alles ziemlich unklar. Zunächst mal war er ein einfacher Fuhrhalter, und glaub ja nicht, dass La Burlière mehr hergegeben hätte als Weideland für eine Herde Vieh und einen Acker für eine Hand voll Getreide. Aber andererseits... Die Girarde hatte immer wieder neue Blusen an. Deine Brüder hatten immer neue Schuhe und zu jedem neuen Schuljahr neue Schulranzen. Und er hatte drei wunderschöne Pferde, der Monge, und wenn sie zum Jahrmarkt nach Manosque fuhren, kamen sie immer mit einem Marktwagen voll mit Einkäufen zurück... Das ging doch nicht mit rechten Dingen zu!«

Er kaute eine Weile an seinem Tabak herum und blickte dabei starr in die Flammen, als spiegele sich dort die Erinnerung.

»Und noch was«, sprach er weiter, »was soll ich dir sagen? Als ich hier ankam, einer von fünfzig, aber als Erster, so schnell bin ich gerannt, hab ich mit meiner Schaufel, die ich noch in der Hand hatte, erst mal den Eingang versperrt... Also, was mich gewundert hat, so übel mir auch war: Das sah alles nach kaltem Zorn aus, nach lang unterdrücktem Zorn. Und, von den Leichen mal abgesehen – da war überhaupt kein Durcheinander, bis auf die Decke, die auf deine Wiege gefallen war, bis auf das Salzfass, das dein Vater im Sturz angestoßen hatte, sodass es schief hing... Genau wie der *calendrier des Postes.* Man hatte die Schranktüren hinter deinen toten Brüdern sorgfältig geschlossen. Kurz und gut: Alles war an seinem Platz, man hatte nichts durchwühlt. Und dann noch was: die Wunden, die Wundränder! Das Blut hatte schon lange aufgehört zu fließen, und man konnte die Wundränder gut erkennen. Die waren weiß, sauber geschnitten... Da war nichts ausgefasert, alles wie mit einem Rasiermesser geschnitten, aber noch gerader... Ich hab gleich zu mir gesagt: Für solche Wunden, Jean, da kommt nur eine einzige Waffe in Frage: ein *tranchet*, ein Messer von hier, und zwar gut geschliffen! So ein Messer hat man bei den drei Herzegowinern aber nicht gefunden. Ihre Anwälte hatten Recht: *tranchets*, solche Messer gibt's nur hier. Und das stimmt auch: Man schneidet Trauben damit, man öffnet Nüsse damit, man spickt den Kaninchenbraten damit, und zur Not kann man auch ein Schwein damit abstechen. So etwas gibt's anscheinend in der Herzegowina nicht. Die Anwälte haben die Messer vorgelegt, die es dort unten gibt... Das sind keine *tranchets* ... Aber hier bei uns, da findet man keinen zwischen fünfzehn und achtzig, der nicht ein solches Messer hätte.« Er hatte sich nach vorne gebeugt und schob mit einer Schaufel, die er von der Wand genommen hatte, ganz in Gedanken die Asche in den Kamin zurück. Dabei wiegte er unablässig den Kopf wie ein störrisches Maultier. »Also, ich hab dann irgendwann nichts mehr gesagt, sonst hätten mich alle schief angeguckt... Aber gesagt hab ich's, klar und deutlich: So kann es nicht gewesen sein.«

»Und weißt du vielleicht, wie es passiert sein könnte, du Klugscheißer?«

Sie erschraken nicht, als sie plötzlich diese Stimme hörten, denn sie glich dem fernen Donnergrollen, aber sie drehten sich dann doch langsam um, um zu sehen, woher sie kam.

Vor der Tür, die er hinter sich wieder geschlossen hatte, stand im Halbdunkel, vom flackernden Feuer nur schwach beleuchtet, ein Mann. Ein Mann mit blicklosen schwarzen

Augen, ganz in Schwarz, ein alter Mann, der aber nicht so aussah. Nur sein großer weißer Schnurrbart ließ auf sein Alter schließen. Er hatte den Kopf, auf dem ein verbeulter Hut saß, leicht zur Seite geneigt. Seine Kleidung stammte aus einer anderen Epoche; er selbst schien in jedes Jahrhundert zu passen, er war nicht einzuordnen. Quer über seine Weste hing eine Uhrkette, nicht golden, nicht silbern und auch nicht aus Eisen, sondern matt und eher unauffällig. An ihrem Ende hing glänzend und möglicherweise aus Gold ein alter, abgegriffener Anhänger in Form eines Totenkopfs.

Dieser Mann musste mitten durch den Hagelsturm gelaufen sein, der fast eine Stunde getobt hatte, um zu ihnen zu gelangen. Sein ausgebleichter, großer roter Schirm bestand nur noch aus Streben mit herabhängenden Stofffetzen. Wie die beiden Straßenarbeiter hatte er Hagelkörner auf Stirn und Nase abbekommen, und blutige Ohren hatte er auch. Mit seinem undurchschaubaren Blick musterte er Séraphin, der ihn um einen Kopf überragte.

»Ich war mir sicher«, sagte er zu Burle, »dass du eines Tages diese verdammte Tür öffnen würdest.«

Burle breitete die Arme aus. »Wir mussten uns doch unterstellen ...«

»Halt den Mund! Was hast du ihm erzählt?«

»Alles ...«, sagte Burle.

»Alles?«

»Nun, alles, was es zu sagen gibt.«

»Du weißt ja genau, was es zu sagen gibt und was nicht!« Er zeigte mit einer dramatischen Geste auf Séraphin. »Sein Leben hast du ihm vergiftet, das hast du getan!«

Unvermittelt wandte er sich um, öffnete die Tür und ging mit großen Schritten nach draußen und versetzte den Hagelkörnern, die wie Sand unter seinen Füßen knirschten, heftige Fußtritte. Mit seinem zerfetzten Schirm durchschnitt er wütend die Luft. Er war ein einziges unbestimmtes Grollen, das sich zornbebend entfernte wie das Gewitter.

Die beiden eingeschüchterten Straßenarbeiter folgten ihm auf den Fersen.

»Wer ist das?«, fragte Séraphin mit rauer Stimme.

»Das ist der Zorme«, sagte Burle, »es hat ihm gar nicht gepasst, dass ich dir alles erzählt habe.« Er umschloss mit den Fingern der rechten Hand seinen linken Daumen. »Er verfügt über Kräfte …«, murmelte er ängstlich.

»Psst!«, rief Séraphin. »Hören Sie doch! Was sagt er da, was hat er gesagt?«

Schon ziemlich weit entfernt, dort hinten bei den beiden großen Zypressen, deren Äste sich durch die Wucht des Hagels nach außen gebogen hatten, war Zorme stehen geblieben und hatte sich zu ihnen umgedreht. Ohne mit seinem wilden Gefuchtel aufzuhören, stieß er unverständliche Worte aus.

»Gib dir keine Mühe«, rief Burle, »versuch erst gar nicht, ihn zu verstehen! Er reißt den Mund auf, aber mit uns redet der nicht; der streitet mit dem Teufel! Wenn der seinen schwarzen, zahnlosen Mund vor uns aufmacht, bringen wir uns hier alle in Sicherheit! Schau ihn bloß nicht an!«

Aber er sprach ins Leere. Séraphin hatte sich schon in Bewegung gesetzt, mit diesem eindrucksvollen Gang, der immer gleichförmig blieb und ständig irgendetwas zu zertreten schien. Er ging Zorme hinterher, der schon über hundert Meter entfernt war.

Burle wollte ihn zurückrufen, doch mit einem Mal fuhr ihm eine tödliche Kälte bis ins Mark, und er sah das Tal vor sich, auf das er vor Schreck über die Begegnung mit dem Zorme noch gar nicht hatte achten können.

»Mein Weinberg«, stöhnte er.

In ihm stieg das Bild seines Weinbergs auf, wie er da unter den weißen Hochzeitsschleiern lag, die sich weithin über die abgerissenen Blätter breiteten. Über den begrabenen Obstgärten lag andächtige Stille wie über einem neu errichteten Grabmal.

Mit Ausnahme des Rinnsals, das sich zwischen den Furten hindurchschlängelte, war das Flussbett der Durance weiß wie an einem Wintermorgen. Zu Füßen des völlig erstarrten Burle, der langsam begann, das Ausmaß der Zerstörung zu begreifen, lag ein Käuzchen, das, nachdem es aus dem schützenden Gehölz aufgeflogen war, erschlagen im Hof der Fuhrhalterei liegen geblieben war. Über dem zur Hälfte im Eis eingebetteten Körper ragte eine Schwinge wie der Arm eines Ertrinkenden zum Himmel.

Über dieses grüne Schlachtfeld, dem der Geruch austretender Pflanzensäfte entströmte, hatte sich unvermittelt ein Abend voll tiefen Friedens gebreitet. Man hätte diesem auf einmal so reinen Himmel all das Unheil nicht zugetraut, das aus ihm über das Tal hereingebrochen war.

»Séraphin!«, schrie Burle.

Er wollte augenblicklich jemanden zum Zeugen seiner Verzweiflung aufrufen; einige unmissverständliche Worte über die Güte Gottes ausstoßen, aber in Gegenwart eines anderen, nicht einfach ins Leere. Aber Séraphin war verschwunden. Selbst seine Fußspuren waren nicht mehr zu erkennen, ebenso wenig wie die des Zorme; denn aus demselben Himmel, der noch vor fünf Minuten eisige Kälte über das Land gebreitet hatte, wehte nun ein warmer Wind, und der Sommer nahm das Tal wieder in Besitz. Das Eis schmolz so schnell, dass man seinen Rückzug hören konnte. Das gluckernde Schmelzwasser bildete Rinnsale, die alle Löcher füllten und sich zu schlammigen Bächlein vereinigten. Die Durance begann schneller zu fließen.

»Séraphin! Wo treibt er sich bloß rum, dieser Hampelmann?«

Burle begann zu rennen, Im Vorbeigehen packte er das Käuzchen am Flügel, um es am Abend seinem Enkel zu zeigen, der nicht an die Bosheit der Natur und an die Hinfälligkeit alles Lebendigen glauben mochte. Er rannte den mit zerfetzten grünen Zweigen übersäten Weg von La Burlière zur

Straße hinab, denn er wollte die beiden Männer so schnell wie möglich einholen. Auf der Fahrbahn floss Wasser. Die Schlaglöcher, die sie vor kurzem ausgebessert hatten, waren tiefer als je zuvor. Burle zuckte entmutigt mit den Schultern. Er kam an dem Brombeergestrüpp vorbei, das unter dem Gewicht der Hagelkörner zusammengesunken war und das Bankett verdeckte, an dem sie vor dem Gewitter gearbeitet hatten.

Dort fand er Séraphin. Er lag hingesunken auf einem kleinen Haufen scharfkantiger Schottersteine. Sein Körper wurde von Schluchzen geschüttelt. Am Abend sollte Burle seiner Familie erzählen: »Ich bin der Einzige, der ihn je hat weinen sehen.«

Das stimmte nicht. Der Fahrer eines Lastwagens mit Kettenantrieb kam vorbei, beugte sich aus seiner Kabine und brüllte, um den Lärm seines Fahrzeugs zu übertönen: »Was hat er denn?« Dabei wies er auf die kräftige Gestalt, die da auf dein Schotterhaufen lag.

»Nichts«, antwortete Burle in gleicher Lautstärke, »sieh zu, dass du weiterkommst!«

Danach kamen noch zwei Radfahrer vorbei. Grimmig und kalkweiß im Gesicht, wollten sie die Schäden in ihren Weinbergen in Augenschein nehmen. Als sie den großen Körper auf dem Steinhaufen liegen sahen, stiegen sie ab, um Hilfe zu leisten.

»He, Burle, was hat der denn?«

»Nichts«, sagte Burle, »der weint um seine Mutter.«

»Seine Mutter?«, riefen beide wie aus einem Mund. »Aber das ist doch der Séraphin Monge! Dem seine Mutter ist doch seit über zwanzig Jahren tot!«

»Schon«, gab Burle düster zurück, »aber verloren hat er sie erst vor fünf Minuten.«

Sie gaben sich erst gar keine Mühe, das zu verstehen, und da es sich ohnehin nur um Tränen handelte, stiegen sie wieder auf ihre Räder.

Burle streckte die Hand aus, um sie auf Séraphins Schulter zu legen, ließ sie aber dann wieder sinken. Sein Gewissen versetzte ihm einen Riesentritt in den Hintern.

»Recht hatte er, der Zorme. Klugscheißer! Hättest du ihm nichts gesagt, dann würde er jetzt nicht flennen!«

Mit furchtsamer Fürsorge betrachtete er diesen Koloss, den ein paar Worte zu Fall zu bringen vermocht hatten. Hilfloser Zorn lähmte den alten Mann.

»Meine Mutter, meine Mutter, meine Mutter«, wimmerte Séraphin leise. Immer wilder trommelte er mit seinen kräftigen Fäusten auf den scharfkantigen Schottersteinen herum. Schmerz spürte er nicht.

~ 2 ~

DAS ganze Jahr 1919 lag eine trostlose Stimmung über unserer Gegend.

Auf den Äckern sah man nur Witwen in ärmlicher Trauerkleidung, deren hagere Gestalten sich kaum von den verdorrten Bäumen im Hintergrund abhoben, schwarz gekleidete Kinder, traurige Großväter mit Trauerflor an der Mütze, die erschöpft dem Pflug folgten, obgleich sie dazu in ihrem Alter eigentlich nicht mehr in der Lage waren, und die die Pferde nur mit leiser Stimme anzufeuern wagten. Wenn zufällig ein junger Mann in ihr Blickfeld geriet, betrachteten sie ihn verstohlen und misstrauisch, als habe er ihnen etwas weggenommen und verletze mit seiner Anwesenheit die Spielregeln.

Die Gefallenen blieben den Überlebenden quälend gegenwärtig, wie schlecht heilende Wunden. Es verging keine Woche, ohne dass ein Gratistransport der Bahngesellschaft Paris–Lyon–Marseille eintraf, mit dem einer oder zwei von ihnen in die Bahnhöfe Peyruis-Les Mées oder La Brillanne-Oraison überführt wurden. Séraphin war immer dabei. Er hielt sich stets bei den alten Männern. Die jungen standen vorn: ein Bund von Überlebenden, um eine Fahne mit goldenen Fransen geschart, die ihren Anspruch auf eine Entschädigung unterstrich.

Séraphin erwartete nichts. Man hatte ihm eine Stelle als Straßenarbeiter verschafft und dazu noch ein der Gemeinde gehörendes, hohes, schmales Haus zugewiesen, dessen über drei Stockwerke führende Treppe die Hälfte des Raumes einnahm.

Er hätte nie gedacht, dass ein noch grelleres Bild die Erinnerung an den Krieg, aus dem er zurückgekommen war, in ihm würde auslöschen können. Und doch hatte er nur eine Stunde im Gewitter verbringen und dem Bericht eines alten Mannes zuhören müssen, und schon war dieses Schreckensbild einem anderen gewichen.

Drei Tage lang waren seine Hände grün und blau gewesen von den Faustschlägen, mit denen er an jenem Tag den Schotterhaufen bearbeitet hatte. Seither bedrängten ihn beim Einschlafen die Alpträume des Krieges nicht mehr. Stattdessen stieg ein eng begrenztes Bild vor seinen Augen auf: die Küche von La Burlière. Jeden Sonntag kehrte er dorthin zurück – allein – und verbrachte Stunden damit, zwischen dem Herd und dem Nussbaumtisch, zwischen der Truhe und der Wiege hin und her zu gehen. Er konnte das Bild seiner Mutter, wie sie da mit hochgeschobenen Röcken und durchtrennter Kehle vor dem Tisch gelegen hatte, nicht mehr loswerden. Sosehr er sich bei seiner Arbeit bis zur Erschöpfung verausgabte, seine Nächte blieben qualvoll. Vor allem eines versetzte ihn in Beklemmung: Seine Mutter, so deutlich sie ihm in ihrem Todeskampf vor die Augen trat, *sie hatte kein Gesicht*. Sosehr er sich anstrengte, er konnte ihr zu keinem Gesicht verhelfen.

Als einer der letzten starb der alte Burle innerhalb von wenigen Tagen an der Spanischen Grippe. Séraphin besuchte ihn an seinem Totenbett und bat ihn um eine Beschreibung der Züge seiner Mutter.

»Wozu soll das gut sein?«, sagte Burle zu ihm. Er hatte keine Angst. Er bot den Anblick eines an den Klauen angeketteten Adlers. Es blieb ihm noch genug Kraft, um seinen Priem an den Ofen zu spucken, wo er zischend antrocknete. »Mach dir nichts draus …«, fuhr er fort, »und merk dir eins:

Spanische Grippe, das ist schnell dahingesagt... Ich läge bestimmt nicht hier, wenn ich dir nichts erzählt hätte. Aber das macht nichts... Es war richtig so. Und denk immer daran: Es kann nicht so passiert sein! Verstehst du? So nicht!«

Séraphin war darum bemüht – in der ersten Zeit zumindest –, ein ganz normales Leben zu führen. Sonntags erschien er unter den Lampions und den Girlanden der Straßenfeste, auf denen der Sieg gefeiert wurde. Die Mädchen tanzten mit Mädchen oder spielten Mauerblümchen. Sie waren im selben Alter wie die Gefallenen, von denen sie mit leeren Händen zurückgelassen worden waren. Einige unter ihnen machten einen Schritt in Séraphins Richtung, ohne sich etwas dabei zu denken, wie man eben irgendeinen Mann auffordert. Aber es blieb bei einem Schritt und einem Blick. Ihr Schwung erlahmte bei seinem Anblick. Wenn sie vor ihm standen, verließen sie die Kräfte und die Stimme. Einige flüsterten sich vertrauliche Dinge über ihn zu. »Ist der schön! Nein, eigentlich ist er nicht schön, mich friert, wenn ich ihn anschaue!« – »Weißt du, was ihm passiert ist? Weißt du, was meine Mutter mir erzählt hat?« – »Das weiß doch jeder!« – »Ich könnte nie mit ihm! Ich hätte immer das Gefühl, seine ganze tote Familie würde neben mir im Bett liegen! Aber eigentlich ist das ungerecht. Ist er nicht schön?«

Manche Mädchen kamen nicht zum Tanz. Zunächst einmal die, deren Väter oder Brüder an der Front gefallen waren und die man Jahre hindurch in strenger Trauer vor der Welt wegschloss. Da waren aber auch jene, deren Familien darum bemüht waren, einen tiefen Graben zwischen sich und den gewöhnlichen Sterblichen zu ziehen. Solche Familien gibt es überall. Man möchte unbedingt *comme il faut* sein, und das bedeutet strenge Überwachung der Töchter. Wenn sie hässlich sind, so verfehlt das Wort »untadelig« selten seinen Eindruck auf schüchterne Bewerber, und wenn, wie es so schön heißt, *le haut leur a conservé le bas*, wenn also der Mangel an sichtbaren Reizen auf einen unbeschädigten Zustand der verborgenen schließen lässt, kann man immer noch eine gute Partie machen. Wenn sie aber schön sind, dann hat man es mit Reliquien zu tun, die in einem Schrein aufbewahrt werden. Dann heißt es: »Sie werden verwöhnt wie eine Prinzessin« oder: »Sie ist ihr Augapfel.«

In jenen Jahren beherrschten zwei *Augäpfel* die Schönheitskonkurrenz zwischen Peyruis und Lurs: die Rose Sépulcre und die Marie Dormeur.

Die Rose Sépulcre konnte man noch so lange kennen; wenn man ihr begegnete, war man immer wieder geblendet von ihrer Schönheit. Ihr dreieckiges Gesicht ging in eine breite, eigensinnige Stirn über, die von lang herabfallenden, rabenfarbenen Locken umrahmt war, die bei Tageslicht stahlblau erschienen und erst bei hereinbrechender Dunkelheit richtig schwarz wurden. Man fragte sich, woher sie ihre Mandelaugen hatte. Ihre kleinen Brüste luden geradezu dazu ein, fest in die Hand genommen zu werden. Wenn man ihr begegnete, traute man sich kaum, ihr nachzusehen, um sich nicht dem Anblick ihres mit herausfordernder Unbefangenheit geschwenkten Hinterteils auszusetzen.

Ihre Wiege hatte in einer Ölmühle gestanden, wo die Luft nie abkühlte. Ihr Vater, der Didon Sépulcre, bildete sich etwas darauf ein, den zur Mühle gehörigen Flurnamen zu führen: *Saint-Sépulcre*, heiliges Grab, so hieß die Mühle, die am Ufer des Lauzon fast das ganze Jahr über auf Regen wartete. Sie war nach einer Kapelle genannt, die einst dort gestanden hatte und von der nur noch eine grasüberwachsene Erhebung zu sehen war. »Man nennt uns Sépulcre«, pflegte Didon zu sagen, »weil unsere Familie genau so alt ist wie die Kapelle.« Er war ein weithin bekannter, wohlhabender Mann. Sein Traum war es, seine beiden Töchter vorteilhaft an den Mann zu bringen. Im Übrigen hatte er sein Anwesen zur allgemeinen Missbilligung durch den Kauf der besten Grundstücke aus dem Besitz der Monges abgerundet, nachdem diese Familie von der Liste der Lebenden gestrichen worden war. Abergläubischen Anwandlungen war er kaum zugänglich, und so hätte er liebend gern auch La Burlière erworben – für ein Butterbrot –, doch da hatte sich seine Frau quergestellt. »Wenn du La Burlière kaufst«, hatte sie zu ihm gesagt, »kannst du allein dort wohnen. Ich werde nie den Fuß dorthin setzen. Bestimmt schleicht dort nachts die Girarde noch an den Wänden entlang. Und ich bin sicher«, hatte sie schaudernd hinzugefügt, »dass sie ihr Kleines sucht, um es zu stillen.«

Nun war der Krieg vorbei, und der Didon Sépulcre wurde langsam unruhig, wenn er die einigermaßen annehmbaren jungen Männer Revue passieren ließ, die noch für seine Töchter übrig blieben. Bei jeder neuen Hochzeit zog er seine Mundwinkel zwischen Daumen und Zeigefinger ein bisschen tiefer herunter. Vor allem, weil die Rose immer schwerer zu hüten war. Sie glitschte ihnen aus den Händen wie ein nasses Stück Seife. Ihre Mutter hatte ihr von dem Geld, das sie mit ihrem hausgemachten Käse verdient hatte, ein Fahrrad geschenkt. Seither war die Rose eigentlich ständig unterwegs. Man konnte nur hoffen, dass sie schon keine Dummheiten machen würde. Sie brauchte zwei Stunden, um in Lurs ein Brot einzukaufen. Wenn sie für ihre Großmutter Besorgungen in Peyruis machte, blieb sie den ganzen Nachmittag weg.

Während nun dieses Mädchen seine Schönheit am Ufer des Lauzon auf zwei Rädern spazieren führte, schickte sich im Dorfe Lurs, zweihundert Meter über dem Tal, ein anderer *Augapfel* an, dem Schicksal entschlossen entgegenzugehen, ein Mädchen, dessen Schönheit weniger augenfällig war. Eigentlich war es ihre strahlende, gesunde Frische, die diese junge Frau schön erscheinen ließ. Mit ihrer unbändigen Lebenskraft und ihrem entschlossenen Gang schien sie mit jeder Bewegung die Luft um sich herum wegzuschieben. Sie trug das Gesicht einer Göttin der Saaten zur Schau, das den Eindruck erweckte, man müsse es schnell bewundern, bevor es zerfloss. Vor ihr war niemand in dieser Familie schön gewesen.

Ihr Vater, der Célestat Dormeur, war dunkel wie ein Sarazene, mager und knöchern, mit Augen von ungleicher Farbe. Seine Wangen waren hohl. Man fragte sich immer wieder, wie dieser Bäcker, der kaum sechzig Kilo wog, es fertig brachte, mit seinen Heuschreckenärmchen Teigmassen zu kneten, die mehr wogen als er selbst. Ihre Mutter, die Clorinde Dormeur, war bleich und hoch aufgeschossen wie eine Stange Lauch. Sie hatte große, nach innen gekehrte Füße, die ständig unter dem Verkaufstisch des Backwaren- und Lebensmittelladens hervorsahen und mit denen sie sich an allen umherstehenden Brotkörben stieß. »Ojemine!«, rief sie jedes Mal aus, wenn sie im Hinterzimmer aus Versehen in den Spiegel blickte; denn die Blattern hatten ihre Wangen und ihr Kinn entstellt. Aber »treu wie Gold« sei sie allemal, pflegten die Leute im Dorf zu sagen. Somit erschien es allen wie ein kleines Wunder, wenn sie Marie Dormeur im Sauseschritt durch Lurs gehen sahen, von einem unwiderstehlichen Schwung angetrieben, ohne ein besonderes Ziel oder Vorhaben einfach das Leben in vollen Zügen genießend.

Eines hatten sie gemeinsam, die Marie Dormeur und die Rose Sépulcre zu jener Zeit – sie fürchteten sich vor nichts und niemandem. Und diese Unerschrockenheit sollten sie nötig haben.

Kurze Zeit nach Burles Tod kam Séraphin einmal nach Einbruch der Nacht nach Hause. Wie alle anderen hier schloss er seine Tür nie ab. Als er in die Küche trat, wartete dort jemand auf ihn. Ein Schattenriss zeichnete sich am Fenster vor der elektrischen Laterne ab, die den kleinen Platz vor dem Haus beleuchtete. Er hörte das leichte Rascheln eines Kleides und schnelle Schritte, die auf ihn zukamen. Eine junge Frau trat aus dem Schatten so nah vor ihn hin, dass ihre Brüste ihn unter den Rippen berührten, wenn sie tief Luft holte. Ein seltsamer Heckenrosenduft ging von ihr aus, und er konnte trotz des Gegenlichts im Halbdunkel ihr Gesicht erkennen.

»Lass das Licht aus!«, flüsterte sie. »Sonst kann man mich von draußen sehen ... Mein Vater würde es gleich erfahren ...«

»Nein«, antwortete Séraphin.

»Ich hab dich beim Brunnen gesehen, damals, als du aus der Kanzlei des Notars kamst und ich den Wasserkrug für meine Großmutter füllte, und seither hab ich nur noch Augen für dich ...« Sie sprach hastig. Man hörte, dass sie das alles nächtelang vorher eingeübt hatte.

»Nein«, sagte Séraphin.

»Ich bin Rose Sépulcre. Du hast mich gesehen. Du kannst mich gar nicht übersehen haben!«

»Nein«, sagte Séraphin.

»Ja, ja, noch sagst du nein, aber warte erst mal!« Er fühlte, wie sie ihre Hand flach auf seinen Gürtel legte und ganz langsam über seinen Bauch fuhr. Sie streichelte ihn durch den Stoff hindurch. Er hörte sie flüstern: »Siehst du ... siehst du ...!« Stammelnd gaben ihre Lippen dem verhaltenen Drang nach zu sagen, was sie von ihm erhoffte.

Séraphin kam es sonderbar vor, in der Dunkelheit dieses Raums, in dem er sich sonst allein, mit weit geöffneten Augen aufhielt, zu fühlen, wie sich sein Glied unter den Liebkosungen dieser kleinen Hand aufrichtete, und sich dabei dennoch nicht der Erinnerung an dieses dunkelrote Bild entledigen zu können, dessen Rahmen er immer überschritt, wenn die Finsternis ihn umhüllte. In diesem Gemälde bewegte er sich dann unter lauter gesichtslosen Gestalten – er hatte sie ja nie gesehen – und legte immer den gleichen Weg zurück. Mit der Langsamkeit eines Mannes, der nicht sicher sein konnte, ob er denn wirklich lebe, schritt er immer wieder auf die Wiege zu, in die er sich gern zurückgelegt hätte und in die doch nicht einmal die Hälfte eines seiner Beine gepasst hätte. Doch dieses Gemälde verströmte einen Geruch, den Geruch, den der alte Burle so eindrucksvoll beschrieben hatte und der es ihm unmöglich machte, jemals wieder beim Schweineschlachten zu helfen.

Was konnte die Rose Sépulcre allein mit den Waffen ihrer Schönheit und ihres Verlangens gegen dieses unentwirrbare Gestrüpp von gesichtslosen Leichen ausrichten, das sie wie eine Hecke von Séraphin fern hielt?

»Nein«, sagte Séraphin, ohne die Stimme zu erheben.

Sie fühlte, wie das Glied des jungen Mannes unter ihrer Hand erschlaffte, und zog sie schnell zurück.

»Was heißt hier nein? Was soll denn dieses Wort, das du ständig wiederholst?«

»Nein«, sagte Séraphin.

Sie stieß ihn zur Seite und schlug ihm mit den Fäusten gegen die Brust mit einer Wut, die wie ein Unwetter über seine fünfundneunzig Kilo herfiel. »Lass mich vorbei«, schrie sie.

Sie floh die Treppe hinunter, und er hörte, wie sie die Haustür heftig hinter sich zuschlug und auf der Straße davonrannte. Er öffnete das Fenster und stützte sich mit den Ellbogen auf das Fensterbrett. Das Plätschern der vier Brunnenrohre reichte nicht aus, seine Beklemmung zu lindern. Aus einem Baum ertönte der Ruf eines Käuzchens. In weiter Ferne, hinter den Pinienhügeln, auf den Wellen eines ursprungslosen Windes herangetragen, erklangen Melodiefetzen einer Drehleier, die zu einem langen verlöschenden Fest aufspielte.

Doch das einzige Geräusch, das Séraphin zu hören vermochte, hatte Burles Erzählung ihm eingegeben: das Gurgeln des Blutes, das aus einer geöffneten Schlagader spritzt. »Mit aufgeschlitzter Kehle«, hatte er gesagt.

Mit der Zeit war ihm klar geworden, dass die Lage des Körpers seiner Mutter auf den Fliesen – so wie sie Burle beschrieben hatte – darauf hindeutete, dass sie noch versucht hatte, zu ihm in seiner Wiege zu gelangen, während sie ihr Blut verlor.

Lange Zeit blieb Séraphin mit aufgestützten Ellbogen an seinem Fenster. Er hatte die Hände vor das Gesicht geschlagen, als hätte die Szene, die ihn nicht mehr loslassen wollte, hier vor seinen Augen stattgefunden, auf der stillen Straße von Peyruis oder auf den öden Inseln in der Durance hinter dem Deich.

»Solange du das im Kopf hast«, sagte er sich, »wirst du nie leben können wie alle anderen.«

Es muss wohl in jener Nacht gewesen sein, als er seinen Entschluss fasste.

~ 3 ~

»CLORINDE! He, Clorinde! Komm doch mal raus! Hör mir mal kurz zu!«

Mit einem plötzlich aufkommenden Wind tauchte die schwarze Tricanote am Ende der Straße auf. Eingehüllt in eine Staubwolke, der sie gerade entstiegen zu sein schien, versuchte sie mit ihrem Hirtenstab, den sie wie eine Lanze trug, ihre Ziegen in den Stall zurückzutreiben. Sie standen eng aneinandergedrängt, Euter an Euter, mit hochgereckten Hörnern. Die Tricanote selbst, wie ihr der Wind so unter die Röcke fuhr, sah wie eine Schwangere aus. Ein höchst unziemlicher Eindruck bei einer Frau von vierundsiebzig Jahren, die ihrem Alter mit spitzem Hinterteil und fest auftretenden Hühnerbeinchen in strammer Haltung trotzte.

»Clorinde, he, Clorinde!«

Clorinde Dormeur rieb gerade die Schalen der Waage mit Polierpaste ab. Sie erschien vor dem Laden, das Tuch in der Hand.

»Bist du verrückt, so zu brüllen! Der Célestat macht sein Schläfchen!«

»Sag mal, Clorinde, hast du's noch nicht gehört? Der Séraphin!«

»Was für ein Séraphin?«

»Na, der Séraphin Monge! Der ist plemplem! Der verbrennt seine Möbel.«

»Was sagst du da? Der Séraphin Monge, der, der ...«

»Genau der! Der ist unten in La Burlière. Er verbrennt alles!«

»Und woher willst du das wissen?«

»Einer hat's mir erzählt. Der ist gerade zurückgekommen. Er hat oberhalb von La Burlière auf der Lauer gelegen. Plötzlich hat er den Schornstein rauchen sehen. Da hat er getan, was wir alle in so einem Fall getan hätten: Er ist runtergeschlichen und hat heimlich durch das kleine Fenster geschielt. Du meine Güte! Stell dir vor, was er mir gesagt hat: ›Ich hab den Séraphin gesehen. Er hat versucht, den Tisch mit dem Vorschlaghammer kleinzuhauen! Und in den Flammen lagen schon Teile vom Backtrog!‹«

Die Clorinde Dormeur presste die Hand auf den Mund, denn sie konnte sich das Gemetzel, das da an den Möbeln angerichtet wurde, nur zu gut vorstellen, und es tat ihr weh, fast als ob es ihre eigenen wären.

Marie war oben in ihrem Zimmer, vor dem offenen Fenster. Sie staubte nacheinander die hohen Vasen aus Meißner Porzellan ab, die sie von ihrer Patin zur Kommunion geschenkt bekommen hatte. Und beim Staubwischen dachte sie nach. Schon seit längerem ging ihr dieser Séraphin nicht mehr aus dem Sinn. Aufgefallen war er ihr, als sie auf ihrem *triporteur*, ihrem Lieferdreirad, nach Paillerol gefahren war, um Brot auszuliefern. Mit nacktem Oberkörper hatte er mit seiner Spitzhacke ausgeholt, um sie auf den verwitterten Felsblock an der Böschung niedersausen zu lassen, und alle seine Muskeln waren vor Anstrengung hervorgetreten.

Schon seit einiger Zeit sagte sie sich: »Wenn ich mich dem nicht an den Hals werfe, wird die Rose Sépulcre ihn sich schnappen, diese Schlampe. Die ist zu allem fähig, mit ihrem Namen, bei dem es einem kalt den Rücken herunterläuft. Die Bessolote hat mir schon erzählt, dass sie sie neulich abends bei Séraphin gesehen hat.«

Deshalb fuhr Marie jetzt zusammen, als sie den Namen Séraphin hörte. Die Angst vor dem Frevel, den zu begehen er offenbar im Begriff stand, ließ sie in wilder Hast und ohne nachzudenken die Wendeltreppe hinunterstürzen. Mit einem Satz durchquerte sie den Laden und tauchte draußen vor ihrer Mutter und der Tricanote auf, die wie versteinert dastanden. Wie ein Pfeil schnellte sie an ihnen vorbei zu ihrem *triporteur*, der an der Wand stand, wendete ihn in Richtung Straße und stieg auf.

»Marie!«, schrie Clorinde. »Was machst du da? Wo willst du denn hin?«

Aber Marie verschwand bereits hinter der nächsten Kuppe. Die Clorinde wandte sich der Alten wieder zu, der es inzwischen gelungen war, ihre Ziegen in den Stall zu treiben.

»Aber wo will sie nur hin?«, fragte die Tricanote neugierig.

»Mein Gott, wer soll das wissen? Dieses Mädchen ist völlig verrückt! Die bringt mich noch unter den Boden!«

Marie fuhr, so schnell sie konnte, die kurvige Straße nach La Burlière hinab, wo der Schornstein rauchte. Wie eine Besessene trat sie in die Pedale ihres schwankenden Rades. Diese Tätigkeit hatte ihr, vor allem bei den häufigen Bergfahrten von Peyruis nach Lurs, zu makellos festen Schenkeln verholfen.

Es ist schwer, Möbel zu verbrennen, die eine Geschichte haben. Die Brottruhe gab als erste nach, nur der Deckel hielt stand. Sie war von Holzwürmern durchlöchert, die Füße bestanden nur noch aus Holzstaub, und doch stöhnte sie wie ein lebendiges Wesen, als Séraphin sie mit seinem Hammer zerschlug. Es war, als habe er mit einem Schlag den Ursprung dieses warnenden Knarrens zerstört, das sie ihr ganzes Leben, mehr als hundert Jahre lang, hatte ertönen lassen, auch dann noch, als sie so lange einsam in diesem kalten Bauernhaus hatte ausharren müssen, dass sogar der Brotgeruch, der sich in den Holzwurmlöchern festgesetzt hatte, schließlich verflogen war. Lange noch weinte diese Truhe in dem Feuer, das sie langsam verzehrte.

Der Tisch leistete Widerstand. Die Tischplatte war sechs Zentimeter dick, und da sie dazu noch vier Meter lang war, konnte Séraphin sie nicht in einem Stück in den Kamin schieben. Es gelang ihm nicht einmal, die Spur, die im Tisch zurückgeblieben war, nachdem der Spieß den Körper seines Vaters durchbohrt hatte, mit seinen Hammerschlägen zu tilgen.

Er nahm den Salzbehälter von der Wand und warf ihn ins Feuer. Das festgebackene Salz, das noch darin gewesen war, verbrannte in grünen Flammen, die sich noch lange störend unter die roten des Kaminfeuers mischten. Séraphin achtete nicht darauf. Er starrte auf die Spuren rings um den jetzt leeren Fleck, auf die der alte Burle ihn hingewiesen hatte. Die Blutflecken waren in die gekalkte Wand eingezogen, waren mit ihr gealtert, doch war ihre Farbe nie eins mit derjenigen der Wand geworden. Nachdem der Salzbehälter nun verschwunden war, konnte man an den Handabdrücken rund um die leere Stelle mit dem frischer aussehenden Kalk erkennen, dass der Sterbende noch versucht haben musste, den Behälter abzunehmen.

Séraphin erhob sich seufzend. Er entdeckte die Uhr, die sich ängstlich in den hintersten Winkel zu ducken schien. Mit zwei Hammerschlägen hatte er dem Gehäuse aus Weichholz den Garaus gemacht. Er hatte genau den Blumenstrauß getroffen, der einst unbeholfen dort hingepinselt worden war. Er hatte die Uhr ausgeweidet, das Uhrwerk und das Pendel herausgerissen. Die Teile hatte er auf den etwas aus den Fugen geratenen Tisch gelegt, der jedoch immer noch gut standhielt. Er dachte, dass die Wiege ebenso leicht kleinzukriegen sein müsste wie die Uhr, allein mit Fußtritten. Aber den ersten Tritt bekam er bis in die Knochen zurück, bis zum Ansatz des Schenkels; der zweite, der genauer traf, brachte das Möbel auf seinen wie ein Joch geschwungenen Kufen zum Kippen, sodass der scharfe Rand des Geländers Séraphin mit voller Wucht ans Schienbein traf. Wütend schleuderte er die Wiege gegen die Wand, jedoch, als ob sie aus Gummi gewesen wäre, sprang sie in die Mitte des Raums zurück. Hochmütig und wie ein Spinnrad schnurrend, wiegte sie sich auf ihren Kufen. Glücklicherweise war der Kamin so groß, dass sie in voller Größe hineinpasste. Séraphin hob sie hoch, um sie ins Feuer zu werfen.

Völlig außer Atem riss Marie Dormeur die Tür auf. Sie sah Séraphins Bewegung. Sie stürzte sich auf die Wiege und umklammerte mit beiden Händen die Sprossen des Geländers.

»Verschwinden Sie!«, knurrte Séraphin.

»Hören Sie mal. Wissen Sie überhaupt, wen Sie vor sich haben?«

»Ja, Sie sind die Bäckerstochter. Sie sollen verschwinden, hab ich gesagt!«

»In diesem Ton hat noch niemand mit mir gesprochen!«

»Ich spreche mit Ihnen, so gut ich es eben kann.«

Sie rangen heftig miteinander um die schaukelnde Wiege, die zwischen diesem Schrank von einem Kerl und dem kräftigen Mädchen hin und her sprang. Durch die heftigen Stöße, die sie ihr versetzten, erhielten die beiden ihrerseits manchen kräftigen Schlag zurück.

»Schämen Sie sich nicht«, schrie Marie, »diese Wiege zu verbrennen, in die Sie Ihre Kinder legen könnten?«

Ohne vom Kampf um die Wiege abzulassen, schüttelte Séraphin den Kopf und antwortete ruhig:

»Nie und nimmer! Ich werde niemals Kinder haben.«

»Aber ich will welche!«

Séraphin war verblüfft über diese Antwort, und das nutzte Marie aus; nach einem kräftigen Ruck hielt sie die Wiege schließlich allein in den Händen. Sie umklammerte sie sofort mit den Armen, presste sie an ihre Brust und wich zur Wand zurück, fest entschlossen, sie sich nicht wieder nehmen zu lassen, weder Fausthieben noch Fußtritten nachzugeben.

»Na bitte, wer hindert Sie daran?«, sagte Séraphin. Er nahm eine der Bänke, die rings um den Tisch gestanden hatten, und übergab sie den Flammen. »Dann nehmen Sie sie doch, wenn Sie sie unbedingt haben wollen!«

»Und ob ich sie nehme!«

Schnell drehte Marie sich um und rannte mit der Wiege im Arm nach draußen. Sie öffnete den Kasten, der an ihrem Rad befestigt war und in dem man Lasten verstauen konnte, und legte die Wiege hinein. Dann kehrte sie ins Haus zurück, schloss die Tür hinter sich und musterte Séraphin von Kopf bis Fuß.

»Jetzt wissen Sie, was ich will ...«, sagte sie.

Aber plötzlich unterdrückte sie einen Aufschrei hinter der vorgehaltenen Hand. Sie hatte die Leiche der Standuhr gesehen, die ausgeweidet auf dem Boden lag. »Mein Gott!«, stöhnte sie auf.

Es schien ihr, als ob er mit der Zerstörung der Uhr ein ebenso unverzeihliches Verbrechen begangen hatte wie mit dem Versuch, die Wiege zu vernichten. Sie bemerkte das achtlos auf den Tisch geworfene Uhrwerk und das Pendel. Sofort stürzte sie sich darauf.

»Das da«, meinte sie, »das wirst du nicht verbrennen können!«

Sie drückte das Uhrwerk mit dem mit Blumen bemalten Zifferblatt an sich, und wie eine Diebin nahm sie es mit und verstaute es zusammen mit dem Pendel in ihrem Rad, genauso sorgfältig, wie sie es mit der Wiege getan hatte.

Séraphin war ihr gefolgt. Aufmerksam beobachtete er ihre Bewegungen und schüttelte den Kopf. Er seufzte tief. Es war der erste Seufzer, den er hören ließ, seit seiner Rückkehr aus dem Krieg und nach den Erzählungen des alten Burle über jene entsetzliche Nacht.

Am Fuße einer der Zypressen stand ein Gebilde aus geschwärztem Kalkstein, das einmal das verzierte Kapitell einer Säule gewesen war, die aus einer Kirche stammte. Irgendeiner von Séraphins Vorfahren hatte es wohl dort hingebracht, um sich an Sommerabenden darauf auszuruhen. Dort ließ

Séraphin sich niedersinken, und seine Hände baumelten schlaff zwischen seinen Beinen.

»Komm her«, sagte er dumpf.

Marie kam näher. Sie glitt lautlos neben ihn, vorsichtig, als ob er ein Vogel wäre, der sich beim ersten Anzeichen von Gefahr unter den Brombeerstrauch flüchten konnte.

»Ich kann mich einfach nicht daran gewöhnen ...«, sagte Séraphin. »Es bleibt mir immer vor Augen. Zuerst dachte ich, es wäre der Krieg. Aber nein... Es ist viel schlimmer. Verstehst du, im Krieg, da ging es alle an. Aber das hier, das betrifft nur mich allein. Deshalb verbrenne ich alles... Wenn das alles hier nicht mehr da ist, dann ist vielleicht meine Mutter... Sie ist dann vielleicht auch weg... Da drin ist sie gestorben, meine Mutter, mit dreißig Jahren. Sie ist noch bis zu meiner Wiege gekrochen. Bis zu dieser Wiege da!«, sagte er und zeigte auf das Dreirad. »Verstehst du, ich und meine Mutter, danach war da nur noch das Waisenhaus. Die Nonnen wussten nicht mehr über mich als ich selbst. Aus Vorsicht hielten sie mich von den anderen fern, als ob ich ansteckend gewesen wäre. Nach meinem Schulabschluss, als sie mich nicht mehr behalten konnten, schickten sie mich in die Nähe von Turriers. Dort forstete man den Wald wieder auf. Wir mussten Kiefern pflanzen, inmitten von Steinen, die spitz wie Dolche waren. Da war alles voll von Steinsplittern, nicht größer als so... Also musste man, um pflanzen zu können, die Steine mit den Händen wegräumen, denn sonst wäre die Hacke einfach abgeprallt. Und alle Täler und alle Hügel waren übersät mit dem Zeug, und wir hatten nur unsere Hände ...

Und dazu war ich nun unter Männern. Abends sprachen sie leise miteinander in den Baracken, und wenn ich näher kam, brach das Gespräch ab. O ja, ich hab schnell kapiert, dass irgendwas an mir nicht normal war... Es waren fast alles Piemontesen. Manchmal bekamen sie Post von ihren Müttern, dann weinten sie. Und manchmal, wenn einer vom Tod seiner

Mutter erfuhr, hallte das Trauergeheul die ganze Nacht durch das Barackenlager. Sie schluchzten immer gemeinsam. Eines Tages kam ein ganz Junger zu mir – der war noch nicht lange dabei – und fragte mich: ›Und du, bekommst du nie Post von deiner Mutter?‹ Noch bevor ich antworten konnte, trat ihm schon einer so hart in den Hintern, dass er ins Stroh fiel. Sieben Jahre … Ich habe sie dort oben rumgebracht. Dort oben hat mich der Krieg aufgelesen. Ich hatte nichts gelernt. Ich wusste nichts. Ich döste vor mich hin.«

Aus seiner Tasche kramte er, was er brauchte, um sich eine Zigarette zu drehen, was er dann auch in aller Ruhe tat. Seitdem Séraphin zu erzählen begonnen hatte, wagte Marie kaum zu atmen. Aber der Damm war gebrochen. Er richtete seine Worte auch gar nicht mehr an sie. Er sprach zu dem Haus, zu dem Rauch, der aus dem Schornstein stieg, zu der Luft, die schon seine Vorfahren hier geatmet hatten und die um dieses Gebäude gestrichen war, dessen hoch gelegene Vorratsräume hohl widerhallten, weil das Heu in ihnen schon seit langer Zeit zu Staub zerfallen war.

»Wir waren fünfundzwanzig in unserer Kompanie. Manchmal blieben nach einem Angriff nur noch sechs, manchmal noch drei übrig. Man sorgte immer wieder für Nachschub. Jedes Mal sagte ich mir: Das nächste Mal bist du dran. Von wegen. Nie. Der Einzige, den niemand vermisst hätte. Der Einzige, um den niemand geweint hätte. Aber nein! Da war nichts zu machen!«

Er warf die Zigarette auf den Boden und zertrat sie mit seinen derben Schuhen.

»Da war dann noch einer, der blieb auch am Leben. Er belauerte mich. Er konnte mich nicht riechen. Einer aus Rosans, im Département Hautes-Alpes. Er kannte mich besser als ich mich selbst. Er hatte herausgefunden, was ich am meisten verheimlichte. Ich hatte keine Mutter. Er dagegen hatte eine. Sie schrieb ihm jede Woche. Er las mir die Briefe vor, ganz langsam, damit ich es auch richtig genießen konnte, und was sie ihm Liebes schrieb, das strich er besonders heraus. Und jedes Mal wenn wir zum Angriff rausmussten, rief er mir zu: ›Monge! Heute trifft's dich!‹ Noch am Tag, an dem er starb, hat er mir das zugerufen. Die Granate schlug auf seiner Seite ein. Er hat alles abgekriegt. Er fiel auf mich. Ich spürte durch seinen Mantel hindurch, dass es ihn in Stücke gerissen hatte. Seine Nerven ließen ihn zucken, als ob er noch am Leben gewesen wäre. Sein Körper bedeckte mich vollkommen. Du kannst dir nicht vorstellen, was so ein Körper an Schutz bietet. An Granatsplittern und Kugeln hat er noch so viel abgekriegt, dass er zehn Mal daran hätte sterben können. Ich hab gespürt, wie er sich wie ein Sack nach und nach entleert hat. Den Geruch seiner warmen Eingeweide hab ich noch immer in der Nase.«

»Hör auf!«, stieß Marie mit leiser Stimme hervor.

Er gehorchte ihr für wenige Augenblicke, dann fuhr er fort:

»Dieser Tag, das war für mich der Höhepunkt des ganzen Kriegs. Später kam der Tod nicht mehr so nah bei mir vorbei, ganz so, als ob er es aufgegeben hätte, mich je zu holen.«

Er verstummte. Er wandte sich Marie zu und sah ihr tief in die Augen. Aber schnell wandte er seinen Blick wieder ab, wie ein Lügner, der es nicht erträgt, den Menschen anzusehen, den er belügt. Doch bei ihm war es die Wahrheit, die er zu enthüllen im Begriff war und deren er sich schämte.

»Ich werde dir ein Geheimnis verraten«, sagte er schnell, »denn irgendjemand muss ja wenigstens ein bisschen etwas von mir verstehen, und da es dich nun mal interessiert … Also: Dem aus Rosans habe ich, gleich nachdem er tot war und ich wusste, dass ich die Erinnerung an ihn nie loswerden würde, die Brieftasche aus dem Mantel gezogen und ihm was daraus geklaut …«

Mit einer kurzen Bewegung zog er aus seiner eigenen Brieftasche, die er in die Innentasche seiner Drillichjacke gequetscht hatte, ein Stück hellbraunen Papiers und hielt es Marie hin.

»Sieh mal«, sagte er, »das hab ich ihm geklaut. Es ist ein Brief von seiner Mutter. Vielleicht lebt sie noch. Aber wenn sie ihn so sehr geliebt hat, wie sie schrieb, muss sie an seinem Tod zugrunde gegangen sein. Das war alles, was ich hatte. Die anderen, die hatten Briefe von ihrer richtigen Mutter, ihrer Freundin oder ihrer Verlobten, ich hatte das, sonst nichts.«

Marie schaute ihn an. Sie sah ihn im Profil. Er betrachtete das Haus, die Schuppen, den Rauch, der aus dem Schornstein stieg und der ein Leben vortäuschte, das es nicht mehr gab.

»Und was noch dazukommt«, sagte er mit rauer Stimme, »damals konnte ich noch glauben, sie sei gestorben, ganz einfach gestorben. Aber nein! Dazu musste ich all das überstehen und hierher zurückkommen, um so etwas zu erfahren! Um das hier vorzufinden!« Er wies mit der Hand auf die offene Tür, durch die man die Flammen im Kamin sehen konnte. »Verstehst du jetzt: Ich bin allein! Ganz allein! Und ich kann mich nicht einmal rächen! Das haben sie schon vor mir erledigt!«

Er trommelte mit den Fäusten auf seinen Oberschenkeln herum.

Marie rutschte auf dem rauen Steinblock zu Séraphin herüber. Sie nahm seinen Arm, hob ihn hoch und kroch unter diesen schützenden Fittich. Sie nahm seine schlaffe Hand und legte sie um eine ihrer Brüste. Aber die Hand lag einfach da, leblos und kalt. Gedankenlos zog er sie weg, als könne sie ebenso wohl dort liegen bleiben. Er stand auf. Mit dem Blick maß er die Höhe der Zypresse, unter der sie saßen.

»Ich glaube einfach nicht, dass so etwas möglich ist«, sagte er. »Ich kann nicht glauben, dass hier kein Leben mehr ist. Ich …«

Plötzlich verstummte er. Unvermittelt bekam sein Blick wieder die Schärfe, die er in all den Kriegsjahren gewonnen hatte. Es schien ihm, als ob das Lorbeergebüsch, das den Hof von La Burlière gegen die Fahrstraße hin abschirmte, sich leicht bewegt hätte, wie beim Durchtritt eines großen Stück

Wildes. Es war eine kaum wahrnehmbare Wellenbewegung, leicht wie der Abendwind, und man musste schon einmal beides, Jäger und gejagtes Wild, gewesen sein, um sie richtig zu deuten.

Ohne weitere Überlegung rannte Séraphin schräg auf die Gruppe von Lorbeerbüschen zu, außen herum, als handle es sich um einen Patrouillengang. Er bewegte keinen Grashalm, keinen Stein. Er erreichte die Zweige des Gebüschs, bevor Marie unter der Zypresse auch nur eine Bewegung machen konnte. Er bog die Blätter auseinander. Zu dem Geruch steifer, zertretener Blätter gesellte sich der kaum wahrnehmbare Geruch eines Mannes, der vor kurzem noch hier gewesen sein musste. Séraphin erblickte eine große, bequeme Kuhle. Jemand hatte sich hier in den Quecken versteckt, hatte sich dort geraume Zeit aufgehalten, hatte ihn belauscht.

Schnell rannte er die Böschung hinunter auf die Straße. In beiden Richtungen war nichts zu sehen, bis auf einen Lastwagen, der mit rasselndem Kettenantrieb in die Kurve beim Kanal einbog. Von weitem hörte man die Bahnhofsglocke von Lurs, die die Ankunft eines Zuges ankündigte, aber nirgendwo war eine Menschenseele zu entdecken.

Séraphin kam mit schleppendem Schritt nach La Burlière zurück. Unter der Zypresse war alles leer, Marie und ihr Fahrrad waren verschwunden. Lange betrachtete Séraphin den Platz, auf dem sie gesessen hatte.

»Die Liebe ...«, murmelte er schließlich.

Langsam zog er seine gewaltigen Schultern hoch und ging ins Haus zurück, um seinem Möbelfeuer neue Nahrung zu geben.

~ 4 ~

»ROSE! Es heißt, du hättest dich zu diesem Straßenarbeiter hingestellt und dich mit ihm unterhalten.«

»Er hat auch einen Namen«, sagte Rose.

»Sein Name geht mich nichts an.«

»Er ist genauso alteingesessen wie wir«, sagte Rose. »Wenn man ihm nicht die Eltern umgebracht hätte, wäre er ebenso angesehen wie wir.«

Sie stellte die Dessertschalen so energisch in die irdene Spülschüssel, dass sie klirrten. Sie sah zur Dachluke hinaus. Die Mittagssonne brannte auf den angetrockneten Lauzon herab, auf den kleinen Wasserfall, von dessen Existenz nur noch eine gut armlange Zunge aus kreidefarbenem Moos zeugte, und auf die Trüffeleichen am Abhang von Lurs, die im heißen Wind trauerten.

Sie kam zum Esstisch zurück, an dem ihr Vater einen Apfel schälte. Die Térésa Sépulcre sammelte alle Brosamen einzeln von der Wachstuchdecke auf. Roses Schwester, die Marcelle, zählte die Zuckerstücke, die sie aus der Schachtel nahm, um sie in die Blechdose zu geben. Die Fliegen schwirrten brummend um die *faisselles* herum, die mit Löchern versehenen Schalen aus Steingut, aus denen die gestandene Milch abtropfte.

»Rose«, fing der Didon Sépulcre wieder an, »damit das klar ist: Ich will nicht, dass der Straßenarbeiter dir schöne Augen macht ...«

»Nicht er macht mir schöne Augen, sondern ich ihm!«, sagte Rose. »Ich frage mich, warum ihr nicht wollt, dass ich mit Séraphin rede. Fändet ihr es am Ende unanständig, wenn ich einen schönen Mann heiraten würde?«

»Pah!«, rief Marcelle giftig aus. »Auf dich wird er es wohl kaum abgesehen haben, der Séraphin!«

Marcelle war ein hochaufgeschossenes Mädchen. Mit ihren hervorstehenden Knochen, der gewölbten Stirn und dem langen Gesicht, mit ihren Fesseln, die an ein Maultier erinnerten, ähnelte sie ihrem Vater. Am oberen Ende ihrer hölzernen Schenkel zeigten sich zwei eben mal faustgroße Hinterbacken, mit denen sie vergeblich arrogant zu wackeln versuchte. Ihre Vorderfront war flach wie eine Türfüllung ohne Verzierungen, und man konnte noch nicht sagen, ob sie einmal Formen annehmen würde oder nicht. Sie erblasste vor Neid, wenn sie ihre ältere Schwester ansah, denn mit ihren achtzehn Jahren verfügte Rose im Überfluss über all das, was Marcelle fehlte.

»Was willst du schon groß wissen?«, fragte Rose.

»Ich habe gesehen, wie er mit der Marie Dormeur geredet hat.«

»O je, wenn er die heiraten würde! Der Ärmste! Seine Kinder würden der Clorinde ähnlich sehen! Da würde was Schönes draus werden, stell dir das mal vor! Nein«, fuhr Rose ärgerlich fort, »du musst wohl gesehen haben, wie die Marie Dormeur *mit ihm* geredet hat, das ist nicht dasselbe ...«

»Nein, wenn ich's dir doch sage! Er war's, er hat mit ihr geredet. Und er hat geredet und geredet! Ich habe im Garten Gras gemäht, unter den Olivenbäumen. Ich hab die beiden so deutlich gesehen, wie ich dich jetzt sehe. Er war's, er hat mit ihr geredet. Und da war sogar noch jemand, der hat sie belauscht ... Der dachte wohl, es würde ihn niemand sehen. Das war ein Anblick! Er kam beinahe angekrochen, bis unter die Lorbeerbüsche von La Burlière. Er hat sich im Gebüsch herumgedrückt wie ein Wildschwein. Er hat alles mit angehört! Aus knapp zehn Metern Entfernung.«

Didon schob den Apfelschnitz, den er gerade hatte zerbeißen wollen, in die Backe.

»Wer war das?«, wollte er wissen.

»Tja«, sagte Marcelle, »da muss ich passen.«

»Willst du mich auf den Arm nehmen? Du hast die Marie gesehen, du hast den … den Straßenarbeiter gesehen, und den, der sie belauscht hat, hast du nicht gesehen?«

»Nein!«, sagte Marcelle und sah ihn herausfordernd an.

Didon schüttelte den Kopf. Eine große Unruhe überkam ihn.

»Marie, es heißt, du hättest dich mit dem Straßenarbeiter unterhalten. Das gehört sich doch nicht!«

»Warum?«

»Darum …«

»Nur weiter so«, sagte Clorinde mit ihrer Bassstimme, »wo der Krieg ja so viele Männer in Lurs übrig gelassen hat. Da verbietest du ihr am besten gleich, nach denen zu schauen, die noch da sind!«

»Ein Straßenarbeiter!«, Célestat lachte abfällig.

»Na und? Was hast du denn am Séraphin Monge auszusetzen? Er ist ein guter Junge und fleißig! Und schön wie der junge Tag!«

»Nein, das stimmt nicht! Schön ist er nicht!«, rief Marie plötzlich mit erhobener Stimme. »Ich verbiete euch zu behaupten, dass er schön ist. Was wisst ihr schon davon, was schön ist und was nicht?«

»Jetzt fängt sie doch tatsächlich an zu schreien!«, empörte sich Clorinde.

»Ja, ich schreie. Richtig gehört! Der Séraphin Monge ist nicht schön. Er ist unglücklich, zum Sterben unglücklich.«

»Eben, eben«, sagte Célestat »Und mit dem Unglück liebäugelt man erst gar nicht. Es ist ansteckend, das Unglück, ansteckend wie die Pest …«

Er tauchte seinen Löffel in die Suppe. Aber der Hunger

war ihm vergangen. Eine unerklärliche Unruhe verdarb ihm den Appetit.

Séraphin erschien jeden Sonntagmorgen in La Burlière. Er schloss sich ein und drehte dabei den Schlüssel zweimal herum. Bald begann der Schornstein zu rauchen.

Als die Küche leer war und nur noch die Wände, die Decke und der Fußboden übrig blieben – und die schwarzen Flecken eingetrockneten Bluts, die sich an den verschiedensten Stellen zu rätselhaften Mustern vereinigten –, machte er sich über Zimmer, Kammern und Flure her. Er verbrannte die Schränke, den Schreibtisch seines Vaters, die Türen der Wandschränke.

Ab und zu kippte er die kalte Asche auf die Steinplatten des Fuhrhofs, und der Wind hatte die Woche über Zeit, sie fortzublasen.

Stundenlang blieb er vor dem Feuer hocken und ließ sich das Gesicht rot rösten, reinigte mit der Feuerzange den Kamin oder stocherte in den Stapeln von Dingen herum, die seiner Familie gehört hatten und die nun von Flammen verzehrt wurden, wobei sie manchmal in den ungewöhnlichsten Regenbogenfarben aufleuchteten.

Er machte sich an die lackierten Stühle in den Schlafkammern, deren kostspielige grüne Strohbespannung niemals das Tageslicht gesehen hatte. Stapel von Betttüchern, deren scharf geknickte Falten erkennen ließen, dass sie nie benutzt worden waren, die blauen Hemden mit weißem Blütenmuster, die seinem Vater und seinem Großvater gehört hatten, die Unterröcke der Girarde (er hielt sie mit ausgestrecktem Arm weit von sich), die Kittelchen seiner beiden älteren Brüder, die im Kindesalter gestorben waren, alles wurde zu Asche. Und all diese Andenken dufteten noch nach den in Flaschenform geflochtenen Lavendelzweigen, die er in den Schränken vorfand und ins Feuer warf.

Eines Tages verschwand der Rauch über La Burlière. Eines Tages konnte Séraphin gemessenen Schrittes in den hallenden Räumen des Gehöfts umhergehen, wo nur noch Wände, Bodenfliesen und Zimmerdecken übrig geblieben waren.

Als Marie Dormeur erfuhr, dass der Kamin nicht mehr rauchte, machte sie sich auf, um zu sehen, was es damit auf sich habe. Sie fand sich vor der verschlossenen Tür wieder, an die sie vergeblich klopfte. Sie hielt ihr Ohr daran. Da vernahm sie deutlich ein Schreiten, ein schweres, feierliches Schreiten, das in dem Haus widerhallte, dem man die Seele genommen hatte.

Es lief ihr kalt den Rücken hinunter. Ihr schien – und das Gefühl wurde stärker, je aufmerksamer sie lauschte –, dass diese Schritte nicht zu dem Mann gehören konnten, den man Séraphin Monge nannte und mit dem sie ihr Leben teilen wollte.

Séraphin brachte eine Klappleiter mit und stellte sie an die Hausmauer. Er stieg aufs Dach. Er löste einen Ziegel. Er warf ihn hinab. Der Ziegel zerbrach auf den Steinen des Fuhrhofs mit dem Klang eines zerspringenden Tellers. Séraphin wiederholte den Handgriff, einmal, zehnmal, hundertmal. Am Ende des Tages klaffte eine Wunde im Dach von La Burlière. Die Abendsonne beschien durch die nackten Dachbalken ein Stück Lehmwand unter dem südlichen Vorratsspeicher. Die Dunkelheit zerriss. Vom Licht aufgescheuchte Spinnen flohen in alle Richtungen, auf die Löcher in den Wänden zu. Die Luft, die plötzlich durch diese neue Öffnung wehte, wirbelte den Staub alten Heus auf, der hoch oben im Himmel flimmerte.

An ebenjenem Abend geschah es, dass eine Eule gespenstisch weiß mit aufgespannten Flügeln aus dem Dachgebälk aufstieg. Taumelnd kämpfte sie einige Sekunden gegen die blendende Sonne, dann trieb sie kraftlos und mit einem verstörten Schrei auf den Steineichenhain bei Augès zu.

Es kam der Tag, an dem der Dachstuhl von La Burlière, fest und dauerhaft in den Mauern verankert, sich entblößt im vollen Sonnenlicht dem Blick darbot, mit all seinen hellen Balken, die seit Jahrhunderten an Ort und Stelle trockneten.

Séraphin machte sich mit der doppelgriffigen Säge über ihn her. Das dreihundert Jahre alte, bei günstigem Mond gefällte Holz leistete Widerstand. Das eindringende Sägeblatt hörte sich an, als treffe es auf Eisen. Hin und wieder wurde es so heiß, dass es zersprang. Séraphin verbrauchte ein halbes Dutzend Sägeblätter in diesem Kampf, aber er hielt durch. Er arbeitete immer bis Mitternacht, selbst in der Dunkelheit mondloser Nächte, und seine einzige Gesellschaft war das Murmeln der Durance zwischen den kleinen Inseln.

Vorbeikommende Fußgänger hörten das Geräusch, das eher an eine Feile als an eine Säge denken ließ, die sich ins Gebälk von La Burlière fraß. Und doch kam der Tag, an dem der letzte Dachsparren mit einem Geruch von Lärchen, der die fernen Berge heranholte, auf dem Fuhrhof verbrannte.

La Burlière wirkte jetzt noch Ehrfurcht gebietender: Abgedeckt, des Dachstuhls entkleidet, lag das Innerste seiner enthaupteten Speicher offen, zwischen den Flammen der vier Zypressen, die im Wind flackerten. Das Gebäude erweckte den Eindruck eines noch leeren Sargs, der nur darauf wartete, sich wieder zu schließen, nachdem ein riesiger Leichnam in ihn gebettet worden war.

Als Nächstes kamen die *génoises* an die Reihe. Diese zwischen Dachstuhl und Gemäuer befindlichen Hohlziegelfriese waren bei La Burlière in vier eleganten, übereinander liegenden Reihen ausgebildet und dienten der Belüftung der Futterspeicher. Unter fast jeder Öffnung dieses Frieses klebte ein Schwalbennest.

Als der erste Hammerschlag die Mauer erschütterte, kreischte das ganze Schwalbenvolk vor Entsetzen. Die Vögel stürzten sich auf Séraphin. Mit dem scharfen Pfeifen einer geschwungenen Sense schossen sie an seinen Ohren vorbei. Einer hackte ihn sogar in die Stirn. Er wischte ihn beiseite, ohne Angst und ohne Zorn. Er schlug zum zweiten Mal mit dem Hammer zu. Eine aufgescheuchte Vogelmutter schoss um seinen Kopf herum, nahm ihm die Sicht und schrie so durchdringend, dass seine Ohren beinahe taub wurden. Ohne sich im geringsten aufhalten zu lassen, zerschlug Séraphin mit starken, regelmäßigen Schlägen die Mauerfüllungen, an denen die Nester klebten.

»Du Schwachkopf Schämst du dich denn nicht? Du solltest dich schämen, die Nester zu zerstören!«

Séraphin blickte auf. Rose Sépulcre stand auf der Mauer, das Kleid mit Gipsbrocken beschmutzt, die Hände in die Hüften gestemmt. Sie stand sicher auf der abschüssigen Kante, und ihr Gesicht, ihre Augen, die Aprikosenhaut ihrer Wangen glühten vor Wut. Die Schwalben griffen auch sie an, brachten ihre Frisur durcheinander und hackten nach ihren Knöcheln.

»Was willst du da, verdammt?«, schrie Séraphin. »Mach, dass du runterkommst. Sonst fällst du noch!«

»Fallen werde ich nicht. Ich werde mich hinunterstürzen, wenn du nicht damit aufhörst!«

Séraphin zuckte mit den Schultern. »Dann spring eben, was wartest du noch ...«

»Mörder!«, brüllte Rose. »Du bist genauso ein Mörder wie die, die deinen Vater und deine Mutter umgebracht haben, hörst du? Du bist nicht besser!«

»Nein ...«, sagte Séraphin.

»Doch!«, rief Rose und stampfte mit dem Fuß. Ihre jugendliche Stirn furchte sich vor Empörung. »Doch! Um nichts besser, und sogar noch schlimmer! Die damals, die haben wenigstens dich verschont. Und du? Du vergreifst dich an Vögelchen im Nest! An Vögelchen, die noch nicht mal fliegen können. Die noch keine Flügel haben! Du bist der schlimmste aller Mörder!«

»Séraphin! Séraphin!«

Sie wandten sich um. Marie Dormeur überquerte den Hof und stolperte über die Schutthaufen.

»Die schon wieder ...«, murrte Rose. Sie wandte Séraphin den Rücken zu, schwang sich behände über die abschüssige Mauerkante, ließ sich die Leiter hinuntergleiten und versperrte Marie, die schon nach den untersten Sprossen griff, den Weg.

»Du hast hier nichts zu suchen!«

»Lass mich vorbei!«

»Du hast hier nichts zu suchen, hab ich gesagt!«

Marie streckte die Hand nach ihr aus. Sie packte Roses Gürtel und zog daran, um sie aus dem Gleichgewicht zu bringen. Rose krallte sich mit beiden Händen in Maries Haaren fest. Sie rollten zusammen über die gewölbten Steinplatten des Hofes. Sie hatten sich, ohne ein Wort von sich zu geben, gegenseitig gepackt und rangen keuchend und ungelenk miteinander, ohne viel Wirkung zu erzielen, und vor lauter Wut ging ihnen fast der Atem aus. Ihre kräftigen Schenkel strampelten nackt unter den Röcken, die in alle Richtungen flogen. Ihre Knie bluteten vom häufigen Aufschlagen auf die Steinplatten.

Séraphin kletterte hinunter, um die beiden zu trennen, aber kaum hatte er einen Fuß auf den Boden gesetzt, als er über sich ein seltsames Knistern vernahm, das von der Verstrebung herrührte, die er zuvor mit seinen Hammerschlägen erschüttert hatte. Er rannte auf die beiden Mädchen los und stieß sie grob vor sich her. Noch ineinander verschlungen hörten die drei an der Stelle, an der sie sich noch einen Augenblick zuvor befunden hatten, ein Stück aus dem Fries der *génoises* aufschlagen, das gut einen Zentner wiegen musste. Die in Schwärmen umherfliegenden Schwalben schrien vor Entsetzen. Die drei jungen Leute blickten erstarrt auf den Brocken, der sie um ein Haar erschlagen hätte. Die beiden Mädchen taten den Mund nicht mehr auf.

»Geht schon weg!«, sagte Séraphin. »Außer mir kann hier niemand bleiben.«

Sanft führte er sie weg, die eine zu ihrem Fahrrad, die andere zu ihrem *triporteur*.

»Hört mir gut zu«, sagte er. »Ich werde niemals heiraten. Ich werde niemals Kinder haben. Ich werde niemals jemand lieben.«

Rose unterdrückte ein Schluchzen und rannte weg. Marie ging mit hängendem Kopf langsam auf ihr Gefährt zu. Sie wandte sich um und sah Séraphin gerade in die Augen.

»Und die Schwalben ...«, sagte sie mit leiser Stimme.

»Ist schon recht«, sagte Séraphin, »ich warte, bis sie ausgeflogen sind.«

~ 5 ~

UND er wartete. Aber sobald die Nester leer waren, stieg er wieder seine Leiter hinauf und begann, zuerst den Fries der *génoises* und dann die riesigen Flusssteine aus dem Bett der Durance, mit denen die weiß gekalkten Mauern von La Burlière aufgeführt waren, mit wuchtigen Hammerschlägen zu bearbeiten.

Es hatte sich herumgesprochen. Sonntags, nach dem Mittagessen, kamen von nun an sämtliche Müßiggänger aus Lurs und Peyruis herbeigelaufen, um sich zu amüsieren und ihre Kommentare über den Irrsinn dieses Mannes abzugeben, der seine Möbel verbrannt hatte und nun sein Haus abriss. Bisher hatten sich Célestat Dormeur und Didon Sépulcre damit begnügt, ihre Töchter sanft zu ermahnen; von nun an jedoch hieß es: »Wenn ich dich mit diesem Hanswurst sprechen sehe, schlage ich dir den Schädel ein!«

Eines Tages erschien ein Mann, der nichts sagte und oft wiederkommen sollte. Er setzte sich auf das Kapitell unter einer der Zypressen. Da blieb er, das Kinn auf die Hand gestützt, in Gedanken versunken. Dieser Unbekannte stammte nicht aus derselben Welt. Er war gekleidet wie ein Herr. Er rauchte Zigaretten, die er einem goldenen Etui entnahm. Er kam in einem roten Automobil angefahren, dessen Kühler von funkelnden Rohren umgeben war, die wie eine Krone wirkten. Wenn er ausstieg, schlug er die Tür mit einem Ausdruck hochmütiger Langeweile hinter sich zu.

Séraphin schenkte ihm ebenso wenig Aufmerksamkeit wie den Müßiggängern. Er warf die Steine und den Schutt auf die Platten im Hof. Wenn genug zusammengekommen war, stieg er hinunter. Mit der Schaufel und mit seinen Händen füllte er wieder und wieder die Schubkarre, schob sie bis ans Ufer der Durance und entleerte sie zwischen den kleinen Inseln.

Langsam ging der Sommer vorbei. Es kamen verregnete und windige Tage. Und es kam der Tag, an dem die Hochwiesen der Alpen die Schafe auf die Wege ins Tal entließen. Es fluteten die *scabots* heran, Herden von zehntausend Tieren. In den Wollzotteln der Widder hing noch der Geruch der Geröllhalden des Queyras und der Heidelbeersträucher unter den Lärchen. Breitköpfige Esel waren in diesen Strom eingekeilt, die durch die unbekümmert gemächliche Gangart der Schafe um sie herum aufgehalten wurden. An der Spitze ging der *baïle*, der Schäfer, der mit seinem bedächtigen Altmännerschritt das Tempo bestimmte.

Doch das Schlusslicht dieser Massen von Tieren bildete immer ein halbes Dutzend von halbwüchsigen Hütejungen, die vor Schmutz starrten und unter ihrem abgenutzten Lederzeug, das ihnen nur wenig Schutz vor den Elementen bot, fast schon zu schimmeln begannen. Angegriffen von schlechtem Wetter und aufgestauter Müdigkeit, waren sie aufgekratzt und ungeduldig und ließen keine Gelegenheit zu Streit und Prügelei verstreichen.

Wie alle Welt hatten auch sie erfahren, dass in Lurs ein Verrückter sein Haus abriss. Das war für sie eine willkommene Gelegenheit, sich etwas Abwechslung zu verschaffen. Mit erhobenen Peitschen versammelten sie sich am Fuß der Mauer, auf die der Koloss mit Hammerschlägen einhieb. Sie lachten und spuckten durch die Lücken zwischen ihren schiefstehenden Zähnen. Sie hoben Steine auf, um sie nach ihm zu werfen.

Einmal kamen vier von ihnen aus Ärger über Séraphins Gleichgültigkeit sogar auf den Gedanken, ihm die Leiter wegzunehmen. Selbst mit vereinten Kräften hatten sie Mühe, sie von der Wand zu nehmen und waagrecht dagegen zu lehnen.

»Wart nur, du Schlappschwanz! Wo's dir doch so gut gefällt, kannst du auch ganz da oben bleiben!«

Sie lachten aus vollem Hals, die Hände in den Hüften, und die Sicherheit, in der sie sich wähnten, machte sie umso frecher und unverschämter. Schon bückten sie sich nach den Steinen, als der größte unter ihnen einen gewaltigen Tritt in den Hintern erhielt, der ihn gegen einen Schutthaufen taumeln ließ. Seine Peitsche wurde ihm entrissen. Er dachte, er habe es mit dem Schäfer zu tun, und ließ ein unwilliges Knurren hören. Alle vier wandten sich gleichzeitig um. Der Lederriemen schwang genau über ihren Köpfen, in geringem Abstand und mit einem Pfeifen, das sie nur allzu gut kannten. Zugleich sahen sie ihren Angreifer von vorn, und dieser Anblick ließ ihren Mut schwinden.

»Stellt die Leiter wieder auf«, sagte der Unbekannte, »oder ich schlage euch mit der Peitsche ein Auge aus.«

Sie gehorchten eilfertig. Es kostete sie einige Anstrengung, und sie schwitzten Blut und Wasser aus Angst, dass es ihnen nicht gelänge und sie die Hiebe dieses Besessenen zu spüren bekämen. Als die Leiter stand, machten sie sich geduckt davon und rannten der Herde nach, deren Geläute in der Ferne zu hören war.

Séraphin hatte alles genau beobachtet. Sobald die Leiter wieder aufrecht an die Mauer gelehnt stand, stieg er in aller Eile herunter, denn dass ein einzelner Mann vier Bauernlümmeln, die von einem grundlosen Hass berauscht waren und eben noch so bedrohlich gewirkt hatten, die Stirn bot, erschien ihm sehr gewagt.

Kaum hatte er den Fuß auf die Erde gesetzt, wandte sich der Unbekannte, der den fliehenden Hirtenjungen nachgesehen hatte, zu ihm um, und Séraphin sah, warum sie Hals über Kopf das Weite gesucht hatten. Er hatte eine *gueule cassée* vor sich, einen Kriegsbeschädigten. Er war aus dem Krieg mit einem jener Gesichter zurückgekommen, gegen die niemand mehr die Hand zu erheben wagte, aus Furcht, alle Kriegstoten könnten sich aus ihren Gräbern erheben, um diesen Frevel zu bestrafen.

»Richtig!«, sagte der Mann. »Es gibt da jetzt einen, der genau so malt. Er heißt Juan Gris ... Ich würde ein geeignetes Modell für ihn abgeben.« Wenn er lachte – und er lachte oft –, wurde sein Anblick unerträglich. »Weißt du«, fuhr er fort, »zum Glück hatte ich was dran, an meinen Hinterbacken! Mit einem Stück aus der einen ...« Er wollte gar nicht mehr aufhören zu lachen. »Mit einem Stück von der einen hat man mir ein neues Kinn gebastelt! Und eine Wange! ... Und stell dir vor, ich kann auch sehen ... Nun ja, um richtig zu sehen, muss ich den Kopf etwas zur Seite drehen ... Aber es geht schon, was soll's! Am beschissensten ist das mit den Haaren: Beim Kämmen kommt ein Drittel auf die eine Seite, ein Drittel auf die andere, und der Rest weiß nicht so recht wohin! Oh! Fast hätte ich es vergessen! Ein Name ist mir auch geblieben: Ich heiße Patrice. Patrice Dupin.«

»Sie sind der Sohn vom alten Dupin?«, fragte Séraphin.

»Leider«, seufzte Patrice, »einen Vater habe ich nun mal.«

Séraphin deutete ein verlegenes Lächeln an. »Ohne Sie müsste ich heute da oben übernachten ...«

»Ohne dich«, berichtigte Patrice und betonte das »dich«. »Ohne mich hättest du vor allem lächerlich ausgesehen. Und ich will nicht, dass du lächerlich wirkst.«

Sie musterten sich gegenseitig. Hinter dem Schreckensgesicht des einen und dem Engelsgesicht des anderen war zu erkennen, dass sie gleichaltrig waren und dass sie das gleiche Kreuz getragen hatten.

»Wie es aussieht, bist du gut davongekommen«, sagte Patrice. »Es sieht ganz so aus«, sagte Séraphin.

Sie setzten sich auf das Kapitell unter der Zypresse. Patrice hielt Séraphin sein goldenes Etui hin.

»Danke«, sagte Séraphin, »ich drehe meine selbst.« Er zog seinen Tabaksbeutel und sein Zigarettenpapier hervor.

»Denkst du noch manchmal daran?«, fragte der Mann.

»Woran?«, erwiderte Séraphin.

»An den Krieg.«

»Nie mehr«, sagte Séraphin.

»Ach ja, natürlich, du hast schließlich andere Sorgen ...«

»Kennen Sie meine Geschichte?«

»Jeder hier kennt sie.«

»Sie sind der Erste, der mich nicht fragt, warum ich das tue.«

»Was denn?«

»Das da.« Séraphin wandte sich um und umschrieb mit einer ausholenden Bewegung die Abrissstelle, die hinter ihm lag.

Patrice zuckte mit den Schultern. »Jeder hat seine Verstümmelungen. Dir haben sie dein Innenleben auseinander genommen. Aber ... Warum duzt du mich nicht? Wir kommen aus der gleichen Gegend ...«

»Das bring ich nicht fertig«, sagte Séraphin. »Sie sind der Sohn vom alten Dupin.«

»Aber ja, das hätte ich fast vergessen! Ich bin der Sohn vom alten Dupin! Und wer weiß? Vielleicht sogar eines Tages der Sohn des *conseiller général* Dupin. Der einst der Schmied von Les Mées war wie seine Vorfahren schon, solange man denken kann. Nur wurde dieser Dupin 1914 plötzlich Heereslieferant. Er lieferte Hufeisen, Kochgeschirre und Gott weiß was noch alles. Und schließlich auch Granaten. Erst hat man ihm eine Drehbank hingestellt, dann zwei. Darauf hat er so viele Granaten gedreht, wie auf uns heruntergeregnet sind ... Er hat damit mehr Millionen gemacht, als ich dort Flicken habe, wo bei anderen das Gesicht sitzt! Als er mich gesehen hat, wollte er sie zurückgeben! Ehrlich! Nur – er wusste nicht, wem!« Er brach in ein Gelächter aus, in dem das Flickwerk seiner Gesichtszüge wie eine düstere Sonne aufschien.

»Natürlich hat er sich mit der Zeit damit abgefunden. Sieh her! Als Entschädigung hat er mir das gekauft!« Er zeigte auf das rote Automobil, das unter den Lorbeerbäumen stand und mit dem unverschämten Glanz seiner Chromteile alles um sich herum überstrahlte.

»Ich muss wieder an die Arbeit«, sagte Séraphin, »ich habe nur meinen Sonntag. Danke.«

»Ja, du hast Recht, du musst wieder an die Arbeit.« Patrice nahm noch eine Zigarette aus seinem Etui und zündete sie an. »Komm mich doch einmal besuchen«, sagte er, »ich habe keine Freunde … Ich wohne da drüben.« Mit einer unbestimmten Geste zeigte er auf das Land jenseits der Durance. »Richtung Les Pourcelles«, sagte er. »Mein Vater hat sich dort ein Haus gekauft. Es heißt Pontradieu. Er hält es für ein Schloss und macht auf adlig. Zu komisch!«

Unvermittelt streckte er Séraphin die Hand entgegen. Séraphin ergriff sie. Seine riesige Pranke, die aussah, als sei sie dazu bestimmt, zu quetschen und zu zermalmen, war schlaff wie der Flügel einer toten Taube.

Er wird mich niemals mögen, dachte Patrice traurig. Für ihn werde ich immer nur der Sohn vom alten Dupin sein.

Er setzte sich ans Steuer. Séraphin stand unter der Zypresse und sah zu, wie er wegfuhr. Dann stieg er mit den bedächtigen Bewegungen, die ihn kennzeichneten, wieder die Leiter hinauf.

Eines Abends erschien ein anderer Besucher. Es war ein Abend wie auf einem Gemälde. Ein kurz zuvor niedergegangenes Unwetter hatte den ganzen Lubéron schwarz eingefärbt, und darunter duckte sich die Senke von Manosque wie unter einem Rabenflügel.

Séraphin hockte auf der Außenmauer. Er hatte gerade einen runden Steinbrocken, eine Art von steinernem Ei, das gut vierzig Kilo schwer war, aus der Mauerfüllung herausgehackt und schickte sich an, es in die Tiefe zu schleudern.

Als er sich aufrichtete, bemerkte er unter der Zypresse einen Mönch, der ihn mit auf die Hüften gestützten Händen beobachtete. Séraphin ließ den gewaltigen Brocken los, und der Mönch sah zu, wie er auf dem Schutthaufen zerbarst. Dann sah er wieder zu Séraphin hinauf.

»Séraphin!«, rief er. »He, Séraphin! Komm doch einmal von deinem verdammten Ausguck da oben herunter! Ich habe dir etwas mitzuteilen!«

»Mir?«, rief Séraphin.

»Ja, ganz richtig, dir!«

»Ist es dringend?«, rief Séraphin. »Ich habe nämlich nicht mehr viel Zeit, bevor es dunkel wird.« Er zeigte in die Höhe, auf den sich allmählich verfinsternden Himmel.

»Ja!«, rief der Mönch. »Es ist schrecklich dringend.«

Séraphin zögerte einen Augenblick. Er betrachtete den zerschlissenen Wollstoff der Mönchskutte. Er betrachtete das magere Gesicht, in dem sich die Haut über den Knochen spannte, die Augen, die tief in ihren Höhlen lagen. Aus Mitleid stieg er hinunter.

Als er aber vor dem Klosterbruder stand, kam der ihm munterer und weniger bemitleidenswert vor, als er von oben ausgesehen hatte. Aus der Nähe betrachtet wirkte er sogar ausgesprochen gut genährt und leutselig.

»Du kennst mich nicht«, sagte der Mönch. »Ich bin Bruder Calixtus. Ich komme von dort oben.« Mit dem Kinn wies er auf die höchste Stelle der Hochfläche hinter La Burlière, wo das Kloster als kleiner weißer Fleck nur mit Mühe auszumachen war. Er fügte hinzu: »Ich war immer dort, schon vor deiner Geburt ...«

»Sie wollen mich sprechen?«, fragte Séraphin.

»Nicht ich. Bruder Antonius, unser Prior, der nun gehen muss. Und vorher hat er dir noch etwas zu sagen.«

»Mir?«, fragte Séraphin.

Bruder Calixtus betrachtete ihn einen Augenblick schweigend.

»Du heißt doch Séraphin Monge?«, fragte er schließlich.

»Ja.«

»Dann meint er dich. Komm! Auf geht's. Wir werden gut zwei Stunden brauchen. Wenn wir ankommen, ist es dunkel.«

Er ging mit weit ausholendem, festem Schritt, wie beim Mähen. Séraphin folgte in seiner ruhigen Gangart mit nachdenklich gesenktem Kopf. Er hatte gute Lust, sich zu sträuben, nein zu sagen und wieder an seine Arbeit zu gehen. Dieser Mönch, dem die Kutte um die Beine schlug und der ihm den Geruch von nassen Buchsbäumen in die Nase steigen ließ, verhieß ihm nichts Gutes. Er hatte zu lange unter den Barmherzigen Schwestern gelebt, um nicht vor einer Ordenstracht, gleich welcher Art, zurückzuschrecken.

»Warten Sie mal! Muss er weit weg, Ihr Prior?«

»Er geht zu Jesus«, sagte Bruder Calixtus. Er hielt inne, um über einen Bewässerungsgraben zu steigen. »Das hoffen wir wenigstens alle«, fügte er sanft hinzu.

Er griff nach einem Weidenbusch, um sich daran auf der gegenüberliegenden Grabenböschung hochzuziehen. Séraphin, der ihm folgte, verstand seine Worte nur bruchstückhaft.

»Fünfundneunzigjahre!«, rief der Ordensbruder aus. »›Calixtus, bringe mir den Séraphin Monge her‹, hat er zu mir gesagt. ›Ich muss mein Gewissen erleichtern ...‹«

»Das hat er gesagt?«

»Ja. Und zumindest als er es gesagt hat, war er noch bei klarem Verstand.«

Sie kamen durch die Lorbeerhaine von Païgran. Links der Straße bildeten die Bäume, die niemandem gehörten, eine richtige Allee. Ihre Blätter sahen aus wie Lanzenspitzen und klirrten leise im Abendwind. Dann nahmen sie die Abkürzung durch den Weidenbestand von Pont-Bernard, in dem vereinzelt stehende Espenbüsche mit ihrem Flimmern die letzten Lerchen anlockten. Hier, nach der römischen Brücke, führte der Pfad nach Ganagobie durch den Graben des Kanalabflusses und schlängelte sich dann durch lichte Kiefernreihen, wo die Bäume gleichzeitig mit dem Duft ihres Harzes noch die gespeicherte Wärme des Septembertags verströmten.

Der Weg durchschnitt den Hang in einer geraden Linie, ohne Serpentinen, die ein geruhsameres Gehen zugelassen hätten. Er führte über Wiesen und durch Talmulden, war holprig, schwer zu erkennen und mit brüchigem Geröll bedeckt, das unter den Sandalen des Mönchs wegglitt. Es war ein Büßerpfad. Es schien, als sei er eigens dazu angelegt, um denen, die auf ihm bergan stiegen, den Eindruck zu vermitteln, sie würden sich züchtigen. Bruder Calixtus, der vorausging und die Geschwindigkeit vorgab, hatte seine Mühe mit diesem Pfad der Erlösung.

Es war nun der Augenblick gekommen, in dem die Felsenfestung, auf der sich das Plateau in Form eines Ambosses erhob, wie immer im letzten Schein des Tages ihre Livree aus Elsterngefieder anlegte, die stahlblau und rauchschwarz schimmerte. Das Säuseln der lichten Kiefern war verstummt. Die beiden Männer drangen in die Stille des Steineichenwaldes ein, und es wurde Nacht. Von nun an führte der Weg über natürliche Stufen, die mit Steinen gepflastert und von Baumwurzeln abgegrenzt wurden. Im Dunkeln tappten sie durch einen Tunnel aus Laubwerk und Felsen, und selbst der Mönch musste den Weg, den er doch gut kannte, ertasten. Unter seinen schwieligen Arbeiterhänden gab das Kalkgestein ein schabendes Geräusch von sich.

Sie drückten sich seitlich durch eine Felsspalte und standen schließlich im hellen Mondlicht.

Hier trieb der Mond sein Spiel mit den Steineichenhainen, die er als dunkle, scharf ausgeschnittene Blöcke von den hellen, grasigen Flächen im Hintergrund abhob. Auf den unfruchtbaren Sandböden ließ er Gärten mit Springbrunnen und glitzernde Ausblicke auf unwirkliche Teiche entstehen. Behutsam und unmerklich – wie alle Zeichen, auf die man achten sollte – setzte sich das Geheimnis dieses rätselhaften

Ortes in Séraphins Gedächtnis fest, der die Hochfläche zum ersten Mal betrat.

Hinter der Biegung einer langen Mauer erschien unvermittelt die Kirche vor seinen Augen. Als sei sie eben erst entstanden, erhob sie sich über dem niedrigen Gras und erwartete die, die da kommen wollten. Séraphin duckte sich ein wenig. Er warf einen verstohlenen Blick auf die aufgereihten Apostel, die das Tympanon bevölkerten und ihre offenen Bücher wie Schilde vor sich hielten.

Er ging schnell vorbei und folgte dem Ordensbruder, der vor ihm her trottete, um schließlich an einer niedrigen Pforte anzuhalten und zwischen den Falten seiner Kutte einen Schlüssel in Filigran hervorzuziehen. Séraphin hörte, wie er sich mit einem wohlklingenden Akkord im Schloss drehte. Der umfriedete Platz, den sie betraten, roch nach Erde und nach frisch freigelegtem Fels.

»Pass auf, Kleiner! Fall mir nicht in das Grab! Denn... ohne den Absichten Unseres Herrn vorgreifen zu wollen... und weil doch Bruder Laurentius zu einer Missionsreise aufbrechen musste, da haben wir es schon ein bisschen im Voraus ausgehoben ...«

Das trügerische Mondlicht begnügte sich hier damit, einer Zypresse die Gestalt einer Säule zu verleihen, die aus einem geborstenen Kirchenschiff aufragte. Es ruhte auf verfallenen Erdhügeln, die mit Weberdisteln überwachsen waren und in denen Holzkreuze steckten, auf denen kein Name zu lesen war. Gleich Narrenkappen, die schief auf Charakterköpfen saßen und zu düster aussahen, um komisch zu wirken, verrotteten Kränze aus Buchsbaum- und Steineichenzweigen auf den Galgen ähnelnden Kreuzen.

All diese Einzelheiten erschienen den prüfenden Blicken Séraphins wohl nur deshalb in diesen unwirklichen Farben, die vielleicht nur er allein wahrnehmen konnte, damit er sie nach all dem, was noch kommen würde, nie mehr vergessen sollte.

Der Anblick dieses spärlich mit ärmlichen Gräbern bestückten Friedhofes schien ihn vor etwas warnen zu wollen. Er wollte zurück, er wollte diesen Bruder Calixtus einfach stehen lassen und sich schäbig davonstehlen. Aber der Mönch, der auf ihn Acht gab wie auf einen Chorknaben, dem nicht zu trauen war, musste seine Fluchtpläne erraten haben. Als er gerade am Ende einer kümmerlichen Allee von Zwergbuchssträuchern die Wölbung eines steinernen Bogens durchschreiten wollte, der vom Mondlicht auf der Höhe des Schlusssteins abgeschnitten wurde, drehte er sich plötzlich um. Er packte Séraphin mit festem Griff am Arm und trieb ihn mit unsanften Stößen vor sich her. Seine geflüsterten Worte stiegen in das hallende Dunkel eines Kreuzrippengewölbes empor:

»Und wenn dir unser Prior etwas hinfällig vorkommen sollte, dann denke daran, dass er – auch als eifriger Diener Gottes – nur ein Mensch ist, ein armseliger Mensch, der nun gehen muss ...« Er hob den Finger. »Und der bereut ...«, hauchte er.

Am äußersten Ende des dichten und stauberfüllten Dunkels flackerte ein roter Lichtschein auf dem gewundenen Schaft einer Säule. Von dort glaubte Séraphin das schwache Gemecker einer angepflockten Ziege zu hören. »Vorwärts!«, sagte Bruder Calixtus. Er führte Séraphin mit fester Hand in einen von Türen gesäumten Gang, an dessen Ende das Mondlicht wieder zu sehen war, das in scharfbegrenztem Strahl durch das Loch eines geborstenen Gewölbes fiel.

»Nach rechts!«, sagte Bruder Calixtus. »Und zieh den Kopf ein!« Séraphin bückte sich gerade noch rechtzeitig. Sein Haar streifte den Querbalken eines Türgiebels. Als er sich wieder aufrichtete, befand er sich in einem fensterlosen Raum, wo sich das Dunkel, vom Licht einer Kerze kaum verdrängt, unter der Spitzbogendecke erneut undurchdringlich zusammenballte. Gleich beim Eintreten legte sich einem das gleichförmig rhythmische Geräusch eines Blasebalgs aufs Gemüt. Es kam von einem alten Mann, der auf einem Holzbrett lag, das von zwei steinernen Stützen etwa einen Meter über dem Boden gehalten wurde.

Es war ein altes Brett, grob zugeschnitten und voller Astlöcher. Doch hatten vor dem Greis schon so viele darauf geschlafen, erschöpft vor Müdigkeit, von Kasteiungen geschwächt und schließlich ausgestreckt zur letzten Ruhe, dass sie es in ihrem qualvollen Umherwälzen glattpoliert hatten wie das Wasser einen Stein.

»Bist du das, Calixtus? Hast du Séraphin Monge mitgebracht?«

»Er steht hier vor euch.«

»Komm näher, ich kann kaum noch atmen.«

Wenn er sprach, übertönten die Worte das Geräusch des Blasebalgs, das keinen Augenblick verstummte.

»Atmen kann er schon noch«, murmelte Calixtus, »aber denken? Ob er das auch noch kann? Wer weiß das schon? Leg also nicht alles auf die Goldwaage, was er dir sagen wird.«

»Komm her«, wiederholte der Sterbende, »setz dich mir gegenüber, damit ich dich gut sehen kann.«

Séraphin kam so nahe, dass er das Brett berührte, das als Bettstatt diente. Die Augen, mit denen ihn der Bettlägerige ansah, schienen ihm in panischem Schrecken geweitet. Und es kam ihm auch so vor, als wolle dieser sich aufrichten, vielleicht sogar fliehen ... Ein erstickter Schrei entrang sich seinen pfeifenden Lungen. Calixtus sprang auf, um ihn zu stützen und wieder hinzulegen.

»Ich sehe Flügel«, stöhnte der Prior.

»Nun, nun, Bruder Antonius, ihr seht doch, dass hier nur ein armer Sünder steht ...«

»Ich bin Straßenarbeiter«, sagte Séraphin.

Der Sterbende beruhigte sich wieder. In sein Gesicht kehrte ein wacherer Ausdruck, etwas Lebendigkeit zurück. Man hatte den Eindruck, als hebe sich ein Gewicht von seiner eingefallenen Brust. Der Blasebalg war nur noch wie von ferne zu hören. Bruder Antonius wurde heiterer.

»Ah, richtig, du bist Straßenarbeiter ... Der Straßenarbeiter von Lurs ... Aber du bist doch auch Séraphin Monge? Du bist doch der, der sein Haus abreißt?«

»Ja«, antwortete Séraphin.

»Dann warte ... du bist es, dir habe ich etwas mitzuteilen.« Er forschte in Séraphins Gesicht, als suche er nach der Lösung eines Rätsels. Einzig in seinen Augen war noch Leben. Die Zähne hatte er verloren, und seine Nase war spitz geworden. Nur die glatte Stirn hatte die Verwüstungen des Lebens überdauert.

»Hör zu«, sagte er, »hör mir zu, und unterbrich mich nicht. Ich werde dir von einer Zeit erzählen, als es dich noch gar nicht richtig gab. Ich werde dir von der Nacht erzählen, in der du deine ganze Familie verloren hast. Komm ganz nahe zu mir, komm. Knie dich neben mein Brett. Dann verstehst du mich besser. Ich bin nicht ganz sicher, ob ich bis ans Ende meiner Erzählung gelangen werde ...«

Er legte ihm schüchtern die Hand auf den Arm, eine Hand, die wusste, dass sie nie wieder zu irgendetwas oder für irgendjemanden von Nutzen sein würde, eine erschöpfte Hand, die sich vielleicht in der Hoffnung dorthin gelegt hatte, von Séraphin ein wenig von der Kraft zu erhalten, die nötig war, damit ihr Besitzer die Aufgabe erfüllen konnte, die er sich selbst auferlegt hatte.

Diese Hand hatte schon etwas von der Eleganz und Wohlgeformtheit eines Skeletts. Aber zugleich war sie noch so anrührend, dass man sie aus reinem Erbarmen ergriff. Séraphin konnte sich dem Flehen, das von ihr auszugehen schien, nicht verschließen. Er nahm sie und drückte sie sanft zwischen seinen beiden Händen. Und da schien es ihm – es schien ihm so –, als liege der Mönch endlich in einem Federbett.

Sofort begann der Prior zu sprechen, in großer Hast. Die Worte folgten ohne Unterbrechung aufeinander und waren stets vom Pfeifen des Blasebalgs begleitet, das jedem von ihnen eine besondere Bedeutung verlieh.

»Ich kam aus der Abtei von Hautecombe in Savoyen«, sagte er, »über das Gebirge. Da drüben war ich einer von den fetten Mönchen gewesen. Aber ich wollte mager sein. Ich wollte nicht in Behaglichkeit sterben. Ich wollte Zugluft spüren, Kälte, in Ruinen leben.« Mit seiner freien Hand klopfte er zweimal matt auf sein Brett aus Nussbaum. »Da drauf wollte ich liegen«, sagte er. »Dabei wusste ich den Weg nur ungefähr. Ich richtete mich nach den Sternen – sofern welche zu sehen waren! Dreizehn Tage lang bin ich im Regen marschiert. Eines Abends hörte ich das Rauschen der Durance, und ich wusste, dass ich am Ziel war. Ich war völlig durchnässt ... Meine Kutte wog mindestens zehn Kilo ... Gerade hatte ich die Wegbiegung bei Les Combes, unterhalb von Giropée, hinter mir ... Der Regen ... der hatte gerade aufgehört. Die Nacht stand vor der Tür. Es gibt dort ... da ist eine Quelle. Du weißt schon, die Quelle direkt am Erdboden ... Das Wasser kommt geräuschlos aus dem Boden hervor ... Wenn man sie nicht kennt, steht man plötzlich drin ... Und es ist kaltes Wasser.«

»Ich kenne sie«, sagte Séraphin.

»An dieser Quelle habe ich getrunken, ich bin ein paar Schritte höher gestiegen, zu den Weiden ... Ich wollte mich fünf Minuten ausruhen und danach das letzte Stück Weg bis hierher gehen. Aber wie das so geht ... Vor dreiundzwanzig Jahren war ich auch schon zweiundsiebzig ... Ich bin eben eingeschlafen ... Ich weiß nicht mehr, wovon ich aufgewacht bin ... Vom Mondlicht oder von den Stimmen? Jedenfalls hörte ich jemanden sagen: ›Wenn man uns erwischt, dann ...‹ und einen anderen antworten: ›Man wird uns nicht erwischen, wir werden uns gegenseitig decken.‹ Und da war noch einer, den habe ich nicht richtig verstanden ... Er sprach von Papieren. Er sagte: ›Wir müssen sie finden, wenn nicht, dann war alles für die Katz!‹ Es ging hin und her, sie stritten sich: ›Gibt es keine andere Möglichkeit?‹ – ›Nein, wir haben doch schon oft genug darüber gesprochen.‹ Das ist alles, was ich mitgekriegt habe. Es war zu spät, um mich ihnen zu zeigen. Ich musste in meinem Versteck bleiben... Ich lag im Schatten der Weiden und einiger kahler Eschen, und sie saßen bei der Quelle, mitten im Mondlicht ...«

»Sie?«, fragte Séraphin.

»Ja. Es waren drei Männer... Und dann... Dann sagte einer: ›Ich habe euch hierhergebracht, weil wir hier an diesem Stein im Wasser unsere Messer schärfen können, ohne viel Zeit zu verlieren und ohne dass uns jemand hört. Seht, wie abgewetzt er ist. Schon mein Großvater hat hier sein *tranchet* geschärft.‹ – ›Glaubst du, dass wir sie brauchen werden?‹, fragte einer. Und der andere antwortete: ›Man kann nie wissen... aber wenn wir sie brauchen, dann sollten sie wenigstens gut geschliffen sein.‹ Und dann beugten sie sich alle drei über den Brunnenrand... Und ich habe nur noch gesehen, wie ihre Arme sich bewegten und wie ab und zu eine Klinge aufblitzte... und Funken... Und dann war da ein Geräusch... Es klang wie Zikadengesang. Das waren die Klingen, die sich am Stein rieben.«

Er schwieg. Sein Blick glitt zur Seite. Immer noch lauschte er diesem Geräusch nach.

»Und dann«, fuhr er fort, »nachdem sie ihre Messer geschärft hatten – und das hat lange gedauert –, sind sie alle drei aufgestanden. Sie trugen Hüte, die die Hälfte ihres Gesichts beschatteten, und darüber eine Art schwarzen Schleier, den sie gelüftet hatten. Es waren Männer... Wie du und ich.«

»Waren sie von hier oder von anderswo?«, fragte Séraphin.

Bruder Antonius blieb einige Sekunden still. »Ja, von hier«, antwortete er schließlich. »Und dann... Dann hat einer gesagt: ›Wir dürfen nicht vor Mitternacht da sein. Vorher könnten immer noch ein oder zwei Fuhrwerke eintreffen... Wir nehmen die Unterführung unter dem Kanal. Wir ziehen unsere Schuhe aus und hängen sie uns um den Hals ...‹ Und dann... Dann sind sie losgegangen. Nicht auf der Straße – fast wären sie auf mich getreten... Ich hörte, wie sie durch die

Brombeersträucher brachen und Steine unter ihren Füßen wegrollten ... Ich war wie ... versteinert.«

Séraphin spürte, wie sich die Hand des Alten in der seinen bewegte.

»Ich weiß, was du dich jetzt fragst«, sagte er. »Du fragst dich, warum ich nicht sofort aufgestanden bin ... Warum ich nicht nach Peyruis gegangen bin, um Alarm zu schlagen ... Aber denk mal daran, in welchem Zustand ich war: Ich hatte mit meiner Vorratstasche vierhundert Kilometer über die Berge zurückgelegt. Ich war schmutzig und zerlumpt. Kein Mensch und am wenigsten die Polizei hätte geglaubt, dass ich bei klarem Verstand bin. Und schließlich ... Hatte ich sie überhaupt richtig verstanden? ... Hatten die drei wirklich eine Übeltat vor? Und außerdem hatte ich ja versucht, ihnen zu folgen – o ja! Aber es waren junge Kerle. Sie sprangen ... sie liefen. Ich war zweiundsiebzig, und vierhundert Kilometer steckten mir in den Beinen. Und dann ... Wusste ich denn überhaupt, wo sie hinwollten?«

»Aber«, sagte Séraphin, »am nächsten Tag?«

Bruder Antonius schüttelte lange den Kopf; seine Halswirbel knackten.

»Es gab keinen nächsten Tag ... Schon als ich hier heraufstieg, hatte mich das Fieber am Wickel. Ich klapperte mit den Zähnen. Ich hatte nicht einmal mehr die Kraft, zu klopfen oder mich bemerkbar zu machen. Als sie aufmachten, um Wasser zu holen, fanden sie mich an die Pforte gekauert.«

»Das ist die reine Wahrheit«, sagte Bruder Calixtus, der bis dahin den Mund nicht aufgemacht hatte.

»Vierzig Tage befand ich mich ...«

»... zwischen Leben und Tod«, sagte Calixtus. »Und oft war er dem Tod näher als dem Leben ... Aber wir mussten ihn auf seinem Brett festhalten ... Er wollte aufstehen, er sprach von Messern, die gewetzt würden ... von Mördern ... Was weiß ich noch alles. Mehr als hundert Mal hat er das Wort ›Gendarm‹ gesagt.«

»Vierzig Tage«, hauchte Bruder Antonius.

»Aber Sie? Wann haben Sie davon erfahren?«, wandte sich Séraphin an Calixtus.

»Gar nichts haben wir erfahren. Nun ... jedenfalls nicht sofort. Wie unser Geist ist auch unsere Pforte allem Weltlichen verschlossen.«

»Es gibt keine Pforte«, sprach der Prior mit klarer Stimme, »die den Lärm, der um ein Verbrechen gemacht wird, für alle Zeiten abhalten könnte. Diejenigen unter uns, die Holz holen gingen, die in unserem Gemüsegarten arbeiteten, die den Jägern begegneten, sie wussten Bescheid. Aber sie verbargen alles vor mir.«

»Ihr wart so schwach«, sagte Calixtus. »Es hat zwei Jahre gedauert, bis ihr wieder ganz gesund wart. Und dann ... Bruder Laurentius, der mit so viel Hingabe während eures Fieberwahns bei euch gewacht hat, hat es euch schließlich gesagt. Aus schlechtem Gewissen ... Denn – im Grunde – aus Achtung vor euch hatte er nicht gewagt zu glauben, dass ihr im Fieberwahn wirklich nicht wusstet, wovon ihr spracht.«

»Von dem Augenblick an«, stöhnte der Prior, »als ich wusste, wie deine Eltern ums Leben gekommen waren, wie man diese Unschuldigen hingerichtet hatte ... Da habe ich an jene Nacht bei der Quelle gedacht, und ich habe begriffen ... Ich habe begriffen, dass man die Falschen für die Mörder gehalten hatte und dass ich, nur ich allein, die Wahrheit kannte ... Da stand ich nun da, ich armer Sünder! Ich hatte mich mit dem Schandmal befleckt, das in dieser Welt am wenigsten zu verbergen ist: mit der Ungerechtigkeit.«

»Nun, nun«, sagte Calixtus und seufzte ebenfalls. »Ihr seid nicht der Einzige, der an dieser Schande zu tragen hatte.«

»Es ist nur so«, fuhr der Prior fort, »dass Gott mir zu viel Zeit gelassen hat. Und schließlich musste ich einsehen, dass mein Schweigen der Sünde des Hochmuts gleichkam. Ich muss sagen, was ich weiß, und du bist derjenige, dem ich es sagen muss! Einer der drei hatte ... hatte ...«

»Was?«, fragte Séraphin atemlos. »Sagen Sie mir, was?«

»Schwarzen Flügel ...« hauchte der Prior mit seinem letzten Atem aus.

Calixtus' Kopf beugte sich über den des Priors, und seine leicht gekrümmten Finger legten sich auf den alten Mund, vielleicht um ihn zum Schweigen zu bringen.

Zwischen seinen allzu fest zusammengepressten Händen spürte Séraphin die Greisenhand ersterben, wie bei einem Vogel, dessen Kopf plötzlich auf die Brustfedern niedersinkt. Sachte legte er sie nieder.

»Unser Herr«, sagte Bruder Calixtus, »hat ihm den Mund gerade rechtzeitig geschlossen.«

»Glauben Sie, dass er phantasiert hat?«, fragte Séraphin.

Calixtus war damit beschäftigt, seinem Prior die Augen zu schließen, und ließ sich Zeit, bevor er sich zu Séraphin umwandte.

»Selbst wenn Unser Herr unter uns weilte«, sagte er, »wären wir nicht fähig, ihn zu erkennen ... Vergiss also alles, was er dir gesagt hat ... Schenke seinen Worten keinerlei Beachtung. Wir müssen es den Engeln überlassen, die Übeltäter zur Verantwortung zu ziehen. Und sie werden es tun, da kannst du sicher sein.«

Mit diesen Worten schloss er die Klosterpforte hinter Séraphin. Draußen war es kaum dunkler geworden. Der schrägstehende Mond ließ die Schatten, die die Steineichenhaine warfen, das golden daliegende Brachland verschlingen. Séraphin ließ die Arme hängen. Er hatte noch das Geräusch der zuschlagenden Pforte in den Ohren.

»Vielleicht leben sie noch«, sagte er laut vor sich hin. »Und die drei anderen, die drei Herzegowiner, sind unschuldig hingerichtet worden. Burle hatte Recht ... Es konnte sich nicht so abgespielt haben.«

Mit einem Fußtritt beförderte er einen Kieselstein ins Leere und lenkte seine Schritte unwillkürlich unter das Gewölbe aus Steineichenkronen, denn von weit hinten, am Ende dieser finsteren Allee, winkte ihm ein Gebirgszug zu, und von ihm erhoffte er sich Rat.

»Sie könnten noch am Leben sein«, wiederholte er leise. »Aber wer sind sie? Wie soll ich das herausfinden? Nie, niemals werde ich stark genug, gerissen genug sein ...«

Am Ende der Allee beherrschte ein Kalvarienberg den Horizont. Daneben ließ er sich nieder und barg das Gesicht in den Händen. Es schien ihm, als flüsterte der Prior, über den Tod hinaus, noch immer: »Tu, was du für richtig hältst. Ich habe dir gesagt, was ich konnte... Aber du, du musst suchen... Du musst dich anstrengen... Du darfst dich nicht ausruhen... Was nützte dir sonst all deine Kraft? Du musst ein Unrecht wieder gutmachen ...«

Er wiederholte diese Worte noch zwei- oder dreimal und war darüber erstaunt, dass er sie ganz alleine gefunden hatte: »Du musst ein Unrecht wieder gutmachen... du musst ein Unrecht wieder gutmachen.«

»Séraphin!«

Séraphin sprang auf. Noch während das Echo seines Namens durch die Wälder von Lurs hallte, wiederholte ihn die Stimme, die ihn so deutlich gerufen hatte, im gleichen befehlenden, im gleichen tadelnden Tonfall.

»Séraphin!«

Obwohl sie vor Kraft vibrierte, war diese Stimme doch leise und klang betrübt. Séraphin stellte fest, dass sie aus dem Gehölz unter ihm kam, aber er wusste nicht, ob er sie schon einmal gehört hatte.

Ohne zu antworten, trat er geräuschlos an den äußersten Rand der Felsplatte vor. Er hielt sich an einem Zweig fest und beugte sich über den Abgrund, aber er sah nur das Auf und Ab der Baumkronen.

»Séraphin!«, rief die Stimme. »Vergiss alles, was er dir gesagt hat, hörst du, Séraphin? Vergiss alles! Wenn du es glaubst, bist du verloren! Hörst du, Séraphin? Verloren, verloren. Dann wirst du nie glücklich werden!«

Séraphin rannte zu der Allee, zu den Steineichen und suchte nach einem Durchschlupf, um diesen Unglückspropheten stellen zu können. Aber er musste bis zur Kirche am oberen Rand der Felsplatte entlanglaufen, der Fels bot keine einzige Spalte, durch die er hätte absteigen können.

Als er unterhalb der Stelle, an der sich der Kalvarienberg befand, ankam, neben dem Waschraum der Mönche, fand er nur eine runde Stelle, an der das Gras niedergetreten war, und in der Luft hing noch ein leichter Geruch nach einer Mischung aus würzigen Kräutern und dem landesüblichen Tabak. Auch unter dem Laub der Baumkronen waren keine Spuren zu entdecken, der Pfad war zu trocken.

Séraphin stürmte hinunter ins Tal, durch Brombeergestrüpp und Schneeballsträucher. Er walzte die Wiesen mit ihren Wermutkräutern und ihren Brennnesseln nieder und riss sich die Haut an Hagebuttenranken auf, die ihn beim Vorbeirennen hinterlistig festhielten. Er taumelte von Gestrüpp zu Gestrüpp und von Stamm zu Stamm. Er rannte Böschungen hinunter, sprang über Geröllhaufen und landete auf Ginsterbüschen, die er mit seinem Gewicht niederdrückte. So erreichte er schließlich auf kürzestem Weg die Quelle, die am Wegrand direkt am Boden entsprang und an der der Prior eingeschlafen war. Er entdeckte sie zu spät und wäre fast mit den Füßen im Wasser gelandet, so vollständig war sie vom Gras verdeckt. Er suchte die Rinne, durch die sie sich in das tiefer liegende Becken ergoss. Der Rand war aus jenem besonderen Stein, der die Farbe von reifen Oliven hat und aus dem auch die Mörser hergestellt werden, in denen man Knoblauch zerdrückt. Auf einer Seite hatte die Fassung eine breite, längliche Einkerbung, die wie eine Mondsichel geformt war und wie die Klinge einer Sichel glänzte.

Das war der Ort, zu dem seit jeher die Schnitter gekommen waren, um ihre Klingen zu schärfen, denn der Stein ersparte ihnen das Dengeln. Hier war es also …

Séraphin stellte sich drei über die Quelle gebeugte Schatten vor, die in ihren Händen, die sie in der unsteten Strömung kaum ruhig halten konnten, ihre Messer hielten und sie mit langsamen Bewegungen wieder und wieder über die Einkerbung des olivfarbenen Steins zogen. Er sah sie an der Stelle seiner eigenen großen Silhouette, die sich im Wasser spiegelte, leibhaftig vor sich und hörte deutlich dieses an den Gesang von Zikaden gemahnende Geräusch, von dem der sterbende Prior gesprochen hatte.

Er blieb lange an der Quelle. Er kniete sich sogar hin, um die Kerbe genauer zu betrachten und um sich davon zu überzeugen, dass der Mönch sie nicht in seinem Delirium erfunden hatte. Mit der Handfläche streichelte er den glatt polierten Stein.

Der Mond war im Untergehen begriffen, als er Peyruis erreichte. Doch er spürte keine Spur von Müdigkeit. Sein Inneres war wie der Pfeil auf einem gespannten Bogen auf ein Ziel gerichtet, das er noch nicht genau ausmachen konnte.

~ 6 ~

BEI Regen und Schnee fuhr Séraphin fort, einen Stein nach dem anderen zu lösen, die herausgeschlagenen Mauerfüllungen auf den Hof hinunterzuwerfen und die Trümmer in die Durance zu karren, wo sie nun schon einen Damm zwischen den kleinen Inseln bildeten. Patrice, der Mann mit dem zusammengeflickten Gesicht, kam trotz der Unbilden der Witterung immer wieder vorbei, um ihn durch seine stumme Gegenwart zu unterstützen. Einmal, als er Séraphin lange genug zugesehen hatte, sagte er zu ihm:

»Du musst unbedingt einmal zu mir nach Hause zum Essen kommen. Das lohnt sich: Mich essen zu sehen ist ein Anblick für sich. Allerdings … Wir müssten einen Tag finden, an dem mein Vater nicht zu Hause ist.«

Nachdenklich betrachtete er Séraphin, der seine bis zum Rand beladene Schubkarre, deren eisernes Rad bei jeder Umdrehung quietschte, an ihm vorbeischob.

»Möchtest du nicht wissen, warum?«

Séraphin stellte die Schubkarre ab.

»Doch, schon …«, sagte er.

»Warum wohl hat er mich gefragt, ob du wund gescheuerte Hände hättest?«

Séraphin zuckte mit den Schultern, um anzudeuten, dass er keine Ahnung hatte.

»Jedenfalls hat er Angst vor dir«, sagte Patrice. »Das steht fest.«

Sogar am Weihnachtstag setzte Séraphin sein Werk fort, trotz der Vorhaltungen des Pfarrers, der eigens bei ihm vorbeikam. Das Wetter war schön, und Marie Dormeur und Rose Sépulcre nutzten die Zeit, zu der ihre Eltern vollständig von den Freuden der Tafel in Anspruch genommen waren, um zu entwischen und Séraphin ihre Gaben darzubringen. Marie hatte ein neues Fahrrad bekommen. Sie kamen gleichzeitig in La Burlière an, beide fein herausgeputzt in Wollkleidern und Mänteln mit Fuchspelzkragen.

Sie waren noch kaum abgestiegen und standen Rad an Rad, denn die eine hatte die andere eingeholt, als sie schon anfingen, sich gegenseitig wüst zu beschimpfen. Immerhin sahen sie davon ab, sich zu prügeln, da sie um ihre Haarpracht fürchteten.

Patrice saß auf der Bank und rauchte seine unvermeidliche Zigarette. Als er ihre Schritte und Stimmen hörte, wandte er sich um, ohne ein warnendes Wort auszusprechen.

Marie verharrte starr vor Schreck und hielt die Hand vor den Mund, um einen Schrei zu unterdrücken. Rose dagegen zuckte nicht mit der Wimper, senkte auch nicht den Blick, sondern sagte freundlich guten Tag und ging mit einem Lächeln vorbei.

Patrice erhob sich, erwiderte den Gruß und blieb wie versteinert stehen.

Durch diesen Vorfall war die allzu empfindsame Marie gegenüber ihrer Rivalin ins Hintertreffen geraten, und so war es Rose, die als erste die Sprossen der Leiter erklomm. Marie holte sie rennend ein. Beide riefen wie aus einem Mund:

»Séraphin! Hallo, Séraphin!«

Er stand dort oben wie ein Titan. Seine großen Hände schwangen den Vorschlaghammer, und seine Füße stießen die Steine und den Schutt ins Leere. Die Siebenschläfer schossen wie schwarze Blitze in den Mauerspalten hin und her, in denen sie gesteckt hatten und aus denen sie jetzt aufgeregt hervorkamen. Um La Burlière wirbelten Wolken von Staub auf, der seit ewigen Zeiten auf den Mauern und den Böden geschlummert hatte.

Die beiden Mädchen achteten kaum darauf. Auf die Gefahr hin, das Gleichgewicht zu verlieren, drängten sie sich auf der Leiter und streckten Séraphin ihre Gaben entgegen. Die eine hielt ein Säckchen mit Oliven bereit, die andere ein mit grünem Seidenband verschnürtes Päckchen mit *choux à la crème*. Séraphin jedoch stieß laute Beschimpfungen aus, um sie davonzujagen:

»Verschwindet! Wollt ihr das Zeug auf den Kopf kriegen? Ich kann euch nicht gebrauchen! Macht, dass ihr wegkommt! Los! Macht, dass ihr wegkommt!«

Er stieß in einem fort weitere Verwünschungen aus, wobei sein Hammer ständig im selben unerbittlichen Rhythmus auf und nieder ging. Mit einem Mal krachte ein Stück Mauer, das er von unten her ausgehöhlt hatte, den entsetzten Mädchen vor die Füße. Sie sahen sich plötzlich in eine riesige Wolke gelöschten Kalks gehüllt, der abscheulich nach Rattengift roch. Mit tastenden Bewegungen wichen sie zurück und hielten sich ihre Taschentücher vor das Gesicht.

Sie hatten keinen Blick mehr für Patrice, der immer noch unbeweglich dastand, wie vom Blitz getroffen. Sie schöpften nur allmählich wieder etwas Kraft, um sich von neuem zu beschimpfen und auf ihre Räder zu steigen.

An diesem Tag, an diesem Weihnachtstag bei Einbruch der Dunkelheit, war es endlich so weit, dass Séraphin nur noch das Erdgeschoss von La Burlière vor sich hatte. Die fensterlose Wand, die dem gesamten Anwesen einen so abweisenden Anstrich verliehen hatte, erschien nun nur noch als eine kaum drei Meter hohe Böschung, die mit dem dahinterliegenden Erdreich verschmolz.

Séraphin drehte sich eine Zigarette und betrachtete lange sein Werk. Eine große Steineiche, die im Schatten dieser nun abgetragenen Mauern aufgewachsen war, atmete tief auf unter dem freien Himmel, mit all ihren fröhlich im sanften

Wind winkenden Blättern. Und Séraphin folgte ihrem Beispiel und tat ebenfalls einen tiefen, befreienden Atemzug. Es war ihm, als wolle sein Alptraum nun langsam schwinden. Er stieg die Leiter hinab. Er hob die beiden so hübsch verschnürten Päckchen auf, die die Mädchen zurückgelassen hatten. Ohne ein Lächeln sah er sie sich an und schüttelte den Kopf. Mit schwerem Schritt ging er auf sein Fahrrad zu, das an der Böschung lehnte.

In diesem Augenblick sah er Patrice unbeweglich wie ein Wegzeichen vor sich stehen. Er rauchte nicht, was durchaus ungewöhnlich für ihn war. Die tiefer werdende Dunkelheit hatte die Narben, die Vertiefungen und Verwerfungen seiner Züge ausgeglichen und ihm ein menschliches Gesicht verliehen.

»Sind Sie immer noch da?«, fragte Séraphin verwundert.

»Pst!«, zischte Patrice. »Ich träume noch ... Weck mich nicht auf! Sie hat mir ins Gesicht gesehen! Sie hat den Blick nicht gesenkt! Sie hat mich ... Ach! Wie soll ich es dir beschreiben? Sie hat mich ... angelächelt ...«

»Wer?«

»Die Perserin ... Na ja, die, die wie eine Perserin aussieht.« »Eine Perserin?«, fragte Séraphin verblüfft. »Was ist das eigentlich, eine Perserin?«

»Ach«, sagte Patrice, »eigentlich weiß ich es selbst nicht. Aber ... Das muss es sein ...« Mit einer Kopfbewegung wies er auf die flüchtige Spur, die nur er weit hinten auf der Straße ausmachen konnte. Die letzten Worte hatte er schwer atmend hervorgestoßen. Séraphin vernahm ein merkwürdiges Geräusch.

»Sagen Sie ... Weinen Sie etwa?«, fragte er.

»Ja. Das kann ich wenigstens, weinen.«

»Hier!«, sagte Séraphin. »Sie hat mir Oliven mitgebracht. Nehmen Sie sie!«

Patrice brachte ein schniefendes Lachen zustande, das ironisch klingen sollte. »Ich werde sie unter einer Kristallglocke aufbewahren!«

»Und das da auch noch! Nehmen Sie auch die *choux à la crème* von der anderen mit!«

»Ja, aber … Und du?«

»Ich? Was soll ich schon mit Windbeuteln anfangen?« Er schloss mit sanfter Stimme: »Das alles isst man am besten, wenn man glücklich und zufrieden ist …« Er stieg auf sein Rad und verschwand.

Inmitten der Siebenschläfer, die auf der Suche nach einem Unterschlupf herumhuschten, stand Patrice unbeweglich da und ließ den kostbaren Augenblick auf sich wirken, den er gerade erlebt hatte. Doch er hätte nicht so lange im Schatten von La Burlière stehen bleiben sollen, denn das Leben, das nach und nach aus den Trümmerresten wich, hier durch einen herunterfallenden Stein, dort durch eine sich heimlich ablösende Gipsplatte, ließ durch die Stimmen der großen, im Wind rauschenden Steineichen seine Klage hören. Die Ruine mit ihren übrig gebliebenen Mauerresten gab Patrice flüsternd zu verstehen, dass alles sterben müsse. Er hörte ihr so gespannt zu, als handle es sich um seine eigene Geschichte.

In dieser Nacht, in der Weihnachtsnacht, träumte Séraphin von seiner Mutter. Von einer weißen Balustrade im Hintergrund, die von einem Gestänge aus schwarzem Schmiedeeisen überwölbt wurde, das er noch nie gesehen hatte, kam sie auf ihn zu. Sie kam barfuß über das Gras. Sie war so jung wie er jetzt. Sie war nackt. Nicht ganz nackt, um genau zu sein. Sie trug ein paar aufreizende Stofffetzen auf dem Leib, wie Séraphin sie in den schlüpfrigen Zeitschriften gesehen hatte, die man während des Krieges an der Front herumgehen ließ, um die Stimmung zu heben.

Sie kam auf ihn zu, um sich auf ihn zu legen. Und das Schreckliche dabei war, dass sie ein Gesicht zeigte. Ein Gesicht, das Séraphin niemals zuvor gesehen hatte. Er fragte sich – in seinem Traum –, ob es wirklich demjenigen glich, das sie im Leben gehabt haben mochte.

Ihr Mund öffnete sich zu einem Bekenntnis. Sprach sie von ihrem Leben? Sprach sie von ihrem Tod? Séraphin wurde von Grauen gepackt; eine unerträgliche Angst lähmte ihn bei dem Gedanken, dass er im nächsten Augenblick, sobald sie nahe genug wäre, nicht wiedergutzumachende Worte zu hören bekommen würde, die er nie mehr aus seinem Gedächtnis würde tilgen können.

Sie kam näher und näher. Sie flüsterte immer noch. Sie hatte die gleichen langsamen Bewegungen wie er, Séraphin, bei seinen täglichen Verrichtungen. Sie streckte sich auf ihm aus, aber sie hatte kein Gewicht, als sei sie mit Luft angefüllt. Mit einer anmutigen Bewegung entledigte sie sich ihres Mieders. Er hörte deutlich, wie die Druckknöpfe aufsprangen. Und mit einem Mal quollen ihre Brüste heraus, nur Brüste, ohne dazugehörigen Körper. Auf jeder Brustwarze schimmerte jener zu glänzendem Stein erstarrte Milchtropfen, den der Tod in der Erzählung des alten Burle dort hatte gerinnen lassen. Und von ihrer Umgebung – sie hatte immer noch kein Gewicht – ging ein Geruch von sehr altem, kaltem Ruß aus. Aber im selben Augenblick – und daher hatte er ihr Gewicht auch nicht gespürt – schwebte sie durch den Raum, ohne einen Blick auf ihren Sohn zu werfen. Keine Spur mehr von der langsamen und sinnlichen Bewegung, mit der sie sich eben noch über ihn breiten wollte. Und im Übrigen schien es Séraphin, als hindere irgendetwas in ihren Augen, so unnatürlich weit sie auch geöffnet waren, sie daran, ihn zu sehen.

Bisher hatte er es für unmöglich gehalten, dass man im Traum Gerüche wahrnehmen könne. Als er jedoch schweißgebadet, mit einer heftigen Erektion erwachte, hatte er immer noch ein wenig von dem Geruch des kalten Rußes in der Nase. Bis zum Morgen kämpfte er verbissen gegen den Schlaf an, aus Furcht, in seinen Traum zurückzugleiten.

Eines Tages war der Frühling da.

La Burlière bot immer noch das scharfkantige Bild eines großen, offenen Sargs, aber nun hatte man den Eindruck, das Haus werde gleich in der Erde versinken, so niedrig war es inzwischen geworden. Die Zypressen, die wie Kerzen an den Ecken standen und Wache hielten, erschienen doppelt so hoch, seit das Anwesen sich so eng an den Boden schmiegte.

Wie so oft war die Durance plötzlich angeschwollen, und Sturzbäche schlängelten sich wild über die Uferböschungen, wie Nattern, denen man auf den Schwanz tritt. Sintflutartige Regenfälle gingen zwei Wochen lang auf die tiefer gelegenen Schneefelder und auf die Hänge nieder, die die Nebenflüsse der Durance speisten.

Als das reißende Hochwasser zurückging, stellte Séraphin mit Befriedigung fest, dass es den Damm aus Bauschutt mitgerissen hatte, den er zwischen den mit Weiden bestandenen Inseln errichtet hatte. Eine völlig saubere Bank aus glattem Sand breitete sich über die Reste.

Was vom Mauerwerk blieb, war weich wie ein eingetunktes Stück Zucker geworden und brach widerstandslos unter den Hieben der Spitzhacke zusammen.

Am Ostermorgen gab Séraphin die Küche von La Burlière der Sonne preis. Durch die abgerissene Decke konnten die Sonnenstrahlen bis in den kleinsten Winkel dringen. Sie trafen auf das gehämmerte Blech des Kamins, ergründeten die Tiefen des Wandschranks und fielen auf die olivgrünen Fliesen.

Gegen elf Uhr war ein kurzer Schauer niedergegangen, ein heller und reinigender Regen, der sogleich im leichten Wind und in der zurückgekehrten Sonne abgetrocknet war. Da bemerkte Séraphin, der auf seine Spitzhacke gestützt dastand, dass die Blutspritzer an den Wänden, die bisher wie eingetrocknete Wagenschmiere ausgesehen hatten, plötzlich in allen Farben schillerten. Der Wechsel von Licht und Schatten ließ sie aufleben.

Séraphin erschauderte. Er hatte alles niedergerissen, um endlich soweit zu sein: An den Wänden und auf dem Boden wollte er diese unauslöschlichen Spuren tilgen, die sich regelmäßig Nacht für Nacht an ihrem angestammten Platz einfanden und die Erinnerung an seine Herkunft befleckten. Und nun verhalfen die Launen des Lichts ihnen zu neuem Leben, wie Flechten, die der Regen nach jahrelanger Trockenheit wiederbelebt. Es war ihm, als wollten sie ihm etwas mitteilen.

Wenn sie ihm in der kommenden Nacht nicht lebhafter denn je erscheinen sollten, musste er sie noch vor dem Abend vernichten. Vor allem musste er so schnell wie möglich zu den beredtesten Spuren vordringen, zu denen, die Monge der Blitz rund um den Salzbehälter hinterlassen hatte, unter dem Stützpfeiler des Kamins, auf der rechten Seite, etwas mehr als eineinhalb Meter über der Feuerstelle.

Séraphin bearbeitete den Kamin mit heftigen Hammerschlägen, und sofort drang ihm der Geruch von kaltem Ruß in die Nase. Bald schon atmete er diesen Ruß ein, der sich nach und nach löste, während er den Rauchfang abtrug. Bald war Séraphin vollständig mit Ruß beschmiert. Als er sich die Stirn mit dem Handrücken abwischte, verschmierte er auch sein Gesicht damit. Es roch nicht nach gewöhnlichem Ruß, sondern nach diesen sonderbaren Muff, der um den Körper seiner Mutter herum wahrzunehmen gewesen war, in der Nacht, in der er den Traum gehabt hatte.

Nun blieb nur noch eine Fläche von ungefähr zwei Quadratmetern übrig, der Rest des oben schon zerstörten Rauchfangs, über dem man die Steineichen glänzen sah. Schubkarre für Schubkarre räumte Séraphin sorgfältig alle Steine, alle Gipsplatten weg, an denen der Ruß haftete. Nur noch gut zehn Zentimeter, und er würde endlich zu der Stelle gelangen, an der die Finger seines Vaters ihre roten Abdrücke hinterlassen hatten, und er würde sie zerstören, er würde sie zu Staub machen, er würde sie in die Durance werfen.

Wie so oft am Tag spuckte er in die Hände, um sich Mut zu machen. Auf dem Mauerrest stehend hob er die Spitzhacke und ließ sie genau vor sich heruntersausen. Die Hacke stieß ins Leere und drang bis zum Stiel in die Wand. Beinahe hätte er das Gleichgewicht verloren und wäre der Bahn, die sein Werkzeug beschrieben hatte, kopfüber gefolgt. Verwundert ließ er es los. Er sprang von der Mauer ins Innere des Raumes. Er berührte das Eisen der Hacke, das zwischen zwei Steinen eingeklemmt war. Er zog einen von den beiden heraus. Nachdem er ihn aus dem feuchten Mörtel gelöst hatte, entfernte er vorsichtig den zweiten. Eine Gipsschicht kam zum Vorschein. Sie wirkte fast wie neu, auf jeden Fall war sie von anderer Art als der Mörtel und der gelöschte Kalk, die alle Mauern von La Burlière zusammengehalten hatten. Er ergriff einen kleinen Hammer und begann, diesen Gips herauszuschlagen. Beim dritten Schlag verschwand das Eisen des Werkzeugs wiederum im Leeren. Die herunterfallenden Gipsbrocken hallten dumpf auf einem metallischen Gegenstand wider. Mit bloßen Händen legte Séraphin die Kante eines waagrecht eingemauerten Ziegelsteins frei, dann die eines weiteren. Diese beiden Ziegelsteine befanden sich genau an der Stelle, an der sein Vater die Blutspuren hinterlassen hatte, und Séraphin musste sich gegen diese Stelle stützen, um sie herauszuziehen. Als er sich entfernte, um die Ziegelsteine auf den Schutthaufen zu werfen, erhellte die sinkende Sonne den Boden eines vierzig Zentimeter breiten und ebenso tiefen Verstecks, das sorgfältig in die Mauer eingepasst worden war. Unter dem Schutt, der während der Abrissarbeiten heruntergefallen war, konnte man die Kanten einer Blechdose erkennen.

Séraphin nahm sie heraus. Sie war schwerer als die Ziegel, die er gerade entfernt hatte. Es war eine längliche Dose, die dazu bestimmt war, ein Kilo Würfelzucker aufzunehmen. Ihre bräunliche Farbe wies darauf hin, dass sie zu lange zu diesem Zweck gebraucht worden und dabei dem Rauch des

Herdes ausgesetzt gewesen war. Ihren Deckel zierte eine bretonische Landschaft; sie war noch gut zu erkennen. Das Bild zeigte einen Kalvarienberg und eine Bretonin mit traditioneller Haube, die auf den Stufen saß und auf eine mit Felsenriffen übersäte Bucht blickte.

Ohne Mühe nahm Séraphin den Deckel ab. Die Kiste war bis zum Rand mit Goldmünzen im Wert von zwanzig Franc gefüllt.

Weder die Langsamkeit seiner Bewegungen noch die Zeit, die er sich mit der Antwort auf die Fragen ließ, die man ihm stellte, noch die freiwillige Isolation, in der er lebte, noch die Hartnäckigkeit, die er beim Abriss seines Hauses an den Tag legte, hätten sein wahres Wesen und seine Verschiedenheit von den übrigen Menschen deutlicher offenbaren können als die Art und Weise, in der Séraphin mit dieser Quelle unverhofften Reichtums verfuhr.

Wie er Rose von sich gewiesen hatte, wie er Marie von sich gewiesen hatte, so wies er auch das Gold von sich. Hätten die Leute aus Peyruis oder Lurs diesen Straßenarbeiter sehen können, wie er die Dose ergriff, sie öffnete und hineinblickte – oh, nicht länger als fünf Sekunden und ohne einen einzigen Freudenschrei –, wie er den warmen Farbton so vieler glänzender Louisdors betrachtete, es wäre ihnen kalt den Rücken hinuntergelaufen: Machte er doch die Zuckerdose wieder zu, ohne die Goldstücke auch nur anzurühren. Er stellte sie auf der Mauer neben sich ab.

Es blieben noch zwei Stunden Tageslicht, und die wollte er nutzen. Er hatte noch zwei Meter des Kaminabzuges abzutragen und sich dabei dem Geruch von kaltem Ruß auszusetzen, den er eingeatmet hatte, als ihm seine Mutter als ganz und gar Fleisch gewordener Geist im Traum erschienen war. Er musste sich dieses Kamins so schnell wie möglich entledigen, um nicht mehr die schwarze Wand vor sich sehen zu müssen. Mit verdoppeltem Einsatz von Hammer und Hacke gelang es ihm, sein Vorhaben auszuführen. Als es jedoch schließlich soweit war und er an dieser Stelle zum ersten Mal den Erdboden erreichte, herrschte tiefe Nacht, eine Nacht ohne Mondschein.

Erschöpft fuhr sich Séraphin ein letztes Mal mit dem Handrücken über das Gesicht. Es war kein Rauchfang mehr da, doch er selbst war über und über mit Ruß bedeckt: schwarz, schmierig, das Gesicht eines Schornsteinfegers – und seine blonden Haare waren voller Fett. Es war, als habe der Kamin ihm aufgetragen, diesen Grabgeruch weiterzugeben, der einem Alptraum entsprungen war, auf dass er sich nun in der wirklichen Welt verbreite.

Mit müden Bewegungen nahm er die Blechdose, verstaute sie in seiner Werkzeugtasche, stieg auf sein Fahrrad und kehrte in der finsteren Nacht nach Peyruis zurück.

Als nun aber das Geräusch der Pedale und der schlecht geölten Fahrradkette in der Ferne verklungen war, ging eine flüchtige Wellenbewegung durch das Lorbeerwäldchen am Rande der Straße. Eine Gestalt glitt vorsichtig wie eine Katze heraus, horchte auf das Abbröckeln von kleinen Steinen und Gips von den Mauerresten und setzte sich schließlich in Bewegung. Sie betrat die Küche durch die Lücke, die der abgerissene Kamin hinterlassen hatte, und stolperte fluchend über die Schutthaufen. Ein Feuerzeug wurde angezündet. Sein Licht holte die verbleibenden Mauerreste aus der Dunkelheit hervor und blieb schließlich auf der Höhe des Verstecks in der Wand stehen, das Séraphin noch nicht hatte zerstören können. Das Licht erlosch. Die immer noch fluchende Gestalt stieg mit knirschenden Schritten über den Schutt hinweg. Sie verschwand in der Nacht auf den Pfaden, die den Hügel hinaufführten.

Séraphin stellte sein Fahrrad im Schuppen ab. Er entkleidete sich vollständig und warf seine Kleider in die Holzkiste. Durch die innere Tür, die zur Treppe führte, stieg er in seine Küche hinauf, öffnete den Wasserhahn am Spülbecken und wusch sich von Kopf bis Fuß mit eiskaltem Wasser und viel schwarzer Schmierseife. Als er fertig war, wusch er sich ein zweites Mal mit einem kleinen Stück Seife der Marke *Le Mikado*, das er für besondere Gelegenheiten aufbewahrte und das gut roch. Er rasierte sich. Daraufhin ging er in das obere Stockwerk, um saubere Wäsche anzuziehen. Als er wieder herunterkam, erblickte er die Dose, die er angefasst hatte. Auch sie wusch er ab, von allen Seiten, mit einem Schwamm, den er anschließend in den Abfalleimer warf. Er schnäuzte sich drei oder vier Mal kräftig und warf auch das Taschentuch weg. Misstrauisch schnüffelte er an seinen Händen und an seinen Achselhöhlen. Er atmete tief durch. Der Geruch des Rußes haftete nicht mehr an ihm.

Erst jetzt fiel ihm ein, dass er Hunger und Durst hatte. Er wärmte die Suppe auf, die er immer für drei oder vier Tage kochte. Er öffnete eine Dose Sardinen und kochte sich zwei Eier. Und erst, nachdem er gegessen, sein Viertel Rotwein getrunken und den Tisch abgeräumt hatte, zog er die Blechdose zu sich her und betrachtete sie lange.

Der bretonische Kalvarienberg, die Bretonin mit ihrer Trachtenhaube und das Meer erzählten ihm von seiner Mutter. Sicher hatte sie sich diese Dose auf dem Jahrmarkt von Manosque oder Forcalquier ausgesucht. *Sie hatte sie in ihren Händen gehalten.* Und da er alles vernichtet hatte, was sie angefasst hatte, musste er auch diese Dose vernichten. Doch hielt ihn das Bild eines friedlichen Alltags, das sie heraufbeschwor, davon ab, sie wegzuwerfen. Er sagte sich, dass seine Mutter jeden Morgen, wenn der dampfende Kaffee auf dem Tisch stand, den Zucker daraus geholt haben musste, bis sein Vater sie ihr schließlich weggenommen hatte, um sie in einen armseligen Tresor zu verwandeln und für alle Zeit in diesem Versteck unter dem Kamin zu versenken.

Lange strich Séraphin mit der Hand über diesen Behelfstresor, bevor er ihn auf dem Wachstischtuch umstülpte. Als er ihn hochnahm, kamen einige vierfach gefaltete Blätter zum Vorschein, die auf dem Boden der Kiste gelegen haben mussten und nun den Haufen Goldstücke dem Blick entzogen. Es waren drei mit Stempeln versehene Papierbögen, die so feierlich wie Banknoten aussahen, mit ihrer laufenden Nummer in Schwarz, ihrem Wasserzeichen und dem edlen Profil einer mit Lorbeeren gekrönten Justitia in Filigran.

Die Blätter waren mit schwarzer Tinte in einer kleinen, nüchternen, jedoch unbeholfenen Schrift beschrieben, deren Linien so deutlich hervortraten, als seien sie am Vortag gezogen worden. Von wenigen Worten abgesehen, enthielten alle drei Dokumente denselben Text, der folgendermaßen lautete:

Der Unterzeichnete, Célestat Dormeur, Bäcker in Peyruis, bestätigt, aus den Händen von Félicien Monge, Fuhrhalter in Lurs, ohne Verzug und in bar die Summe von 1200 *Franc (in Worten: zwölfhundert Franc) erhalten zu haben. Als Gegenleistung für dieses Darleben, das von beiden Seiten in gutem Glauben vereinbart wurde, wird der oben genannte Célestat Dormeur dem oben genannten Félicien Monge jedes Jahr am Tag des hl. Michael den gemeinsam auf* 23 % *der Summe festgelegten Zins zukommen lassen, das heißt, jährlich zweihundertsechsundsiebzig Franc. Die Gesamtsumme ist am Tag des hl. Michael* 1896 *unter Strafandrohung fällig. Gegeben zu Lurs, am Tag des hl. Michael,* 1891.

Zwei Unterschriften folgten, die noch einmal auf dem links unten angebrachten Stempel standen.

Bis auf die Namen und die Geldbeträge hatten die Texte der beiden anderen Schuldscheine den gleichen Wortlaut. Zu einem Zins von dreiundzwanzig Prozent lieh Félicien Monge Didon Sépulcre, Ölmüller in Lurs, auf fünf Jahre tausend Franc, und zu den gleichen Bedingungen verlieh er eintausendfünfhundert Franc an Gaspard Dupin, Schmied in Les Mées.

Tausend Franc, tausendzweihundert Franc, tausendfünfhundert Franc – wie viel war das damals? Séraphin erinnerte sich daran, dass in den Belegen, die ihm Maître Bellaffaire vorgelegt hatte, vom Verkauf von Ackerland die Rede gewesen war, das mit hundert Franc pro Hektar in Rechnung gestellt worden war. Hundert Franc im Jahre 1897 oder 1898, also fünf von den Münzen, die da auf dem Wachstuch lagen. Das hieß doch, dass man sich damals mit tausend Franc zehn Hektar Land kaufen konnte, auf diesen fruchtbaren Böden hier im Tal. Das war also eine stattliche Summe damals, tausend Franc, und dazu kam dann noch dieser unglaubliche Zinssatz von dreiundzwanzig Prozent pro Jahr. Das reichte schon – o ja, das reichte durchaus –, um einem Mann den Tod zu wünschen... Einem Mann und seiner ganzen Familie... Drei Unbekannte... Drei Männer von hier... Es waren also sehr wohl drei Männer von hier gewesen, die der Prior dabei überrascht hatte, wie sie ihre Messer an der Sioubert-Quelle schärften.

Séraphin nahm sich die Schuldscheine nochmals vor, die er auf den Haufen Louisdors zurückgelegt hatte, um die Jahreszahlen zu überprüfen: *am Tag des hl. Michael* 1896 fällig.

»Am Tag des hl. Michael war ich achtzehn Tage alt... Und in der Nacht, die diesem Tag vorausging ...« Ein Gedanke durchfuhr ihn wie ein Blitz. Er erinnerte sich an Patrice Dupin unter der Zypresse, an Patrice Dupin, wie er zu ihm sagte: »Warum wohl hat mein Vater mich gefragt, ob du wund gescheuerte Hände hättest?«

Mit verhaltener Kraft schlug Séraphin die Faust auf den Tisch. Mit einem Mal war ihm alles klar. Wenn Marie Dormeur, Rose Sépulcre und Patrice Dupin so oft zu ihm kamen – aus reiner Freundschaft natürlich, um ihm ein wenig die Zeit zu vertreiben –, so deshalb, weil ihre Väter sie mit dem Auftrag nach La Burlière schickten, ihn auszukundschaften. Alle diese Hinweise belasteten die drei Männer.

»Sie sind es, das ist sicher!«, rief Séraphin laut aus.

Mechanisch und ohne zu zählen legte er eine Hand voll Louisdors nach der anderen in die Zuckerdose zurück. Dabei wog er sie in seiner Hand und begriff, dass das ganz schön viel war, so eine Dose voll ... Wie hatte sein Vater nur so viel Geld verdienen können? Klar, wenn man zu dreiundzwanzig Prozent Geld verlieh ... Aber um es verleihen zu können, musste man das Geld erst einmal haben.

Séraphin nahm eines der Goldstücke vom Haufen, um es sich genauer anzusehen. Das darauf abgebildete Gesicht zeigte Koteletten und eine hochgekämmte Stirnlocke. Die schwer herunterhängenden Wangen ließen es birnenförmig erscheinen. Rund um den Rand verlief die Inschrift:

LOUIS-PHILIPPE Ier – ROI DES FRANÇAIS

Zur Regierungszeit dieses Königs war *Monge l'Uillaou*, der im Jahre 1896 mit dreiunddreißig Jahren gestorben war, noch nicht einmal geboren. Woher hatte er also diese Louisdors, die so schön durch die Finger glitten, die funkelten, als seien sie frisch geprägt, als seien sie der entwürdigenden Berührung so vieler schmutziger Hände auf wunderbare Weise entgangen, als habe sie überhaupt niemand je in die Hand genommen?

Nachdem er die Geldstücke in die Dose zurückgelegt hatte, vertiefte Séraphin sich wieder und wieder in die Lektüre der drei Urkunden, als befürchtete er, die Namen zu vergessen: Gaspard Dupin, Didon Sépulcre, Célestat Dormeur.

Bis spät in die ruhige dörfliche Nacht hinein – die Kirchturmuhr schlug die Stunden, der Brunnen plätscherte, hin und wieder durch etwas Wind aus seiner Ruhe gebracht – schob Séraphin die wie neu aussehenden Bögen hin und her, die in schönem, fleckenlosen Blau gestempelt waren. Schließlich faltete er sie zusammen, legte sie in der Reihenfolge, in der er sie vorgefunden hatte, auf die Louisdors und schloss die Dose. Er erhob sich und stellte sie auf das Regal über dem Spülbecken neben die Bratpfanne.

Danach füllte er ein Glas mit Wasser aus der Leitung und nahm schwerfällig wieder am Tisch Platz. Die Unterarme auf das Wachstischtuch gestützt, öffnete und schloss er unaufhörlich seine riesigen Fäuste, als würgte er einen nicht vorhandenen Hals. Abscheu, Trauer und Zorn verliehen ihm den furchtbaren Ausdruck einer antiken Rachegöttin.

~ 7 ~

ALS Séraphin am nächsten Morgen aus dem Haus trat, erschien er so gelassen und bedächtig wie immer. Er zeigte sich weder hastiger noch aufgeregter als sonst bei seinen täglichen Verrichtungen. Nicht wuchtiger als sonst ließ er seinen Hammer auf die Steine prallen. Und am Sonntag, bei seiner Ankunft auf La Burlière, als plötzlich Patrice Dupin vor ihm stand, setzte er seine Alltagsmiene auf und lächelte ihm freundlich zu. Als Patrice ihm die Hand reichte, brauchte er ihm keine Herzlichkeit vorzuspielen; sein Händedruck war schon immer schlaff gewesen, und er legte auch jetzt nicht mehr Nachdruck hinein.

Er zertrümmerte die Spuren rings um das Versteck links von der Lücke, die der Kamin hinterlassen hatte. Er löste die Bodenplatten, auf denen noch die Blutspuren zu erkennen waren, die daran erinnerten, wie seine Mutter zur Wiege gekrochen war. Er brachte sie nach draußen und zerschlug sie dort mit seinem Vorschlaghammer zu Staub.

Es war die Zeit, in der die Schwalben zu ihren Nistplätzen zurückkehrten. Mit gellenden Schreien schossen sie kreuz und quer über das zerstörte Anwesen. Manchmal hielten sich einige von ihnen mit flatternden Flügeln an einer bestimmten Stelle in der Luft, als wollten sie sich an einem unsichtbaren Hohlziegel festkrallen. Mit ihrem Tanz in der Luft zeichneten sie in gestrichelten Linien die Umrisse des nicht mehr vorhandenen Hauses nach. An den lauen Abenden hielt das Treiben um die nicht mehr auffindbaren Nester noch lange an. Die meisten Schwalben fanden schließlich andere Nistplätze; unter den *génoises*, den Hohlziegelfriesen der Kirchen, an den Balken verfallener Burgen oder unter den Ziegeln des Kreuzgangs von Ganagobie. Einige wollten jedoch nicht aufgeben. Den ganzen Sommer hindurch hallten ihre klagenden Schreie zwischen der Durance und den Steineichenhainen über dem leeren Platz wider, wo sich einst La Burlière befunden hatte.

Es klaffte nun schon eine zehn Meter breite Lücke, wo das Gebäude bis auf die Grundmauern abgetragen war.

Séraphin brauchte den Bauschutt nun nicht mehr bis zur Durance zu karren. Er hatte die Falltür in der Küche herausgerissen, die er vergessen hatte, als er alle Möbel und Türen verbrannt hatte. Durch diese Öffnung schüttete er nun alles, was von der einstigen Fuhrstation übrig geblieben war, hinunter in die Pferdeställe, die man in den weichen Fels gehauen hatte.

Eines Tages befand er sich schließlich vor einer riesigen leeren Fläche, die sich auf dem Erdboden noch immer in der länglichen Form eines Sargs abzeichnete. Zum ersten und einzigen Mal waren ihm nun die Louisdors von Nutzen, die er im Versteck in der Mauer gefunden hatte. Er ließ dreißig Karrenladungen Schotter anfahren, die er mit der Gabel sorgfältig über die gesamte Fläche von La Burlière verteilte. Als er die letzte Schaufel verstreut hatte, richtete er sich auf. Ein Spätsommerwind wehte über die neu entstandene Leere, und ein erstauntes Murmeln erhob sich in den großen Bäumen. Seit sie allein dastanden, erschienen die vier Zypressen noch höher. Ihre grünen Flammen flackerten unbekümmert im Wind, als warteten sie auf einen neuen Katafalk, den man nun bald zwischen ihren Lichtern absetzen würde.

An diesem Abend kam Patrice, der Mann mit dem entstellten Gesicht, in seinem roten Auto angefahren und betrachtete das Schauspiel, das Séraphin bot, wie er dastand und sein Werk begutachtete. Es war vollbracht, und doch sah sein Gesicht deswegen nicht weniger düster aus.

»Und jetzt?«, fragte Patrice. »Bist du jetzt ein Stück weiter?«

»Na ja ...«, brummte Séraphin.

Er rollte sich eine Zigarette und durchmaß dabei die leere Fläche mit dem Blick, und es wurde ihm klar, dass sie nur für die Vorübergehenden leer war und vielleicht auch für diesen Mann, der da verstohlen zu ihm aufsah: dieser gut gekleidete Mann, der sein Gesicht, dem die Chirurgen für immer einen spöttischen Ausdruck verliehen hatten, wie eine Fahne vor sich hertrug.

Aber für ihn, Séraphin, blieb La Burlière ein unzerstörbares Denkmal. Es genügte nicht, das Gebäude abzureißen, um es aus der Erinnerung zu löschen. Was immer er anstellte, es stand weiterhin vor ihm. Er ging darauf zu. Er öffnete die Tür. Er stieg über den Rahmen des Bildes. Und nun stand er wieder mitten drin in dem Blutbad, atmete den Geruch von feuchtem Ruß, von dem der Schatten seiner Mutter durchdrungen war, damals, als er von ihr geträumt hatte. Es hatte nicht genügt, den Schauplatz des Verbrechens dem Erdboden gleichzumachen, um den Fluch zu bannen. Er musste nun die Täter vernichten, um seinen Seelenfrieden wiederzufinden und alles auszulöschen: Gespenster und Erinnerungen.

Nun kannte er Didon Sépulcre und Célestat Dormeur zwar recht gut, aber Gaspard Dupin hatte er noch nie gesehen. Diesem Mann, dessen Sohn ihm so eifrig nachspionierte, musste er begegnen, er musste seine Gewohnheiten kennen lernen und herausfinden, unter welchen Umständen er ihn angreifen könnte, ohne sich dabei erwischen zu lassen.

Da kamen Patrices Worte wie gerufen: »Jetzt, wo du fertig bist, hindert dich nichts mehr daran, nach Pontradieu zu kommen. du wirst sehen«, fügte er mit einem undefinierbaren Unterton hinzu, »es gibt durchaus reizvolle Dinge zu sehen, in Pontradieu ...«

»Aber sicher«, antwortete Séraphin, »jetzt werde ich kommen, Sie können sich darauf verlassen ...«

»Wirklich?«, sagte Patrice. »Soll ich dich beim Wort nehmen? Was hieltest du davon, wenn ich dich für Sonntag in vierzehn Tagen einladen würde?«

»In Ordnung«, sagte Séraphin, »warum nicht am Sonntag in vierzehn Tagen?«

Er schaute zu, wie Patrice ins Auto stieg, und lange nachdem er weggefahren war, hörte er noch dem leiser werdenden Motorgeräusch nach.

Von diesem Tag an strich er um den Platz herum, wo La Burlière gestanden hatte, wie ein Jagdhund, der die Witterung eines verirrten Stücks Wild aufnimmt. Hatte er auch wirklich alles ausgelöscht? Ein Ziegelstein lag ihm schwer im Magen, als ob er etwas Giftiges gegessen hätte. Dieses Gefühl der Übelkeit konnte nicht allein davon herrühren, dass die Mörder noch am Leben waren.

Seine Wachsamkeit wurde größer, sein Blick lauernd; in seinem Unterbewusstsein formte sich etwas, von dem er noch nicht wusste, was es war. Er ging zehnmal zur selben Stelle und wieder zurück. Hartnäckig durchmaß er mit seinem schweren Schritt den leeren Raum zwischen den vier kerzenförmigen Zypressen, die plötzlich an einem geheimnisvollen Mangel zu leiden schienen und armselig dastanden.

Eines Tages schließlich verriet ihm die Sonne, als sie in einem bestimmten Winkel am Himmel stand, dass eine eigenartige Spur von Tritten dort hinten über den leeren, mit runden Steinen gepflasterten Hof führte.

Es war ein schmaler Pfad, den zwanzig Generationen von Monges in die Steinplatten getreten hatten und der geradewegs auf eine Kuppel aus dichtem Grün hinführte, die sich vor dem mit Steineichen bewachsenen Hang aufwölbte: Um eine seit langem abgestorbene Esche herum wucherte ein Gestrüpp aus Schneeballsträuchern, Brombeerranken und gerade gewachsenen Schwarzerlen, die sich wie Ährenbündel zusammendrängten. Eine mächtige Clematis mit Ranken dick wie Lianen umschlang alles, erstickte alles, kletterte hinauf bis zu den höchsten Zweigen des abgestorbenen Baumes und ließ unzählige Arabesken hinabranken, ein Springbrunnen aus Blättern. Die ausgetretene Spur verschwand in diesem Dickicht und kam auf der anderen Seite nicht mehr zum Vorschein.

Séraphin machte sich über dieses Dickicht her, das ihn gleichzeitig beunruhigte und anzog. Mit nacktem Oberkörper, denn die Sonne brannte noch kräftig herab, Brust und Arme zerkratzt von den Widerhaken der gekrümmten Dornen, die ihm die Haut aufrissen, arbeitete er den ganzen Tag daran, das Gestrüpp zu beseitigen und auf dem Platz zu verbrennen.

Bei Sonnenuntergang hatte er schließlich einen Brunnen freigelegt, dessen Öffnung fast vier Meter Umfang erreichte. Der Brunnen war weiß wie Schnee. Ein Aufsatz von drei Bändern aus verrostetem Schmiedeeisen erhob sich über ihm. An der Spitze, wo die drei wie ein Bischofsstab gekrümmten Bänder zusammenliefen, hing eine ebenfalls verrostete Rolle, um die eine Kette gewickelt war, die in einem mit welkem Laub gefüllten Waschtrog neben dem Brunnen verschwand.

Auf dem Stein des Troges, den das Bleichsoda ausgewaschen hatte, entdeckte Séraphin ein Schlagholz von der Art, wie es die Wäscherinnen benutzen. Es lag da, als habe man es am Vorabend dort vergessen. Er wagte nicht, es am Stiel anzufassen. Er wagte nicht, mit seinen Fingern die Stelle zu berühren, die seine Mutter, vielleicht am Vorabend ihres Todes, mit den ihren umfasst hatte. Er nahm das Holz am anderen Ende auf und ließ es ängstlich fallen.

Ein schwer zu beschreibendes Unwohlsein befiel ihn angesichts dieser Entdeckung. Er begann das welke Laub im Waschtrog zu durchwühlen. Am Ende der Kette zog er die Reste eines verzinkten Blecheimers hervor. Dieser Eimer vervollständigte das Bild, das er in sich trug; denn dieses Schlagholz, diese Kette, diesen Brunnen, irgendwo hatte

Séraphin das alles im Laufe seines Lebens schon einmal gesehen.

Er trat einige Schritte zurück, um einen Überblick über dieses Bild, das ihn ängstigte, zu gewinnen. Die Spur auf den Steinen des Platzes führte genau zum Brunnen. Sie führte auf dem kürzesten Weg zum Haus, es war deutlich zu sehen, dass sie genau vor der Tür aufhörte, die es nicht mehr gab.

Der Brunnen selbst sah neu und ungebraucht aus wie ein soeben ausgepacktes Geschenk. Sein aus Marmor gehauener Rand schimmerte weiß wie Schnee. In der sinkenden Sonne wollte er durchaus nicht die Anmut des bischöflichen Gartens heraufbeschwören, in dem er einmal gestanden haben musste, sondern er erinnerte eher an Gruften und Grabsteine. Er war unheilverkündend weiß. Von Regengüssen ausgewaschen, von der Sonne gebleicht, war er doch so viele Jahrhunderte hindurch wie neu geblieben, denn Wind und Regen hatten seine Kanten nicht angegriffen. Weiß war er wie ein Leichentuch. Er leuchtete wie ein Signal vor dem dunkelgrünen Hintergrund der Steineichen. Ein Zeuge war er, dieser Brunnen, und vielleicht genauso gesprächig wie die Blutflecken …

Für Séraphin gab es kein Zögern mehr. Er hob den Vorschlaghammer, um ihn mit all seiner Kraft zu zerschmettern. Der Stiel brach glatt hinter dem Hammerkopf ab, der ihm schon so viele gute Dienste geleistet hatte. Séraphin fiel mit der Nase auf den Brunnenrand und musste sich daran fest halten, um nicht in den Brunnen zu stürzen. Verwirrt richtete er sich wieder auf. Aus der Tiefe drang noch der Widerhall des Schlags herauf.

Séraphin betrachtete den Stiel, den er nicht losgelassen hatte. Seine Muskeln schmerzten von der Gewalt des Schlags, der auf ihn zurückgeprallt war. Das Ergebnis seiner Mühe war ein herausgeschlagener Splitter, kaum so groß wie eine Miesmuschelschale.

Séraphin fuhr mit dem Finger über diese Wunde. Angespannt richtete er seine Aufmerksamkeit auf den Waschtrog, wo die stacheligen Blätter der Steineichen vom aufkommenden Abendwind aufgewirbelt wurden. Langsam ließ er den Blick um den prächtigen Brunnenrand kreisen. Er untersuchte, er betastete den elegant geformten schmiedeeisernen Aufsatz. Dieser bauchige Brunnen mit seinem ungesunden Weiß, viel zu aufwendig für das bescheidene Anwesen La Burlière, dieser Brunnen, den er schon einmal gesehen hatte – aber wo? –, es schien, als wolle er Séraphin etwas sagen.

Erst nach Einbruch der Dunkelheit entschloss er sich, beladen mit den Bruchstücken des Hammers und mit dem Schlagholz, das er nicht vergessen hatte, nach Peyruis in sein stilles Haus zurückzukehren.

In seinem methodisch arbeitenden Gehirn blieb indessen die Gewissheit wach, dass dieser letzte Zeuge seines Unglücks zerstört werden musste, und so kehrte er am darauf folgenden Sonntag bewaffnet mit Steinbruchwerkzeug nach La Burlière zurück. Kaum hatte er sein Rad am Stamm der Zypresse abgestellt und sich umgedreht, fiel sein Blick auf Marie Dormeur. Sie lehnte am Brunnenaufsatz und schenkte Séraphin ihr schönstes Lächeln.

Etwas Sonderbares ging in ihm vor. Er vergaß sein ursprüngliches Vorhaben und setzte seine Tasche mit den metallenen Gerätschaften klirrend auf den Steinplatten ab. Marie saß auf dem breiten Brunnenrand und ließ die Beine mit den weißbeschuhten Füßen baumeln. Die Strecke von dreißig Metern, die ihn von ihr trennte, legte er vorsichtig zurück, als habe er Angst, sie zu erschrecken. Es hätte nicht viel gefehlt, und er wäre auf Zehenspitzen geschlichen, denn eine mächtige Begierde zog ihn zu ihr hin, und er fürchtete, sie könnte es bemerken.

O nein! Um das natürliche Begehren, das ein junger Mann für ein Mädchen empfindet, handelte es sich ganz bestimmt nicht. Sie mochte noch so schön, jung und anrührend erscheinen in der vergeblichen Liebe, die sie ihm entgegenbrachte, Séraphin konnte nur die Tochter eines Mörders in ihr sehen. Bei ihrem Anblick keimte unvermittelt der Gedanke in ihm auf, wuchs und nahm schließlich Gestalt an, dass er, wenn er sie verschwinden ließe, den Célestat Dormeur viel zuverlässiger strafen würde, als wenn er ihn selbst umbrächte. Er könnte dann nicht einmal beim Leichnam seiner toten Tochter weinen. Wenn er sie hinuntergestürzt hätte, würde Séraphin diesen verfluchten Brunnen sofort bis zum Rand auffüllen. Mit der großen Ramme, die er für die Instandsetzung der Straße benutzte, würde er allen Schutt über ihr feststampfen, den er nur auftreiben konnte.

»Sein Augapfel ...«, murmelte er zwischen den Zähnen.

Nur noch zehn Meter trennten ihn von seinem Opfer, und alles, was sie so anziehend machte, trat beim Näherkommen immer deutlicher hervor. Mit einer Hand hielt sie sich am schmiedeeisernen Brunnenaufsatz fest, und am Zeigefinger dieser Hand funkelte ein großer hellblauer Stein, der die Farbe ihrer Augen haben musste. Er hatte sich ihr bis auf wenige Meter genähert. Deutlich sah er ihre frischen Lippen und an der sehnigen Hand, die den Brunnenaufsatz umfasste, den Stein, in dem sich die Sonne brach und der ihn anzulocken schien – wie ein Spiegel, mit dem man eine Lerche herbeilockt.

Beim nächsten Schritt schloss er die Augen, denn er befürchtete, dass sich Maries vertrauensvoller Blick für immer in sein Gedächtnis einprägen könnte. Um ihn herum waberte die Luft in einer gleichförmigen Wellenbewegung, wie bei einem Erdbeben. Er glaubte ein Rascheln von welkem Laub zu hören – er hörte es wirklich –, als wolle aus den Blättern im Waschtrog eine ungeheure Beule hervorbrechen. Er sah seine Mutter in einem Luftstrom aus dem Trog aufsteigen. Sie kam aus einer der mit Stroh voll gestopften Seifenkisten, die die Wäscherinnen früher benutzt hatten und deren Überreste Séraphin tief aus dem Gebüsch hervorgeholt hatte. Sie erhob sich. Sie wandte sich ihm zu. Sie ging durch Marie hindurch und durch Séraphin. Er ging ihr aus dem Weg. Hastig wich er zurück. Ihr Gesicht glich demjenigen, das er im Traum gesehen hatte – dieses Gesicht, das vielleicht nie das ihre gewesen war –, ihre starren Züge hatten den maskenhaft gleichmütigen und ernüchterten Ausdruck, den Séraphin im Krieg bei so vielen Gefallenen bemerkt hatte. Ihre Schulter hing schief, vom Gewicht eines Eimers voll Wasser herabgezogen, den man nicht sehen konnte, und ihren linken Arm streckte sie leicht vom Körper weg, wie um das Gleichgewicht zu halten, in der Haltung, die sie oft auf dieser deutlich sichtbaren und unzweifelhaft realen Trittspur eingenommen haben musste, wenn sie fügsam zwischen Haus und Brunnen hin- und herging. Und so ging sie langsam auf La Burlière zu, genau zu der Stelle, an der sich die Tür befunden hatte, überschritt deren Schwelle und war, als sie die ihrer Materie beraubte Küche betreten hatte, mit einem Mal verschwunden.

Diese Halluzination hatte nicht länger gedauert als ein Blitz. Zeit genug, um Séraphin vier Meter zurückweichen zu lassen, als wäre Marie ein Magnet mit umgekehrten Polen. Zeit genug, um auch den Ort ausfindig zu machen, an dem sich dieser Brunnen zum ersten Mal in sein Gedächtnis eingeprägt hatte. Es war in jenem Traum gewesen, in dem ihm seine Mutter schon einmal erschienen war. Damals hatte er, in seiner Bestürzung über den Anblick dieses Wesens, das da spärlich bekleidet wie auf einer schlüpfrigen Illustration auf ihn zukam, den Brunnen für eine Balustrade und das schmiedeeiserne Gestänge des Brunnenaufsatzes für einen Laubengang gehalten. Der Ort, an dem sie damals aufgetaucht war, hatte nur schwache Spuren in seinem Unterbewusstsein hinterlassen. Aber jetzt trat er klar in Erscheinung. O ja, genau von diesem Brunnenaufsatz, von dieser Brunneneinfassung aus bleichem Marmor, von diesem Waschtrog – der damals allerdings voll klaren Wassers war – war seine Mutter gekommen, um ihm ihre riesigen Brüste zu reichen, auf denen der letzte Tropfen jener Milch erstarrt war, die sie ihm hatte geben wollen.

Es klang wie eine Ohrfeige, als Séraphin sich mit einer heftigen Bewegung die Hände vors Gesicht schlug.

»Mein Gott! Was hast du? Was hast du denn?«

Marie war von der Brunneneinfassung heruntergesprungen. Sie hängte sich mit ihrem ganzen Gewicht an Séraphins Handgelenke, und es gelang ihr doch nicht, sie wegzuziehen.

»Verschwinde!«, stieß er hervor. »Verschwinde. Schnell! Hau ab!«

Mit den fest geschlossenen Fäusten vor seinem Gesicht hatte er die Nacht über sich hereinbrechen lassen, als ob die Dunkelheit die Vision auslöschen könnte, die ihn peinigte. Dass sie am helllichten Tag über ihn gekommen war, um elf Uhr früh, in der friedlichen Heiterkeit eines Sonntags – gerade hatte die Glocke von Ganagobie zur Messe gerufen, war ein Lastwagen mit lärmenden Kettenantrieb langsam vorübergefahren, hatte der Zug Marseille-Briançon in der Kurve von Giropée einen Pfiff ausgestoßen –, all das machte diese Vision nicht weniger unwirklich und nicht weniger trostlos.

Marie, die folgsam zurückgewichen war, konnte sich dennoch nicht dazu entschließen, ihn einfach so stehen zu lassen. Sie schaute ihn mit großen Augen an, als er ihr immerfort mit der Hand ein Zeichen gab. Ein Zeichen, das alles abschnitt. Ein Zeichen, das immer wieder zum Ausdruck bringen wollte: »Geh endlich weg. Bleib nicht hier! Hau ab!« Sie sah nur diese Bewegung und Séraphins Rücken, denn er wich langsam zurück, als müsse er ein Wesen auf Distanz halten, das nur er sehen konnte.

»Er wich vor diesem Brunnen zurück wie vor einem wilden Tier«, sollte Marie sechzig Jahre später sagen.

~ 8 ~

ALS Séraphin Monge am darauf folgenden Sonntag, sein Fahrrad neben sich her schiebend, in die Sykomorenallee einbog, die nach Pontradieu führt, schienen selbst die Bäume das Unheil anzukündigen. Ihre belaubten Kronen, die vom Mistral zerzaust wurden, schrien sich gegenseitig Worte des Entsetzens zu.

Die Allee war lang, verlief nicht gerade. Die Stoppelfelder und Weinberge am Fuße der Platanen lagen seit kurzem in herbstlichem Sterben. Durch das kräftige Geäst der exakt beschnittenen Spindelbäume hindurch schimmerte an manchen Stellen Wasser, das der Wind wie Sterne funkeln ließ. Ein schmaler, von gedrungenen Buchsbäumen gesäumter Pfad zweigte von der Allee ab und schien geradezu dazu aufzufordern, ihm zu folgen. Séraphin lehnte sein Fahrrad gegen einen Baum und ging dem Pfad nach. Die Spindelbäume bildeten einen doppelten dichten Vorhang vor ihm, und als er diesen durchschritten hatte, sah er sich plötzlich der gekräuselten Oberfläche eines Wasserbeckens von beträchtlichen Ausmaßen gegenüber. Er schätzte es auf wenigstens vierzig mal zwanzig Meter. An seiner Längsseite zog sich schützend eine Reihe Pappeln entlang, die die Spiegelfläche des Wassers noch länger erscheinen ließ.

Patrice hatte ihm von diesem Wasserreservoir erzählt. Gaspard Dupin hatte weder Mühen noch Kosten gescheut, die Schadstellen des Beckens ausbessern zu lassen und es wieder mit Wasser zu füllen. Vor dieser Zeit hatte es, angefüllt mit welkem Laub, wie ein ausgelaufenes Auge unter den Pappeln gelegen. Gaspard Dupin hatte den Brunnenrand aus weißem Marmor ausbessern lassen. Über eine Strecke von mehr als fünfhundert Metern hatte er die Wasserleitungen aus Ton ausgegraben, die an manchen Stellen eingedrückt worden waren. Seitdem floss wieder Wasser aus dem Brunnen, der die gesamte Breitseite des Beckens gegen Norden hin einnahm. Er war in Form eines Louis-quinze-Giebels ausgebildet und mit klotzigen Steinmuscheln bestückt. Die grobgeschnittenen Gesichter vierer einst von den Grafen von Pontradieu ausgegrabener antiker Laren waren darin eingelassen. Durch die Kupferrohre, die man ihnen in die weitgeöffneten Münder eingesetzt hatte, wodurch ihnen ihr zotiges Grinsen abhanden gekommen war, spien sie lautlos vier taudicke Wasserstrahlen in das Becken.

Minutenlang blieb Séraphin träumend vor dieser ruhigen Wasserfläche stehen. Er stand auf der Marmoreinfassung, die ebenso bleich schimmerte wie die des Brunnens bei La Burlière und ungefähr aus der gleichen Zeit stammen musste. Er schritt langsam um das Becken herum. Der Beckenrand war gut fünfzig Zentimeter breit, sodass man bequem darauf gehen konnte. Es schien Séraphin, als könne er neben seinen eigenen klobigen Schuhen noch die heimlichen Schritte der Bischöfe wahrnehmen, die einst in Gedanken versunken hier entlanggewandelt waren.

Als er sein Fahrrad vom Stamm der Platane nahm, konnte er an nichts anderes denken als an dieses Becken. Es übte einen magischen Zwang auf ihn aus; es schien ihm zuzuwinken und ihn aufzufordern, von seiner Macht Gebrauch zu machen. Er stellte sich vor, wie er Gaspard Dupin darin ertränkte.

Während er weiterging und über diese schlichte Lösung nachdachte, wurde er plötzlich gewahr, dass der Wind nicht mehr durch die gleichen Baumkronen wehte. Er hob den Kopf. Er glaubte, ein Windrad zu sehen; es war eine Pergola, an der üppige Rosen emporrankten. Er sah einen Pavillon, der einer Pagode ähnelte und fast völlig hinter wildem Wein verschwand. Vor ihm erhob sich Pontradieu, das sich, noch halbverdeckt von großen, lichten Espen, vor einem aquarellfarbenen Hintergrund abzeichnete.

Lang und hoch zugleich lag es da, das herrschaftliche Landhaus, und machte mit seinen zahlreichen verblassten grünen Jalousien einen freundlichen Eindruck. In der grellen Sonne erschien es ausgebleicht wie die Tinte eines alten Briefes. Hinter einer dieser Jalousien klimperte jemand auf dem Klavier und ließ eine kleine Melodie in die Mittagsluft entweichen.

Séraphin dachte zunächst, es wäre Patrice. Dieser aber stand vor dem Haus und ließ seine Augen von der obersten Stufe einer überdachten Freitreppe aus unruhig in die Ferne schweifen.

»Was machst du denn?«, rief er schon von weitem. Schnell lief er die Treppe hinunter. Mit ausgebreiteten Armen rannte er auf Séraphin zu und tat so, als wolle er ihn umarmen, tapfer die Klinge seines schauderhaften Lächelns führend. »Was hast du bloß so lange gemacht?«, fragte er wieder. »Ich dachte schon, du würdest mich versetzen!«

Die ausgestandene Furcht ließ ihn noch jetzt erschaudern und seine Hände zittern. Zum ersten Mal in seinem Leben war Séraphin geneigt, eine ihm dargebotene Hand zu drücken, statt seine schlaffe Hand, die sich wie ein Scheuerlappen anfühlte, dem anderen reglos zu überlassen, wie er dies sonst zu tun pflegte. Aber nein … Patrice Dupin war der Sohn Gaspards … Daran konnte auch seine *gueule cassée* nichts ändern. Die Welt hatte nicht nur vier Jahre hindurch bestanden. Der Krieg war nur eine Begebenheit unter vielen, die Vergangenheit vermochte er nicht unter sich zu begraben. Im Gegenteil, schließlich war die Vergangenheit erst durch den Krieg ans Tageslicht gekommen. Nein. Séraphin war nicht hergekommen, um sich auf diese abwegige Freundschaft einzulassen. Und so erhielt Patrice als Antwort auf seine freudige Zuwendung nur diese leicht widerstrebende Hand, die kalt wie ein toter Vogel in der seinen lag.

»Ich habe mir auf dem Weg hierher das Wasserbecken angesehen, das hat mich aufgehalten«, erklärte Séraphin.

»Ah! Ist es nicht schön? Meines Vaters ganzer Stolz. Jeden Tag macht er einmal die Runde! Selbst wenn er abends spät nach Hause kommt, muss er unbedingt noch einmal um sein Becken herumgehen.«

»Ein schönes Becken, wirklich …«, sagte Séraphin träumerisch.

»Jetzt komm schon! Hier wird Punkt zwölf Uhr gegessen! Meine Mutter sitzt schon am Tisch.«

Er zog ihn mit sich in eine helle Eingangshalle, wo es nach Nusswein und Bienenwachs roch. Er schob ihn durch eine Glastür in Richtung eines Raumes, der im Halbschatten schwerer Stores lag. Möbel und Grünpflanzen schimmerten verhalten. Nur einige Glasfiguren, die auf einem großen, weiß gedeckten Tisch zur Schau gestellt waren, ließen auf einigen Wohlstand schließen. Auf der anderen Seite ging dieser Raum ohne Tür in einen langen Korridor über, an dessen Ende gerade die einem Klavier anvertrauten Geheimnisse verklangen.

»Darf ich vorstellen? Meine Mutter!«, sagte Patrice.

Séraphin erblickte eine Frau, die an dem ihm gegenüberliegenden Ende des Tisches saß. Trotz der Milde des Spätsommertags trug sie fingerlose Handschuhe, wohl um besser den Rosenkranz abbeten zu können, den sie stets bei sich hatte. Sie erschien glatt und gepflegt, und es war schwierig, ihr Alter zu schätzen. Über den ungefähr fünfzig Jahren, die man ihr letztlich doch zugestehen mochte, schwebte ein Hauch verspäteter Jugend, von der das Leben abgeprallt war. Frisch und rosig wie ein Himbeerbonbon, mit einem durch sparsam aufgetragene Schminke unauffällig belebten Teint, bedachte sie alle mit einem Blick, aus dem ewige Glückseligkeit sprach.

Hinter ihr, versteckt zwischen den länglichen Blättern der Tradeskantien, die in Wellen von den an der Zimmerdecke angebrachten Blumenkörben herunterfielen, hielt eine Art von Dragoner Wache, der wie ein knorriger Baumstamm aussah. Nur daraus, dass dieses Wesen ein Kleid trug, ließ sich schließen, dass es sich um eine Frau handeln musste. Diese Person musterte Séraphin mit äußerst beweglichen Augen und presste vor Misstrauen und Missbilligung die Lippen zusammen.

Mit einer Handbewegung, die keinen Widerspruch duldete, hielt die Dame mit dem Rosenkranz Patrice eine Art Notizblock nebst Bleistift hin, und dieser kritzelte schnell etwas darauf.

»Ah ja? So so! Sie sind Séraphin Monge? Also sind Sie derjenige, der ...« Ihre dünne Stimme ließ die Worte unmittelbar an den Lippen ertönen und rann wie ein dünner Strahl Essig aus einem Arzneifläschchen, ohne Klangfarbe und völlig ausdruckslos. Sie streckte ihre Hand mit dem zur Hälfte abgebeteten Rosenkranz aus, schüttelte den Kopf und wiederholte: »Das also ist Séraphin Monge? Wenn ich es damals geglaubt hätte ... Wenn ich jemals hätte glauben können ...«

Patrice nahm Séraphin beiseite und zog ihn zum Fenster.

»Vor lauter Frömmigkeit verblödet und dazu stocktaub, das ist meine Mutter.«

»Sie haben wenigstens noch eine ...«, murmelte Séraphin.

»Was heißt da ›noch‹? Sie hat doch nur ...« Plötzlich wurde ihm wieder bewusst, dass er es mit der Waise von La Burlière zu tun hatte. »Sie hat mich nie weinen gehört, nie hat sie mich lachen gehört«, sagte er. »Als sie achtzehn war, hütete sie die Kühe ihres Vaters unter einem Nussbaum – dort oben bei Chauffayer zwischen Gap und Grenoble, im Champsaur. Der Blitz schlug so dicht neben ihr ein, dass ihr beide Trommelfelle geplatzt sind. Mein Vater hat sie dennoch geheiratet, weil sie ›vielversprechend‹ war. Nur zu dumm, dass die ›Versprechungen‹ auf sich warten ließen ... Die beiden Erbonkel haben sich mit dem Sterben reichlich Zeit gelassen.«

Er führte Séraphin zu dem für vier Personen gedeckten Tisch zurück und wies ihm einen mit verschossenem blauen Rips bezogenen Stuhl zu. An dem langen Tisch war Platz für viele Gäste. An seiner Stirnseite, der Mutter genau gegenüber, befand sich ein größeres Sitzmöbel, das seltsam eindringlich wirkte und der Tafelrunde vorzusitzen schien, obwohl die Tischdecke vor ihm von keinem Gedeck geziert wurde.

»Wenn Ihr Vater Angst vor mir hat«, sagte Séraphin, »so hätte ich besser nicht kommen sollen.«

»Was redest du denn da? Das wäre ja noch schöner! Vergiss nicht, dass ich sein Memento mori bin. Und überhaupt: In geschäftlichen Dingen bin ich genauso erfolgreich wie er. Und dabei wirkt die Visage, die ich aus dem Krieg mitgebracht habe, Wunder! So ist das nun mal. So etwas verschafft einem Ansehen bei den Leuten!«

Séraphin nickte lächelnd, wandte jedoch seinen Blick keine Sekunde von dem leeren Stuhl am anderen Ende des Tisches, in den er vor seinem inneren Auge das Bild eines Mannes zu zeichnen versuchte, den er nicht kannte und den er umzubringen hatte.

»Und dann darfst du nicht vergessen, dass sie uns auch etwas schulden!«

In diesem Moment schweifte Séraphins Blick über das verloren wirkende Gedeck ihm gegenüber, vor dem noch niemand Platz genommen hatte.

Plötzlich waren feste Schritte vom Ende des Korridors zu vernehmen, an dem eben erst die Töne des Klaviers verklungen waren. Jemand näherte sich mit klappernden Absätzen, schnell, energisch. Séraphin sah sich einer Frau gegenüber, die der Krieg zur Witwe gemacht hatte und deren geschmeidiger Körper eng in schwarze Seide gehüllt war. Von Kopf bis Fuß zeichnete schwarzweißer Stoff die Formen ihres Körpers nach. Ihr Kleid wiederholte das Schachbrettmuster der Fliesen, über die sie schritt. Sie hatte runde Augen, die wie bei einem Raubvogel eng beieinander standen und in denen Lichtpunkte tanzten, wie sie sonst nur aus dem Unterholz funkeln. Eine ungeheure, wenn auch zurückgedrängte Gemütsbewegung drohte die Zurückhaltung zu durchbrechen, die ihr stolzes, auf Unabhängigkeit bedachtes Wesen ihr auferlegte. Ihr Anblick traf Séraphin mit voller Wucht. Er wankte. Er, der sonst nie etwas mitkriegte, begriff unmittelbar, wie groß das Leid sein musste, das diesen Körper bewohnte. Niemand hatte ihn je gelehrt, sich vor einer Frau zu erheben, und noch nie hatte er es getan. Aber vor dieser Frau stand er instinktiv auf, warf dabei vor Hast beinahe seinen Stuhl um und wusste nicht einmal, ob er es tat, um ihr zu huldigen oder aber um sich ihr gegenüber bedeckt zu halten.

Patrice, der eine unangezündete Zigarette in der Hand hielt, versuchte in Séraphins Gesichtsausdruck zu lesen, was für einen Eindruck dieser Auftritt auf ihn machte. Wenn er sie nicht liebt, sagte er sich, werde ich ihn auch nicht mehr lieben können.

Laut sagte er: »Meine Schwester Charmaine. Ihr Mann ist im Oktober 1918 gefallen. Kannst du dir vorstellen, was das bedeutet?«

Charmaines Blick hielt Séraphin, der nicht die Zeit gehabt hatte, die nötige Gleichgültigkeit in den seinen zu legen, gefangen. Ihre langen Hände hatte sie leicht vom Körper abgespreizt. Sie deutete eine Art spöttischen Knicks an, ohne sich dabei zu einem Lächeln hinreißen zu lassen. Ja, schien sie zu sagen, seht nur, was aus mir geworden ist... Das schwarzweiße Muster ihres Kleides umspielte ihren flachen Bauch und entfaltete sich etwas höher zu einer Art Blüte, die trotz des strengen Stils des Kleides die Rundungen ihrer kaum bedeckten Brüste hervorhob.

Patrice beobachtete Séraphin. Wenn er Charmaine, die seinen eigenen Wünschen weitgehend entrückt war, diesem

Straßenarbeiter in den Rachen warf, dann würde sich dessen Vergangenheit mitsamt ihren Schimären und diesen Wahnvorstellungen eines zu schnell entwöhnten Kindes bald in Luft auflösen, so hoffte er. Er hatte ihm diese Überraschung bereitet, weil er die beiden liebte und den etwas naiven Wunsch hegte, sie sollten einander glücklich machen.

Nachdem die erste Blendung gewichen und es Séraphin gelungen war, sich Charmaines Blick zu entziehen und seine Augen auf die Tradeskantien im Hintergrund des Raumes zu richten, konnte er dennoch die über den Tisch gestreckte Hand der jungen Frau nicht übersehen, und so streckte er die seine ebenfalls aus. Charmaine bekam von ihm jedoch nur diesen erbärmlichen Fetzen Fleisch zu fassen, der keine Berührung zu erwidern vermochte.

»Nun gut«, sagte sie, »setzen Sie sich bitte! Mir wird unbehaglich bei dem Gedanken, dass Sie noch wachsen könnten.« Sie sprach etwas durch die Nase, mit einer Stimme, die bei den letzten Silben der Sätze einen schleppenden Tonfall annahm. Séraphin kam ihrer Aufforderung langsam nach und senkte den Kopf über den Teller.

In diesem Augenblick trat die Dragonerin, die bei der Tauben Wache gehalten hatte, neben ihn und hielt ihm energisch eine dampfende Schöpfkelle unter die Nase. Wie aus Versehen berührte er sie. Sie bediente ihn nur widerwillig und ließ, indem sie vorgab, ihm die Schüssel reichen zu wollen, unmittelbar an seinem Ohr ein scheußliches Kieferknacken vernehmen, das sich anhörte, als wolle sie ihn beißen.

»Sieh mal einer an!«, bemerkte Charmaine. »Weilt unser teurer Vater heute nicht unter uns?«

»Aber ich bitte dich!«, erwiderte Patrice. »Du weißt doch genau, dass er in Marseille ist. Heute ist schließlich Conchitas Tag.«

»Der Tag der Pute, wolltest du wohl sagen!«, spöttelte Charmaine. »Wie viel Federn, glaubst du, muss er diesmal lassen?«

Patrice zuckte die Schultern. »Woher soll ich das wissen? Fünftausend Franc in jedem Fall. Ich habe Vater mit Hispano-Suiza wegen eines Wagens mit Chauffeur telefonieren hören. Sie wird ihn für ihre Tournee durch Spanien benötigen.«

»Na ja«, seufzte Charmaine, »solange er sie nicht schwängert, ist alles halb so schlimm.«

»Na, ich weiß nicht«, meinte Patrice, »das könnte irgendein anderer recht gut für ihn erledigen ...«

Charmaine wandte sich Séraphin zu. »Es stört Sie doch hoffentlich nicht«, sagte sie, »dass wir unsere schmutzige Wäsche vor Ihnen waschen?«

Aber Séraphin ging nicht auf ihre Frage ein. Er schielte nach dem Sessel, in dem gewöhnlich Gaspard Dupin saß, und hatte nur Augen für diesen leeren Platz.

»Daran wirst du dich gewöhnen müssen«, sagte Patrice. »Er ist ein Mensch von wenig Worten.«

»Das wäre mir egal«, sagte Charmaine langsam, »wenn er mich dafür wenigstens ansehen würde.«

Séraphin bemerkte, dass er beobachtet wurde, und drehte sich etwas zu abrupt um, so dass er noch Charmaines Blick begegnete. Auf dem Grunde des grünen Algengewirrs, das in ihren Augen schwamm und die Farbe der Iris bestimmte, sah er einen Schein erstaunter Wachsamkeit aufflackern. Er fühlte, dass der Spürsinn der jungen Frau um sein Geheimnis kreiste, gleichsam witterte, dass da etwas war. Er zog sich in sich selbst zurück, um ihr möglichst wenig Angriffsfläche zu bieten, und zwang sich, der Aufmerksamkeit seiner Gastgeberin standzuhalten, indem er ihr sein unbefangenstes Lächeln schenkte.

»Dieser Sessel da, der Ihnen so ausnehmend gut zu gefallen scheint, ist ein echter Louis-quinze, wenn's genehm ist«, sagte Charmaine mit sanfter Stimme. Sie aß langsam einen Happen und fuhr dann fort: »Wir haben noch so einen... In besserem Zustand... Er befindet sich in meinem Zimmer.

Ich kann ihn Ihnen nachher zeigen, falls Sie dies wünschen …«

Als sie in das Zimmer getreten war und gesehen hatte, wie sich Séraphin vor ihr erhob, hatte sie sich leichthin gesagt: Den muss ich unbedingt haben! Aber als sie seine schlaffe Hand, die er allen und jedem zur Begrüßung hinzuhalten pflegte, in der ihren gespürt hatte, hatte sich Mutlosigkeit in ihr breit gemacht, und ihr ganzer Schwung war mit einem Schlag von ihr gewichen.

Seit einigen Augenblicken jedoch wurde ihr langsam bewusst, dass dieser Straßenarbeiter, der durch seine Größe und durch seine Dummheit auffiel – warum sonst hätte sie nichts bei ihm erreichen können? –, vielleicht nicht so leicht zu durchschauen war, wie es zunächst den Anschein hatte.

Sie achtete auf seine Hände, die stets zu Fäusten geballt waren, als wären sie bereit, jeden Augenblick zuzuschlagen. Seine Hände, in denen sich die Gabel aus Silber und das Messer mit dem Griff aus Horn geradezu lächerlich ausnahmen. Ein kleiner Wutanfall, sagte sie zu sich selbst, und er könnte das Besteck glatt aus Versehen in tausend Teile zerbrechen und in Splittern auf dem Tisch zurücklassen. Und dieses einfältige Lächeln, das er nie ablegt, gelangt gar nicht in seine Augen, gehört nicht ihm selbst. Im Übrigen hat mir dieser Blick, als er eben dem meinen begegnete, keine Versprechungen gemacht. Er hat mich erstarren lassen, das ist alles, und doch …

Langsam, ganz langsam schätzte Charmaine von ihrem Platz an diesem Tisch aus, an dem Séraphin bedächtig Häppchen für Häppchen aß, ihr Gegenüber ab, und es schien ihr, dass alles, bis hin zu dem Etikett »Straßenarbeiter«, das man ihm aufgeklebt hatte, dazu beitrug, ihn unkenntlich zu machen, ihm Tarnung zu gewähren, wie es bei diesen Insekten der Fall ist, deren Farbe sich immer der Umgebung anpasst, in der sie sich bewegen.

Angesichts dieses Rätsels – und ohne Rätsel gab es für sie keine Liebe – wurde sie von einer wohligen Erregung ergriffen. Aber sie ließ nichts von diesem neuen Interesse durchschimmern, das Séraphin in ihr geweckt hatte. Ganz im Gegenteil, sie gab sich betont gelassen, er schien ihr völlig gleichgültig zu sein, und sie behandelte ihn mit derselben zerstreuten Höflichkeit, die sie jedem anderen Freund ihres Bruders hätte zuteil werden lassen.

»Ja …«, seufzte Patrice, »er macht uns schon große Sorgen, unser Vater. Stell dir vor, er schwärmt für eine größenwahnsinnige Diva aus Marseille. Dreimal hat sie das *Alcazar* gemietet, dreimal sind gerade mal fünfzig Besucher gekommen. Mein Vater hat alles bezahlt. Das Schlimmste ist, dass es sich herumgesprochen hat. Und der Diva stehen jetzt sämtliche Türen offen. Verstehst du, sie hat jetzt *Kredit*.« Alle Puzzleteile seines zusammengeflickten Gesichtes gerieten durcheinander, als er ein Stück Hasenrücken hinunterschluckte. Als er wieder den spöttischen, für ihn so typischen Ausdruck angenommen hatte, fuhr er fort: »Auf die Dauer wird er uns so noch an den Bettelstab bringen …«

»Und dabei hat sie einen unmöglichen Hintern«, stöhnte Charmaine. »Mit der macht er die Familie überall lächerlich.«

»Und außerdem hat er seine Gedanken nicht mehr bei den Geschäften«, fuhr Patrice hartnäckig fort.

»Er wird zu einer Gefahr für die ganze Familie«, bekräftigte Charmaine.

Patrice wandte sich seiner Mutter zu. Sie unterhielt sich in Zeichensprache mit der Dragonerin, die ihrerseits Séraphin nicht aus den Augen ließ. »Zugegeben, die Nächte mit der da waren bestimmt kein rechtes Vergnügen«, brummelte er. »Sie hat ihm ganz schön was eingebracht, aber der Preis dafür war hoch …«

»Hat er … lange auf das Geld warten müssen?«, fragte Séraphin.

»Ja, lange... mindestens fünf Jahre waren es letztlich... Die beiden Onkel starben so um 1900... Ich war damals vier Jahre alt...«

»Und ich ein Jahr«, sagte Charmaine.

»Das ist lange her...«, sagte Séraphin.

Patrice stand abrupt auf. »Komm! Lass uns in meinem Atelier eine Zigarette rauchen!«

Er zog Séraphin mit sich in Richtung einer gebohnerten Holztreppe. Er öffnete eine Tür, und stickige, nach Terpentin riechende Luft schlug ihnen entgegen.

»Setz dich irgendwohin, wo Platz ist!«, sagte er.

In dem Raum befanden sich lediglich einige durchgesessene Sofas und eine bauchige Kommode, auf der ein großer Marmorkopf stand, mit einer schön geschwungenen Nase, einem zarten Kinn, einer nachdenklichen lorbeerbekränzten Stirn. Er hatte weiße Augen, wie die eines Blindgeborenen. Séraphin ließ seine Hand über den Marmor gleiten. Um ihn herum standen über das ganze Zimmer verteilt Unmengen von Gemälden. Manche waren verkehrt herum an die Zimmerwand gelehnt, andere hingen schief an den Wänden. Auf all denen, die man sehen konnte, waren wohlgeformte Frauen- oder Männerköpfe dargestellt.

Auf der Staffelei befand sich ebenfalls ein Gemälde, verkehrt herum. Auf den Rahmen hatte jemand mit Rotstift ein Wort, ein einziges Wort geschrieben: *Erwartung*.

Schnell drehte Patrice das Gemälde um, während Séraphin, der inzwischen Platz genommen hatte, ganz mit dem Drehen einer Zigarette beschäftigt war. Als er die Augen hob, erblickte er eine hingegossene Frauengestalt im Halbprofil, die den Kopf geneigt hielt und zu schlafen schien. Durch eine imaginäre Linie wurde sie in zwei Dreiecke geteilt, die eine Hälfte ihres Körpers, weiß dargestellt, befand sich im Dunkeln, während die andere, schwarze Hälfte auf weißem Hintergrund abgebildet war. Das Gemälde war in Schwarz und Weiß gehalten, und im Hintergrund, wo ein wüstes ländliches Fest skizziert war, setzte ein rosafarbener Schwefelschimmer einen besonderen Akzent.

»Was meinst du?«, sagte Patrice sanft und setzte sich neben Séraphin. »Meinst du nicht auch, dass es einer Sünde gleichkommt, all dies schöne Fleisch so unberührt zu lassen?«

»Ist das Ihre Schwester?«, fragte Séraphin.

»Wenn du so willst, ja«, sagte Patrice. »Es ist eine Komposition, zu der sie mich angeregt hat. Ursprünglich hatte ich an einen langen Zug von Kriegerwitwen gedacht, die die Gräber der Gefallenen aufsuchen. Nun ist nur das da daraus geworden, mit diesem Fest im Hintergrund.«

Er merkte plötzlich, dass Séraphin seinen Worten keine Beachtung mehr schenkte, sondern seinen Blick nicht mehr von einer Stelle neben dem Fenster abwandte, wo ein Bild schief an der Wand hing. Seine Hände waren beim Rollen der Zigarette erstarrt, sie wurde nicht fertig. Er stand auf. Er stellte sich vor das Gemälde. Es zeigte abschreckend detailgetreu den Kopf eines Mannes, der abgetrennt auf einem altgoldfarbenen Tablett stand. offenbar sollte niemand ihn anziehend finden.

Es war der Kopf eines recht gewöhnlich aussehenden Mannes mit nach unten gerichtetem Blick und massigem Kinn. Die Gesichtszüge waren einem grobschlächtigen Schädel aufmodelliert und machten diesen Schönheitsfehler insofern wett, als sie den Eindruck von männlicher Energie vermittelten. Der Kopf strahlte die Willenskraft eines Jahrmarktschreiers oder eines Rosstäuschers aus.

»Das ist mein Vater«, sagte Patrice. »Findest du nicht, dass ich ihm ähnlich sehe?« Er brach in schallendes Gelächter aus. Der Speichel rann ihm über seine künstlichen Lippen.

Einem der drei Mörder seiner Mutter ins Gesicht zu sehen, und dazu noch aus nächster Nähe, das übte eine ungeheure Wirkung auf Séraphin aus. Diese in allen Farben des Wohllebens leuchtende Visage ließ ihn nicht los, und er war bemüht, sich diesen Mann jung vorzustellen, so, wie er vor fünfundzwanzig Jahren ausgesehen haben mochte, als er, vielleicht als magerer Hungerleider, in der Küche von La Burlière aufgetaucht war.

Durch die offene Tür hinter ihnen war Charmaine eingetreten und betrachtete Séraphins Rücken, wie er so vor dem Porträt ihres Vaters stand. Sie sah auch das schwarzweiße Gemälde mit dem rosafarbenen Dunstschleier im Hintergrund, das ihren eigenen imaginären Körper darstellte, der dank des Schattens und des Lichts, die ihn in zwei lange Dreiecke teilten, nur umso realer und sprechender erschien. Und was tat dieser Séraphin, dieses Abbild des *paysan du Danube* aus den Fabeln des Herrn La Fontaine? – O ja, er brauchte nicht erst zu betonen, dass er Straßenarbeiter war, das sah man auch so! Anstelle dieser melancholischen Erscheinung, deren zweideutig sinnliche Ausstrahlung Patrice so gut getroffen hatte, betrachtete er lieber das selbstzufrieden lächelnde Gesicht ihres Vaters, dieses Lebemanns, der sich in seinem neuen Reichtum die Fresssucht des einstigen Hungerleiders bewahrt hatte.

Sie glaubte, Séraphin die gleiche Verachtung entgegenbringen zu können wie dem Bildnis ihres Vaters. In diesem Moment jedoch wandte er sich ihr mit seinem ganzen Körper zu, wieder begegneten sich ihre Blicke, und bevor Séraphin ihr den seinen entziehen konnte, hatte sie in ihm dasselbe Glimmen wahrgenommen wie eben, als er den leeren Sessel so aufmerksam gemustert hatte. Augenblicklich verschwand dieses Aufleuchten wieder hinter einem unbefangenen Lächeln. Aber Charmaine war auf der Hut, und eine unerklärliche Beklemmung mischte sich in das Verlangen, das sie nach diesem Mann und seinem athletischen Körper verspürte.

Es wurde Abend. Séraphin, dessen Fahrrad keine Lampe hatte, verkündete, dass er nun heimkehren müsse.

»Ich begleite ihn bis zum Tor«, sagte Charmaine.

Patrice drückte Séraphins schlaffe Pranke mit beiden Händen. »Komm, wann immer du Lust dazu hast«, sagte er. »Es tut mir gut, dich zu sehen. Ich habe keine Freunde. Und ich will auch keine. Du verstehst schon ... Wenn sie dann irgendwann kommen, um mir zu sagen, dass sie heiraten wollen ... Dann heißt es: ›Wir hätten dich ja wirklich gerne eingeladen, aber du verstehst doch hoffentlich ...‹« Er ließ sein Lachen hören, in dem stets ein falscher Ton mitschwang. »Aber klar. Meine Fratze. An so einem Freudentag! Das geht ja nun wirklich nicht! Deshalb keine Freunde! Bei dir kann ich wenigstens sicher sein, dass nichts Derartiges auf mich zukommt.«

»Nein«, sagte Séraphin, »von mir haben Sie in dieser Hinsicht nichts zu befürchten.«

Als sie gemeinsam die Treppe hinunterstiegen, Charmaine allen voran, hielt Patrice Séraphin am Arm zurück. »Übrigens ... dieses Mädchen, du weißt schon, die, die ich damals gesehen habe ... an einem Sonntag bei La Burlière ...«

»Welche?«

»Du weißt genau, welche ich meine!« Patrice hielt den Kopf gesenkt, als ob er einen Fehler eingestehen wollte. »Die, die mich gegrüßt hat ... Die mich angelächelt hat. Die ich als Perserin bezeichnet habe ...«

»Ah, jetzt verstehe ich!«, sagte Séraphin. »Sie meinen die Rose Sépulcre.«

»Siehst du sie noch ab und zu?«

»Manchmal begegne ich ihr ...«, sagte Séraphin, der keineswegs vergessen hatte, dass auch sie die Tochter eines Mörders war.

»Wenn du sie das nächste Mal siehst, dann sag ihr doch ...« Patrice hielt plötzlich inne. Sie waren am Fuß der Treppe angekommen. An der Tür hing ein Spiegel. Patrice lachte bitter auf. »Sag ihr ja nichts!«, rief er aus. »Gar nichts! Was könntest du ihr auch schon sagen?«

Séraphin wandte ihm jäh den Rücken zu, um sein Fahrrad zu holen, das an einem Baum lehnte. Charmaine wartete auf ihn und ging neben ihm her. Patrice sah ihnen nach. Er hätte die beiden gerne gezeichnet, wie sie diese Allee entlanggingen, der eine in seinem alten Samtanzug und dem blauen Hemd mit den weißen Blümchen, die andere in ihrem Kleid mit dem Schachbrettmuster, mit gut aufeinander abgestimmten Schritten und in schüchternes, aber bedeutsames Schweigen versunken. Und dennoch würden sich ihre Wege am Ende der Allee trennen. Séraphin würde Charmaine zum Abschied seine schlaffe Hand reichen und Charmaine mit gesenktem Kopf zurückkehren. Und beide würden sie sich dem Alter wieder um einen kleinen Schritt genähert haben.

Die Dunkelheit brauchte lange, um vollständig über das Land herabzusinken. In den Hochtälern zwischen Ubaye und La Clarée mussten schwere Gewitter getobt haben, denn die rosa geränderten Wolken quollen wie lang zurückgehaltener Dampf hinter den Bergen empor. Im Wehen des Mistrals hörte sich das Rauschen der Durance an, als werde sie bald anschwellen.

»Es gibt also eine Rose Sépulcre in Ihrem Leben?«, fragte Charmaine.

»Nein«, sagte Séraphin, »in meinem Leben gibt es überhaupt niemanden.«

Als sie nahe bei den Spindelbäumen angekommen waren, die noch die Sicht auf das Wasserbecken verstellten, ging sie ihm voran auf den Giebelbrunnen mit den grimassenschneidenden Laren zu.

Sie bückte sich, um aus einem der Wasserrohre zu trinken, und er wandte den Blick ab, da er es schwer ertragen konnte, sie in dieser Stellung zu sehen.

Sie richtete sich wieder auf und wischte sich den Mund mit dem Handrücken ab. »Wie lange noch werden Sie es tunlichst vermeiden, mich anzusehen?«, fragte sie.

»Aber …«, stammelte Séraphin, »ich bin Straßenarbeiter …«

»Na und? Was heißt das schon? Ist das etwa ein Vorwand, um auf das Leben zu verzichten? Sie scheinen ja solche Vorwände geradezu zu suchen.«

Flink griff sie mit einer Hand in ihren Ausschnitt und zog ein Spitzentaschentuch hervor, das sie auseinanderfaltete. Ein glänzender Schlüssel kam zum Vorschein.

»Nehmen Sie ihn!«, befahl Charmaine. »Am Ende der Pergola, zwischen Garage und Wintergarten, befinden sich eine Treppe und eine schmale Tür. Mit diesem Schlüssel können Sie sie öffnen. Sie führt auf den großen Flur. Mein Zimmer liegt... Es ist die erste Tür rechts. Ich werde sie angelehnt lassen und das Nachtlicht nicht abschalten. Ich werde so lange auf Sie warten, wie es nötig sein wird«, sagte sie.

Séraphin starrte wie gebannt auf diesen Schlüssel und die Wölbungen, die aus dem Dekolleté hervortraten.

»Und nun?«, rief Charmaine ungeduldig. »Worauf warten Sie denn noch?«

Sie wandte ihm den Rücken zu, um sich in derselben unterwürfigen und doch gleichzeitig provozierenden Haltung über das Becken zu beugen wie eben, als sie aus dem Rohr der Brunnenfigur getrunken hatte. In diesem Spiegel betrachtete sie das Paar, das sie beide abgaben. Aber obwohl er mit seinen dichten Haaren, den großen Ohren, den hervorstehenden Wangenknochen und den Pausbacken unzweifelhaft vorhanden war, hatte sie doch den Eindruck, als könne sie nur sich selbst auf der glatten Wasseroberfläche erkennen.

»Nun kommen Sie schon«, sagte sie, »wer sollte uns davon abhalten, der Nostalgie zu frönen? Betrachten wir uns gemeinsam im Wasser... Es ist Ihnen doch klar, dass uns, sollten wir je Gelegenheit haben, in dreißig Jahren hier noch gemeinsam hineinzuschauen, nur noch wehmütige Erinnerungen übrig bleiben werden?«

»Das weiß ich schon«, hauchte Séraphin.

Er näherte seine schlaffe Hand dem Schlüssel, der an Charmaines Finger hing und den sie ihm nicht länger hinhielt.

Sanft ergriff er ihn. Er drehte ihr den Rücken zu und verschwand.

Es war Nacht, als er in Peyruis ankam. In der Ferne waren der Bass einer Posaune und der Sopran eines schrillen Akkordeons zu hören. Auf allen Wegen tanzten Lichter, die rasch auf das Vergnügen zusteuerten.

Séraphin schritt die Dorfstraße entlang, in der die Ziegen hinter den klapprigen Türen der Ställe meckerten. Er schlurfte mit den Füßen, als trüge er eine schwere Last. Die Bürde, nicht so wie alle anderen Menschen leben zu können, erdrückte ihn fast.

Er stieß die Tür seines Hauses auf. Wie alle anderen Leute in dieser Gegend schloss er sie beim Weggehen niemals ab. Sofort beim Betreten der Küche spürte er, dass sich jemand darin aufgehalten hatte.

Wenn er abends nach Hause kam, öffnete er stets die Zuckerdose, um nur ja nicht zu vergessen. Er zog die drei auf amtlichem Papier ausgestellten Schuldscheine hervor und las wieder und wieder begierig die drei Namen: Gaspard Dupin, Didon Sépulcre, Célestat Dormeur. Und dann faltete er sie wieder zusammen, immer in der gleichen Reihenfolge. In der Reihenfolge, in der er sie vorgefunden hatte. In der Reihenfolge, in der er beschlossen hatte, die drei aus der Welt zu schaffen.

An diesem Abend nun stellte er fest, dass sich die Schuldscheine in einer anderen Reihenfolge befanden. Gaspard Dupin lag obenauf, Didon Sépulcre zuunterst und Célestat Dormeur lag in der Mitte … Es war jemand da gewesen. Jemand wusste nun von diesen Schuldscheinen … Séraphin schüttelte die Dose leicht, und die Louisdors ließen ihren satten Klang vernehmen. Nein. Nach dem Gewicht der Dose zu urteilen, befanden sie sich offensichtlich noch alle darin. Und wenn jemand gekommen wäre, um sie zu stehlen, so hätte er sicher alle mitgenommen.

Séraphin stand auf und hielt die Dose mit beiden Händen fest umschlossen. Er witterte die Gegenwart eines Menschen, *den die Louisdors ebenfalls vollkommen kalt ließen.* Jemand, der langsam und ohne Angst, entdeckt zu werden, durch die Küche, die Spülnische und das Nebenzimmer geschritten war. Er witterte dessen Anwesenheit, obwohl kein Geruch mehr von ihm in der Luft hing. Dieses Gefühl der Anwesenheit eines Menschen wollte die ganze Nacht nicht weichen. Ungreifbar, dicht und schwer erfüllte die Erinnerung daran den Alkoven und die Küche.

Séraphin hatte Charmaine und alle Glücksverheißungen vergessen. Er wartete angstvoll auf den schrecklichen Traum, der wiederkehren würde, um ihn dafür zu bestrafen, dass er vom rechten Weg hatte abweichen wollen. Er wartete umsonst. Er wurde nicht heimgesucht. Sein Gewissen blieb ruhig wie die Straßen von Peyruis unter dem Geplätscher des Brunnens.

Die ganze Nacht hindurch hatte er das Gefühl, jemand habe sich an das Kopfende des Bettes gesetzt, um über seinen Schlummer zu wachen.

~ 9 ~

ALS Gaspard Dupin an diesem Abend, lange nachdem Séraphin gegangen war, nach Hause kam, folgte ihm im Kielwasser seines leise wie ein Passagierschiff dahingleitenden Hudson-Terraplane ein Lieferwagen auf vier Vollgummireifen, der auseinander zu fallen drohte. Durch die klappernden Gitter, die die Ladefläche umgaben, spähten vier gewaltige Hunde mit hängender Zunge unablässig in die Gegend.

Gaspard brachte seinen Wagen vor dem Paddock zum Stehen, ohne die Scheinwerfer auszumachen. Er hatte Pontradieu aus drei Gründen gekauft: wegen des Wasserbeckens, das ihm das Gefühl gab, ein Spitzenjabot zu tragen, wegen des Pavillons mit der Windrose und wegen des Paddocks. Das wundersame Wort »Paddock« hatte in seinem Gedächtnis ein Eigenleben geführt und vor seinem inneren Auge das Traumbild eines märchenhaften England entstehen lassen. Seine ganze Kindheit hindurch hatte er seinen Vater davon sprechen hören, der dort die Pferde der »Herrschaften« beschlagen hatte.

Diese »Herrschaften«, die man schon seit langem nicht mehr als Grafen betitelte, hatten nach zehn kinderreichen Jahrhunderten nur noch einen einzigen Sohn als letzten Nachkommen hervorgebracht, und der hatte 1914, als frisch gebackener Absolvent der Militärakademie Saint-Cyr, mit Federbusch und weißen Handschuhen angetan, den Tod gefunden. Seine Eltern, denen nichts geblieben war, waren während dieses endlosen Krieges, an dem alle Gaspards des

Landes so viel Geld verdienten, an Kummer und an dem Gefühl der Nutzlosigkeit dahingestorben. Nach vier ergebnislosen Versteigerungen hatte Gaspard Dupin das Gut für ein Butterbrot an sich gebracht.

An diesem Abend kostete es ihn einige Mühe, aus seinem Wagen auszusteigen. Seine mageren Jahre waren vorbei. Im Scheinwerferlicht blinkten durch die hohe Umzäunung hindurch hinten im Inneren des Paddocks die kupfernen Krippen der vier leeren Pferdestände. Gaspard nahm mit Befriedigung zur Kenntnis, dass seinen Anweisungen gemäß Stroh in den Boxen aufgeschüttet worden war.

»Genau richtig«, sagte er und rieb sich die Hände. Würdevoll entstieg er seinem Wagen. Die Würde hatte sich mit der Korpulenz und den politischen Ambitionen eingestellt. Zudem kehrte er, seit er dort Herr war, niemals nach Pontradieu zurück, ohne sich selbst das Gefühl zu geben, er setze seinen Fuß auf eine erlegte Beute.Er drehte sich um und gab ein Zeichen. Der Lieferwagen kam vor ihm zum Stehen. Heraus kletterte ein Mann, der nur aus Rumpf zu bestehen schien und sich auf seinen kurzen Beinen watschelnd fortbewegte. Fett und schlaff verbeugte er sich vor Gaspard, sodass sein gewaltiger Bauch beinahe den Boden berührte.

»Sie kommen dort hinein«, sagte Gaspard und zeigte auf den Paddock.

»Ist das auch stabil?«, fragte der Gnom.

»Früher waren dort die Hengste untergebracht.«

»Na gut.« Er wickelte vier Lederriemen von seinem Gürtel, erklomm die Ladefläche des Fahrzeugs und verschwand zwischen den ungeduldig hin- und herlaufenden Hunden. Er klappte das Gitter herunter und sprang zu Boden, alle vier Riemen in einer Hand.

Gaspard hatte den äußeren Riegel des Tors zurückgeschoben, das in den Paddock führte, und öffnete einen Flügel, dessen verrostete Angeln laut kreischten. Bei diesem Geräusch, das sie in Aufregung versetzte, stießen die Hunde gereizt ein unheilverkündendes Jaulen aus. Sie kamen näher, beschnupperten den Boden und zerrten an ihren straffgespannten Leinen. Der Gnom ging mit ihnen ins Innere der Umfriedung, um sie dort loszulassen. Als er wieder ins Freie trat, schob er energisch den Riegel vor. »Und denken Sie immer daran«, sagte er, »geben Sie ihnen jeden Abend *selbst* zu fressen. Wenn Sie das nicht tun, dann kennen die da bald auch Sie nicht mehr.« Er hatte die offene Hand ausgestreckt und ehrerbietig die Mütze abgenommen.

Gaspard zählte einige Scheine aus seiner Brieftasche und klatschte sie dem Gnom auf die ausgestreckte Handfläche. Er verabschiedete sich nicht, sondern begnügte sich mit einem kurzen Nicken. Der Mann erklomm wieder seinen Sitz und ließ den Motor an. Gaspard blieb allein bei seinem Wagen und schaltete die Scheinwerfer aus.

Das Licht über der Freitreppe brannte, und Patrice, den die Geräusche angelockt hatten, erwartete seinen Vater auf dem Treppenabsatz.

Gaspard kam mit gesenktem Kopf näher, besorgt warf er von Zeit zu Zeit verstohlene Blicke in die dunklen Ecken der Pergola. Patrice hatte ihn nie anders gekannt: immer vorsichtig lauernd, ständig auf der Hut. Es war das Verhalten eines Jägers, aber auch das des gehetzten Wildes. Er musterte seinen Vater kritisch und ohne Nachsicht. Monokel, Gamaschen, Hut und Reithose aus feinem Leder konnten nicht verhindern, dass die Stimme dieses Mannes, der gewohnt gewesen war, sich im Lärm der Schmiede schreiend Gehör zu verschaffen, nur zu deutlich seine Herkunft verriet. Dazu kamen seine rauen, mit hässlichen Schwielen bedeckten Hände.

»Sie rufen das Unglück herbei«, sagte Patrice zu ihm, als er nahe genug herangekommen war. »Diese Tiere sind gefährlich wie geladene Gewehre. Sie könnten auf jeden von uns losgehen ...«

»Eben! Ich will ja gerade, dass sie gefährlich sind und dass sich das herumspricht.« Er nahm eine Zigarre aus dem Etui und zündete sie an. »Ich hatte die Idee schon seit langem«, sagte er. »Seit langem war mir nach so was. Conchitas Vater hat sie aufgezogen. Ich habe sie schon als Welpen gekannt. Sie gehorchen mir aufs Wort«, schwelgte er. »Hörst du sie? Das sind amerikanische Dobermänner. Die bellen nicht, die jaulen nur. So ein Hund tötet einen Menschen ohne den geringsten Laut.«

»Töten«, stieß Patrice verächtlich hervor. »Wissen Sie überhaupt, wie das ist, wenn man jemanden tötet?«

Gaspard nahm die Zigarre aus dem Mund und fuhr herum, als ob ihn etwas gestochen hätte. Doch als ihm Patrices zerstörtes Gesicht unvermittelt im vollen Licht erschien, verstummte er. Der Inbegriff eines Alptraums, den dieses Gesicht verkörperte, hatte ihn noch immer zum Schweigen gebracht. Doch bald nahmen seine Gedanken eine andere Wendung. Er blickte nach unten, auf die Stufen, die er eben heraufgekommen war. Seine Augen versuchten die Dunkelheit der Eingangshalle hinter Patrice zu durchdringen, deren Tür halb offen stand. Er hob den Blick bis zu den Baumwipfeln, aus denen der Mond bald aufsteigen musste. Seine Aufmerksamkeit richtete sich auf den Wetterhahn, der nur halb entschlossen so etwas wie ein warnendes Quietschen von sich gab.

»Er war hier«, flüsterte er. »Wer?«, fragte Patrice.

»Der Straßenarbeiter.«

»Ja. Wenn Sie von Séraphin Monge sprechen, haben Sie Recht. Er war hier. Ich habe ihn zum Essen eingeladen. Ihn Charmaine vorgestellt ...«

»Ich rieche ihn ...«, sagte Gaspard.

»Aber ... Sie haben ihn doch noch nie gesehen?«

Gaspard warf seinem Sohn einen verschlagenen Blick zu. »Ich brauche ihn nicht zu sehen«, sagte er, »ich spüre, wo er seinen Fuß hingesetzt hat.«

»Wie kann man so gegen jemanden eingenommen sein, den man gar nicht kennt?«

Gaspard nahm das Monokel aus Fensterglas ab, das ihm lästig wurde, und ließ es in seine Westentasche gleiten. »Er... gibt ein schlechtes Beispiel.«

»Ach so, und Sie glauben, Sie gäben ein gutes?«

»Das nimmst du mir also übel?«

»Ich nehme niemandem mehr etwas übel. Nein, ich beobachte Sie nur. Sie amüsieren mich.«

»Ich frage mich, was du mir vorzuwerfen hast.«

»Dass Sie nicht leiden.«

»Was weißt du schon davon? Jeder leidet, woran er kann und wie er kann.« Er stützte sich auf das Geländer und drehte seinem Sohn den Rücken zu. »Alle denken, dass die Menschen immer gleich bleiben«, sagte er leise. »Man wird danach beurteilt, wie man einmal war. Und dabei ändert man sich doch so sehr.« Er wandte sich plötzlich wieder um. »Hat er sein Haus fertig abgerissen, dein Straßenarbeiter?«

»Bis auf die Grundmauern. Er muss nur noch Schwefel und Feuer über die Stelle regnen lassen, auf dass jeder, der danach sucht, zur Salzsäule erstarre. Und ich glaube, er wird auch das fertig bringen. Er ist ein Unglücklicher. Sie sollten Mitleid mit ihm haben.«

»Die Unglücklichen«, sagte Gaspard im Brustton der Überzeugung, »die sind nicht alle vom lieben Gott geschaffen.« Er blickte ängstlich zum Paddock hinüber, wo die vier Dobermänner erbärmlich jaulten. »Ich glaube, heute Abend verzichte ich auf meine Runde«, sagte er. »Aber morgen«, fügte er hinzu, als habe ihn jemand zur Rede gestellt, »morgen gehe ich wieder.«

Hinter ihm ertönte ein pfeifendes Geräusch. Es war die Dragonerin. Sie hatte Asthma und verriet so ihre Anwesenheit. Die arme Frau stand steif wie eine Standuhr an der Wand der Eingangshalle und erwartete so ihren Herrn, um ihm Bericht zu erstatten von diesem ereignisreichen Tag.

»Kümmern Sie sich um sie«, sagte Patrice, »sonst erstickt sie noch an ihrem Gift.«

»Sie vergöttert mich«, sagte Gaspard selbstgefällig. »Für mich würde sie durchs Feuer gehen.«

»Richtig«, sagte Patrice. »Vor allem würde sie gerne alle anderen hineinschicken.«

Er kehrte seinem Vater den Rücken zu und stieg die Stufen der Freitreppe hinab. Er ging auf den Paddock zu. Kaum dass sie ihn hören konnten, richteten sich die vier Bestien am Gitter auf, lautlos, Seite an Seite. So hoch aufgerichtet überragten sie Patrice. Ihre heraushängenden Zungen und die roten Augen erinnerten an Feuer. Im Widerschein des Petroleumleuchters über der Freitreppe erschien ihr glattes Fell dunkelviolett wie die Farbe des Neunauges. Als Patrice sie so angriffslustig hecheln sah, lief ihm ein Schauer über den Rücken. Später erklärte er, er könne nicht sagen, was ihn an diesem Abend davon abgehalten hatte, sein Gewehr zu holen und sie niederzuschießen. Tatsache ist, dass er wegging, um ihren gierigen Blicken zu entfliehen.

Vom nächsten Tag an hielt Gaspard Wort. Er nahm die Kontrollgänge im Park wieder auf. Allerdings verließ er das Haus nun schwer bewaffnet, das Gewehr am Riemen über der Schulter, und unter der Patronentasche trug er einen überbreiten Gürtel aus Cordobaleder, an dem ein Karabinerhaken befestigt war. Zuerst ging er auf den Paddock zu. (Das tat er nie, ohne irgendeinen Leckerbissen mitzubringen.) Mit dem Karabinerhaken, den er in die Ösen der Riemen einhakte, kettete er sich zwei Hunde an den Gürtel und machte sich so, gewappnet wie ein Panzerwagen, auf zu einer Patrouille durch den dunklen Park.

Er ging unter der Pergola hindurch, durchschritt das Labyrinth und den chinesischen Pavillon, den ehemaligen Rosengarten, wo jetzt die Heckenrosen eine Höhe von drei Metern erreichten. Unter dem dichten Zedernhain, der die regelmäßig angeordneten, in Form von Ballerinen beschnittenen Buchsbäume umgab, traf er auf tiefe Nacht. Die Dobermänner nahmen bei jedem Halt mit ihren mondrunden Köpfen Witterung auf, in der Hoffnung auf irgendeine Beute. Seinen Spaziergang beendete Gaspard mit einem zweimaligen Gang um das Becken, wobei er immer auf dessen Rand einherschritt. Dort atmete er am freiesten, wiegte sich in den Hüften und fühlte sich, als trüge er ein mit blauen Tressen besetztes Seidenwams. Sein Weg lag in allen Einzelheiten fest, wie der eines Staatsoberhaupts. Nie wich er auch nur eine Handbreit von ihm ab. Früher hatte er dabei die Hände in den Taschen und war leichten Herzens, voller Pläne zur Verschönerung und Vergrößerung seines Besitzes. So war es gewesen bis zu jenem Herbsttag, an dem er gehört hatte, dass dort drüben in Lurs, jenseits der Durance auf dem Hof La Burlière, ein Mann namens Séraphin Monge sein Haus abriss. Seitdem hatte ihn die Angst gepackt und führte ihn nach Lust und Laune an der Nase herum. Er lebte mit einem flauen Gefühl im Magen und mit eingezogenem Kopf, in ständiger Erwartung von irgendetwas Unvorhersehbarem. Nachts fuhr er plötzlich an der Seite der Tauben (die sofort nach ihrem Rosenkranz tastete) aus dem Schlaf auf und griff hektisch nach seinem Gewehr, das er in Reichweite aufbewahrte. Die Krise erreichte ihren Höhepunkt, als sein Sohn seine Leidenschaft für diesen Séraphin Monge entdeckte, als wäre es eine Heldentat, sein Haus abzureißen. Von diesem Moment an schien ihm die Gefahr Gestalt anzunehmen, und er dachte daran, die beruhigende Wirkung, die von dem Gewehr ausging, durch scharfe Wachhunde zu vervollkommnen. Seit einem halben Jahr schon hatte Conchitas Vater ihn angefleht, sie ihm abzunehmen.

Allein, schon am nächsten Abend war an einen zusätzlichen Schutz durch die Hunde nicht mehr zu denken. Von diesem Abend an nämlich hatte der Wetterhahn, der sich wochenlang unentschlossen hin- und hergedreht hatte, aufgehört zu quietschen. Im aufkommenden Wind zeigte er unverrückbar wie ein Wegzeiger nach Süden.

Die *montagnière* war aufgekommen. Man hält diesen Wind leicht für den Mistral, aber er kommt aus Nordosten herunter ins Tal und flaut während der Nacht nicht ab. Solange er tobt, fällt es schwer, an irgendetwas anderes zu denken. Er weht nicht in Böen, sondern wie ein stetiger Strom. Nur die Menschen in der Ebene wissen über ihn Bescheid. Wenn sie drei Platanen vor ihrem Hof stehen haben, müssen sie sich damit abfinden, ihnen das Wort zu überlassen. Auch wenn alle Türen zu sind, ist nur das Brausen der Bäume zu hören, und ernsthafte Gespräche müssen aufgeschoben werden. Wer gegen diesen Wind angehen will, dem lässt er die Tränen in die Augen schießen. Man sieht nur noch mit zusammengekniffenen Augen. Alles erscheint doppelt: Man sieht zwei Briefträger, aufgebläht wie Ballons auf ihren Fahrrädern und mit so vielen Armen wie eine asiatische Göttin.

Die Schäfer, die nur an die Macht der Natur glauben, wenn es ihnen in den Kram passt, trotzen dem Wind. Auf den abgeernteten Feldern trifft man dann auf spiralförmig angeordnete Herden; eng aneinandergedrängt weigern sich die Tiere zu fressen, zu trinken und lassen sich weder vor- noch rückwärts bewegen. Und die Hunde, allesamt Stoiker, legen sich hin – ihrer Ohnmacht bewusst –, die Augen fragend zum Hirten erhoben. Und der ist machtlos, droht dem Himmel mit der Faust, klagt den lieben Gott an, verteilt Fußtritte an die Hunde und bleibt schließlich, ein Zeichen menschlicher Hilflosigkeit, als Einziger aufrecht, mit tränenden Augen vor seiner Herde, die nur den Elementen gehorcht.

Wenn dieser Wind nun zu allem Überfluss im Herbst weht, kriecht er durch die Ritzen der ausgetrockneten Türen bis in die schwarzen Tiefen der Keller hinunter, sodass selbst der Wein in den schlecht aufgefüllten Fässern auf ihn schimpft wie ein brummiger Großvater.

Nach drei Tagen zwingt er Gute wie Böse zur völligen Unterwerfung. Er erniedrigt die Hochmütigen, doch erhöht er die Demütigen nicht.

Ohne diesen Wind wäre vielleicht nichts geschehen. Pontradieu war zum Mittelpunkt des Aufruhrs geworden. Siebenhundertfünfzig Bäume standen im Park, die Zedern nicht eingerechnet, die unordentlich über seine Grenzen hinauswuchsen. Die meisten Bäume waren höher als dreißig Meter, denn ihre Wurzeln reichten bis in den unterirdisch verlaufenden Fluss hinab, der die Durance begleitet. Die Montagnière ließ die Bäume erdröhnen wie ein Orgelgehäuse. Sie schlug einen donnernden Akkord an, der sich immer weiter steigerte. Der ganze Fluch der Natur brach in diesem ständigen Getöse auf, das sich wie ein Wasserfall in die Ohren ergoss und jeden zum Gefangenen seiner selbst machte.

Als Gaspard in der Abenddämmerung das Haus verließ, um seine Runde zu machen, sprang ihm der Wind böse ins Gesicht, liebkoste ihn gleichzeitig in höchst zweideutiger Weise, indem er ihn wie ein nasses Leichentuch umhüllte. Er gab ihn nicht mehr frei. Er umtanzte ihn mit dem Geräusch eines knatternden Segels. Es war, als würde ein ausgeworfenes Schmetterlingsnetz ihn jedes Mal nur knapp verfehlen. Der Wind spielte mit seiner Gereiztheit, bis er die Dobermänner im Paddock abgeholt hatte.

Seit die Montagnière aufgekommen war, hatten die Hunde im Paddock begonnen, Schreie auszustoßen wie nächtliche Raubvögel. Auf Leben und Tod heulten sie vor sich hin, bis ihre Kehlen ausgetrocknet waren und sie sich nicht einmal mehr gegenseitig hören konnten. Mutlos, weil sie ihres Gehör- und ihres Geruchssinns beraubt waren, lagen sie auf dem Stroh ausgestreckt. Überreizt wie sie waren, hatten sie ihre Wachsamkeit und ihre Mordlust verloren.

Ohne Eifer richteten sie sich beim Knallen von Gaspards Peitsche auf. Ihre nutzlosen Ohren hingen herunter wie lächerliche Stofffetzen und wurden nicht mehr beim leisesten Laut gespitzt, denn es gab keinen Laut mehr. Der Wind war das einzige Geräusch auf dieser Welt.

Gaspard zog zwei Hunde aus der Umfriedung – niemals dieselben – und befestigte sie sorgfältig am Karabinerhaken seines Gürtels. Er musterte die hohen Bäume im Mondlicht. »Hurensohn«, sagte er laut und vernehmlich. Und dann machte er sich auf den Weg.

Er begriff bald, dass der Park ihn jederzeit narren konnte, sich nicht mehr beherrschen ließ. Deshalb begnügte er sich nicht mehr damit, seine Waffen am Riemen zu tragen. Das Gewehr im Anschlag und mit dem Finger am Abzug setzte er seine Runde fort.

Noch jemand hatte zur gleichen Zeit begriffen, dass er bei diesen Rundgängen leicht in einen Hinterhalt geraten konnte. Die Dragonerin war es, die sich in den Kopf gesetzt hatte, ihn zu beschützen, auch sie bewaffnet mit einem Karabiner für die Gemsjagd. Sie hatte ihn als einzige Mitgift vom Champsaur mitgebracht und polierte ihn wie ihren Wäscheschrank. Schon bei seinem ersten Rundgang hatte Gaspard sich plötzlich umgedreht, weil er einen Blick auf sich gerichtet fühlte. Es war die Gestalt seines dunklen Engels, die von Baum zu Baum schlich. Er schleuderte ihr Worte entgegen, die er selbst nicht verstehen konnte; hetzte die Hunde auf sie und vertrieb sie schließlich mit Tritten in den Hintern. Er nahm es hin, selbst Angst zu haben, aber es war ihm unerträglich, dass ein anderer sich um ihn ängstigte.

Beim Aufkommen des Windes begann Séraphin sein Opfer zu belauern. Er hatte geglaubt, den Schlüssel aus Charmaines Händen entgegengenommen zu haben, weil er eine gewisse Zärtlichkeit für sie empfand. Doch in Wirklichkeit hatte er ihn – vielleicht unbewusst – genommen, um seine Anwesenheit auf Pontradieu unter allen Umständen rechtfertigen zu können. Er verlor nie aus den Augen, dass Gaspard Dupin nur einer der Mörder von La Burlière war und dass er sich nicht fassen lassen durfte, bevor er alle drei bestraft hatte.

Er kam mit dem Fahrrad, das er in einem Graben am Fuß einer kleinen Brücke versteckte. Eines Tages entdeckte er dabei ein weiteres Rad im Gras. Es war älter als seines, mit einem Gepäckträger versehen, und er hätte es für herrenlos gehalten, wäre nicht an der Gabel die gültige Steuerplakette befestigt gewesen. Er achtete nicht groß darauf und versteckte seines ein wenig abseits.

Von weitem sah er in der Abenddämmerung das Bataillon schwarzer Bäume inmitten von Weinbergen und helleren Äckern aufragen. Die dicht stehenden Stämme starrten aus der Ebene wie die Lanzen einer altertümlichen Armee. Wenn er durch die Hohlwege schlich, nahm er immer den abgelegensten und am stärksten überwachsenen Pfad. Von dort schlüpfte er in das vom Wind gebeutelte Dickicht. Sofort wurde auch er zum Spielball des Windes. Aber dabei kamen ihm seine Erfahrungen aus dem Krieg zugute. Er wusste, dass dicht am Boden selbst das Geräusch eines Sperrfeuers nicht den schnellen Lauf der angreifenden feindlichen Kompanie übertönte. Deshalb warf er sich ohne zu zögern auf den Boden. Und dann kroch er durch Brennnesseln, durch mit stacheligen Disteln gespicktes Gras. Er hielt sich auf der Höhe der Alleen, hinter den riesigen winterharten Steinbrechstauden versteckt. Nach drei Tagen kannte er den immer gleichen Weg Gaspards vom Paddock bis zum Wasserbecken. Und genau dort, am Wasserbecken, sah er ihn zum ersten Mal.

Während er dem Wind zugewandt im Schilf des Sumpfes zwischen den Pappelstämmen kauerte, tauchte Gaspard im Mondschein zwischen zwei Spindelbäumen vor ihm auf. Séraphin sah einen untersetzten Mann, kräftig gebaut, von recht gewöhnlichem Aussehen, dem man ansah, dass er auf der Hut war. Er ging mit wiegenden Schritten auf dem Rand des Beckens, seinen gewaltigen Kötern folgend. Das schussbereite Gewehr im Anschlag, schritt er vor sich hin. Im Halbschatten seines breitkrempigen Hutes konnte man den Schnurrbart und die Augenbrauen erkennen. Man sah, dass sein Gesicht schreckensbleich war. Zweimal umrundete er die Wasserfläche, bevor er hinter den Spindelbäumen verschwand.

Séraphin wunderte sich nicht, keinerlei Hass ihm gegenüber zu empfinden. In seinen schlaflosen Nächten hatte er sich die Seele eines Rächers geschmiedet. Er war nur die Waffe eines Opfers, dem er gehorchen musste, nur ihm, denn sonst würde er wieder das unerbittliche Rascheln des welken Laubes im steinernen Waschtrog hören, wo sich die Seele dieser toten Mutter vielleicht immer noch aufhielt; denn sonst würde er sie wieder auf sich zukommen sehen, wie sie ihm ihre Brust aufdrängte, auf der noch die letzten beiden Tropfen Milch gerannen, die vor vierundzwanzig Jahren für ihn bestimmt gewesen waren.

Er fragte sich auch nicht, wie er es fertig bringen sollte, sich eines Mannes zu entledigen, der bewaffnet war und von zwei gewaltigen Hunden beschützt wurde. An diesem Abend kroch er an den Rand des Wasserbeckens, auf die Seite, wo die Pappeln Schatten warfen. Er strich mit der Hand sanft über den kalten Marmor, wie um sich zu vergewissern, ob er auch schön glatt und eben sei. Er kam zu der Überzeugung, dass dies der Ort war, an dem sich alles abspielen musste.

Am vierten Tag erreichte die Montagniere ihren Höhepunkt. Ihre heisere Klage ließ die dunkelsten unerfüllten Wünsche aus den Tiefen des Gedächtnisses aufsteigen. Die Bäume krachten wie Schiffsmasten. Auf den geknickten Ästen, die kläglich wie gebrochene Flügel herabhingen, wurden die leeren Vogelnester zerfetzt oder fortgeweht.

An diesem Abend trieb sich Séraphin auf dem Bauch robbend oder tief geduckt in den dunklen Bereichen des Parks herum und fand sich plötzlich vor dem chinesischen Pavillon wieder, der ihm gleich für einen Hinterhalt geeignet erschien. Das Mondlicht ließ die elegante Konstruktion, die ihr Dasein der Laune eines müßigen Landadligen aus dem letzten Jahrhundert verdankte, im Schmuck der üppigen Ranken des wilden Weins erstrahlen. Zwischen den Mauern aus Grün herrschte ein so undurchdringliches Dunkel, dass Séraphin zögerte, sich dorthin zu wagen. Es war ihm noch nicht gelungen herauszufinden, wo sich der Herr von Pontradieu gerade aufhielt. Es war gut möglich, dass er sich genau dort befand, denn sein üblicher Weg führte mitten durch den Laubengang. Mit gespannter Aufmerksamkeit durchschritt Séraphin den Durchlass, den der Gärtner jedes Jahr in den wilden Wein schnitt. Er tappte ein paar Schritte blind durch die Dunkelheit. Auf der gegenüberliegenden Seite, wo sich ein ähnlicher Durchlass befand, raschelten die windgepeitschten Rosensträucher der Pergola im Mondschein.

Da legte sich plötzlich eine Hand leicht auf seine Schulter. Auf einen Angriff war er gefasst gewesen, nicht auf eine Liebkosung. Das Gespenst, das sein Unbewusstes heimsuchte, war stets bereit, vor ihm zu erscheinen, sodass er unter dieser Hand, die ihn zart betastete, in Panik jäh zurückwich. Er wich so schnell zurück, dass er gegen ein Hindernis stieß, stolperte; er versuchte sich zu fangen und landete schließlich sitzend auf einer Bank. Der Wind verwandelte die dichten Blätter des wilden Weins in ein Orchester von Kastagnetten, das allein für seine Ohren aufspielte.

»Wer ist das?«, hauchte er.

»Wer sollte es schon sein?«

Er erkannte Charmaines Stimme nahe an seinem Ohr.

»Haben Sie mich denn völlig vergessen?«

»Es ist sehr dunkel.«

»Schon, aber mein Parfüm ist immer noch dasselbe.«

»Man riecht nichts, der Wind verweht es«, meinte Séraphin.

»Alles verweht der Wind. Nur uns nicht. Weshalb haben Sie sich nicht zu mir getraut? Ich suche Sie überall.«

»Sie suchen mich überall?«, fragte Séraphin, um Zeit zu gewinnen.

»Ja, überall im Park. Einen Augenblick glaubte ich sogar, Sie in einem Mondstrahl vorbeikommen zu sehen. Ich habe Sie sogar gerufen. Aber... bei diesem Wind ...«

»Das war nicht ich«, sagte Séraphin. Er hütete sich hinzuzufügen: Mich hätten Sie bestimmt nicht gesehen. »Das muss Ihr Vater gewesen sein... Oder Ihr Bruder«, setzte er hastig hinzu.

»Nein ...« Charmaine überlegte einen Augenblick. »Weder der eine noch der andere. Aber was spielt das jetzt für eine Rolle, wo Sie endlich hier sind. Und wenn mein Parfüm nicht bis zu Ihnen dringt, dann heißt das, dass ich zu weit entfernt von Ihnen bin.«

Er hatte nicht die Geistesgegenwart besessen, während dieser Unterhaltung wieder aufzustehen. Er fühlte, wie sie sich ihm auf den Schoß setzte, wie ihre Arme seinen Brustkorb umfingen, und dann spürte er, wie zwei Brüste sich an seine Brustwarzen pressten, die das weit geöffnete Hemd unbedeckt ließ.

Er erstarrte zu einem steinernen Standbild. Das Leben zog sich tief in sein Inneres zurück. Mit geballten Fäusten und geschlossenen Augen versuchte er, sich auf den bevorstehenden Ansturm der Bilder vorzubereiten, die in einer Windung seines Gehirns lauerten. Auf diese Erscheinung, die sich dieser neuen Empfindung unfehlbar dazu bedienen würde, Charmaines Brüste durch die mit Milch benetzten einer Toten zu ersetzen, deren Rundungen sich bereits unheilvoll in der Dunkelheit abzeichneten.

Er wand sich in Charmaines Armen, wohl wissend, dass die Vision verschwinden würde, sobald sein Verlangen erlosch.

»Sie sehen ...«, brachte er heraus.

Charmaine stand auf. »Ah, richtig... Mich sehen... Sie möchten mich sehen. Ich will Sie auch sehen... Sie anschauen... Kommen Sie!«

Sie zog ihn beinahe allein mit der Kraft ihres Willens hoch. Sie führte ihn durch die Tür, deren Schlüssel sie ihm ausgehändigt hatte. Und ohne sein Handgelenk loszulassen, das sie wie ein Schraubstock umklammert hielt, zog sie ihn über die Türschwelle in ihr Zimmer.

»Warten Sie!«, sagte sie. Im Zimmer war es dunkel. Auch hier wehte der Wind, drang heulend durch die Öffnung eines kalten Kamins. Charmaine machte Licht. Séraphin wandte sich zur Lampe. Sie war als demütig kniende Glasfigur ausgebildet, die einen fleischfarbigen Lampenschirm hielt. Sie stand auf dem Flügel, der die Form einer Harfe hatte. Séraphin sah noch einen Sekretär, ein ländliches Bett, sehr groß, aus massivem Nussbaum, ein typisches Hochzeitsgeschenk, und ein solches war es wohl auch. Er sah einen Schrank mit halbgeöffneter Tür, dahinter Damenwäsche. Er sah Bücher, die auf dem großen Teppich vor dem Kamin verstreut lagen, durch den der Wind fuhr. Die unordentlich auf dem Teppich herumliegenden Kissen ließen erkennen, dass jemand sich oft dort aufhielt, unmittelbar auf dem Boden ausgestreckt. Ein Parfüm schwebte über diesem anheimelnden Bild, wohl dasselbe, das die schöne Witwe benutzte. Nie hatte das Wort »Glück« soviel Gehalt für Séraphin gehabt wie angesichts dieses Stilllebens. All diese Dinge sollten ihm später, sehr viel später, ins Gedächtnis zurückkehren.

Er war allein mit dieser Frau in einem Zimmer, wie er, Séraphin Monge, der Straßenarbeiter, noch nie zuvor eines gesehen hatte. Aber vor allem war er allein mit der Wahrheit, die er nicht mit ihr teilen konnte. Ach! Hätte er ihr doch sagen können: »Meine Mutter will mit mir schlafen, genau wie Sie! Meine Mutter – die seit vierundzwanzig Jahren tot ist! Die Kehle wurde ihr durchgeschnitten, von Ihrem Vater! Deshalb will sie nicht, dass ich Sie anfasse. Deshalb schleicht sie sich an Ihre Stelle. Sie wollten die Wahrheit? Nun, jetzt kennen Sie die Wahrheit!«

Denn er glaubte aufrichtig, dass sie so aussah, die Wahrheit.

Charmaine folgte dem gehetzten Blick, dem Blick eines Ertappten, den Séraphin auf alles richtete, nur nicht auf sie.

Das Rätsel, das sie vom ersten Tag an bei ihm gewittert hatte, reizte ihre Neugier.

Ich werde mir die nötige Zeit lassen, dachte sie, ich rechne nicht einmal mit heute Nacht. »Also gut«, sagte sie sanft, »Sie wollten mich sehen. Dann schauen Sie mich wenigstens an ...«

Dieses Mal trug sie ein Kleid mit schwarzweißem Rhombenmuster, wie es sich nur Frauen mit der richtigen Figur und der richtigen Augenfarbe erlauben können. Aber hatte er darauf überhaupt geachtet, auf ihre Augenfarbe? Linkisch stand er da, Séraphin, und gefangen von der sinnlichen Ausstrahlung der Dinge, die sie jeden Tag umgaben, wich er ihnen aus, diesen Augen.

Die Angst, wieder von seinen Visionen gequält zu werden, erfüllte ihn mit Panik. Bisher war es ihm gelungen, sie gerade noch rechtzeitig zu unterdrücken. Doch jetzt war er in der Zwickmühle. Seinen Besuch auf Pontradieu um zehn Uhr abends konnte er nur damit erklären, dass er wegen Charmaine gekommen war. Und da sie ihn ebenfalls erwartet hatte, stand nichts mehr zwischen ihnen.

»Wollen Sie lieber ...« Sie machte einen Schritt auf Séraphin zu, der immer noch bewegungslos zwischen dem Flügel und dem Kamin verharrte, zwei Schritte von der Tür entfernt, die sie hinter ihm geschlossen hatte. Sie setzte von neuem an: »Wollen Sie lieber ... zusehen, wie ich mich ausziehe? Oder wollen Sie mich ausziehen? Oder soll ich mich da drüben ausziehen?« Sie hatte den Eindruck, falsch zu spielen, nicht das Richtige zu sagen. Es war noch nie vorgekommen, dass ein Mann, den sie selbst in ihr Zimmer geführt hatte, ihr dort steif und tatenlos gegenüberstand. Sie wies mit dem Kopf auf die angelehnte Tür des Badezimmers hinter ihr.

»Da drüben«, sagte Séraphin.

Sie gehorchte folgsam, doch kurz bevor sie das Zimmer verließ, drehte sie sich noch einmal zu ihm um. »Sie werden doch nicht die Gelegenheit nutzen, um davonzulaufen?«, fragte sie.

»Nein... Wieso sollte ich davonlaufen? Nie und nimmer ...« Er wurde rot bei dem Gedanken, dass sie ihn so gründlich durchschaut hatte. Denn genau das hatte sein Unterbewusstsein ihm zugeraunt: aus dem Zimmer zu rennen, sobald sie verschwunden war, auf sein Fahrrad zu springen, wie verrückt in die Pedale zu treten, die vier Kilometer bis nach Peyruis, und dann ins Bett zu gehen, sich in die Laken zu hüllen, die Panik abebben zu lassen, zu vergessen ...

Aber so fern sie der Wahrheit auch noch sein mochte, er durfte ihr keinen Anlass geben, sich zu fragen: »Dann war er also nicht meinetwegen im Pavillon? Aber weshalb dann? Warum streunte er durch den Park, an einem Werktag, so weit von zu Hause?«

Wenn er Gaspard erst getötet hätte, könnte diese Überlegung seiner Tochter ihm zum Verhängnis werden. Nein, wenn er sein Richteramt bis zum Ende ausüben wollte, musste er alles ertragen. Er musste Charmaine umarmen, bis sie sich in das Trugbild der Girarde verwandeln würde. Und aus dieser Umarmung musste er die Kraft schöpfen, um dem standzuhalten, was dieser Schatten ihm mit aller Macht durch den Mund der anderen einflüstern wollte. Dennoch konnte er sein Grauen nicht unterdrücken, während er dieser Begegnung entgegensah.

Er hörte nicht, wie sie aus dem Badezimmer glitt. Sie stand plötzlich vor ihm. Ihr Körper, der gerade noch von der Form ihres Kleides, so gut es ihr stehen mochte, eingeengt worden war, schien plötzlich mehr Platz im Raum zu beanspruchen, er hatte sich entfaltet wie eine Blütenknospe.

Séraphin blieb unbeweglich stehen, die Arme hingen an seinem Körper herab, die Hände blieben zu Fäusten geballt, er hatte sich nicht gerührt, seit er das Zimmer betreten hatte. Beim Anblick der nackten Charmaine, die sich vor ihm räkelte, war sein Glied plötzlich heftig angeschwollen, hatte sich in der engen Hose verklemmt und tat ihm weh.

Verstohlen lächelnd setzte sich Charmaine aufs Bett. Sie ließ sich auf die rote Steppdecke sinken, auf der die Rundungen ihres Körpers erst richtig zur Geltung kamen. Sie flüsterte, und von dort, wo er stand, konnte er sie wegen der Windstöße im offenen Kamin kaum verstehen.

»Sehen Sie nur«, sagte sie, »sehen Sie, zu welchem Geständnis Ihre Schüchternheit mich zwingt... Ich mache es gern allein... O ja, das habe ich fast genauso gern, wie wenn es jemand mit mir tut... Schauen Sie her! Sind Sie nun zufrieden? Sie wollten mehr über die Geheimnisse der Frauen wissen?... Nun gut, schauen Sie zu... Schau mir genau zu... Wenden Sie nicht die Augen ab... Sieh nur nicht weg ...«

Ihre schlanke Pianistinnenhand strich mit den Fingern über das Dreieck, das, schwarz wie ein Trauervlies mit seinen dichten, gleichmäßig gestrickten Löckchen, den Schild ihres Bauches hervorhob.

Auf dem Teppich stand Séraphin, den Blick stumm auf diese Hand geheftet, die sich kaum bewegte, machte schließlich einen Schritt nach vorn, dann zwei, dann drei. In seinem verwaschenen Hemd, riesig groß und schwer wie ein Baumstamm, wirkte er erdrückend. Sie beobachtete ihn durch die Wimpern hindurch, überwältigt von einem dem Bewusstsein entzogenen Verlangen, das ungreifbare Fasern in ihr in höchste Spannung versetzte. Plötzlich, wie von Ungeduld befallen, legte sich ihre freie Hand auf das aufgerichtete Glied. Und die Kluft zwischen diesem handgreiflichen Beweis für heftige Begierde und diesem unbeteiligten Ausdruck von Sanftmut, der dort oben, weit über ihr, die undeutlichen Gesichtszüge des Mannes erhellte, brachte sie aus der Fassung, traf sie in ihrer Erwartung wie eine kalte Klinge. Ein Unwohlsein befiel sie, als streife sie ein noch dunkleres Geheimnis als das, das sie schon bei ihm vermutet hatte. Doch der Mann beugte plötzlich die Knie, vielleicht hatte er sogar vor, sich über diesen Körper zu legen, der heftig danach verlangte.

Da durchschnitten plötzlich gellend zwei kurz aufeinander folgende Schüsse das Geräusch des Windes, durchdrangen die Mauern, durchschnitten den Kokon aus köstlicher Verwirrung der Sinne, in den die beiden in diesen Augenblicken vor der Liebe eingesponnen waren.

»Patrice?«, schrie Charmaine.

Sie setzte sich auf. Sie sprang hoch, bedeckte mit den Händen ihre nackten Brüste und keuchte neben Séraphin, der zwei Schritte zurückwich.

»Pa-tri-ce!«, schrie sie wieder.

Die Detonation hallte in ihrem verwirrten Kopf wider, wie die drei Silben dieses Namens, und sie schrie ihn, wie sie ihn innerlich hörte. Seit langem war sie bei Patrice auf das Schlimmste gefasst. Zu oft betrachtete er sich in allen verfügbaren Spiegeln. Sie war sicher, dass er eines Tages diesen Harlekinskopf, diese Schöpfung eines kubistischen Malers, nicht mehr würde ertragen können und dass er sich schließlich eine Kugel hineinjagen würde.

»Patrice!«, hauchte sie.

Im Handumdrehen wieder angezogen, stand sie neben Séraphin, bevor der sich überhaupt gerührt hatte. Das Verlangen war verflogen wie der trügerische Rauch eines fernen Feuers.

»Es kommt von draußen«, flüsterte Séraphin.

In diesem Augenblick krachten von neuem zwei Schüsse. Charmaine sprang auf den Flur, stürzte auf eine versteckte Tür zu und rannte die schmale Treppe hinunter. Drüben beim Gutshof bewegten sich Lichter, kreuzten sich und blitzten hier und dort im Mondlicht oder in der Dunkelheit auf. Charmaine rannte auf sie zu. Sie rannte wie ein aufgeschrecktes Tier. Sie hatte Séraphin vergessen. Die Angst hatte ganz von ihr Besitz ergriffen. Patrice... Patrice und sie – abgesondert durch die Taubheit ihrer Mutter – hatten sich seit ihrer Kindheit wie zärtliche Komplizen geliebt. Patrice... Sein schönes Gesicht... Dieser romantische Jünglingskopf, der mit aufgestütztem Kinn in die Ferne nach den Wolken auf den Hügeln blickte, auf die Dörfer, die im wechselnden Licht der Sonne immer wieder anders aussahen, die von weitem zur Besichtigung aufriefen, auf die bleiche Schneise, die die Durance durch das Tal schlug. Patrice, der auf all das mit einer Bewegung seines schönen Kopfes wies und zu ihr sagte: »Ich liebe nur das hier. Der Rest der Welt interessiert mich nicht im geringsten. Ich liebe nur das und dich, wenn du dich über dem Klavier beugst.« Patrice, der Friedvolle, dem der Krieg die Seele abgetötet hatte.

Sie rannte und rannte auf die Lichter zu, die vom Gutshof her näher kamen. Die Hunde jaulten sich hinter den Gittern des Paddocks halb zu Tode.

Séraphin hätte verschwinden müssen, sich nicht zeigen dürfen, aber Patrices Name, den sie immer wieder keuchend rief, trieb ihn voran, hinter Charmaine her.

Die Lichter hatten sich um das Wasserbecken versammelt. Sofort sahen sie Patrices Gestalt sich aufrecht am Rand des Beckens abzeichnen. In der rechten Hand hielt er eine Waffe.

»Mein Gott«, keuchte Charmaine. Völlig erschöpft fiel sie Séraphin in die Arme. Sie zitterte am ganzen Körper wie ein sterbender Vogel. Sie wiederholte: »Dank sei Gott, Dank sei Gott ...« – schnell und mechanisch wie eine Litanei.

Wie durch ein Wunder hatte sich der Wind gelegt. Er verausgabte seine letzten Kräfte so hoch oben in den Zweigen, dass nur noch ein Seufzer des Bedauerns zu hören war.

~ 10 ~

DER Sturm hatte gerade seinen Höhepunkt erreicht, als Gaspard Dupin an jenem Abend um neun Uhr aus dem Paddock kam. Zwei Hunde hatte er am Gürtel festgehakt, sein Gewehr war nach unten gerichtet.

Er fluchte über den Wind, zog seinen Hut tiefer ins Gesicht und verschwand mit gesenktem Kopf im Park. Er hatte ein flaues Gefühl im Magen und war doch gleichzeitig besinnungslos vor Wut.

»Elendes Leben!«, sagte er zu sich. »Das ist schließlich mein Park. Und wer immer hier auftaucht, dem hetze ich die Hunde auf den Hals.«

Seine vulgäre Großspurigkeit konnte ihm dennoch nicht das Gefühl vermitteln, im Recht zu sein. Eigentlich war sie nur ein armseliges Mittel, um die schrecklichen Bilder zu vertreiben, die ihn seit einiger Zeit heimsuchten. Bilder, die er für immer in sich vergraben glaubte und die das plötzliche Auftauchen dieses Straßenarbeiters wieder zum Leben erweckt, von ihrer Schmutzschicht befreit hatte, sodass sie nun in frischen Farben und üppig ausgemalten grauenvollen Einzelheiten leuchteten.

Er wusste nur zu gut, dass er seit der weit zurückliegenden Zeit, auf die diese bösen Erinnerungen zurückgingen, ständig in Angst lebte, auch wenn er die Robe des Laienrichters am Handelsgericht trug, auch inmitten seiner Reichtümer, auch während der leidenschaftlichen Nächte mit Conchita. Ständig in Angst... Wie ein Hase.

Wenn wenigstens dieser Wind nicht gewesen wäre, der den Hunden ihren Spürsinn nahm und ihn selbst taub machte. Die Armee von Bäumen und Sträuchern wogte auf beiden Seiten der Allee und deutete Bewegungen an, die der Angst neue Nahrung boten.

Endlich gelangte er an das Wasserbecken und atmete auf, denn nun befand er sich im hellen Mondschein, und das Gelände war übersichtlich genug, um vor einem Überfall zu schützen.

»Ich werde den Abfluss höher legen lassen müssen«, sagte er sich. Es war ihm gerade wieder aufgefallen – nicht zum ersten Mal –, dass bei der Instandsetzung der Marmoreinfassung, die im Laufe der Zeit gelitten hatte, die Abflussöffnungen zu tief angebracht worden waren, sodass der Wasserspiegel vierzig Zentimeter unter dem Beckenrand lag.

Diese bautechnische Überlegung gab ihm wieder Auftrieb. Er sah sich in Gedanken vor dem Bauunternehmer mit der flachen Mütze stehen und mit dem Finger auf all das zeigen, was zu tun war. Er warf einen zufriedenen Blick auf sein Meisterwerk. Der Anblick dieses Wasserbeckens hatte eine belebende Wirkung auf ihn.

Er zog an der Hundeleine. Voll von Stolz und Zufriedenheit hätte er fast seine Angst vergessen. Eine Bewegung im Gehölz, die er im einförmigen Wogen der Zweige im Sturm zu erkennen glaubte, ließ sie mit einem Schlag wiederaufleben. Mit angelegtem Gewehr drehte er sich langsam herum und brachte dabei die Hunde zwischen sich und die verdächtige Stelle. Nein, es war wohl doch nur der Wind, der sich da hinten im zerzausten Dickicht eine Unregelmäßigkeit erlaubt hatte.

Gaspard wagte sich auf die breite Einfassung des Beckens; die Hunde blieben ihm dicht auf den Fersen. Ja, der Abfluss musste unbedingt höher gelegt werden, wenn die Wasseroberfläche bei jedem Wetter spiegeln sollte.

Der Wind wühlte das Wasser auf und ließ die Wellen gegen den Beckenrand schlagen. Er drückte den stetigen Strahl, der aus den Rohren ins Becken strömte, gegen die Brunnenfiguren. Die Laren weinten aus all ihren steinernen Runzeln, und die Tränen, die über ihr erstarrtes Grinsen herabflossen, glänzten unheilverkündend im Mondlicht.

Gaspard ging weiter mit dem Gleichmut eines Mannes, den nichts mehr erschüttern kann. Angesichts der großen Entfernung, die ihn von den Bäumen trennte, war die Angst in seinem Leib zu einer kleinen Kugel geschrumpft; sie war gerade noch groß genug, um seine Wachsamkeit aufrechtzuerhalten. Er hatte sich sogar den Luxus gegönnt, eine Zigarre anzuzünden (was Recht schwierig gewesen war), und nun rauchte er sie voller Überheblichkeit. Nun fühlte er sich endlich wie jemand, der sich seinen Feierabend verdient hat. So spazierte er in ängstlicher Selbstgefälligkeit und mit geladenem Gewehr um das halbe Becken herum, wobei die Hunde hechelnd vergeblich Ausschau nach Beute hielten.

Er zog genüsslich an seiner Zigarre, als er plötzlich ausrutschte. War er wirklich ausgerutscht? Hatte der Boden unter seinen Füßen nachgegeben? Wer könnte darüber Auskunft geben? Sicher ist nur, dass er mit seinen stattlichen neunzig Kilo ins Wasser fiel, während er mit den Armen hilflos herumruderte. Das Gewehr entglitt ihm und versank in der Tiefe, und in seinem Sturz zog er die Hunde mit sich; auch sie waren vorher schon ausgerutscht. All dies verschmolz zu einem einzigen gewaltigen Platschen, das wohl allein der Wind hörte.

Obwohl ihm klar war, dass das Rauschen der Bäume seine Rufe übertönen würde, schrie Gaspard dennoch, aus Instinkt. Der Rand des Beckens lag weit über dem Wasserspiegel; dennoch versuchte er, sich daran festzukrallen. Und fast hätte er es auch geschafft, wenn nicht die Hunde ihn mit einem plötzlichen Ruck von dort fortgerissen hätten. Schwimmen konnten sie, die Hunde, aber da die Natur ihnen das Gemüt eines Neufundländers versagt hatte, versuchten sie, jeder für sich allein wieder auf festen Boden zu gelangen.

Gaspard konnte nicht schwimmen, und außerdem wusste er, dass er zweieinhalb Meter Wasser unter sich hatte, an jeder Stelle des vierzig Meter langen und zwanzig Meter breiten Beckens, auf das er so stolz war.

Das Wasser kam aus den Tiefen der Berge; es war durch die Tonschichten gesickert, die im Laufe der Erdgeschichte aufgefaltet worden waren, und hatte sich tief unter der Durance seinen Weg gesucht, um schließlich sechshundert Meter vom Becken entfernt ans Tageslicht zu treten, unter einem Weidengebüsch, wo man es gefasst hatte. Von seiner ursprünglichen Kälte hatte es nichts verloren.

Jetzt, da er sich darin befand, musste Gaspard einsehen, dass dieses Wasser, das er mit so viel Mühe wieder in sein Becken geleitet hatte, wo es einen reizvollen Spiegel bildete, ein Eigenleben führte, das dem menschlichen Wohlbefinden nicht sehr zuträglich war. Es war gummiartig, zähflüssig und eisig. Es durchtränkte seine Haut. Die Kälte drang durch seine Kleider hindurch bis ins Blut, ließ es nach und nach gerinnen.

Während er sich an der Hundeleine festklammerte und die Hunde ihn kreuz und quer durchs Becken zogen, erinnerte er sich daran, dass er zum Abendessen *pieds et paquets* gegessen hatte. Dieses deftige Gericht aus Schafsmägen und Lammfüßchen, das von der Dragonerin kunstfertig zubereitet worden war, hatte ihn etwas aufgemuntert.

Nun, da er wild um sich schlug und, wenn er im falschen Augenblick einatmete, dieses Wasser zu schlucken bekam, das ihm klar und schneidend wie flüssiger Diamant gegen die Zähne klatschte, dachte er mit Schrecken an die *pieds et paquets*. Er fühlte, wie sie unter der Einwirkung des eiskalten Wassers in seinem Magen erstarrten, eine harte Masse bildeten, sich in der Mitte seines Körpers festsetzten, alle Lebensströme abschnitten und ihn schließlich lähmen würden. Da schrie er abermals.

In diesem Augenblick zogen die Hunde ihn zu der Seite, wo die Pappeln standen. An ihre Leinen geklammert, schlug

Gaspard wie wild um sich, um seinem Körper ein bisschen Wärme zu erhalten. Die Hunde erreichten den Beckenrand, stemmten sich zur Hälfte aus dem Becken, krümmten sich, machten heftige Bewegungen, aber ihre Krallen rutschten an dem Marmor ab, das Gewicht Gaspards zog sie wieder in die Tiefe, zumal sie sich gegenseitig behinderten. Sie fielen zurück ins Wasser. Sie begannen wieder zu schwimmen. Sie stürzten geradewegs auf die Brunnenrohre zu, die ihr Wasser gleichförmig in das Becken ergossen.

Da gewahrte Gaspard, der schon halb das Bewusstsein verloren hatte, im Mondlicht zwischen den grinsenden Gesichtern der triefenden Laren einen Mann, der am Beckenrand stand und der – ohne den Anflug eines Lächelns und ohne Ausdruck des Hasses – zuschaute, wie er mit dem Tod kämpfte. Obwohl er ihn schon so lange nicht mehr gesehen hatte, erkannte Gaspard ihn sofort. Er wusste, dass er nur deshalb so dastehen konnte, ganz ruhig, die Hände in den Hosentaschen, sich ihm nur deshalb im hellen Mondlicht zeigen konnte, weil er sicher war, dass er, Gaspard, zum Tode verurteilt war.

Wahrscheinlich geschah es genau in dem Augenblick, als er, gelähmt vor Schreck, auf der Suche nach seinem Gewehr vergeblich um sich tastete, dass die erstarrte Masse der *pieds et paquets* ihm den Atem nahm. Er öffnete zum letzten Mal den Mund zu einem lang gezogenen Röcheln, bevor er sein Gesicht dem Wasser zudrehte, wo es seine Angst für immer verbergen konnte.

Die Hunde zogen den Toten hinter sich her, wie sie den Lebenden mitgeschleppt hatten. Hartnäckig krallten sie sich am Beckenrand fest und versuchten mit aller Gewalt, sich daran hochzuziehen. Das Gewicht Gaspards zog sie zurück. Sie machten immer wieder neue Anstrengungen. Es gelang ihnen bisweilen, sich bis zur Brust aus dem Becken herauszuziehen. Und in dieser Stellung, mit geöffnetem Maul, heraushängender Zunge und keuchend vor ohnmächtiger Wut, wurden sie von der Dragonerin überrascht.

Die arme Frau! Die Drohungen ihres Herrn hatten sie davon abgehalten, ihn auf Schritt und Tritt zu verfolgen. Dennoch war sie ihm ständig nachgeschlichen, mit ihrer alten Flinte, sobald er in den Park ging, doch in zu großer Entfernung, um ihm Hilfe leisten zu können.

Als sie am Becken ankam, schaute sie als erstes in die Höllenschlünde, aus denen rote Zungen zuckten. Ihr war im Nu klar, dass diese Hunde sie niemals würden näher kommen lassen. Sie legte an und schoss. Einmal. Zweimal. Den ersten Dobermann traf sie mitten in den Kopf. Sie verfehlte den zweiten, der wieder zu schwimmen begann. Diesmal musste der Hund mühevoll zwei Leichen hinter sich herziehen. Seine Kräfte waren erschöpft; er versuchte nicht mehr, das andere Ufer zu erreichen. Er versteifte sich darauf, an dieser Seite hochzuklettern.

In diesem Augenblick kam Patrice in seinem roten Auto zurück. Er war weggefahren, um unter Rose Sépulcres Fenster bei der Mühle am Ufer des Lauzon Mandoline zu spielen. Ihre wenig anziehende Schwester hatte einen kurzen Blick aus dem Fenster der Dachkammer gewagt, und Patrice war sicher, dass Rose sie dorthin geschickt hatte, um nach ihm zu sehen, denn kurz darauf hatte sie unauffällig ihren Fensterladen ein wenig geöffnet.

Als Patrice mit diesem Erfolgserlebnis nach Pontradieu zurückkehrte und in die Allee mit den zerzausten Bäumen einbog, fühlte er sich wie im siebten Himmel, trotz des Chaos, das um ihn herrschte.

Die beiden Schüsse ließen ihn hochfahren, als hätten tollwütige Katzen ihn hinterrücks angesprungen. Er bremste scharf. In seinem Wagen führte er stets einen Armeerevolver mit sich, den er manchmal aus dem Handschuhfach nahm, um seinen Griff zärtlich zu streicheln. Er nahm ihn an sich und stieg aus.

Er dachte, es sei sein Vater gewesen, der geschossen hatte. Es musste ungefähr der Zeitpunkt sein, zu dem er seine üblichen abendlichen Runden um das Becken machte. Er rannte darauf zu. Als er an den Spindelbäumen vorüber war, sah er den Kopf des Dobermannes auf dem Beckenrand; erschöpft und mit geöffnetem Maul lag er auf seinen Pfoten. Dann sah er die Hausangestellte mit der Flinte in der Hand. Er erfasste die Situation im Bruchteil einer Sekunde. Er schoss zweimal auf den Hund, der nach hinten fiel. Er stürzte los, warf sich flach auf den Beckenrand. Der Körper seines Vaters und die Hundeleichen trieben langsam im Wind dahin. Patrice tauchte seine Hände in das eiskalte Wasser. Mit knapper Not bekam er das Halsband eines der Hunde zu fassen.

»Hilf mir!«, schrie er.

Die Dragonerin hatte sich auch auf den Bauch gelegt und zerrte an einer der schwimmenden Leinen. So zogen sie Gaspards Körper bis an den Rand des Beckens. Patrice fand tastend den Karabinerhaken am Gürtel und hakte die Kadaver der Hunde los. Da drehte sich Gaspards Körper auf den Rücken, und der Mond schien auf sein Gesicht. Das gestaute Blut hatte es in einem Ausdruck entsetzten Staunens erstarren lassen, der Mund stand offen, die Augen waren übermäßig weit aufgerissen.

Patrice und die Dragonerin versuchten, den Leichnam mit vereinten Kräften aus dem kalten Wasser zu hieven. Hinter ihnen ertönten Rufe. Laternenlicht strich über die Wasserfläche. Es waren der Pächter, sein Sohn und seine Tochter, die zu Hilfe eilten.

»Wir wollten gerade ins Bett«, riefen sie. »Da haben wir die Schüsse gehört und wollten sehen, was los ist. Gott sei Dank kommt der Wind aus der richtigen Richtung! Sonst hätten wir nicht einmal Schüsse hören können.«

Alle legten sich flach auf den Bauch. Sie tauchten die Hände ins Wasser. Sie packten die Kleider Gaspards, wo immer sie sie zu fassen kriegten. Mit ihrer krankhaften Neugier trugen sie zur allgemeinen Aufregung bei.

»Schließen Sie ihm die Augen«, schrie der Pächter. »Machen Sie ihm sofort die Augen zu. Er ist jetzt schon kalt, und bald wird es nicht mehr gehen.«

Zu fünft klammerten sie sich an den Kleidern des Toten fest, aber es gelang ihnen nicht, auch nicht mit vereinten Kräften, ihn aus dem Becken herauszuziehen.

Patrice sah auf. Er sah Charmaine, die ihnen entgegenlief. »Aus dem Weg«, rief jemand hinter ihr. »Lassen Sie mich das machen.«

Es war Séraphin. Er schob den Pächter und dessen Tochter beiseite und legte sich neben Patrice hin, tauchte den Arm ins Wasser und drehte Gaspards Leiche auf den Rücken. Er fasste ihn mit beiden Händen am Kragen seiner Jacke und seines Hemdes. Langsam, langsam begann er zu ziehen. Dabei richtete er sich nach und nach wieder auf. Die anderen bemühten sich, ihm zu helfen. Und endlich, als er schon fast aufrecht stand, hielt er den ganzen Leichnam an sich gedrückt und legte ihn vorsichtig auf die Marmorplatten.

Alle zitterten vor Kälte, obwohl der Wind wundersamerweise aufgehört hatte. Alle betrachteten sie diesen Toten, der – auf die eine oder andere Weise – ihr Dasein beschwert hatte und dessen Leben nun durch einen simplen Unfall ein Ende gefunden hatte.

»Wir müssen ihn von hier wegschaffen«, sagte der Pächter mit Sinn für das nahe Liegende.

»Séraphin«, sagte Patrice, »du nimmst ihn bei den Füßen und wir verteilen uns auf die Arme ...«

Séraphin bückte sich.

»Der nicht!«, kreischte die Dragonerin und lud ihr Gewehr nach. »Es ist deine Schuld!«, sagte sie zu Patrice. »Wenn du den da nicht hierhergebracht hättest, wäre nichts passiert! Wusstest du nicht, dass er Unglück bringt? Schau ihn doch an!«

Theatralisch zeigte sie auf Séraphin mit ihrer Hand, die einem Wäscheklopfer glich. Sie hielt ihm ihre Waffe unter die

Nase. Sie bellte ihm ins Gesicht: »Seht ihn euch doch an! Ihr, ihr seht ihn ja nicht. Ihr könnt ihn gar nicht sehen. Ihr stammt nicht aus dem Champsaur wie ich. Ich weiß Bescheid, ich sehe ihn so, wie er ist. Soll er sich ruhig hinter seinem Engelsgesicht verstecken, aber ich weiß, wer er ist. Ich kenne ihn!«

»Schweigen Sie, Sie arme Irre!«, knurrte Charmaine. »Seien Sie doch still.«

Patrice nahm der Dragonerin sanft das Gewehr aus der Hand. »Sie steht unter Schock«, sagte er. »Man darf es ihr nicht übel nehmen ...«

Sie bückten sich alle, um diese schwere, tropfnasse Masse hochzuheben, die schon steif wie ein Baumstamm geworden war und sich nicht ohne weiteres bewegen ließ.

Der Pächter und Patrice ergriffen den linken Arm, sein Sohn und seine stämmige Tochter den rechten. Séraphin schob Charmaine, die sich ebenfalls herabbeugte, sanft zurück. Er kniete vor der Leiche und hielt ein Bein in jeder Hand, wie er es so oft an der Front, manchmal sogar im Hagel der Granaten getan hatte. Die Dragonerin hielt den ganzen Weg lang ihre Hände liebevoll wie ein Kissen unter den Kopf des Toten.

Der Leichenzug bewegte sich mit schweren Schritten durch die große Allee von Pontradieu. Die Taube, die wohl in der Tiefe des Schweigens um sie her von einer inneren Stimme gerufen worden war, stand auf der erleuchteten Freitreppe. Charmaine lief ihr entgegen, als sie sich anschickte, die Treppe hinunterzusteigen.

Zum letzten Mal kehrte Gaspard Dupin nach Hause zurück. Sein Leichnam hinterließ eine lange Spur kalten Wassers, das er aus den Tiefen jenes schönen Beckens geschöpft hatte, das im Leben sein ganzer Stolz gewesen war.

Die ganze Nacht hindurch hielt Séraphin mit Patrice Totenwache beim Leichnam seines erlegten Feindes. Im Salon, wo die unter ihren Schonbezügen gesichtslos wirkenden Möbel zur Seite geräumt worden waren, hatte man ein Behelfsbett aufgeschlagen, auf dem nun Gaspard lag; seine steifen Füße steckten in den Stiefeln eines Gentleman-Farmers. Es war unmöglich gewesen, sie ihm auszuziehen, denn durch das eiskalte Wasser hatte die Totenstarre vorzeitig eingesetzt.

Der Pächter trat verlegen von einem Fuß auf den anderen und erbat für sich und seine Familie die Erlaubnis, sich zurückziehen zu dürfen. Morgen früh ging es an die Weinlese. Patrice nickte zustimmend.

Charmaine kaute vor Ungeduld an den Häutchen ihrer Fingernägel. Manchmal wagte sie einen heimlichen Blick in Séraphins Richtung. Dieser Dummkopf! Glaubte er vielleicht, dass sie sich die ganze Nacht lang zu Tode langweilen würde bei der Leiche ihres Vaters, den sie nie geliebt hatte? Die Lust, die durch die plötzlich gefallenen Schüsse jäh unterbrochen, gleichsam im Keim erstickt worden war, stachelte ihren so wohl vorbereiteten Körper nun wieder an.

Die Taube, deren Gesicht sich trotz der vielen Tränen unbewegt zeigte, betete mit neuer Inbrunst den Rosenkranz. Man konnte in ihren ruhigen Zügen die Gewissheit ablesen, dass der Verstorbene nun schon mit gefalteten Händen vor dem Angesicht Gottes stand. Dennoch erschien hin und wieder ein Zucken auf ihrem Gesicht. Sie verlor ihren Rosenkranz in den Falten ihres Rockes. Klein und hilflos drückte sie sich an den knorrigen Körper der Dragonerin und verbarg ihren Kopf in deren Kleid aus Sackleinen. Sie rief sie mit ihrem dünnen Stimmchen als Zeugin an: »Meine arme Eudoxie! Mein armer Gaspard!« Dann wagte sie sich auf Zehenspitzen zu ihm hinüber, um ihn noch einmal zu sehen.

Patrice begegnete dem Tod seines Vaters mit derselben traurigen Nachsicht, die er dem Lebenden entgegengebracht hatte. Es tat ihm Leid, ihn nicht mehr unter den Lebenden zu wissen, aber diese neue Regung von Trauer konnte das starke Glücksgefühl nicht ersticken, das über ihn gekommen war. Er war immer noch dort oben, bei der Mühle von Saint-Sépulcre. Er war ganz sicher, dass Rose ihre Schwester Marcelle geheißen hatte, sich am Fenster zu vergewissern, ob er es war, der ihr da auf dem Felsen über dem Wasserfall auf seiner Mandoline vorspielte. Er sah noch vor sich, wie das Fenster, hinter dessen Schutz Roses reglose Gestalt erschienen war, in einer Geste des Einverständnisses geöffnet wurde.

Nur Séraphin war beim Anblick des Verstorbenen tief betroffen. Er hatte sich der Leiche ein oder zwei Mal unter dem misstrauisch lauernden Blick der Dragonerin genähert, um Gaspards Hände zu betrachten, die man mit Gewalt über den Perlen eines Rosenkranzes gefaltet hatte. Das waren also dieselben Hände, die das Klappmesser, das *tranchet*, an der Sioubert-Quelle geschliffen hatten, um es wenig später in den Hals der Girarde zu stoßen. Und jetzt hatte auch dieses Leben ein Ende gefunden, aber in völligem Frieden, wie irgendein beliebiges Leben, ohne Gewissensqualen ausgesetzt und der Gerechtigkeit überantwortet worden zu sein.

Séraphin sann über die Auswirkungen dieses banalen Unfalls nach, der ihm das Heft aus der Hand genommen hatte. Gaspard Dupin war gestorben, aber so, wie fast alle sterben, ohne jemandem dabei ins Auge schauen zu müssen, der ihm eröffnet hätte, warum er starb.

Er hatte zu lange gewartet. Er hatte sich von dieser Witwe einlullen lassen, die ihn jetzt von der anderen Seite des Totenbettes her mit ihren Blicken verschlang. Er spürte, dass Charmaines Verlangen nach ihm noch da war, dass noch nicht einmal der Geruch dieses heimtückischen Wassers, mit dem der Leichnam, der einfach nicht trocknen wollte, durchtränkt war, es zu unterdrücken vermochte. Er machte eine Bewegung auf seinem Stuhl, richtete sich halb auf.

»Wohin gehen Sie?«, fragte Charmaine.

»Nach Hause. Ich muss morgen früh – «

»Morgen ist Sonntag«, sagte Charmaine. »Und außerdem müssen Sie ohnehin hier bleiben. Der Arzt und die Gendarmerie werden gleich da sein. Patrice hat sie telefonisch benachrichtigt. Sie werden Sie befragen wollen ... Sie waren am Tatort ...« Sie glaubte, eine abwehrende Bewegung bei ihm zu sehen. »Seien Sie unbesorgt... Ich werde sagen, warum Sie hier waren.«

Tief in Séraphin regte sich Zorn, stieg unvorsichtig in ihm hoch. Für wen hielt sie ihn eigentlich?

»Ich habe keine Angst! Nicht um mich!«, knurrte er.

Dann setzte er sich wieder. Im selben Augenblick aber fiel ihm ein, dass er es sich nicht leisten konnte, Empfindlichkeit zu zeigen. Er durfte sich nicht verraten. Er durfte nicht den geringsten Verdacht aufkommen lassen. Er musste der einfache und unterwürfige Straßenarbeiter bleiben. Der da war tot, sei's drum. Aber die anderen beiden lebten noch. Er sagte kein Wort mehr. Stattdessen hielt er die Augen starr auf den Leichnam gerichtet und versuchte, sich an dem Anblick zu weiden. Und dennoch spürte er, dass ihm Gaspard Dupin, so tot er sein mochte, entkommen war.

Früh um fünf fuhr der Arzt in einem Voisin vor, der aus der Zeit vor dem Krieg stammte und dessen Kühlerhaube mit Tauen festgezurrt war. Vor Gaspards Leiche zuckte er zusammen. Noch drei Tage zuvor hatte er mit ihm zusammen bei Sauvecanne am selben Tisch gesessen, bei einem Essen des Touring-Clubs. Auch ein Arzt wundert sich immer ein wenig über den Tod eines Sterblichen.

»Wie ist das passiert?«, fragte er aufgeregt. »Und wann?« Man klärte ihn darüber auf. Er wirkte überrascht, äußerte sich jedoch nicht dazu. »Was hat er gegessen?«

»Pieds et paquets«, schniefte die Dragonerin.

»Wie bitte? *Pieds et paquets?«*, wiederholte der Doktor und hob die Augen zum Himmel. »Und danach ins eiskalte Wasser gefallen... Was gibt es da noch zu erklären, ich bitte Sie!«

Mit aufgestütztem Kinn ließ er den Blick reihum über die Lebenden schweifen, die brav um das Bett versammelt waren. Familien, die einen plötzlich verstorbenen Angehörigen zu betrauern hatten, gehörten zu seinem Alltag. Dieser Gaspard, der so viel Geld für sie verdient hatte, war im Begriff gewesen, ihnen wegen einer allseits bekannten Liebschaft einen großen Teil davon wieder zu entziehen ... Roman – so hieß der Arzt, der aus der Gegend stammte – wusste nur zu gut, wie empfindlich die Erben hierzulande in Gelddingen waren. »Im Wasserbecken ertrunken während eines Abendspaziergangs«, das war leicht gesagt ...

Er ging mit zweifelndem Gesichtsausdruck um den Toten herum. Er untersuchte ihn gründlich, betastete ihn, inspizierte seine Kleidung. Er hoffte, Spuren eines Schlages, eine verdächtige Quetschung, irgendwelche unerklärlichen Schrammen zu entdecken, die es gerechtfertigt hätten, die Ausstellung des Totenscheins zu verweigern, um eine gründlichere Untersuchung durchzuführen. Aber da war nichts ... Eine völlig unverdächtige Leiche. Der Mann hatte im kalten Wasser einen Herzstillstand erlitten, das war alles ... Er fand nichts, und nichts zu finden erstaunte ihn aufs höchste, denn allem Anschein zum Trotz hatte er da so seine eigenen Gedanken. Nun kann man aber bloß aufgrund solcher »eigenen Gedanken« nicht gut einen Totenschein verweigern. Lag die Leiche allerdings erst einmal im Sarg und war begraben, dann würde man gegebenenfalls Himmel und Hölle in Bewegung setzen müssen, um sie wieder ans Tageslicht zu befördern, und dabei fiele dem Arzt dann eine verflixt große Verantwortung zu ... Er seufzte.

»He, Sie da! Sie sehen kräftig aus, und vor allem gehören Sie allem Anschein nach nicht zur Familie – das stimmt doch, oder? Er gehört nicht zur Familie?« Er zeigte auf Séraphin, der sich erhob. »Helfen Sie mir, das Opfer zu entkleiden«, befahl Doktor Roman.

Aber die Leiche wollte sich nicht entkleiden lassen. Sie war von Kopf bis Fuß steif wie ein Baumstamm. Man hätte die Kleider mit einer Schere oder Rasierklinge zerschneiden müssen, worauf der Doktor verzichtete.

Er wollte gerade eine wichtige Frage stellen, als ein Gejaule von draußen, das an die tiefen Töne eines Fagotts erinnerte, ihn zum Schweigen brachte. Es kam von den beiden noch lebenden Dobermännern, die damit die Ankunft der Gendarmen ankündigten.

»Nun also?«, fragte der Unteroffizier. »Was ist hier vorgefallen?« Er war noch etwas benommen. Niemals zuvor hatte er Raubtiere so verzweifelte Sprünge machen sehen, um aus ihrer Umfriedung herauszukommen und ihn zu verschlingen. Er wischte sich die Stirn ab. »Ganz schön gefährliche Tiere haben Sie da«, sagte er.

»Uns kennen die nicht einmal«, erwiderte Patrice. »Sie gehörten meinem Vater. Ich werde sie erschießen lassen.«

Als der Gendarmerieoffizier erfuhr, dass der Tote ins Becken gefallen war, dass man ihn dort herausgezogen und ihn schließlich in den Salon gebracht hatte, zeichneten sich Zweifel auf seinem Gesicht ab. Diesen misstrauischen Zug um den Mund sollte er den ganzen Abend über beibehalten.

»Er hätte an Ort und Stelle bleiben müssen.«

»Wir wussten doch nicht, ob er tot war«, sagte Charmaine. »Wir hofften natürlich, dass er noch lebte.«

Der Tag brach an. Während jeder Zeuge seine Personalien angab, hatte Doktor Roman seine Entscheidung getroffen. Die ungeklärten Umstände zu ergründen, unter denen der Tote ertrunken war, würde ihm und den anderen bloß eine Menge Unannehmlichkeiten bereiten, und schließlich war es ja auch durchaus nicht unwahrscheinlich, dass der, um den es hier ging, wirklich nur gestolpert war und die *pieds et paquets* danach den Rest besorgt hatten.

»Wie steht es nun?«, fragte der Unteroffizier. »Sie, Herr Doktor, haben den Leichnam ja untersucht... Was ist die Todesursache?«

Die Antwort des Arztes glich einem abgelesenen Protokoll. »Er ist gestolpert. Daraufhin ist er ins eiskalte Wasser gefallen und hat die Hunde mit sich gezogen. Kurz zuvor hatte er eine Portion *pieds et paquets* gegessen. Er ist am Herzschlag gestorben. Das ist so klar wie der Stil von Flaubert.«

Der Offizier schrieb alles mit. »Natürlich haben Sie kein verdächtiges Anzeichen am Körper entdeckt, wie zum Beispiel Blutergüsse, Spuren von Schlägen, Kratzwunden und so weiter?«

Doktor Roman atmete tief ein, bevor er antwortete: »Nichts dergleichen ist mir aufgefallen.« Er war sich des Gewichts seiner Worte bewusst, aber es kam ihm in den Sinn, dass dies vielleicht nicht für seinen Gesprächspartner galt. »Keine weiteren Fragen?«, wollte er wissen.

»Im Moment nicht«, antwortete der Offizier, der sich eifrig Notizen machte.

Der Doktor öffnete seine Tasche, um ein Formular daraus hervorzuholen, das er schwungvoll auf den Tisch knallte. *Ich, der Unterzeichnete, Doktor der Medizin, erkläre hiermit, den Körper des... untersucht zu haben... etc.*

Alles hätte seinen normalen Gang gehen können, und Gaspard Dupin wäre unversehrt beerdigt worden, anstatt aufgeschlitzt zu werden wie ein Schlachtvieh, wenn nicht der Gendarm Simon, von beruflichem Pflichtbewusstsein getrieben, die Umgebung des Wasserbeckens ein wenig in Augenschein genommen hätte, um *die Atmosphäre in sich aufzunehmen.*

Misstrauisch und bedächtig machte er die Runde um das Becken, beide Daumen unter sein Koppel geschoben, und versuchte, sich in die Haut des Opfers zu versetzen. Und dabei rutschte er genau an der Stelle aus, an der auch Gaspard Dupin ausgerutscht war.

»Eines natürlichen Todes gestorben«, verkündete Doktor Roman.

In diesem Augenblick stürzte der durchnässte Polizist herein, eine lange Wasserspur auf dem Parkettfußboden des

Korridors zurücklassend. Er grüßte vorschriftsmäßig, gleichwohl klapperte er mit den Zähnen.

»Was gibt's, Simon?«, fragte der Unteroffizier. »Aber ... Um Gottes willen, was ist denn mit Ihnen passiert?«

»Ein natürlicher Tod war es schon, Chef«, brummte der Gendarm, »aber immerhin hat man das Opfer dabei ein bisschen eingeseift, wenn Sie verstehen, was ich meine ...«

»Was erzählen Sie mir da?«

In einer erstaunlich schnellen Reaktion hatte der Doktor den Totenschein bereits geschickt in den Tiefen seiner Tasche verschwinden lassen. »So was kann übel ausgehen!«, rief er. »Ziehen Sie sich aus! Legen Sie sofort die Uniform ab! Bringen Sie ihm trockene Kleider! Dieser Mann kann sich den Tod holen!«

Nachdem der Gendarm nach zwei Gläsern Schnaps wieder zu Kräften gekommen war und endlich seine Geschichte erzählt hatte, begaben sich alle hinaus zum Wasserbecken. Alle beugten sich über den Teil des Randes, den er ihnen zeigte.

»Bücken Sie sich, Chef? Fassen Sie mal hier hin!«

Der Chef gehorchte. Er strich mit den Fingern über den Marmor. Die Oberfläche war spiegelglatt. Sie war an zwei Stellen von unterschiedlichen Stiefeln zerkratzt: von den ungenagelten des Opfers und den Militärstiefeln des Gendarmen.

»Auf drei Meter Länge ist das hier so rutschig«, ereiferte sich Simon. »Wer hier spazieren ging, musste zwangsläufig satt im Wasser landen.«

Doktor Roman beschnüffelte den Beckenrand. »Das riecht nach Natron«, sagte er. »Nach frisch gebohnertem Parkett. Sicher eine Mischung aus Seife, schwarzer vermutlich, und Bienenwachs. Eine Schlittschuhbahn«, sagte er nachdenklich, »eine wahre Schlittschuhbahn ...«

»Hab ich's Ihnen nicht gesagt, Chef, dass man ihn ein bisschen eingeseift hat!«, sagte der Gendarm triumphierend.

Das Leben eines Menschen hängt immer nur an einem Faden. Man braucht kein Dynamit, keinen Revolver oder Dolch, um es auszulöschen. Der, der diese wenig kostspielige und wirksame Falle nach altem Hausrezept ausgeklügelt hatte, musste das sehr genau gewusst haben. Es sei denn, es hätte ihm widerstrebt, sich bei der Berührung mit seinem Opfer die Hände zu beschmutzen.

Séraphin starrte ungläubig auf diesen Beckenrand, den ein bisschen Seife und Wachs, in der richtigen Mischung, in eine tödliche Falle verwandelt hatten. Wer das getan hatte, musste – wie er selbst, Séraphin – wissen, dass der Herr von Pontradieu jeden Abend hierher kam, um frische Luft am Becken zu schnappen, mit den angegurteten Hunden, die seine Bewegungen behinderten.

So hatte also Gaspard Dupin sehr wohl durch einen Mord sein Ende gefunden, aber nicht er, Séraphin Monge, hatte ihn getötet.

~ 11 ~

»FINDE zunächst heraus, wem das Verbrechen nützt ...«

Innerhalb von drei Tagen fand man heraus, dass das Opfer eine Geliebte gehabt hatte, dass sie ihn ausgenommen hatte wie eine Weihnachtsgans, dass sich seine Kinder darüber beklagt hatten und dies in Gegenwart Dritter.

Die Polizei, die alles durchsuchte, fand auf dem Gelände einen größeren Vorrat an flüssiger schwarzer Seife und Bohnerwachs. Sie entdeckte auch, dass jeweils drei Dosen davon angebrochen waren. Wieso drei auf einmal? Hätte man sie nicht nacheinander aufbrauchen können? Diese Frage stellte man allen Beteiligten. Die Antworten darauf befriedigten niemanden, am wenigsten den Richter.

Man begegnete der untröstlichen Tauben mit respektvoller Nachsicht. Der Kriegerwitwe ging man aus dem Weg. Schon ihr freimütig-unverfrorener Blick schüchterte den Richter ein. Er ließ sie fallen wie ein brennendes Streichholz. Er zog sie nicht in Betracht. Und vergebens zeigte die Dragonerin anklagend auf Séraphin: »Er war's. Wissen Sie denn nicht, wer er ist? Der, der sein Haus abreißt. Er ist völlig verrückt. Er hat ein Verbrechen überlebt. Seine ganze Familie wurde damals ermordet! Finden Sie das vielleicht normal, dass er als Einziger davongekommen ist? Er zieht das Verbrechen an! Es klebt an ihm! Er bringt es mit sich, wohin er auch geht! Es ist seine Schuld! Ich fühle es hier!« Sie deutete mit dem Zeigefinger auf ihr Herz.

Eine nähere Beschäftigung mit Séraphin Monge schien nicht der Mühe wert. Erstens erbte er nichts. Zweitens sah er nicht schlau genug aus, um eine solche Falle auszuhecken. Drittens hielt Monsieur Anglès, der Straßenbauingenieur, seine Hand schützend über ihn. Und Monsieur Anglès' Name stand für zweierlei: für Autorität und für einen langen Arm, der bis nach Paris gereicht hätte, wenn man ihm seinen Straßenarbeiter nicht zurückgegeben hätte.

Patrices hochmütiger Gesichtsausdruck hingegen missfiel dem Richter entschieden. Er wusste nicht, dass Patrice ihn der Kunst der Chirurgen verdankte. Achtundvierzig Stunden nach dem Verbrechen ließ er ihn in sein Dienstzimmer kommen. Vor ihm auf dem Schreibtisch befanden sich mehrere Gegenstände: eine Dose schwarze Seife, eine Dose Wachs, ein Armeerevolver und eine Mandoline.

Der Richter zeigte anklagend auf die beiden Dosen: »Was hatten diese beiden etwas... ungewöhnlichen Gegenstände in Ihrem Wagen zu suchen? Haben Sie dafür eine Erklärung?«

»Natürlich«, antwortete Patrice, »mein Auto hat öfter mal eine Panne, und ich kenne mich ein bisschen damit aus, also helfe ich mir selbst. Danach sind meine Hände mit Motoröl verschmiert, und dort, wo ich hinfahre, kann ich nicht mit schmutzigen Händen erscheinen. Daher die schwarze Seife.«

»Schön und gut. Und das Wachs?«

»Die Gendarmen dürften bemerkt haben, dass einige Teile in meinem Wagen aus Mahagoni sind: das Armaturenbrett, die Rückenlehne des Fahrersitzes, die Innenverkleidung der Türen. Sie müssen hin und wieder gewachst werden.«

»Mag sein, aber was ist damit?« Mit einem heftigen Griff brachte er die Mandoline vor der Nase des Angeklagten zum Erklingen.

»Dass mein Vater mit einem stumpfen Gegenstand erschlagen wurde, wäre mir neu«, brummte Patrice. »Und das Ding da ist doch wohl viel zu zerbrechlich.«

»Richtig. Nur gibt es da leider eine Lücke von zwei Stunden in Ihrem Tagesablauf. Also, passen Sie gut auf: Am Morgen des Verbrechens kommt der Sohn des Pächters wie jeden Tag, um mit einem Rechen die welken Blätter aus dem Wasserbecken zu fischen. Er geht um das ganze Becken herum und rutscht nicht aus dabei. Das heißt doch, dass zu diesem Zeitpunkt die Falle noch nicht vorbereitet war. Von da an haben wir alle Bewegungen und Verrichtungen der Angehörigen des Opfers überprüft, besonders die Ihrigen. Bei allen anderen ergab sich ein lückenloses Bild. Sie hingegen verlassen das Haus um zehn nach neun. Der Sohn des Pächters sieht Sie vorbeikommen. Sie fahren nach Manosque und treffen sich dort mit den Elektroingenieuren. Sie essen mit ihnen zu Mittag. Um fünfzehn Uhr verabschieden Sie sich. Sie begeben sich auf eine Baustelle zu einer Arbeitsbesprechung. Um siebzehn Uhr dreißig sind Sie wieder in Manosque bei einem Zeitschriftenhändler. Um achtzehn Uhr spielen Sie im Nebenraum des Café Glacier Bridge mit einem Kieferchirurgen, einem Notar und einem Gerichtsschreiber. Diese gesellige Runde verlassen Sie um zwanzig Uhr, nachdem Sie zwei Gläser Mineralwasser mit Pfefferminzsirup getrunken haben. Von da an verliert sich Ihre Spur bis zu dem Zeitpunkt, an dem Sie, um zweiundzwanzig Uhr, völlig unerwartet bei dem Wasserbecken auftauchen, in dem Ihr Vater wild um sich schlägt.«

»Wo er bereits tot im Wasser liegt.«

»Zugestanden. Nichtsdestoweniger geben Sie zwei Schüsse aus diesem Revolver ab.« Der Richter hob die Waffe hoch und ließ sie wieder sinken. »Auf den Hund! Ich muss Ihnen übrigens gratulieren, Sie haben ihn genau zwischen die Augen getroffen ... Aber darum geht es nicht. Zwischen acht und zehn Uhr abends verliert sich Ihre Spur. Sie hatten also genug Zeit, in den Park zurückzukehren und den Rand des Beckens einzuseifen. Ich will wissen, wo Sie waren. Vor allem eines interessiert mich: Warum fahren Sie eine Mandoline in Ihrem Wagen spazieren?«

»Da können Sie lange fragen …«, murmelte Patrice.

»Sie verweigern also die Antwort?«

»Keineswegs. Ich wollte an den Steilhängen von Ganagobie ein bisschen auf der Mandoline üben.«

»Wo Sie natürlich niemand gesehen hat?«

»Es war stürmisch. Ich wollte nicht, dass jemand meine falschen Akkorde hört.«

»Das ist keine ausreichende Erklärung«, meinte der Richter. »Ich sehe mich verpflichtet, Sie in Gewahrsam zu nehmen. Wohlgemerkt beschuldige ich Sie nicht des Mordes an Ihrem Vater. Ich verhafte Sie wegen unerlaubten Waffenbesitzes. Solche Kriegsandenken sind ja schön und gut, man darf sie aber nicht außerhalb der Wohnung mit sich führen. Und vergessen Sie nicht, dass dieses Vergehen möglicherweise vor ein Schwurgericht kommt.«

»Das ist kein Kriegssouvenir«, sagte Patrice leise. Er musste sich beherrschen, um nicht auf sein Gesicht zu zeigen und hinzuzufügen: Das einzige Andenken, das ich aus dem Krieg mitgebracht habe, führe ich ständig mit mir. Aber es war ihm zuwider, andere mit derart massiven Argumenten zum Schweigen zu bringen. So erklärte er nur: »Ich hatte einen Kameraden, der ungefähr so aussah wie ich, vielleicht noch ein bisschen schlimmer. Eines Tages war er seines Lebens müde – im Wortsinn lebensmüde – und jagte sich eine Kugel in den Kopf. In seinem Testament hat er mich sowohl mit seiner Waffe als auch mit seinem Spott bedacht.«

»Sie können sich einen Anwalt nehmen«, erklärte der Richter. »In frühestens achtundvierzig Stunden kann ich Sie vielleicht vorläufig wieder auf freien Fuß setzen. Bis dahin kann ich leider nichts für Sie tun.«

Als Patrice das Zimmer des Richters verließ – die Handschellen hatte man ihm erspart, denn wenigstens die Gendarmen wussten, was man einer *gueule cassée* schuldig war –, erwartete ihn in der Eingangshalle des Gerichtsgebäudes das höchste Glück auf Erden: Vor der hohen Glastür erblickte er, schüchtern dastehend, Rose Sépulcre, die ihn mit Tränen in den Augen ansah.

Sie musste mit dem Fahrrad aus Lurs hergekommen sein. Da stand sie nun, mit etwas staubigen Beinen. Der Hut war ihr ins Gesicht gerutscht und verdeckte zur Hälfte die Augen ... Augen aus Tausendundeiner Nacht, die man mit zwei großen Mandeln hätte zudecken können, Augen voller Tränen, die er an den Wimpern glänzen sah. Er legte einen Finger über den Mund, als er an ihr vorbeikam. Außer sich vor Glück, begab er sich ins Gefängnis.

Der Entschluss, mit dem Fahrrad nach Digne zu fahren, war in Rose beim Essen herangereift, als Marcelle, die immer über alles Bescheid wusste, verkündet hatte, zwei Gendarmen hätten Patrice abgeführt und er sei der Mörder seines Vaters.

»Dafür gibt es keinen Beweis«, empörte sich Rose. »Das hast du frei erfunden!«

»Sicher ist das noch nicht ...«, meinte Teresa.

»Und ob das sicher ist!«, brüllte Didon und schlug mit der Faust auf den Tisch, dass das Besteck klirrte. »Nur er kann es gewesen sein. Hört ihr! Wer sonst?« Auf seiner Stirn bildeten sich Schweißtropfen. Zum Glück hatte er gerade heiße Suppe gegessen, sodass es nicht weiter auffiel, aber die Angst lag ihm kalt im Magen.

»Er hat Recht. Wer soll es denn sonst gewesen sein?«, sagte Marcelle.

»Sei du nur still«, japste Didon, »dich hat niemand was gefragt.« Seit er von Gaspard Dupins merkwürdigem Tod erfahren hatte, brachte ihn das geringste Wort auf die Palme.

»Ich gehe jetzt, damit ihr's wisst«, erklärte Rose.

»Wohin gehst du?«, wollte Teresa wissen.

»Nach Digne, Patrice Beistand leisten. Er soll nicht glauben, alle ließen ihn im Stich. Ich weiß noch nicht wie, aber irgendwie werde ich schon an ihn herankommen.«

»Du bleibst hier!«, schrie Didon. »Oder ich werde …«

»Gar nichts wirst du!«, brüllte Térésa noch lauter und fügte dann sehr leise hinzu: »Selbst wenn man ihm das jetzt anhängen will, so bleibt er immer noch ein Dupin!«

Marcelle, das Bügelbrett, warf ihrer Schwester einen giftigen Blick zu. »Bäumchen wechsle dich!«, zischte sie.

Rose, die schon im Gehen begriffen war, fuhr herum wie von der Tarantel gestochen: »Soll ich dir eine kleben?«

»Tu's doch! Es stimmt trotzdem – heute der, morgen der. Vor noch nicht mal zwei Monaten gab's nur den Séraphin für dich. Stimmt's oder stimmt's nicht?«

»Es stimmt«, musste Rose zugeben. »Aber der Séraphin … Wie soll ich sagen …« Sie schüttelte entmutigt den Kopf. »Das ist kein richtiger Mann …« fuhr sie leise fort.

Von der Tricanote, die wie üblich ihre Ziegen in den Stall trieb, hatte Clorinde Dormeur von Patrices Verhaftung erfahren. In Lurs war man nie so ganz auf dem Laufenden über die neuesten Ereignisse, vor allem im Herbst, wenn es so viel zu tun gab.

Célestat hatte gerade den Vorteig für die Brote, die in der Nacht gebacken werden sollten, von der Waage genommen, wo ihn Clorinde abgewogen hatte. »Diese Richter machen immer kurzen Prozess«, murmelte er.

»Was hast du gesagt?«, wollte Clorinde wissen.

»Ach, nichts. Ich rede mit mir selbst.« Er glaubte nicht eine Sekunde lang an Patrices Schuld. Er warf einen begehrlichen Blick auf das Gewehr, das im Hinterraum am Kaminsims hing. Wenn alle, die hin und wieder zum Luftschnappen vor ihre Haustür traten, ihn mit einem Gewehr vorbeikommen sahen, würde es ein ganz schönes Gerede geben. Aber vom Laden bis zum Backofen waren es zweihundert Meter. Zweihundert Meter gespickt mit dunklen Winkeln, stickigen Ställen, die wie Falltüren auf einen lauerten, Treppen, die zu gewölbten Durchlässen führten, offenen Hofeinfahrten, aus denen Dunkelheit hervorquoll wie aus einem Tunnel – zweihundert Meter gespickt mit verfallenen Häusern, die sich hinter Brennnesseln, Holunderbüschen und Spanischem Flieder verbargen und deren grausige leere Fensterhöhlen ins Nichts starrten, als ob sie der Toten gedächten, die hinter ihnen gestorben waren. Célestat, den während der vergangenen fünfundzwanzig Jahre die Angst nie ganz verlassen hatte, ging an diesen düsteren Gründen nie völlig ruhig vorbei. Er hütete sich sogar davor, den Blick auf sie zu richten, denn wenn er es gedankenlos doch einmal tat, sahen überall Gestalten in dunkelroten Roben daraus hervor, als ob ein Aufgebot von Staatsanwälten schläfrig, aber pflichtbewusst dort auf ihn wartete.

Jede Nacht zwischen vier und fünf kam Célestat zurück, um sich ein bisschen aufs Ohr zu legen, solange die erste Ladung im Ofen war, während über den Bergen, hinter den Felsen der Tête d'Estrop, ein smaragdgrüner Schimmer eine Ahnung vom kommenden Tage verbreitete. Ganz allein war der Bäcker in dieser Gasse in Lurs, wo nur alle paar hundert Meter eine schwache Glühbirne am Ende eines Laternenpfahls etwas Licht spendete. Wo sollte Hilfe herkommen? Jeden Morgen hörte Célestat seine Kunden hinter den Jalousien schnarchen. Jedes Mal beschimpfte er sie im Vorbeigehen als elende Faulpelze. Sie boten ihm keinen Schutz. Wenn jemand ihn angriffe und er noch um Hilfe rufen könnte, würden die Schläfer hinter ihren Fenstern gut eine Viertelstunde brauchen, bis sie ihm Beistand leisten könnten. Und wenn sie dann endlich da wären, wer weiß, was derjenige, der schon Gaspard getötet hatte, inzwischen mit ihm gemacht hätte. Den Rand eines Wasserbeckens einzuseifen, war das vielleicht Männerart? Ein Gewehr, ein Messer, ein *courregeon*, einer dieser nicht enden wollenden Lederriemen, mit denen man die Jagdstiefel schnürt, das waren die Waffen eines Mannes. Aber Seife und Wachs! Wer konnte wissen, was dieser Hurensohn sich das nächste Mal einfallen lassen würde? Es kam vor, dass Célestat die Dinge, mit denen er täglich umging, misstrauisch beäugte: den Backtrog, der einem Sarg auffällig ähnlich sah; den Backofen, in dem ständig Feuer brannte; die Stapel von Mehlsäcken, die doppelt so hoch waren wie er selbst und von denen ein einziger genügen würde, ihm das Genick zu brechen – ohne viel Lärm zu machen! Denn wenn schon dieser einflussreiche, millionenschwere Gaspard, der ihm immer auswich, wenn er ihm zufällig begegnete, oder ihm widerwillig die halbe Hand hinstreckte, wenn es sich gar nicht vermeiden ließ, wenn dieser Gaspard also schon so leicht hereinzulegen war, dann konnte ihm, Célestat, dergleichen erst recht passieren – auf die eine oder andere Weise.

Im Übrigen war da etwas. Er hatte niemandem davon erzählt, schon gar nicht Clorinde, die sich ausgeschüttet hätte vor Lachen, aber seit mehr als einem Monat schlich ihm jemand hinterher, wenn er gegen vier Uhr das Backhaus verließ. Schlau und wendig war er, dieser Jemand. Er folgte ihm so dicht, dass, wenn er sich umdrehte, um seinen Verfolger zu überraschen, dieser seine Bewegungen vorausahnte und sich mit ihm umdrehte, als ob er ein Teil seines Körpers wäre, als ob er ihn auf dem Buckel trüge. Einige Male schien es ihm auf dieser holprigen Gasse in Lurs, als habe er zwischen den Zinnen der verfallenen Mauer, die den Ort umgab, einen Schatten gesehen – er hatte ihn gesehen –, der hinter den Holunderschösslingen verschwand, die aus den Mauerresten hervorsprossen.

»Eigentlich ist es zum Lachen«, sagte Célestat zu sich, »wenn die Leute von längst vergessenen Zeiten daherreden. Das ist alles so lange her, heißt es dann. Aber manchmal zieht man das Vergangene hinter sich her, ohne es zu merken. Man dreht sich um und sagt sich: Nanu, den gibt's noch! Manchmal, da bedroht uns das, was sich vor fünfundzwanzig Jahren ereignet hat, viel unmittelbarer als der Krieg, in dem wir uns befinden, oder der Pickel, den wir beim Rasieren betasten und aus dem wohl einmal eine Krebsgeschwulst werden wird, aber erst in zwanzig Jahren! Wer hätte zum Beispiel gedacht, dass dieser Séraphin Monge nach dem Krieg wieder hierher zurückkommen würde, wo doch so viele gefallen waren, und vor allem, dass er auf die seltsame Idee verfallen würde, La Burlière abzureißen? Wer hätte gedacht, dass Gaspard Dupin trotz seiner allseits bekannten Vorsichtsmaßnahmen es fertig bringen würde, auf schwarzer Schmierseife auszurutschen? Dass man vielleicht binnen kurzem an einen dummen Unfall glauben würde?« Über all das musste man erst einmal nachdenken! Das Gewehr zu Hause zu lassen aus Angst, sich lächerlich zu machen, war ja schön und gut. Aber wenn man ihn, Célestat, eines Tages zwischen Backhaus und Bäckerladen tot auffände – Todesursache unbekannt –, würden dann die um seine Leiche versammelten Spötter nicht vielleicht sagen: »Hätte er doch lieber sein Gewehr mitgenommen!«? Wenn der Fall erst einmal eingetreten wäre, würde das alles keineswegs mehr lächerlich aussehen.

Am Ende dieses Selbstgesprächs griff Célestat entschlossen zur Waffe, hängte sie sich um, klemmte sich das Paket mit dem Vorteig unter den Arm und stieg die zwei Stufen empor, die zur Straße führten. Im selben Augenblick schob Clorinde den Perlenvorhang zur Seite und trat ein. »Ojemine, was hast denn du vor?«, fragte sie.

»Na was wohl? Den Teig kneten, was denn sonst?«

»Seit wann brauchst du dein Gewehr zum Teigkneten? Bist du plemplem?«

»Gaspard Dupin ist tot«, sagte Célestat.

»Na und?«

»Na und! Du kannst sagen, was du willst, von jetzt an nehme ich das Gewehr mit.«

Sie zuckte die Schultern, gähnte, nahm die Gewichte von der Waage und sah auf die Standuhr mit dem Westminstergeläut. Gleich würde es acht Uhr schlagen. Sie konnte die Abrechnung machen. Plötzlich fuhr ihr ein anderer Gedanke durch den Kopf. »Um Himmels willen! Acht Uhr, und das Kind ist noch nicht zurück!« In ihrer langen Unterhaltung mit der Nachbarin über das Verbrechen von Pontradieu, das ein bisschen Abwechslung in den eintönigen Alltag brachte, hatte sie Marie völlig vergessen.

Die Tricanote, die eben Célestat mit dem Gewehr hatte vorbeikommen sehen, sah nun Clorinde auf ihren Plattfüßen heraneilen, so schnell ihre kurzen Beine sie tragen wollten.

»Clorinde! Was hast du denn?«

»Ich bin außer mir«, rief Clorinde, ohne sich umzudrehen. »Das Kind ist noch nicht zurück!«

Die Tricanote, die ganz versessen auf Familientragödien war, heftete sich Clorinde an die Fersen. Zu zweit lehnten sie sich über die Brüstung der Mauer. Und schon sahen sie, wie Maries Dreirad in der zunehmenden Dunkelheit die steile Straße nach Lurs heraufkam.

»Bestimmt war sie wieder bei ihrem Séraphin«, bemerkte die Tricanote.

»Bestimmt«, seufzte Clorinde, »dieser Straßenarbeiter bringt mich noch um.«

Nein. Marie war nicht bei Séraphin gewesen. Das heißt, wenn sie je gehofft hatte, ihn zu sehen, war sie enttäuscht worden, denn Séraphin arbeitete an diesem Tag nicht an dem Straßenabschnitt, an dem sie vorbeikam. Marie musste das Brot bis nach Pont-Bernard ausfahren, weil sich Coquillat, der Bäcker von Peyruis, eine Nagelbettentzündung zugezogen hatte und deshalb keinen Teig mehr kneten konnte. Seit einer Woche kauften die Leute von Peyruis ihr Brot zur Hälfte in Lurs, zur Hälfte in Les Mées. Für Célestat bedeutete das doppelte Arbeit.

Auf dem Rückweg von Pont-Bernard hatte der *triporteur* eine Reifenpanne. Es war nicht das erste Mal; Marie war daran gewöhnt. In der Satteltasche hatte sie alles, was sie zum Flicken brauchte. Nur fehlte ihr Wasser, um das Loch im Reifen zu finden. So musste sie das Dreirad mehr als fünfhundert Meter weit bis zur Sioubert-Quelle schieben. Diese Quelle war ihr unheimlich. Sie rann verstohlen und völlig lautlos aus dem Boden hervor, und der Waschtrog, in den sie sich ergoss, lag im Schatten dichten Laubwerks verborgen – zu jeder Jahreszeit ein düsterer Ort. Allein, sie hatte keine andere Wahl. Sie krempelte die Ärmel hoch und machte sich an die Arbeit. Erst als sie das Rad abmontiert hatte, bemerkte sie, dass sie ihren Ring noch am Finger trug und so Gefahr lief, den Aquamarin zu zerkratzen. Sie nahm den Ring ab und wollte ihn gut sichtbar auf den Rand des Steinbeckens legen, an die trockenste Stelle, als sie die große sichelförmige Einkerbung in dem olivgrünen Stein bemerkte. Sie wusste nicht, wozu die Kerbe früher gedient hatte, zog es aber instinktiv vor, ihren Ring gut sichtbar weiter entfernt auf eine hellere Steinplatte zu legen.

Die Reparatur dauerte lange. Das Loch, aus dem die Luft in kleinen Bläschen entwich, war winzig. Marie hatte große Mühe, es zu finden und den Schlauch aufzurauen. Außerdem musste sie das Rad mit einem Engländer festschrauben, der ständig abrutschte. Sie schimpfte vor sich hin. Schmutzige Hände waren ihr ein Gräuel, und nun würde sie sie erst zu Hause wieder richtig waschen können.

Mit dieser Wut im Bauch – auch ihre Haare waren in Unordnung geraten, und mit ihren schmutzigen Händen konnte sie sie nicht in Ordnung bringen – stieg sie wieder auf ihr Dreirad und trat zornig in die Pedale. Nach kaum zweihundert Metern stieß sie einen entsetzten Schrei aus. Sie hatte ihren Ring mit dem Aquamarin vergessen. Mit einer wilden Drehung der Hüften wendete sie ihr Gefährt, das sie wie ein Pferd behandelte. Der Fahrer eines Lastwagens mit Kettenantrieb, der gerade um die Kurve kam, drehte wie ein Wilder die Kurbel seiner Hupe. Er konnte ihr nur knapp ausweichen. Marie merkte es nicht einmal. Ihr geliebter Aquamarin, den ihre Eltern ihr am Morgen ihres achtzehnten Geburtstags ans Bett gebracht hatten! Wie hatte sie den vergessen können?

Sie sprang von ihrem Dreirad und lief zur Quelle. Unter der grünen Kuppel des Laubwerks war es schon recht dunkel. Marie ging zielstrebig zu der Stelle, wo sie den Ring abgelegt hatte, und streckte die Hand aus. Der Ring war nicht mehr da. Sie brach in Panik aus. Die absonderlichsten Gedanken schossen ihr durch den Kopf: Vielleicht hatte sie sich in der Stelle geirrt? Vielleicht hatte eine Ratte den Ring ins Becken fallen lassen? Sie suchte auf allen vieren überall um den Waschtrog herum und wimmerte dabei leise vor Kummer. Sie versenkte ihre Arme bis zum Grund des Beckens, doch dabei wirbelte sie Schlamm auf, und nun tastete sie blind im schwarzen Wasser herum. Erst als es unter dem Blätterdach schon völlig dunkel war, gab sie die Suche auf. In trostloser Stimmung, völlig durcheinander und vom eisigen Wasser der Quelle durchnässt, machte sie sich weinend auf den Weg nach Lurs.

Auch drei Tage nach dem Mord an Gaspard Dupin ging Séraphin seinen täglichen Verrichtungen nur mechanisch nach. Die Verwunderung, die ihn angesichts der Leiche befallen hatte, war nicht verschwunden. Wer hatte ihn um seine Rache gebracht? Wer hatte ihm das Heft aus der Hand genommen? Er glaubte nicht an Patrices Schuld, genauso wenig wie Didon Sépulcre, der unbedingt daran glauben wollte, genauso wenig wie Célestat Dormeur, der sich keiner Selbsttäuschung hingab. Wohl zehn Mal war er nahe daran, seinen Hammer auf den Haufen groben Schotters zu werfen, den er gerade zerkleinerte, sich auf sein Fahrrad zu schwingen und nach Digne zu fahren, um zu sagen, was er wusste. Doch da war dieser Traum, der ihn jede Nacht verfolgte, vor dem er sich zu hüten hatte. Er wies ihm den Weg. Er schlief ruhig, solange er sich nicht von seinem Ziel abwandte, doch sobald er es vergaß, brach der drohende Alptraum in seinen Schlaf ein und versuchte, ihm das Geheimnis aufzudrängen, das er um keinen Preis erfahren wollte.

Die Tage waren kurz jetzt, um sechs Uhr wurde es dunkel. Séraphin bemühte sich, sein gewohntes Leben mit all seinen kleinen Annehmlichkeiten wieder aufzunehmen. Es gelang ihm mehr schlecht als recht; er hatte das Gefühl, es liefe neben seinem eigentlichen Leben her. Es war die Zeit im Jahr, in der ganz Peyruis nach gekelterten Trauben und nach dem Wein roch, der hinter den Kellerluken zu gären begonnen hatte. Zwei Apparate zum Schnapsbrennen waren auf dem kleinen Platz aufgestellt worden, und Séraphin strich um sie herum, atmete den Duft des Kiefernholzes ein, das unter den Kesseln brannte, und sah zu, wie der Schnaps stetig in die Behälter rann, auf denen das Thermometer aufrecht in einem großen Stück Naturkork herumschwamm.

So viele Generationen von Monges hatten sich vor ihm auf diesen Bänken niedergelassen, den Zinnbecher in der Hand, um darüber zu befinden, wie der Schnaps diesmal ausgefallen war, und ohne die drei Mörder hätte das noch viele Generationen so weitergehen können.

Manchmal forderten die Schnapsbrenner Séraphin auf, sich auf die Bank zu setzen, die eigentlich den Haus- und Grundbesitzern vorbehalten war. Sie reichten ihm den Becher, in dem der verbliebene Tresterschnaps sich abgekühlt hatte. Er befeuchtete sich die Lippen damit, ohne ihn hinunterzuschlucken, denn er erinnerte sich noch zu gut an den Geruch, der in den Schützengräben herrschte, wenn morgens vor dem Angriff Schnaps verteilt wurde.

Man sah ihn zwischen Feuerschein und Dampfschwaden umhergehen und schließlich in der Nacht verschwinden, die welken Blätter vor sich her schiebend und wie ein Kind nach den Kastanien tretend, deren Schalen auf dem Weg aufplatzten. Er ging nach Hause. Er öffnete die Zuckerdose. Er strich die Schuldscheine glatt. Er las sie noch einmal. Mit einem Rotstift hatte er Gaspards Schuldschein durchgestrichen. Er dachte an Patrice, der seit dem Vortag im Gefängnis war. Er dachte an Didon Sépulcre, der wohl dort unten seine

Ölmühle auf die kommende Olivenernte vorbereitete. Er dachte an Célestat Dormeur, der dort oben in seiner Backstube ganz allein in der Nacht dafür sorgte, dass ein ganzes Dorf zu essen hatte. Diese Geschöpfe, die ihm das Schlimmste angetan hatten, was man sich vorstellen konnte, beherrschten seine Gedanken ganz und gar und ließen keinen Raum für eine freundliche Regung. Er lebte nur seinem Hass. Aber diese Männer, waren das überhaupt noch dieselben, die damals seine Familie ausgelöscht hatten? Und wenn es nicht mehr dieselben waren, was nützte es dann, sie zu hassen? Seit er Gaspards Leiche gesehen hatte, zweifelte er daran, dass man einen Geist zufrieden stellen konnte, indem man ein Geschöpf in diesen erbärmlichen Zustand versetzte, auch wenn man diesen Geist in sich trug. Seine Aufgabe wurde ihm schwer, und er fand, dass seine Mutter – wo immer sie jetzt sein mochte – ziemlich viel von ihm verlangte. Diese Anwandlungen von Unsicherheit währten jedoch nur kurz. Schuld an ihnen war einzig und allein der Teil seiner Seele, der in den zahlreichen Augenblicken kurzen Glücks, die ihm widerfuhren, dazu neigte, sich hin und wieder nach einem ganz gewöhnlichen Leben zu sehnen.

Eines Abends im Oktober – einer dieser Abende, an denen man besser nicht allein ist – stieg er schwerfällig die Treppe zu seiner Wohnung empor. Er stieß die Küchentür auf, die an den Bodenfliesen klemmte. Er schaltete das Licht an. Vor ihm saß Charmaine – an seinem Platz – und sah ihn starr an. Die Zuckerdose mit den honigfarbenen Louisdors war geöffnet. Es dauerte eine Weile, bis er sich mit dem Gedanken vertraut gemacht hatte, dass sie vor sich auf dem Wachstuch die drei Schuldscheine ausgebreitet hatte. In der Mitte lag der, den er mit dem Rotstift durchgestrichen hatte. Mehr als eine Minute lang starrten sie einander wie gebannt an.

Noch nie war er ihr so schön erschienen wie hier in dieser niedrigen Kammer. Er kam ihr vor wie ein Schwert in Form eines Kruzifixes. Es schien ihr, als wäre er der erste Mann, dem sie begegnete. Vielleicht würde er sie töten, weil sie sein Geheimnis herausgefunden hatte, aber es wollte sich kein Gefühl der Angst in ihr regen. Ihre hemmungslose Sinnlichkeit, der sie sich unbefangen hingab, diente ihr als Schutzschild. Sie lebte voll und ganz dem Augenblick, schon die nächste Minute kümmerte sie wenig. Mit gewohnter Unbekümmertheit sagte sie: »Ich werde Sie nicht verraten. Ich mochte meinen Vater nicht besonders und glaube nun zu wissen, was er Ihnen angetan hat.« Sie zeigte auf die Papiere, die auf dem Tisch lagen. »Also war er der Mörder von La Burlière?«

»Sie waren zu dritt«, antwortete Séraphin. Seine Beine trugen ihn nicht mehr. Er ließ sie nicht aus den Augen, während er sich ihr gegenüber auf den Stuhl fallen ließ.

»Das also war Ihr Geheimnis? Sind Sie der Rächer? Der unerbittliche Vergelter aller Missetat?« Sie wollte seine Hände ergreifen, aber er zog sie zurück und versteckte sie hastig unter dem Tisch. »Macht Ihnen das eigentlich Spaß, Vergeltung zu üben?«, fragte sie sanft.

Séraphin presste die Zähne zusammen. Ihr die Wahrheit zu sagen würde ihm nicht weiterhelfen. Im Schein der Lampe sah er ihre Lippen glänzen. Er wusste, was sie wollte. Er wusste, dass sie nur an das eine dachte. Er wusste auch, was sie ihm damit auferlegen würde, und dieses Mal würde ihn kein Schuss im letzten Augenblick erlösen.

Sie sammelte die Papiere auf dem Tisch, faltete sie wieder zusammen, legte sie auf die Louisdors, schlug den Deckel der Dose zu, nahm sie und stellte sie zurück auf das Regal, neben die Bratpfanne. Auf der kurzen Strecke dorthin gerieten ihre Hüften in eine unübersehbare Schwingung. In ihrem schwarzen Spitzenkleid sah sie halb nackt, wie in Lumpen gehüllt aus. Sie kam wieder zurück an den Tisch, deutete mit dem Finger auf Séraphin und berührte dabei seine Brust unter dem geöffneten Hemd.

»Von nun an bin ich Sie und Sie sind ich. Wir sitzen in einem Boot und gehen gemeinsam unter. Und falls Sie irgendwelche Bedenken haben sollten: Patrice kommt morgen frei.«

»Patrice ist es nicht ...«, murmelte Séraphin.

»Natürlich ist er es nicht.« Sie kam um den Tisch herum. Er saß noch immer da wie versteinert. Sie beugte sich zu ihm und flüsterte ihm ins Ohr: »Sie haben uns da einen großen Gefallen getan. Er hätte uns ruiniert ...«

Er hielt seine Knie fest zusammengepresst, die Hände zu Fäusten geballt. Sie umzubringen wäre nicht schwer, überlegte er, aber damit würde er nicht davonkommen. Man würde ihn sofort verhaften, und die beiden anderen Mörder seiner Mutter würden am Leben bleiben. Aber er wusste auch, dass er es niemals über sich bringen könnte, Charmaine zu töten. Im Gegenteil: Er spürte um sich herum ihre vibrierende Sinnlichkeit, die ihn streifte – wie eine Hummel den Blütenkelch streift, der sie trunken macht –, die von ihrem Blick ausging, von ihrer Stimme, von dem kaum wahrnehmbaren Hauch von Bergamotte, der sie umgab, diese Sinnlichkeit, die ihn vor Verlangen, vor Neugier und vor Entsetzen lähmte.

»Gehen Sie lieber«, sagte er, »ich kann nicht ...«

»So, Sie können nicht? Wirklich nicht?« Sie umschlang seinen Oberkörper, presste ihre Brüste gegen seine harten Schultern. Ihre schlanken Hände glitten von links und rechts mit der Bewegung eines Tauchers an seinem Oberkörper hinab und trafen sich an seinen Bauchmuskeln, streichelten sie kurz und drangen dann weiter nach unten vor. Sie entkleidete ihn geduldig und langsam wie eine Krankenschwester, die den Verband von einer eitrigen Wunde entfernt. Sie umfing sein Glied mit den Händen.

»Und jetzt? Sind Sie ganz sicher, dass Sie nicht können?«

Mit der Kraft eines Mannes stieß sie den Tisch weg, der ein abscheuliches Geräusch von sich gab. Sie baute sich vor Séraphin auf. Ihr schwarzes Spitzenkleid krachte in den Nähten, als sie es über den Kopf zog. Er sah ihren Bauch, das eigentümliche Vlies mit seinen enggestrickten Maschen. Diesen Augenblick nutzte die Girarde, um sich mit einem Peitschenknall in Séraphins Kopf bemerkbar zu machen, ihr Leichentuch aus welken Blättern am Brunnen von La Burlière zurückzuschlagen. Mit jeder Erscheinung gewann ihr Bild schärfere Umrisse. In dieser Nacht enthüllte sie ihm eine neue Einzelheit: Die etwas hervortretenden blassblauen Augen seiner Mutter sahen nicht geradeaus. Ein Auge, das linke, war etwas mehr nach oben, etwas weiter in die Ferne gerichtet.

War es dieses Trugbild, oder war es Charmaine, was ihn da wie ein Reittier bestieg? Was ihn mit den Beinen umschlang, als gelte es, einen Baumstamm zu erklimmen? Völlig reglos verharrte er unter diesem begehrlichen Schenkeldruck, wie ein Felsblock. Die einzige menschliche Regung, über die er keine Gewalt hatte, war dieses wie gegen seinen Willen steif gewordene Glied, das empfindungslos und starr wie das Wahrzeichen eines steinernen Priapos aufragte.

Sie rief ihm Beleidigungen und Obszönitäten ins Ohr. Aber er öffnete seine Fäuste nicht, rührte sich nicht, berührte sie nur mit diesem unpersönlichen, nicht zu ihm gehörigen Glied, das ihre Schenkel wie ein Schraubstock umklammerten, ohne Ergebnis.

Sie weinte vor Erniedrigung; gewöhnlich war sie es nämlich, die die Männer mit ihrer kühlen Gleichmut, ihrem Schweigen und ihrer nüchternen Klarsicht zur Verzweiflung brachte. Aber wie soll man jemanden zur Verzweiflung bringen, für den man gar nicht da ist, der starr vor Angst dasitzt und der, im Bann einer schrecklichen Erscheinung, kaum merkt, dass eine Frau über ihm auf Liebe wartet?

»Das ist unmöglich, unmöglich, unmöglich«, stöhnte sie in einem fort durch zusammengepresste Zähne. Sie würde nie begreifen, dass sich in diesem Marmorkopf, der jenem anderen glich, der auf der Kommode in Patrices Atelier stand, ein Kampf abspielte: Séraphin wich stetig vor seiner toten Mutter zurück, diese rückte immer weiter vor, in ihrem rätselhaften Schweigen, mit diesem leicht aus dem Lot geratenen Auge, das ihn nie direkt anschaute. Er drehte den Kopf nach rechts und nach links, um diesen roten, feuchten Lippen zu entgehen – waren es die seiner Mutter? waren es die Charmaines? –, die auf Berührung aus waren. Er drehte den Mund weg, um den nachgiebigen Brüsten zu entkommen, die darauf warteten, von Säuglingshänden gepackt zu werden, und die ihn, da war er sich ganz sicher, mit Totenmilch stillen wollten.

Charmaine mühte sich lange verzweifelt ab, um den Mann herumzukriegen. Sie war hemmungslos, übertraf sich selbst, hätte nie geglaubt, dass sie so schamlos sein konnte. Sie war sicher, dass sie diesen nutzlos aufgerichteten Phallus endlich doch in die Pflicht nehmen und dass Séraphin sie endlich doch in seine Arme schließen würde. Denn das war es, was sie eigentlich suchte: die tröstliche Geborgenheit seiner Umarmung. Doch plötzlich sank sie entmutigt in sich zusammen. Mehrere Minuten saß sie wie tot da, hielt den Körper des Mannes immer noch zwischen ihren Schenkeln, hatte aber nicht mehr die Kraft, ihn zu umschlingen, gerädert und zugleich unbefriedigt, wie sie war. Außer sich vor Wut schlug sie auf ihn ein, auf die Brust, auf die Arme, auf den Bauch. Schließlich riss sie sich los und spuckte auf sein Glied.

Er blieb immer noch reglos. Seine Augen waren immer noch auf ganz andere Dinge gerichtet. Mit aller Kraft schlug sie ihm ins Gesicht. Danach schmerzte ihre Hand, als hätte sie einen Stein geohrfeigt.

Er wandte nicht einmal den Kopf. Irgendwie schlüpfte sie wieder in ihr Spitzenkleid und zupfte es zurecht.

»Ich komme wieder, und zwar jeden Abend! Hören Sie? Jeden Abend! Irgendwann kriege ich Sie rum!«

Sie wollte im Hinausgehen wütend die Tür zuschlagen, doch die Fliesen bremsten sie ab und verdarben so die ganze Wirkung.

Séraphin hörte, wie ein Motor angelassen wurde. Doch nahm er dieses Geräusch nur unbewusst wahr, denn dieser Tropfen toter Milch, dieser am deutlichsten hervortretende Bestandteil seiner Halluzination, befeuchtete seinen Mund, benetzte seine Zunge, seine Schleimhäute. Er schmeckte nach feuchtem Ruß.

Er stürzte zum Spülbecken und steckte sich den Finger in den Hals. Er übergab sich, das Erbrochene war schwarz. Der Geruch von Ruß stieg ihm in die Nase und hielt sich dort die ganze schreckliche Nacht hindurch.

Erschöpft ließ er sich wieder auf den Stuhl fallen, als habe er mit einem ebenbürtigen Gegner gekämpft. Die Haare auf seiner Brust und seine Handflächen – dabei hatte er doch zu keiner Zeit die geballten Fäuste gelockert – rochen nach Charmaines Parfüm, das den Rußgeruch zwar überdeckte, aber doch nicht ganz vertrieb, eine Mischung, die mit einem Mysterium befrachtet war, dessen Sinn er nicht zu ergründen vermochte.

Plötzlich fiel ihm ein, dass Charmaine die Schuldscheine gelesen hatte und er ihr ausgeliefert war. Er konnte es sich nicht leisten zuzuschauen, wie ihr Begehren in Hass umschlug. Wenn er seine Kräfte auf das Wesentliche richten und die beiden übrig gebliebenen Mörder vernichten wollte, musste er sich quer durch die Geisterwelt, die ihn quälte, mitten durch seine seltsamen Empfindungen hindurchschlagen, schnell wie ein Pfeil geradewegs durch all dies hindurchschießen. Selbst wenn er weit über den Durst von dieser Rußmilch trinken musste. Selbst wenn er das Geheimnis erfahren musste, das ihm seine Mutter mit aller Gewalt zuflüstern wollte.

Wenn er verhindern wollte, dass Charmaine sich ihm in den Weg stellte, würde er sich ihren Launen beugen müssen. Dann und nur dann könnte er sie zu seiner Vertrauten machen. Und wenn ihn seine Mutter für die Lust, die er dabei empfinden würde, mit einem Geständnis strafte, das ihm schon im Voraus Grauen einflößte, konnte er auch nichts daran ändern. Schließlich hatte er den Krieg mitgemacht. Kein Alptraum, kein Geheimnis kam den Schrecken des Krieges nahe.

Er stand auf und eilte zur Treppe. Er ging zum Schuppen, schwang sich auf sein Fahrrad und fuhr, so schnell er konnte, nach Pontradieu. Er musste Charmaine in den Arm nehmen und sie um Verzeihung bitten.

~ 12 ~

WENN man vor Eifersucht vergeht, schreckt man vor nichts zurück. Und Marie verging vor Eifersucht. Seit fünf Uhr nachmittags spürte sie einen nadelgespickten Kloß in ihrem Hals, der ihr gerade noch erlaubte, mit ja oder nein zu antworten. Um fünf Uhr – Marie bügelte im hinteren Teil des Ladens Wäsche – hatte die Tricanote den Perlenvorhang zurückgeschoben.

»Clorinde! Weißt du schon das Neueste? Anscheinend hat die lustige Witwe – «

Clorinde war dabei, Bügelwäsche für die Schwestern vom Rosenkranz abzuwiegen.

»Welche lustige Witwe?«, fragte sie.

»Na du weißt schon! Die, die in der Zeitung stand! Die Tochter vom reichen Dupin!«

»Ah!«, machte Clorinde.

»Also stell dir vor!«, rief die Tricanote aus. »Der Tod von ihrem Vater, und dann noch unter diesen schrecklichen Umständen – wegen so was lässt die nichts anbrennen! Meine Güte! Anscheinend spielt sich da gerade was ab zwischen ihr und dem Séraphin!«

Clorinde hob den Blick zur Decke: »Der!«

In diesem Augenblick hatte sich der nadelgespickte Kloß in Maries Hals festgesetzt. Seitdem wusste sie, was zu tun war, und wartete ungeduldig auf eine Gelegenheit. Um neun Uhr war es dann soweit: Ihr Vater klemmte sich das Paket mit dem Vorteig unter den Arm, nahm das Gewehr von der Wand und machte sich auf den Weg zur Backstube. Seit dem Tod von Gaspard Dupin, der ihn so sehr durcheinander gebracht hatte, kam er bis zum Morgen nicht mehr heim. Er hatte sich in der Backstube aus Säcken ein Bett gemacht und döste dort in den Arbeitspausen mit dem Gewehr zwischen den Knien.

Mit Clorinde war es ohnehin einfach: Um neun Uhr machte sie gähnend die Abrechnung. Sie ließ das Geld in einen alten Schäferhut fallen und ging über jede Treppenstufe stolpernd in ihr Zimmer. Marie hörte sie noch zwei oder drei Minuten herumkramen und gähnen, dass man die Kiefer knacken hörte, sich die Füße und das Gesicht mit einem Krug kalten Wassers erfrischen – und dann ade du liebe Welt! Nach drei, vier Minuten begann das Konzert. Sie war mit einem friedfertig kraftvollen Schnarchen begabt. Bei jeder Erschütterung der Luft begann die Flammhülse der kleinen Petroleumlampe auf der Marmorplatte der Kommode zu klingeln.

Marie wartete höchstens bis zum zehnten Geklingel. Sie öffnete die Tür, ging die Treppe hinunter und weiter durch den Korridor in den Schuppen, nahm ihr neues Fahrrad vom Haken und gelangte auf die Straße. Sie stieg nicht gleich auf. Zunächst trug sie es durch die dunkle und verlassene Gasse.

Das ganze Dorf war in den Kellern beim Flaschenabfüllen oder in den Vorratskammern beim Obstsortieren. Gesprächsfetzen drangen aus den Kellerfenstern, als quöllen sie aus der Erde hervor. Es war Herbst, und überall roch es nach der eben eingebrachten Ernte. Die Felder von Lurs erwarteten den Regen, den der Seewind ankündigte. Eine friedliche Stimmung war bei allen eingekehrt, nur nicht bei Marie.

Marie raste nach Peyruis, um sich Gewissheit zu verschaffen. Gewissheit zu erlangen ist der tödliche Wunsch aller Eifersüchtigen, solange sie jung sind. Wie eine Besessene strampelnd brauchte sie kaum eine Viertelstunde, um die Wegstrecke von Lurs nach Peyruis zurückzulegen.

Wie gut sie ihn kannte, diesen kleinen Platz mit dem Brunnen und der bunten Reihe von teils ärmlichen, teils stattlichen Häusern, die ihn umgaben. Jeden Tag stellte sie dort ihr Dreirad ab, wenn sie in der von den Barmherzigen Schwestern geleiteten Schule das Brot auslieferte. Es war ein seltsam geformter Platz. Hinter seinen Schlupfwinkeln und versteckten Ecken verbargen sich die Abzweigungen dunkler Straßen und türlose Schuppen, in denen Leiterwagen mit hocherhobenen Deichseln schliefen. Ungleichmäßig verteilte, teils erleuchtete, teils dunkle Fenster durchlöcherten die höchst unterschiedlichen Fassaden, grüne Jalousien, schwarze, schief in den Angeln hängende Fensterläden, das Licht einiger Glühbirnen hinter den Fenstern, daneben auch Petroleumlampen oder sogar alte Öllämpchen hinter den Türen der Ställe, in denen Ziegen standen und ein paar Alte herumschlurften.

Drei Platanen wachten über den Brunnen. Eine einzige Straßenlaterne, deren Halterung in die Vorderfront des Notarshauses eingelassen war, verbarg sich hinter den windbewegten Zweigen. Die abgefallenen Blätter der Platanen auf dem Boden zwischen den Pfützen sahen ein bisschen nach Orientteppich aus.

Die Eifersucht verstößt einen aus allen Stätten des Friedens. Einsam und elend war Marie ihr auf diesem Platz ausgeliefert. Sie zitterte, bettelte um das stumpfe Licht, das Séraphins Fenster anzeigte. Dort oben bewegten sich langsame Schatten zwischen dem Lampenschirm aus Perlenschnüren und den schmutzigen Fensterscheiben. Aber Marie konnte nur die Zimmerdecke sehen. Alles Übrige, was sie nicht sehen konnte, war ihrer lebhaften Einbildungskraft ausgeliefert. Allein, das war ihr nicht genug: Sich etwas ausmalen heißt eben nicht, Gewissheit zu haben. Sie sah sich nach einem Mittel um, das es ihr gestatten würde, aus einem günstigeren Winkel durch das erleuchtete Fenster zu schauen. Ihr Blick fiel auf ein weit geöffnetes Scheunentor, wo man die Beine einer kleinen Leiter ausmachen konnte, wie sie bei der Olivenernte benutzt wird.

Sie wollte gerade darauf zugehen, als eine Verdunkelung des Lichtes sie veranlasste, den Kopf zu wenden. Sie war nicht mehr allein. Vollkommen damit beschäftigt, einen besseren Beobachtungsposten zu finden, hatte sie einige Sekunden lang die Fassade von Séraphins Haus aus den Augen verloren, und in diesem Augenblick war die kleine Veränderung eingetreten.

Sie konnte einen Mann von hinten erkennen, wie er unter den windbewegten Zweigen davonschlich, halb im Schatten, halb im Licht, gut sichtbar und verschwommen zugleich. Er musste wohl soeben aus der Tür getreten sein, die vor Séraphins dunklem Treppenhaus offen stand. Marie hatte ihn nicht herauskommen sehen; da sie jedoch den ganzen Platz überblickte, konnte er nicht aus einer anderen Richtung gekommen sein.

Das windbewegte Gitter, das die belaubten Zweige vor der einzigen Straßenlampe bildeten, zerschnitt die Gestalt in vier Teile. Es war ein helldunkler Harlekin mit undeutlichen Umrissen, der dort drüben hinter dem Brunnen davonging, ins Halbdunkel eintauchte, in das gleich darauf die Pendelbewegungen eines Radfahrers ein wenig Bewegung brachten und in dem das Quietschen eines verbogenen Rades in der Ferne verklang.

Marie verfolgte diesen Schattenriss und dieses Geräusch mit unendlicher Erleichterung. Wenn dieser Mann da wirklich Séraphin gerade verlassen hatte, dann ließen sich die verdächtigen Schattenspiele erklären, die eben noch vor der Lampe zu sehen gewesen waren …

Doch dann bemerkte sie hinter dem Brunnen, in dem finsteren Winkel, wo der Mann soeben verschwunden war, ein abgestelltes Auto. Mit seinem schwarzglänzenden Lack, seiner hohen Karosserie und seinen Rädern mit rotgeringelten Speichen zog es die Blicke auf sich und ließ darauf schließen, dass es einer Frau gehörte. Marie sah zu Séraphins Fenster hoch. Die Schatten bewegten sich dort immer noch. Also rannte sie, ohne zu zögern, auf den offenen Schuppen zu, nahm die Leiter von der Wand und lehnte sie gegen den Stamm einer Platane. Dabei kam ihr kein einziges Mal der Gedanke, dass da jemand kommen, den Platz überqueren oder aus einem der Häuser treten könnte.

Eifersucht ist waghalsig. Nichts hält sie auf. Außerdem glaubte Marie, dass ihr zehn Sekunden reichen würden, um sich Gewissheit zu verschaffen. Doch dann harrte sie eine volle Stunde aus. Sie blieb auf ihrem Posten, bis Charmaine, im wahrsten Sinne des Wortes hinausgeworfen, zu ihrem Auto rannte und mit quietschenden Reifen davonfuhr.

Zuvor jedoch hatte Marie sich, benommen, mit ausgetrocknetem Mund und wackeligen Knien auf ihrem Leiterchen stehend, nach Herzenslust die Gewissheit verschaffen können, nach der sie dürstete. Trotz der Fenstersprossen, die das Blickfeld einschränkten, hatte sie sich an dem undeutlichen Bild satt sehen können, das durch die schmutzigen Scheiben hindurch zu erkennen gewesen war.

Nachdem Charmaine weggefahren war, klammerte sie sich, völlig außer Atem, für Minuten mit zitternden Armen an den Leitersprossen fest, bevor sie endlich die Kraft fand, hinunterzusteigen, sich an den Baum zu lehnen und zu warten, bis sich diese merkwürdige und ungewohnte Unruhe, die tief in ihrem Inneren kribbelte, ein wenig gelegt hatte.

Sie glaubte, es sei Wut, was da in ihr hochkam. Sie schickte sich an, zu Séraphin hochzusteigen, um ihm gründlich die Meinung zu sagen, ihm die Augen auszukratzen, ihm Fußtritte zu versetzen. Aber eigentlich hoffte sie eher, den Mut zu finden, ihn zu zwingen, mit ihr das zu tun, was er mit der anderen getan hatte, ihm alles zu bieten, wonach er verlangte, wenn er nur die andere darüber vergessen würde.

Es blieb ihr nicht die Zeit, zum ersten Schritt anzusetzen. Séraphin trat aus dem Schuppen, schob im Laufschritt sein Rad an und schwang sich darauf. Er schlug die gleiche Richtung ein wie eben Charmaine und der seit langem verschwundene unbekannte Mann.

Daraufhin stieg Marie ebenfalls, ohne lang zu überlegen, auf ihr Rad und folgte Séraphin mit einigem Abstand; sie tat es, um sich noch mehr Gewissheit zu verschaffen, wie sie sich einredete, in Wirklichkeit aber, weil sie »mit ihrem Latein am Ende war«, wie ihre Mutter zu sagen pflegte.

Wie die Sehne eines Bogens, den man gerade entspannt hat, endlos nachschwingt, so erging es Charmaine: Sie vibrierte noch, fühlte sich wie vor den Kopf gestoßen, ratlos, den widersprüchlichsten Empfindungen ausgeliefert.

Konnte man sich etwas Lächerlicheres vorstellen als so ein Abenteuer in ihrem Alter? »Hängengelassen zu werden«, dachte sie bei sich, »mitten in diesem verfluchten Dreieck aus Befriedigung, Abklingen des Verlangens und Frustration, wie eine gewöhnliche Anfängerin, wie eine seit Jahren unglücklich verheiratete Frau ...« Aber sie wusste, dass im Grunde keines dieser Wörter, die man leichtfertig dahersagt und die die Gefühle nur unzureichend ausdrücken, diesem Strudel gerecht wurde, der sich in ihr bildete. Sie fühlte sich leer, bis ins Innerste erstarrt. Von ihren intimsten Muskelfasern her, denen die Beute brutal entrissen worden war, breitete sich Kälte aus, blühte in ihrem Schoß auf und umschlang krampfartig wie ein Netz von Fangarmen ihren gesamten Körper.

Es kam ihr vor, als habe sie sich in den Armen eines Liebhabers aus Bronze, einer Statue, eines Trugbilds blaue Flecken geholt... »Und überhaupt«, sagte sie zu sich, »dieses Gesicht ohne Falten, ohne jeglichen Ausdruck, das er mir die ganze Zeit gezeigt hat, wo hat er das her?« Sie stellte sich diese Frage mit noch größerer Genauigkeit: »Von wem hat er es? Wer hat ihn damit ausgestattet? Oder besser: Wer hat ihn damit maskiert?« Denn genau das war es, was sie empfand: körperlich jemandem begegnet zu sein, der sich sorgsam hinter einer Maske verbarg.

»Patrice ...«, flüsterte sie.

Sie musste diese ganze nicht enden wollende Nacht abwarten, um ihren Bruder morgen, nach seiner Freilassung, wieder sehen und sich ihm in die Arme werfen zu können. Wenigstens er würde sie in die seinen schließen. Sie würde ihm alles erklären. Sie würde ihm alles sagen. Sie würde ihm diese Frage stellen, die sie schon formulierte, während sie mit hoher Geschwindigkeit in Richtung Pontradieu fuhr: »Warum ist Séraphin nur dem – unübersehbaren – Geschlecht nach ein Mann? Warum – warum, zum Teufel! – weigert er sich, mich zu lieben?«

Allein, von sich aus begreift ein Mensch nie, warum man ihn nicht liebt. Patrice, der Freund aus Kindertagen, der Komplize, würde sie darüber hinwegtrösten.

Vor dem Garagentor bremste sie scharf und stieg aus, um es zu öffnen. Den Motor hatte sie abgewürgt. Charmaine fand Pontradieu in ein seltsames Schweigen gehüllt. Gedankenlos schaute sie nach oben. Die Jalousien ihrer Mutter waren nicht geschlossen. Das Licht war an. Und auch da oben war Licht, hinter der Dachluke, die das Zimmer der Dragonerin erhellte. Beide betrauerten wahrscheinlich den Toten, jede auf ihre Art.

Charmaine zögerte. Dem Gedanken, sich allein in ihrem Zimmer wiederzufinden, konnte sie wenig Geschmack abgewinnen. Sie wusste, was geschehen würde: Um ihre Aufgewühltheit abklingen zu lassen, würde sie, noch ganz im Bann von Séraphins Gesicht, das in ihr wie eine vom Dunst vergrößerte Sonne leuchtete, bis zur Erschöpfung die Hand zu Hilfe nehmen, vor ihrem dunklen, tiefen Spiegel, der den richtigen Rahmen für das Bild des Narziss abgab. Nie hatte sie einen Partner gefunden, der einfühlsam genug gewesen wäre, sie dahin zu bringen, das Rätsel ihres Verlangens zu lösen, und so hatten alle Feste des Fleisches für sie immer in trauriger Einsamkeit geendet.

Jedoch würde all dies heute Abend nicht genügen, um sie der beängstigenden Wirklichkeit zu entreißen. Es blieb ihr nur der übliche eisige Trost: die Weite des Tals am Ende des Parks, das Rauschen der Bäume, das Rascheln der Tiere, die scheinbare Unschuld der Nacht.

Der Mond stand im letzten Viertel, bot aber genügend Licht für einen Spaziergang im Dunkeln. Charmaine bog in die Seitenallee ein. Im Vorbeigehen drückte sie sich lustvoll in die Buchsbäume. Ihr Duft verströmte Trost, rief angenehme Erinnerungen ins Gedächtnis zurück. Zögernd zerrieb sie einige Zweigchen und hielt sie an die Nase.

Die Allee bog ab. Dort hinten war schon das stille Wasser des großen Beckens zu erkennen. Charmaine ging darauf zu, als sie in ihrem Rücken eine rasche Folge gedämpfter Schritte vernahm. Sie wollte sich umdrehen, um zu sehen, wer da so spät und dazu noch so schnell auf sie zukam. Es blieb ihr keine Zeit, ihre Bewegung zu vollenden. Eine gewaltige Masse drückte ihre Schultern nieder. Etwas Zangenähnliches brach ihr das Rückgrat.

Tief über den Lenker gebeugt trat Séraphin wie ein Besessener in die Pedale. Jetzt wollte er von ganzem Herzen Charmaine in seine Arme schließen, was immer sich daraus entwickeln mochte. Die Ungeduld trieb ihn an. Er wollte ihr übers Haar streichen, über den ganzen Kopf mit einer einzigen Bewegung seiner großen Hand. Zu sehen, wie sie aus Dank für diese zärtliche Geste die Augen zu ihm erhob, schien ihm mit einem Mal wichtig. Er war bereit, sich dem Geheimnis seiner Mutter zu stellen für diesen kurzen Augenblick einer Empfindung, von der er hin und wieder gehört hatte und die man »Glück« zu nennen schien. Wie dem auch sei. Er würde einiges erdulden müssen, aber wenigstens einmal in seinem Leben hätte er zu etwas getaugt.

Wie gewöhnlich stieg er bei der Einfahrt ohne Gitter vor der großen Pappel vom Rad. Er versteckte seinen Drahtesel im Straßengraben. Er bog in die Sykomorenallee ein. Es herrschte eine unwirkliche Stille. Das Licht der Mondsichel fiel schräg auf das untere Ende der Baumstämme. Eine leichte Brise kam auf und trug Séraphin den Geruch der Buchsbäume zu, den er so sehr liebte. Durch das lichte Blattwerk sah er Pontradieu. Zwei Fenster waren erleuchtet. War das Charmaines Zimmer? Würde er sie beim Klavierspiel antreffen? Er malte sich aus, wie er sich leise von hinten an sie heranschlich. Er würde ihre Schultern umfassen, ihr die Wahrheit ins Ohr flüstern, ihr den wirklichen Grund mitteilen, der ihn daran hinderte, mit ihr zu schlafen ...

Ganz in Gedanken versunken fand er sich an der Kreuzung der beiden Buchsbaumalleen wieder. Dort hinten, in dem vom Mond gezeichneten helldunklen Fleckenmuster, war dicht am Boden eine merkwürdige Wellenbewegung zu sehen. Es sah aus wie ein kleiner Hügel, der gleichsam vor Schauder zuckte und manchmal silbrig schimmerte, wenn er vom Dunkel ins Licht geriet. Vier trübe, opalfarbene Lichtflecken durchlöcherten die dunkle Masse. Séraphin hörte eine Art zufriedenes Knurren und das Geräusch von mächtigen Kiefern, die einen Knochen zermalmten.

Dieses Geräusch hatte eine verheerende Wirkung auf Séraphins Gemüt. Es blieb ihm jedoch keine Zeit, sich seinen Empfindungen zu überlassen. Ein großes Stück aus dieser Masse unbestimmter Zusammensetzung hatte sich aus dem Ganzen gelöst und sprang mit Dreimetersätzen auf ihn zu. Es war ein riesiger Hund.

Ohne zu überlegen rannte Séraphin ihm mit der Schnelligkeit eines Hundertmeterläufers entgegen. Er sah den sich öffnenden Schlund dicht vor sich. Das Tier duckte sich zum Sprung, aber den wartete Séraphin nicht ab. Er stürzte sich auf die Bestie, prallte mitten im Lauf auf sie, mit seinem ganzen Gewicht, mit seinem ganzen Schwung, mit seiner ganzen Wut. Die fünfzig Kilo des Tiers und die fünfundneunzig des Mannes stießen mit voller Wucht und einem dumpfen Geräusch aufeinander. Der Hund zielte auf den Kehlkopf, aber Séraphin war so hoch gesprungen, dass die zuschnappenden Zähne nur an seinem Oberkörper ihre Spuren hinterließen. Betäubt vom Zusammenprall drehte sich der Hund um sich selbst und fiel zu Boden. Tief gebückt fiel Séraphin über ihn her, wie jemand, der sich kopfüber ins Wasser stürzt. Er hörte den Brustkorb des Tieres krachen. Es blieb ihm keine Zeit, Atem zu schöpfen. Ein zweiter riesiger Köter sprang ihn an, und der zielte richtig; das weit geöffnete Maul schnappte nach dem Hals des Mannes. Séraphin hielt den linken Arm vor den Hals und streckte seine geschlossene Rechte aus, dem Schlund des Hundes entgegen, der sie verschlang. Ein gnadenloser Kampf hatte begonnen: Den Zähnen des Hundes stand die geschlossene Faust entgegen. Sie hinderte die Kiefer daran, sich über seinem Handgelenk zu schließen, und erschwerte gleichzeitig die Atmung des Tieres. Mit der freien Hand packte er den oberen Teil der Schnauze und steckte seine Finger zwischen die geöffneten Kiefer. Mit wilden Zuckungen versuchte die Bestie, ihn aus dem Gleichgewicht zu bringen, aber Séraphin stand fest auf den Beinen. Mit den Vorderpfoten zerkratzte ihm das Tier die Oberschenkel. Für eine Sekunde lockerte es die Klammer um Séraphins Faust, um wieder Schwung zu holen und zuzubeißen. Séraphin hatte sich weit nach vorn gebeugt, der Atem des Hundes stieg ihm in die Nase. Den Ausdünstungen von zermahlenem Fleisch war eine Spur von Bergamotte beigemischt, die ihn in wilde Wut versetzte. Seine linke Hand zerquetschte die Augen des Hundes. Seine rechte schloss sich um den Unterkiefer. Wie ein Schraubstock hielt nun der Rachen Séraphins beide Hände gefangen. Die Eckzähne des Tieres drangen in sein Fleisch, bohrten sich ein wie Nägel. Das kam ihm nur gelegen. Beide Hände fest verhakt, die eine um den Oberkiefer, die andere um den Unterkiefer, begann er, sie langsam auseinanderzustemmen, mit all seiner Kraft, mit all seinem Hass, mit zusammengebissenen Zähnen, den Blick zum Himmel gerichtet. Es war ihm gelungen, den Körper des Tiers zwischen seinen Schenkeln festzuklemmen, und er zog und zog ... Auf einmal krachte es tief im Inneren des roten Schlundes, irgendetwas war gerissen. Der Hund stieß einen verzweifelten Schnarchlaut aus und gab den Kampf auf. Mit seinen tief ins Fleisch gebohrten Zähnen blieb er an Séraphins Händen hängen. Séraphin musste sie wie Angelhaken entfernen. Das befreite Tier begann darauf, sich im Kreis zu drehen, mit weit geöffnetem Maul, unfähig, es wieder zu schließen. Séraphin atmete so viel Luft ein, wie in seinem Brustkorb Platz fand. Er warf sich auf das Tier, packte es an den Hinterpfoten. Er ließ diese fünfzig Kilogramm schwere Masse einmal, zweimal, dreimal über seinem Kopf kreisen. Jedes Mal schleuderte er sie gegen den Boden. Die Wut des Krieges, der Rauschzustand des Angriffs, der Geruch nach billigem Schnaps, die ganze Bestialität des Menschen stiegen wieder in ihm auf – dieses Mal nur wegen einer Spur von Bergamotte in den üblen Ausdünstungen eines Hunderachens. Fünfmal, sechsmal noch ließ er diese armseligen Überreste zu Boden krachen. Er war mit Blut befleckt, von Blut geblendet, dem seinen und dem des Tieres. Er hörte erst auf, als auch er den Mund nicht mehr zukriegte, weil ihm die Luft ausging.

Er fiel auf die Knie. Und auf Knien, fast auf allen vieren, schleppte er sich die einhundertfünfzig Meter voran, die die beiden Hunde ihm entgegengelaufen waren.

»Charmaine ...«, hauchte er.

Zum ersten Mal in seinem Leben sprach er so den Vornamen einer Frau aus. Es gelang ihm, sein zerfetztes Hemd auszuziehen. Er bedeckte damit den verstümmelten Körper.

Er faltete seine von den Zähnen der Hunde zerbissenen Hände, aus denen das Blut in Strömen floss.

»Vater unser im Himmel ...«

Niemals, auch nicht während des ganzen Krieges, war ihm dieses Gebet über die Lippen gekommen, seit der längst vergangenen Zeit, als die Barmherzigen Schwestern es ihm jeden Abend eingetrichtert hatten. Nun erbrach er es – zusammen mit einem Strom von Tränen. Wort für Wort verstand er jetzt, was es bedeutete.

Er hörte ein ihm vertrautes Geräusch. Irgendwo wurde ein Gewehr geladen. Durch den Schleier seiner Tränen hindurch konnte er in einem Mondstrahl die Dragonerin erkennen, wie sie auf ihn zielte. Er sagte sich, dass er nun Ruhe finden würde. Aber dann sah er aus den Buchsbäumen eine Gestalt unaufhaltsam hervorbrechen. Sie warf die alte Frau zu Boden, riss ihr das Gewehr aus den Händen, schoss die zwei Patronen in die Luft und machte sich dann wütend daran, die Waffe an der Einfassung der Allee zu zerschlagen und die Überreste weit in die Buchsbäume hineinzuschleudern. Es war Marie. Erst pflanzte sie sich vor Séraphin auf, dann fiel auch sie auf die Knie.

»Mein Gott!«, rief sie aus. »Deine Hände!«

Sie riss sich den Schal, den sie trug, vom Hals. Sie streckte ihn ihm hin.

»Nein«, sagte Séraphin.

»Wenn Sie ihn gesehen hätten!«, sollte Marie sechzig Jahre später sagen. »Sogar der Teufel wäre aus Grauen vor ihm zurückgeschreckt! Ein wahrer Blutbrunnen. Selbst die Tränen, die aus seinen Augen flossen, waren rot. Niemals, hören Sie, niemals hätte ich mich ihm nähern können, ohne in Ohnmacht zu fallen, wenn mir seine Seele nicht so teuer gewesen wäre. Und wissen Sie, was ich ihn gefragt habe? Ah! Nur ein Mädchen, ein junges Mädchen konnte diese abscheulichen Fleischfetzen unter dem Hemd vergessen, an denen sich die Hunde gütlich getan hatten. Es war eine furchtbare Willenskraft vonnöten, um nicht daran zu denken, dass *das da* vor weniger als zwei Stunden eine wirkliche Schönheit gewesen war, die mich vor Eifersucht hatte platzen lassen! Ja, und wissen Sie nun, was ich ihn gefragt habe? Ah? Nur eine Frau war dazu fähig, niemand sonst! Und vor allem«, sollte sie mit erhobenem Zeigefinger hinzufügen, »nur eine gottesfürchtige Frau!«

»Hast du sie geliebt?«, fragte Marie.

»Nein«, antwortete Séraphin.

»Mein Gott, sag das nicht! Es muss ihr doch wenigstens irgendwas bleiben! Doch! Du hast sie geliebt!«

Séraphin schüttelte den Kopf von rechts nach links, ohne mit dem Weinen aufzuhören.

»Was denn nun? Warum bist du dann hier? Warum weinst du? Warum kniest du? Warum hast du die Hände gefaltet?«

»Ich habe Mitleid«, murmelte Séraphin.

»Und um dieses Wort zu hören«, sollte Marie später sagen, »musste ich mich zu ihm hinunterbeugen. Und dann habe auch ich geweint, wie ein Tier, und ich lag ebenfalls auf Knien, und wir haben nichts mehr gesehen. Der Mond war verschwunden, und wir hatten den Geruch dieses Leichnams in der Nase …

Und dann, passen Sie auf, dann sind Leute gekommen. Zuerst die Pächter, die von meinen Gewehrschüssen herbeigerufen worden waren. Die Alte, die ich entwaffnet hatte, die hatte sich den Fuß verstaucht, als ich sie umgerissen habe, und dann humpelte sie trotzdem durch die Gegend, und wenn Blicke töten könnten, wäre ich zehnmal gestorben. ›Mein Gewehr! Mein Gewehr!‹, kreischte sie. ›Du hast mein Gewehr kaputtgemacht!‹ Sie war ihr scheißegal, die arme Frau, die von den Hunden zerstückelt worden war. Und dann, hören Sie gut zu, sind massenweise Leute gekommen, die ganze Nacht lang! Und alle, alle haben sie den Kopf weggedreht von Charmaines Leiche und von Séraphin. Und dann, sag ich Ihnen, niemals, hören Sie, niemals!, wäre es möglich gewesen, ihn zum Aufstehen zu bewegen und, noch schlimmer, ihn dazu zu bringen, die gefalteten Hände zu öffnen, um sie behandeln zu lassen. Weder die Gendarmen, das waren sowieso nur zwei, noch der Pächter und sein Sohn und seine Tochter und schon gar nicht der Arzt, der ständig auf ihn einredete: ›Sie werden sich die Tollwut holen! Und den

Starrkrampf dazu! Sie werden an Wundbrand sterben!‹ Auf alles antwortete er: ›Na und?‹, und er ließ die Hände gefaltet, und man muss das gesehen haben, wie die aussahen, seine Hände! Drei Fläschchen Arnika, die er in seiner Tasche hatte, der Arzt, die konnte er ihm schließlich irgendwie über die Hände schütten. Und ich hab gesehen, dass die Löcher in seinen Händen so groß waren wie die von Zimmermannsnägeln und die Risse wie die Knopflöcher einer Jacke. Das Arnika floss da rein wie Wasser in ein Maulwurfsloch beim Gießen! Und Arnika, wissen Sie, wie das ist? Mich hat man bis nach Peyruis brüllen hören, wenn ich auch nur einen Tropfen davon draufbekam, wenn ich mir mal den Finger gequetscht hatte! Und er, drei Fläschchen! Ohne einen Seufzer... Und ich schaute mir sein Gesicht an. Nichts. Er weinte. Leise. Und sein Gesicht – ah! sein schönes Gesicht! – es sah immer noch gleich aus, blutüberströmt, voller Tränen, aber sonst nichts! Nicht ein Schrei. Keine Zuckung. Nichts! Er spürte nichts...

Und dann, hören Sie gut zu: Zehnmal hat ihn der Arzt dazu aufgefordert, seine Hände zu öffnen. Zehnmal hat er nein und wieder nein gesagt! Selbst die Gendarmen, sage ich Ihnen, haben ihn nicht dazu bringen können, aufzustehen. Er kniete da vor diesem Körper, vor dem, was von ihm übrig geblieben war. Man hätte sagen können, dass er ihn begleitete. Man hätte sagen können... Aber ich rede Unsinn! Und selbst als man ihn weggetragen hatte, diesen Körper, kniete er weiter. Die Hände gefaltet vor dieser Leere, wo sie hingefallen war. Ohne ein Wort! Weinend! Und ich, wie eine dumme Gans, auf der anderen Seite dieses leeren Platzes, ich hab auch geweint: über ihn!«

... sollte Marie sechzig Jahre später sagen.

~ 13 ~

DAS Vorhängeschloss, das den Riegel an der Tür zum Paddock sicherte, war mit einer Zange aufgezwickt worden. Die Tür war aufgestoßen und sogar festgehakt worden; so blieb sie weit geöffnet und hatte die Hunde gleichsam dazu eingeladen, das Gehege zu verlassen und sich auf die erstbeste Beute zu stürzen.

Der Richter, der Patrice widerstrebend bis auf weiteres Haftverschonung gewährt hatte, war am Vormittag in aller Eile aus Digne herübergekommen, so sehr beunruhigte ihn dieses Rätsel. Er hatte die Niederschrift der von den Gendarmen durchgeführten Verhöre und den Bericht des Arztes gelesen. Er war in die Waschküche gegangen, wo man Charmaines sterbliche Überreste auf einem Lattenrost ausgebreitet hatte. Er hatte eigenhändig das Laken zurückgeschlagen, das man über sie gebreitet hatte. Daraufhin hatte er sich bekreuzigt, unwillkürlich, ohne daran zu denken, was er tat.

Als er den Salon von Pontradieu betrat, sah er als erstes Séraphin Monge, blutverkrustet, die Brust kaum durch das ebenfalls blutige Hemd verdeckt, das man ihm zurückgegeben hatte. Seine riesigen Hände waren schwarz von Blut und mit Löchern und Rissen übersät, aus denen immer noch Wundserum austrat.

In seiner Gegenwart empfand der Richter ein unerklärliches Unbehagen. Die Gendarmen hatten ihm die Geschichte dieses Riesen erzählt, der im Alter von drei Wochen das Massaker an seiner Familie überlebt, der sein Geburtshaus Stein für Stein abgetragen hatte, um so dem Alptraum, an den es ihn erinnerte, zu entrinnen, und der sich jetzt von neuem im Mittelpunkt zweier Verbrechen befand.

Der Richter hatte sich in der Allee den Schauplatz des Dramas angesehen. Er hatte die beiden Hundekadaver betrachtet, deren Anblick ihn nachdenklich stimmte. Der eine war wie von einer Straßenwalze plattgedrückt, der andere buchstäblich in Stücke gerissen worden. Jede der Bestien wog sicherlich fünfzig Kilo. Wie hatte ein einzelner unbewaffneter Mann mit ihnen fertig werden können? Zwar war auch Séraphin Monge übel zugerichtet worden, aber er stand doch aufrecht da, mit ruhigem Atem, mit wildem Gesichtsausdruck und unstetem Blick. Held oder Mordverdächtiger, das war die Frage. Es lag nur allzu nahe, diesen kraftstrotzenden Kerl zu verdächtigen. Hatte er am Ende den ganzen Vorfall, bei dem sein Leben auf dem Spiel zu stehen schien, selbst inszeniert? Am besten erst einmal nachsehen, was dieses blonde Mädchen mit den aufgelösten Zöpfen ausgesagt hat, das diesen äußerst verdächtigen Séraphin Monge geradezu mit den Augen verschlang. Was hat sie den Gendarmen erzählt, die ihre Aussage protokolliert haben?

»Ich hab gewartet, bis meine Mutter eingeschlafen war. Dann bin ich runter nach Peyruis gefahren.« – »Warum?« – »Um nach Séraphin zu sehen.« – »Warum?« – »Weil man mir gesagt hat, er hätte etwas mit der lustigen Witwe.« – »Und haben Sie ihn zusammen mit dem Opfer gesehen?« – »Ja, ich hab ihn gesehen.« – »War das Opfer zu dem Zeitpunkt noch am Leben?« – »Am Leben? Das kann man wohl sagen!« – »Wie spät war es da?« – »Meine Mutter geht um neun Uhr ins Bett. Und dann noch die Zeit, die ich bis nach Peyruis gebraucht habe.« – »Und warum sind Sie Séraphin dann bis nach Pontradieu gefolgt?« – »Weil ich ihn liebe.«

Marie hatte Séraphin also von neun Uhr abends an im Auge behalten, von dem Moment an, als er mit dem zu diesem Zeitpunkt noch quicklebendigen Opfer zusammen gewesen war. Und Charmaine hatte ihn dann verlassen und war nach Hause gefahren. »Warum ist sie nach Hause gefahren?« Auf diese Frage wollte Séraphin durchaus keine Antwort geben. Allerdings hatte er auch die übrigen Fragen nicht beantwortet, das Mädchen hatte es für ihn getan. Auch er hatte sich auf den Weg nach Pontradieu gemacht, und zwar mit Marie auf den Fersen. Er konnte nicht vor dem Opfer in Pontradieu gewesen sein und die Hunde freigelassen haben, ebenso wenig wie die eifersüchtige Marie.

Die Pächterfamilie und diese Hausangestellte in ihrem Kleid aus Sackleinen hatten Charmaines Auto vorfahren hören.

»Aber wenn Sie das Auto gehört haben, dann müssen Sie doch auch Schreie gehört haben? Denn schließlich hat sie doch wohl geschrien, als sie angefallen wurde?« – »Nein«, hatte sich der Arzt eingeschaltet. »Sie muss den Hunden den Rücken zugewandt haben. Der erste hat ihr die Halswirbel gebrochen, als er sie ansprang. In so einem Fall gibt es keinen Schrei ...« – »Aber das Gebell der Hunde müssen Sie doch gehört haben?« Darauf der Sohn des Pächters: »Nein. Diese Hunde bellten nicht. Sie heulten manchmal wie die Wilden, das war alles. Gebellt haben sie normalerweise nie.« – »Wer hatte den Schlüssel für das Vorhängeschloss?« – »Ich«, hatte der Sohn des Pächters gesagt. »Aber ich hab mich nich' getraut, ihn zu benutzen. Ich hab sie auch gefüttert, aber ich hab ihnen ihr Futter durch die kleine Klappe bei den Salzlecksteinen reingeschoben und dabei noch höllisch aufgepasst! Nein, ich mag Hunde, ich hab selber drei. Aber diese Biester, die waren eher wie Menschen ... Die hatten einen Killerinstinkt. Die waren aufs Töten abgerichtet. Die hingen an niemandem. Monsieur Patrice hatte davon gesprochen, sie töten zu lassen. Unglücklicherweise ...« Der Gendarm hatte schamhaft Auslassungspunkte im Protokoll verwendet, obwohl dies nicht den Vorschriften entsprach. »Unglücklicherweise haben Sie ihn festnehmen lassen«, ergänzte der Richter im Stillen.

»Warum nicht der Pächterssohn?«, begann er sich zu fragen. Ein kräftig gebauter, lebensvoller, aber verschlossener Junge – warum nicht er? Eine recht anziehende Kriegerwitwe. Ein Anfall von Eifersucht. Sie hatte ihre Gunst dem Straßenarbeiter geschenkt, da hatte er sie den Hunden ausgeliefert. So könnte es doch gewesen sein. Und diese Bluthunde? Sollten die ihn friedlich seiner Wege haben ziehen lassen, nachdem er sie freigelassen hatte? Und dann war da schließlich noch Gaspard. Zwei Verbrechen im selben Haus von zwei verschiedenen Tätern? Denn wenn der Pächterssohn auch kräftig aussah, so schien er doch die Weisheit nicht gerade mit Löffeln gefressen zu haben. Um aber auf die Idee zu kommen, den Rand des Wasserbeckens einzuseifen, musste man schon ziemlich einfallsreich sein.

Im Übrigen waren der Pächter, sein Sohn und seine Tochter bis zu dem Augenblick, als sie die Schüsse hörten, die die Blonde mit den aufgelösten Zöpfen abgefeuert hatte, nicht allein gewesen. Sie hatten den ganzen Abend lang Trester auf den Lastwagen des Schnapsbrenners geladen und waren dann zusammen mit ihm herangeeilt, um den Schaden zu begutachten.

»Die Mutter vielleicht?«, fragte sich der Richter. Sie saß dort hinten zusammengesunken auf dem Sofa, den Kopf zwischen den Händen. Die Pächterin, die um die zwei Zentner wiegen musste, hatte sich schützend neben ihr aufgebaut. »Die Mutter? Taub und somit vermutlich auch sonst von recht begrenzten Fähigkeiten.« Er zuckte mit den Schultern. »Welchen Grund hätte sie haben können, die Mutter?«

»Wir haben sie mit größter Schonung verhört«, stand im Polizeibericht. »Wir mussten sie daran hindern, sich über die Leiche ihrer Tochter zu werfen.«

Blieb noch diese Hausangestellte in dem Kleid aus Sackleinen, deren schwarze Augen das blonde Mädchen durchbohrten, als wolle sie sie umbringen. »Und Sie? Wie kommt es, dass Sie an besagtem Ort bei der Leiche Ihrer jungen Herrin erschienen sind – mit einem Gewehr in der Hand?« – »Ich hab ihr Auto gehört. Ich war noch auf. Ich trauerte um meinen armen Herrn. Ich bin an meine Dachluke getreten und habe gesehen, dass das Auto vor der Garage stand. Charmaine hatte vergessen, die Scheinwerfer auszumachen. Ich bin runtergegangen, um es ihr zu sagen.« – »Mit dem Gewehr?« – »Ich habe es immer bei mir, besonders seit ...« – »Und mit diesem Gewehr haben Sie auf Séraphin Monge gezielt?« – »Ja.« – »Und Sie hätten abgedrückt?« – »Ja. Wenn diese dumme Gans mich nicht umgestoßen hätte... Bestimmt hätte ich ihn erwischt! Im Übrigen erstatte ich Anzeige. Dieses Mädchen hat mein Gewehr zerschlagen.« – »Wollten Sie Séraphin Monge töten, weil Sie glaubten, er hätte Ihre Herrin umgebracht?« – »Nein. Als ich die Allee erreicht habe, war Charmaine schon tot, und er war da hinten vollauf mit den Hunden beschäftigt.« – »Und Sie kamen nicht auf die Idee, ihm zu helfen, wo Sie doch bewaffnet waren?« – »Helfen, dem da? Ich hab zu mir gesagt: Keine Frage, gleich sind sie fertig mit ihm, *ils vont l'accaber.*« – »Wie bitte?« Die Gendarmen stammten offensichtlich nicht aus der Gegend. – »Sie werden ihn zerfleischen, wenn Ihnen das besser gefällt! Denkste! Umgekehrt, *er* hat die Hunde erledigt! Das beweist doch nur, was ich sage: Um diese Bestien umzubringen, muss man mit dem Teufel im Bunde sein! Lassen Sie sich das gesagt sein!« – »Und deshalb wollten Sie auf Séraphin schießen?« – »Er ist ein Kind des Unglücks. Hätte Charmaine ihn nicht hierhergelockt, dann wäre nichts geschehen. Was kann man schon tun gegen so ein Kind des Unglücks? Es töten, weiter nichts. Wenn jemand im Blut eines Verbrechens geboren wurde, dann kommt er nie mehr davon los! Er ist nicht mehr unschuldig, das stimmt einfach nicht! Ein Verbrechen ist wie ein giftiger Pilz: Es vergiftet alle, Mörder wie Opfer. Es ist ansteckender als die Pest, so ein Verbrechen. Und der da – ja, sehen Sie das denn nicht? Schauen Sie ihn doch an! Wann immer das Schicksal eine Möglichkeit sieht, ihn mit Blut zu besudeln, dann tut es das auch. Mein Gott, welches Unglück, dass nur ich einen klaren Blick für so etwas habe! Ist Ihnen denn nicht klar, dass *Sie* auf ihn schießen würden, wenn Sie ihn so sehen könnten wie ich?« – »Er hat die Hunde getötet. Er kniete neben Ihrer Herrin.« – »Ach die! Die beiden waren ein schönes Paar! Sie hatte das Bild ihres gefallenen Helden ganz unten im Schrank versteckt, unter ihrer liederlichen Kleidung. Als ob sie ihn so daran hindern könnte, alles zu sehen.« – »Sie bleiben also bei Ihrer Aussage?« – »Natürlich bleibe ich dabei! Meine Mutter sagte immer zu mir, Eudoxie, sagte sie, sag immer die Wahrheit, sag das, was du für richtig hältst. Mit der Wahrheit als Katechismus wirst du stets zur Rechten Gottes sitzen!«

Die Gendarmen hatten all das Wort für Wort, von Zeit zu Zeit mit der Zunge die Mine des Kopierstiftes anfeuchtend, sorgfältig und schön leserlich in vierfacher Ausführung in die Formulare übertragen.

Der Richter musste den Tatsachen ins Auge sehen. Hier war nur eine Spur zu verfolgen: Ein und dieselbe Person hatte erst Gaspard und dann Charmaine getötet, entweder weil sie lästig wurde oder weil sie das Geheimnis um den Tod ihres Vaters kannte und am Reden gehindert werden sollte. Die ganze Angelegenheit war klar und völlig undurchsichtig zugleich, denn der Hauptnutznießer dieser zwei Verbrechen saß – welch ein Pech! – im Gefängnis. Oder war dort zumindest noch in dieser Nacht gewesen, denn in diesem Augenblick musste er bereits in seinem roten Auto unterwegs nach Pontradieu sein. Na, der würde hier ein schönes Theater vorfinden! Und wie stand es nun mit all den anderen hier im Raum, die auf seine Entscheidungen warteten? Jeder von ihnen hätte den Rand des Wasserbeckens einseifen, aber keiner hätte die Hunde freilassen können, ohne dass es ihm dabei wie Charmaine ergangen wäre. Wer hätte es dann aber ungestraft tun können? (Und sich dabei noch sicher genug fühlen dürfen, in aller Ruhe die Tür des Paddocks festzuhaken?) Das Rätsel, dem sich der Richter gegenübersah, wurde immer undurchdringlicher. Er erwog, ein Rechtshilfeersuchen an die Kollegen in Marseille zu schicken, um so in Erfahrung zu bringen, wo der Vater der Diva, der Verkäufer der Hunde, am betreffenden Tag gewesen war, da er offenkundig der Einzige war, der sie gut genug gekannt hatte, um sie gefahrlos freilassen zu können. Aber wo lag das Motiv in diesem Fall? Man war schon im Zusammenhang mit dem Mord an Gaspard auf ihn verfallen, immerhin verfügte er über ein kleines Vorstrafenregister. Sein Alibi hatte sich jedoch als hieb- und stichfest erwiesen. Warum hätte er herkommen sollen, um Charmaine umzubringen?

»Ich muss das Motiv finden«, sagte der Richter zu sich selbst, »ohne Motiv ...«

Es war spät geworden, und er hatte zu viele Verdächtige. Die Gendarmen hatten bereits einen Anruf von der Wache erhalten. Die Eltern des blonden Mädchens hatten die halbe Gegend in Aufruhr versetzt. Sämtliche Einwohner von Lurs durchkämmten die umliegenden Gebüsche und Hecken, denn die in Tränen aufgelöste Bäckerin war nicht einmal mehr in der Lage, Brot auszuliefern. Erst musste ihre Tochter gefunden werden. Man war dabei, alle Wasserbecken nach ihr abzusuchen. Man hatte die Wasserzufuhr des Kanals unterbunden, um seinen Grund absuchen zu können.

»Jetzt muss eine rasche Entscheidung getroffen werden«, sagte der Richter sich und traf sie. Er traf daneben. Da diese Hausangestellte so hartnäckig auf ihrer Aussage beharrte ... Wie hieß sie noch gleich? Ach ja, hier war es: Eudoxie Chamechaude. Nun, da diese Chamechaude selbst zugab, sie habe besagten Séraphin Monge beseitigen wollen, was sie ohne das Eingreifen des Mädchens Marie Dormeur auch getan hätte, war alles in bester Ordnung. Die Chamechaude war in jedem Fall der Justiz zu überstellen.

Da ertönte zum ersten Mal Séraphins sanfte Stimme:

»Ich erstatte keine Anzeige«, sagte er.

»Wie bitte? Sie wollte Sie umbringen. Sie gibt es zu. Und Sie wollen keine Anzeige erstatten?«

»Nein, ich erstatte keine Anzeige. Ich habe kein Recht dazu.«

»Wie bitte? Was soll denn dieser Unsinn? Wer will Ihnen dieses Recht nehmen? Ich verstehe wirklich nicht, was Sie davon abhält, auf einem Recht zu bestehen, das das Gesetz Ihnen zubilligt.«

Der Richter warf einen verstohlenen Blick auf Séraphin, der den Mund nicht mehr aufmachte und der jetzt mit all dem getrockneten Blut und den Schürfungen und Quetschungen ganz schwarz aussah. Dieser Riese schien ihm immer weniger geheuer. Schon bei seiner Geburt hatte er als Einziger ein Massaker überlebt, und dann hatte er es fertig gebracht, unversehrt aus dem Blutbad des Krieges zurückzukehren, und das, obwohl er – wie der Richter wusste – an den umkämpftesten Orten dabei gewesen war. Darum beneidete ihn der Richter, so wie man einen Mann beneidet, der viele Liebschaften gehabt hat. Und nun war er dank der Liebe eines Mädchens und seiner eigenen unheimlichen Kräfte ein weiteres Mal dem Tode entronnen. Das war ein bisschen viel. Nun ja, wie dem auch sein mochte … Vorerst war er noch das Opfer. Und die Angeklagte war diese arme Frau in dem Kleid aus Sackleinen, die sich mit ihren von Wahrheitsliebe zeugenden Aussagen selbst einen Strick gedreht hatte, die ihm aber nichtsdestoweniger sympathisch war. Er mochte ergebene Dienstboten.

Er gab den Gendarmen ein Zeichen.

»Und in ebendiesem Augenblick ist Patrice zurückgekommen, mein lieber Herr, da Sie es so genau wissen wollen! O Gott. Ein einziger Blick auf ihn ließ mir das Blut in den Adern gefrieren. Sie können sich keine Vorstellung davon machen. Es gibt sie heute nicht mehr, diese *gueules cassées* von 1914. Oder zumindest kaum mehr. Sie sind inzwischen alle gestorben. Es war vor allein sein Kinn, seine Stirn ... und seine Ohren ... oder das, was davon noch übrig war. Ja, und die andere, die Rose Sépulcre, die war bei ihm. Sie hatte schnell kapiert, worauf es ankam. Verstehen Sie mich recht – ich bewundere sie. Man musste das erst einmal fertig bringen! Ich hätte es nicht gekonnt. Na, jedenfalls waren sie beide da. Man hatte sie vorgewarnt. Er kam aus dem Gefängnis und fand seine Schwester von den Hunden zerfleischt vor. Wenn Sie wüssten, wie sehr er sie geliebt hat. Uns wurde das deutlich, als er fragte: ›Wo ist sie?‹ und sofort entschlossen auf die Waschküche zuging. Er ging hinein. Er machte eine hilflose Handbewegung. Rose hat geschrien. Sie hat sich an ihn gehängt. Er ging wie ein Roboter, und sie hing an ihm wie eine Klette. Sie hat wieder geschrien. Er hat sie ungeduldig zur Seite geschoben. Und wenn ich ehrlich sein soll, er war sogar brutal. Dann ist er auf die Knie gefallen. Er hat das Laken gepackt, das die Leiche seiner Schwester bedeckte, und hat es zurückgeschlagen. Und dann ... was an ihr noch heil war, war ihr Gesicht. Und Patrice, er begann es behutsam zu streicheln. Dann hat er sich vorgebeugt und ihre Augenbrauen, Stirn und Haare mit kleinen Küssen bedeckt, so wie man ein ganz kleines Kind über einen großen Kummer hinwegtröstet. Dabei sind ihm selbst die Tränen über das Gesicht gelaufen ... Oh, diese *gueule cassée* weinen zu sehen, dabei ging einem das eigene Herz entzwei. ›Deck sie zu!‹, schrie Rose. ›Ich flehe dich an, deck sie zu.‹ Der Anblick ihres Bauches und ihrer Brust war nämlich wirklich kaum zu ertragen. Ja, und dann hab ich gesehen, dass Rose nicht mehr konnte. Dass sie gleich umkippen würde. Dass sie nicht mehr ansprechbar war. Nebenbei gesagt: Den Anblick von Patrices Gesicht hat sie tapfer ertragen. Und ich, die ich schaudernd vor ihm zurückgewichen bin, ich konnte Charmaines zerfetzten Bauch betrachten, ohne schwach zu werden. Wie soll man das erklären? Nun ja, wer kennt sich schon aus mit der menschlichen Natur? Und dann ... Was hätten Sie an meiner Stelle getan? Ich hab Rose in dem Moment aufgefangen, als sie umkippte, und zog sie an mich. Es war schon ein komisches Gefühl für mich, meine Intimfeindin so im Arm zu halten … Aber was soll's … Du sollst deinen Nächsten lieben …

Und dann hab ich gesehen, wie Séraphin neben Patrice hinkniete, und er war es, der das Laken wieder über Charmaines sterbliche Überreste gebreitet hat. Dann hat er Patrice an sich gezogen, so wie ich es mit Rose getan hatte. Nur hat er ihn – wie soll ich sagen – nicht wie einen Bruder, auch nicht wie einen Freund an sich gedrückt. Fast hätte ich gesagt, wie eine Mutter! Aber nein, es war auch nicht wie bei einer Mutter. Eigentlich hat er ihn auch nicht an sich gedrückt, er hielt ihn in seinen Armen geborgen. Und er hat mit ihm geweint. Er war ein sicherer Hafen, dieser Séraphin. Er war … Ach, wie hätte ich ihn denn nicht lieben sollen? Und ich sah seine armen verstümmelten Hände, die ganz schwarz waren und auf denen man immer noch die Spuren der Hundezähne sehen konnte. Ich hab mir gesagt: Man wird sie ihm abnehmen müssen! Und ich weinte. Und ich hab mich gefragt: Wie macht er das nur? Wie bringt er es bloß fertig, nicht zu zeigen, dass er Schmerzen hat? Und während ich mich das fragte, klapperte ich mit den Zähnen, denn dort muss es gewesen sein, in dieser zugigen Waschküche, in der der Leichnam immer noch seine Wundflüssigkeit absonderte und in der ich das Wasser aus einem schlecht zugedrehten Wasserhahn in das große Spülbecken tropfen hörte … Ja, mein lieber Herr, wenn sie mich danach fragen, dort muss es gewesen sein, wo ich mir den Tod geholt habe.

Und das alles hat so lange gedauert, bis plötzlich die Tür hart aufgestoßen wurde. Da sind meine Eltern hereingekommen. Und die, die haben nichts gesehen. Die haben überhaupt keine Rücksicht genommen. Meine Mutter rief: ›Marie!‹, und sie haben Rose, die sich kaum aufrecht halten konnte, ohne Umstände beiseite geschoben. Und sie überschütteten mich mit ihren Tränen und Küssen und mit ›meine arme Kleine!‹.

Gezerrt und gezogen haben sie an mir. Mein Vater hatte sein Gewehr umhängen. Er rief: ›Weg von hier, schnell, weg von hier!‹ Sie hatten den Leihwagen des Werkstattbesitzers in Peyruis gemietet. Ich hab mich gefühlt wie in einem Schraubstock. Noch nie hatte meine Mutter mich so an sich gedrückt, ihren *Augapfel*. Niemals wieder, mein lieber Herr, nie bin ich je wieder der Augapfel von jemandem gewesen... Damals habe ich mich gewehrt, ich habe auch geschrien. Ich wollte bei Séraphin bleiben. Wissen Sie, damals brachte ich zweiundsechzig Kilo und ebenso viel Willenskraft auf die Waage! Es war nicht leicht, mich wegzukriegen... Ich schrie, dass ich etwas zu sagen hätte. Das stimmte. Dass ich vergessen hätte, etwas zu sagen. Das stimmte. Als ich Séraphin nachts auf der Straße gefolgt war, war mir jemand auf einem Fahrrad ohne Licht und mit einem verbogenen Rad entgegengekommen. Die ganze Zeit danach ist mir das in meinem fiebrigen Kopf herumgegangen: Verbogenes Rad, etwas sagen... etwas, das nur du allein bemerkt hast... Aber nein! Sie haben mir nicht die Zeit dazu gelassen. Sie haben gemerkt, dass ich Fieber hatte, dass ich mit den Zähnen klapperte. Ihre Liebe hatte mehr Kraft als mein Wille. Sie haben mich einfach mitgenommen. Und an diesem Abend... oder dem Abend darauf – oder drei Tage später? Ich weiß es nicht mehr... Ich muss mich ein paar Tage so dahingeschleppt haben. Ach Gott, das alles ist so lange her. Jedenfalls habe ich mich an einem dieser Tage ins Bett gelegt und bin nicht mehr aufgestanden. Fünfundzwanzig Tage, ganze fünfundzwanzig Tage lang, mein lieber Herr! Alles Übrige ist ohne mich passiert.«

... sollte Marie über sechzig Jahre später sagen.

Zwei Tage später war Séraphin wieder auf der Straße. Mit geschwollenen Händen umklammerte er den Stiel des Vorschlaghammers, als wollte er ihn zerbrechen, und er hieb im gewohnten Rhythmus auf den Schotter ein, in der Hoffnung zu vergessen. In der allgemeinen Gerüchteküche hatten sich die Hunde, die er getötet hatte, schnell in tollwütige Hunde verwandelt. Kinder und Radfahrer kamen in gebührendem Abstand vorbei. Alle hielten sie nach den ersten Anzeichen der Krankheit Ausschau. In Peyruis übten sich sogar sechs kräftige Burschen heimlich darin, den Straßenarbeiter gegebenenfalls zwischen zwei Matratzen zu ersticken. Séraphin bekam keine Tollwut, aber wurde schwach wie ein Kind angesichts der schrecklichen Erkenntnis, die ihn überfiel: Jemand hatte es sich zur Aufgabe gemacht, seine Pläne für ihn auszuführen. Jemand beobachtete ihn, folgte ihm, erriet jede seiner Bewegungen im Voraus, tötete an seiner Stelle. »Aber nein! Niemals!«, sagte er sich. »Ich hätte Charmaine nie getötet. Selbst wenn sie mich verraten hätte! Ich hätte es nicht fertig gebracht ...«

Stundenlang saß er niedergeschmettert und mit starrem Blick auf der Bank vor dem Tisch, der immer noch die schiefe Lage einnahm, in die Charmaines Fußtritt ihn befördert hatte, als sie sich über ihn hermachte. Er konnte den Blick nicht von diesem leeren Stuhl abwenden, auf den sich zu setzen er nie wieder wagen würde. Charmaines Anwesenheit in diesem Zimmer war noch zu spüren. Sogar ihr Parfüm lag noch in der Luft.

Eines Abends öffnete Séraphin die Blechdose. Er nahm die Schuldscheine heraus, hob den Deckel des Zimmerofens ab – denn langsam war es kalt geworden – und hielt die Scheine über die Flammen. Aber er wagte es nicht. Er fürchtete, ein Sakrileg zu begehen. Er legte sie dorthin zurück, woher er sie genommen hatte.

»Nie wieder«, sagte er leise.

Er glaubte, nicht mehr genug Mut und Kraft zu haben, auf den Tod eines weiteren Menschen zu sinnen.

Dieser Entschluss schien ihm für eine Weile Frieden zu schenken. Er lebte nicht mehr in höchster Anspannung. Er konnte wieder schlafen. Zwei Nächte lang schlief er gut. Er war nicht länger auf der Hut. Seine riesigen Fäuste, deren

Wunden sich unaufhaltsam mit neuem Fleisch überzogen, entspannten sich im Schlaf. Er ließ sie ungeschützt auf der Steppdecke ruhen.

Der Traum traf ihn mit voller Wucht, völlig unvorbereitet, wie ein Stich mit der Heugabel in den Hintern. Und dieses Mal kam er ohne Vorspiel, ohne dieses Rascheln welken Laubes, das ihn vorwarnte und es ihm für gewöhnlich erlaubte, sich aus dem Schlaf zu stehlen. Dieses Mal nicht. Er fand sich von wollüstigem Fleisch umschlungen, das nun nicht mehr nach Ruß, sondern nach Bergamotte roch. Er fand sich bedrängt von einem kraftvollen Körper, ohne sich in Einzelheiten zurechtfinden zu können. Der Körper war schon über ihm, als er sich des Traumes bewusst wurde. Sein Ohr empfing die Worte, die dieses Mal deutlich zu verstehen waren. Die Umarmung hielt ihn wie in einem Schraubstock gefangen, gleichsam um ihn zu zwingen, die Waffen zu strecken. Sie entlockte ihm einen gewaltigen Samenerguss, dem er nicht mehr Einhalt gebieten konnte. Mitten im Grauen überkam ihn die höchste Lust. Als er zu sich kam, saß er aufrecht im Bett und verspürte ein Kribbeln bis in die Haarwurzeln. Was hatte sie gesagt? Was hatte sie ihm sagen wollen? Mit welcher Stimme – eine Stimme, die er sein Lebtag noch nie gehört hatte – hatte sie ihm ihre Befehle eingeschärft? Sie hatte lange geredet. Doch erinnerte er sich nur noch an die letzten Worte, die einzigen, die er sich zu merken hatte: »Ich habe dich nicht ausgeschickt, damit du Mitleid empfinden sollst!«

Und von diesem Augenblick an geschah etwas Seltsames in Séraphins Herz: So wie seine Wunden verheilten, ohne Narben zu hinterlassen, so löste sich auch sein Geist von Charmaine; er vergaß Gaspard, vergaß Patrice und richtete seine ganze Aufmerksamkeit wieder einzig auf die Opfer, die er seiner Mutter zu Füßen legen musste.

Am Abend nach dem Traum begann er, über die Hügel rund um die Mühle von Saint-Sépulcre zu streifen, wo der zweite Mörder seiner Familie hauste.

~ 14 ~

DIE Mühle von Saint-Sépulcre liegt eingezwängt unter einem langen Felsen an einem Fall des Lauzon, mitten in einer *clue*, einem Felsdurchlass, der in eine kurze, kelchförmige Schlucht zwischen den ersten Hügeln des Lure-Gebirges mündet. Ihre sanften Rundungen liegen in Reichweite des Betrachters und laden zum Streicheln ein.

Hier gibt es kein Schaufelrad wie in den romantischen Mühlen. Der Lauzon hätte niemals genug Wasser, um es anzutreiben. Stattdessen gibt es ein System von Wehren, übereinander angeordneten Staubecken, Klappen, Schleusen, Stempeln, einem hölzernen Getriebe mit Stock- und Kammrädern, von Streben, Zahnstangen, Gegengewichten. Wenn sich das alles dreht, klappert es wie ein ganzes Orchester von Skeletten. Könnte man den gesamten Mechanismus mit einem Blick erfassen, sähe man eine Kirchturmuhr, die statt Zeit Oliven mahlt.

Unter den vielen Sépulcres, die sich im Laufe der Zeit hier abgelöst haben, hat jeder eine ausgeklügeltere Methode erfunden, die immer wieder auftretende Wasserknappheit ein wenig auszugleichen, sodass das System jetzt, nach so vielen Generationen, derartig kompliziert ist, dass es jedes Jahr komplett überprüft, ausgebessert und neu eingestellt werden muss, bevor die Mühle benutzt werden kann. Das fängt bei den Gerinnen an, die der Wasserzufuhr dienen.

An jenem Tag ging Didon Sépulcre früh aus dem Haus, die Schaufel geschultert, in der Hand den Honigeimer voll rosafarbenen Fetts, um die beiden Führungsschienen des Wehrs zu schmieren. Der Nebel war so dicht, dass man den Rauch der eigenen Zigarette nicht mehr sehen konnte. Langsam ließ sich der Lauzon wieder hören. Kraftlos, wie er einem den ganzen Sommer über erschienen war, stellenweise ganz unter dem groben Schotter seines Bettes verschwunden, das zum Schluss von grünem Moos überzogen war, hatte man schon nicht mehr gewusst, dass es ihn gab.

Didon sog die Luft ein, bevor er sich auf die in die Erde getretenen Stufen wagte, die direkt zum Mühlgerinne führten. Es herrschte genau das Wetter, das er sich am wenigsten gewünscht hätte. Letzte Woche, an einem ähnlichen Tag, war es ihm so vorgekommen, als habe er durch die Nebelschwaden hindurch, oberhalb des Wasserfalls, einen Mann gesehen, der sich nachdenklich über das Brückengeländer beugte. Als ob man meditieren könnte, wenn man Nebel einatmet, als ob man die Aussicht genießen könnte, wenn man kaum die Hand vor Augen sieht.

Bei diesem Wetter erschien ihm nichts so ganz koscher, es gab zu viele Winkel, in denen sich ein Übeltäter hätte verstecken können. Alle Heimtücke der Welt gab sich ein Stelldichein. Zumindest kam es Didon Sépulcre so vor, als er vorsichtig das Haus verließ. Und ebenso wie Célestat Dormeur ein Gewehr mitnahm, um seinen Teig zu kneten, nahm Didon es mit, um seine Wassergräben auszuschaufeln. Ein trügerischer Schutz: Was soll man schon im Nebel mit einem Gewehr anfangen? Und wie soll man es benutzen, wenn man vornübergebeugt in einem schulterhohen Graben steht? Man bückt sich, richtet sich wieder auf, und nur der Kopf reicht knapp über den Grabenrand. Wenn sich da je einer lautlos von hinten durch den Nebel heranschliche, über den weichen Schlamm, den man sein ganzes Leben lang aus diesem Graben geschaufelt hat, so wäre er in der günstigsten Position, um einen umzubringen. Das Gewehr? Stellt man es zu nah ab, könnte man es aus Versehen mit der Schaufel umstoßen, es könnte losgehen und einem eine Kugel in den Bauch jagen. Aber wie dem auch sei, es war immer noch besser, es mitzunehmen. Es gab einem ein Gefühl der Sicherheit ...

Mit seiner Schaufel über der Schulter, seinem Honigeimer in der Hand und dem umgehängten Gewehr hätte Didon jeden Zuschauer zum Lachen gebracht, wenn es einen gegeben hätte. Aber bei diesem Nebel... Nur die Teresa lachte aus vollem Halse. Sie wusste eben von nichts. Hätte sie etwas gewusst, sie hätte ihm selbst das Gewehr geladen, wäre selbst mit ihm zum Wehr gegangen und hätte über ihn gewacht – den Finger am Abzug. Aber wie hätte er es ihr sagen sollen? Hätte er vielleicht sagen sollen: »Séraphin Monge hat sein Haus abgerissen... Gaspard Dupin ist tot... Was soll ich dir sagen, seitdem hab ich Angst ...« Wie hätte er ihr das alles sagen können, ohne dass sie ihn gefragt hätte, warum er denn Angst habe.

Didon seufzte und stieg die Treppe zum Gerinne hinauf. Es war vierzehn Tage vor Sankt Katharina. Die Felder waren abgeerntet und umgepflügt, der Wein gelesen. Es war jedes Jahr das gleiche. Jedes Mal sagte man sich: »Dieses Jahr lass ich mich nicht wieder unter Druck setzen. Die Mühle wird geputzt und vorbereitet, sobald ...« Doch nie fand man Zeit für dieses »sobald«, das ganze Jahr über nicht. Von einer Mühle allein kann man nicht leben. Jedes Jahr kam auch wieder alles andere hinzu. Die Mühle war eben nur das fünfte Rad am Wagen... Und in zwei Wochen war schon wieder Sankt Katharina.

»Sankt Katharina füllt das Öl in die Oliven.« Die Fröstler, all jene, die sich für vorausschauend hielten, weil sie die Früchte ernteten, kaum dass sie reif waren, all jene, die sich vor der Arbeit bei Regen, Mistral oder Schnee fürchteten – die gemeine Gattung der Olivenpflücker eben, zu der sie hier alle gehörten –, stürzten sich auf Sankt Katharina wie auf einen Feldhasen in seiner Kuhle. Und spätestens am ersten Dezember waren sie dann schon da mit ihren vollen Säcken.

Mit misstrauischen Blicken, als hätten sie einen Schatz gefunden, warteten sie auf das Öl. Würde man sie lassen, sie würden es direkt unten aus den Pressmatten pumpen. Jeden Tropfen fingen sie in den Messbechern auf und ließen ihn dann in die großen Korbflaschen rinnen. Und sobald diese voll waren, trugen sie sie zu zweit, hurtig, hurtig, zu den Leiterwagen oder zu den zweirädrigen Karren, während das Kind als Nachhut den Rückzug sicherte und der Großvater bei den noch leeren Flaschen blieb und mit stechendem Blick wachte, als wäre der Müller ein Dieb, als bestünde die Gefahr, dass die Nachbarn und Freunde, die warteten, bis sie an der Reihe waren, sich heimlich ein oder zwei Flaschen unter den Nagel reißen könnten.

Und dann war man fein heraus. Man konnte die Türen zuwerfen, sich in sein Haus verkriechen und mit sadistischer Freude den anderen zusehen, wie sie sich gebeugt auf den Trittleitern stehend in den Olivenhainen abquälten. Aller Vorsorge zum Trotz konnte es dennoch vorkommen, dass man abends mit eisigen Füßen und steifen Knien ins Bett ging, mit Erfrierungen an den Ohren, sodass man nicht wusste, auf welcher Seite man den Kopf aufs Kissen betten sollte. Man konnte nicht sicher sein, dass der Ischias oder eine Grippe einen nicht doch ans Bett fesselte. Denn Sankt Katharina hin oder her, das Wetter tat, was es wollte, und es war nicht auszuschließen, dass der fünfundzwanzigste November und die Tage danach düsteres Wetter brachten und die unerbittliche Kälte einem bis auf die Knochen ging.

Denn der Ölbaum ist der Baum des Leids. Frieden bringt er nur denen, die ihn durch Gott betrachten. Man sollte es ihm eigentlich ansehen. Verkrümmt, knorrig, buckelig sieht er aus, er nimmt die gebeugte Haltung eines Greises ein, der an alle Heimtücken des Wetters gewöhnt ist. Wenn man ihn so betrachtet, wie er auch im Raureif noch stoisch unter der Last seiner Früchte dasteht – manchmal hängen nur wenige an jedem Zweig, manchmal trägt er so viele, dass die Äste fast brechen, und in beiden Fällen gibt dies Anlass zur Klage –, sollte einem eigentlich einleuchten, dass man sich auf ihn einstimmen muss, ebenso stoisch sein muss wie er, um seine Früchte zu ernten. Trotzdem versucht man jedes Jahr aufs neue, das Wetter zu überlisten. Man versucht, es vorauszuahnen, so wenig wie möglich darunter zu leiden. Daran erinnert die Redensart von Sankt Katharina.

»O ja!«, seufzte Didon Sépulcre. »Und danach, wie das eben so geht, kommt dann ein milder Januar, der sich so freundlich gibt, dass es ein Vergnügen gewesen wäre, die Oliven zu ernten, ohne Regen, ohne Mistral, ein Januar, der von Anfang bis Ende nur so strahlt, sodass er die Veilchen hervorlockt und – nicht zum ersten Mal – diese unerfahrenen Mandelbäume reinlegt, die natürlich sofort wie die Trottel anfangen zu blühen!«

Von neuem stieß Didon einen tiefen Seufzer aus.

»Schön und gut«, sagte er sich, »aber Sankt Katharina ist den Leuten nun einmal heilig. Wenn die Mühle nicht spätestens zum ersten Dezember für die Oliven bereit ist, würden sie kommen und dich aus dem Bett prügeln, diese Hampelmänner!«

So grübelte Didon Sépulcre vor sich hin, die Schaufel geschultert, das Gewehr umgehängt, den Fetteimer an der Hand baumelnd. Im Rauschen des Lauzon, das allmählich lauter wurde, näherte er sich der Böschung des Mühlgerinnes. Er ging durch diesen Nebel, der die Blätter der Espen beschwerte und sie wie Regen niederrieseln ließ. Das Wetter war richtig krank. Der Herbst ging in Fäulnis über. Die Eichen waren drei Wochen zu früh dran. Sie waren schon golden, bald würde ihr Winterfell sie stumpf werden lassen.

Didon tappte in diesem Eischnee herum, an den er nicht gewohnt war. Sein Besitz hielt ihn zum Narren: Er sah ganz anders aus, als er ihn kannte. Fast wäre er gegen die Verstrebung des großen Wehrs gestoßen, von der er sich noch mindestens drei Meter entfernt geglaubt hatte.

Er kletterte in das glitschige Gerinne hinab. Er hängte das Gewehr an die Verstrebung. (Gar nicht so leicht, es von dort im Notfall schnell herunterzuholen, aber was soll man machen?) Er spuckte in die Hände. Er ging beherzt an die Arbeit. Es lief gut. Schaufelweise warf er den kompakten Schlamm neben den Graben, auf den der vergangenen Jahre, wo er mit einem kurzen Platsch landete. Er säuberte den Boden des Wehrs. Dieses Wehr, das man wie eine Guillotine herabfallen ließ, vielleicht stammte es noch von den allerersten Sépulcres. Es war ebenso ehrwürdig, ebenso gut erhalten, wenngleich bar jeder Farbe, wie alte Familienmöbel in einer geschützten Stube.

Hinter diesem Eichentor floss der Lauzon über den Schotter, seine Wellen trugen schon Schaumkronen. Dieser Lauzon hatte so seine Launen. Oft musste zusätzlich ein Pferd eingespannt werden, um die Mühlsteine zu bewegen, so schwach war die Strömung bei niedrigem Wasserstand. Manchmal musste man achtundvierzig Stunden warten, bevor die Gerinne wieder gefüllt werden konnten. Andererseits gab es auch wieder Jahre, in denen man ihn mit aller Kraft zurückhalten musste, wie einen Hengst, wenn er in den Mulden bei Montlaux, den Niederungen nördlich von Ganagobie und auf den Felsplatten bei Maltortel genug Wasser gesammelt hatte, um wie ein Raubtier zu brüllen und entschlossen sein Teil zur Bösartigkeit der Dinge beizutragen.

Zärtlich fuhr Didon mit seinen dick eingefetteten Händen über die Gleitschiene, damit der Schieber sich leichter bewegen ließe. Währenddessen lauschte er auf den Lauzon, der klang, als ob er lauter Flaschen mit sich führte. Dieses Jahr würde es viel Wasser geben. Darin irrte er sich selten, der Didon. Wenn er beim Reinigen des Wehrs sein Ohr gegen die Bretter presste, als horche er an einer Tür, dann sagte ihm das jeweilige Geräusch, was mit diesem launenhaften Fluss bis Sankt Katharina geschehen würde.

Dieses Jahr würden sie die Oliven mit Klumpen an den Füßen ernten; fünf Kilo schwere Sandklumpen würden an jedem Schuh hängen bleiben, wenn die Trittleiter an einen anderen Ort gestellt werden musste. Mit steifen Knien würden die Leute zur Mühle kommen. Davon würden sie noch lange reden ... Bei dieser Vorstellung musste Didon lächeln. Wie gern hörte er in der warmen Mühle den Olivenpflückern beim Jammern zu!

Plötzlich lief ihm ein Frösteln den Rücken hinunter und versetzte ihn in Spannung. Fühlte er da nicht einen Blick auf sich gerichtet? Er riss das Gewehr an sich, drehte sich um, versuchte mit den Augen den Nebelkokon zu durchdringen, der ihn von allen Seiten umgab. Er war allein. Aber was hieß das schon: allein? Wenn jemand seinen Bewegungen genau an der Grenze folgte, an der der Nebel undurchdringlich wurde, so war er wie hinter einem Vorhang versteckt, und Sépulcre konnte ihn nicht sehen. Aufs Geratewohl schießen, ohne Warnung, als Einschüchterung? Wenn es nun aber gar nicht das war, was er erwartete – was er schon seit zwanzig Jahren erwartete und was er jetzt nach Gaspard Dupins Tod, da war er sich sicher, genau über sich schweben fühlte –, wenn es nicht das war, sondern nur irgendjemand, der ohne Genehmigung geangelt hatte? Oder irgendein Nachbar, der unter den Pappeln nach Austernpilzen suchte? Nein. Schießen war keine Lösung.

Doch den ganzen Rest des Tages war es Didon bei der Arbeit unbehaglich zumute, ständig war er auf der Hut, schielte nach rechts und nach links und hielt immer wieder plötzlich inne, um irgendjemanden bei irgendetwas zu überraschen.

Während er sich so langsam von einem Gerinne zum nächsten und von Sickergrube zu Sickergrube weiterarbeitete, spürte er immer wieder diesen Blick im Rücken (und das Schlimmste war, dass er wusste, wessen Blick es war). Einmal glaubte er sogar, ein rasch unterdrücktes Husten zu hören, das er gleichfalls erkannte.

»Qué sies?« Wer ist da? rief er, das Gewehr fest im Griff. Als ob er es nicht gewusst hätte. Doch die einzige Antwort war das Rieseln der Espenblätter und das helle Geräusch wie von aneinanderschlagenden Flaschen, das vom Lauzon her kam.

Mit einem unguten Gefühl ging er nach Hause. Dieses unsichtbar gegenwärtige Wesen, das ihm den ganzen Tag hinterhergeschnüffelt hatte, ging ihm nicht aus dem Sinn. Dass es stumm im hintersten Winkel seines Gedächtnisses verharrte, unbeweglich wie eine Steinstatue auf einem öffentlichen Platz, ließ es nicht weniger bedrohlich erscheinen.

Einige Tage später hatte er durch ruhiges Nachdenken alle Risse und Sprünge seines Innern abgedichtet, durch die die wilde Angst hätte ungezügelt nach außen gelangen können. Er war fast gelassen. Das Reinigen der Gerinne und der Wehre hatte er ohne Zwischenfälle hinter sich gebracht. Alles war sauber: die Binsen entfernt, der Damm verstärkt, die Kanäle ausgeschabt, das große Wehr geschmiert. Es blieben nur noch wenige Kleinigkeiten, die allerdings höchste Sorgfalt erforderten, im Inneren der Mühle am Räderwerk zu erledigen. Den ganzen Tag hatte er damit zugebracht, die Kanten der Zapfen, Stifte und Keile zurechtzuschnitzen, die er dort anzubringen gedachte, wo der Mechanismus zu viel Spiel hatte.

Was ihm jetzt noch zu tun blieb, war die Arbeit eines Uhrmachers. Er musste jede Unregelmäßigkeit in der Drehung der Kupplungsscheiben beseitigen, sodass es auf den ganzen einhundertfünfzig Metern von dem Einlasswehr oben am Lauzon bis zur Antriebsachse der Mühlsteine nicht mehr die geringste Stockung gab und der sich auf und ab bewegende Balken des Reglers nach jeder Hebung genau beim nächsten Zahn einhakte, denn sonst würden sich die Ungenauigkeiten über die Strecke hinweg dermaßen steigern, dass nach ein paar Tagen Betrieb die Hauptantriebsscheibe so stark auf den Regler drücken würde, dass dieser unwirksam würde. Und dann könnte man die Saison vergessen.

Diese Arbeit führte Didon immer bei Nacht aus, in der Einsamkeit, weit weg vom boshaften Grinsen der Térésa, die er seit Jahren nicht mehr angerührt hatte, fern der weinerlichen Forderung Marcelles, der Unansehnlichen, außer Reichweite des unanfechtbaren Urteils, das Rose über jede Verrichtung ihres Vaters fällte.

An diesem Abend verließ er das Haus erst nach Roses Rückkehr. Rose mit ihrem eiligen Gang auf den hohen Absätzen, Rose, die jetzt jeden Abend von Patrice mit der *gueule cassée* nach Hause gebracht wurde. Térésa hatte ihren ganzen Einfluss ausspielen müssen (das volle Gewicht der dreißig Ehejahre, in denen sie einer von Anfang an freudlosen Liebe treu geblieben war), um Didon nach Roses erstem Ausbruch davon abzuhalten, seinen *Augapfel* ans Bett zu ketten. »Lass das!«, hatte Térésa gesagt. »Patrice wird sie heiraten. Sie wird die Frau eines Dupin werden. Und jetzt, wo sein Vater tot ist, ist er der Herr. Jetzt, wo seine Schwester tot ist, gehört ihm alles. Alles! Hörst du? Pontradieu mit seinen fünfhundert Hektar Land, die Fabrik, das Geschäft, alles! Deine Enkelkinder werden Millionäre sein! Also sei ruhig und geh deine Kanäle ausschaben!«

Er konnte es nicht fassen! Er, der es kaum ertragen konnte, wie Patrice sein schlecht zusammengeflicktes Harlekinsgesicht zur Schau stellte, er sah ungläubig zu, wie seine Tochter ihrem Geliebten entgegenlief, sobald sie in der Ferne sein Auto hörte. Starr vor Verwunderung beobachtete er, wie sich ihr Gesicht in seiner vollkommenen Schönheit, von aller Liebe der Welt erfüllt und mit weit geöffneten Augen zu dieser abscheulichen sarkastischen Fratze emporhob, die nicht einmal mehr im Blick Zärtlichkeit oder Bewunderung auszudrücken vermochte.

Und er wusste noch nicht einmal alles, Didon Sépulcre. Er wusste nicht, dass seine Tochter ihren zukünftigen Ehemann einer Toten entrissen hatte. Er wusste nicht, dass Rose während der Nacht und der zwei Tage, die sie bei den Überresten Charmaines gewacht hatten, Patrice dreimal daran hindern musste, sich mit der Pistole in der Hand in den Sarg neben seine Schwester zu legen. Er wusste nicht, dass sie, um ihn in dieser Welt zu halten, alle Kugeln aus der Trommel nehmen musste, noch, dass sie sich Patrice schließlich hingegeben hatte, keine zwei Schritte von der Bahre entfernt, auf dem in seinen Überzug gehüllten Sofa des Salons, und dass er dabei ihre Brüste mit seinen Tränen benetzt hatte. Das alles wusste er nicht, Didon Sépulcre, sonst hätte er seinem *Augapfel* am Ende noch den Schädel gespalten.

Na endlich ... Schließlich war sie doch heimgekommen ... Didon hörte, wie sie oben ihre Schuhe gegen die Wand warf. Er hörte die bittere Stimme Marcelles, die sie fragte, ob sie sich *wenigstens* gut amüsiert hätte.

Dann verließ er das Haus und ging über den stockfinsteren Hof. Es hatte sich eingeregnet, ein allgegenwärtiger Regen fiel mit steter Kraft auf die eingeweichten Felder nieder und wusch das ganze Bett des Lauzon von den Überbleibseln einer achtmonatigen Dürre rein. Ganz in der Nähe, als stünde man direkt darunter, hatte sich der sonst so spärliche Wasserfall das Brüllen eines Kataraktes zugelegt. Durch den dichten, dunklen Regen hindurch spürte man, wie der feine Nebel, den das fallende Wasser erzeugte, aus dem tosenden Strom aufstieg.

Didon überquerte den Hof, hüpfte über die Pfützen hinweg und beschimpfte dabei den lieben Gott auf provenzalisch. Er trug den Jutesack mit den Keilen und dem Werkzeug und hatte das Gewehr umhängen. Er beeilte sich, er hastete voran. Sein Lauf war ein einziges Vorwärtsstürzen. Er ruderte mit Armen und Beinen in der Dunkelheit, da der dunkle Hof wer weiß nicht was alles hätte verbergen können. Er warf sich gegen die Tür der Mühle und fand nur mit Mühe die Klinke, die er schon seit seiner Kindheit kannte. Doch die Angst kann alles zerstören, sogar die Gewohnheit. Er öffnete, stieß die Tür wieder zu, lehnte sich gegen sie und ließ einen Seufzer der Erleichterung hören. Hier fühlte er sich zu Hause, weit mehr als in seinem eigenen Haus.

Um Licht zu machen, drehte er den quietschenden, feuchten Schalter, der ihm jedes Mal einen elektrischen Schlag versetzte. Licht war eigentlich zu viel gesagt. Die wenigen Vierzig-Watt-Birnen kamen kaum gegen den öligen Film an, der alles überzog.

Hier waren die Luft, die Mauern, die Decke und der Fußboden so mit Öl vollgesogen, dass es sogar durch die Fassade hindurchsickerte und dem ganzen Gebäude die dunkle Farbe der Oliven verlieh. Über alledem herrschte der Geruch der *infers*.

Diese *infers* sind tiefe Gräben, die die Reste des ausgepressten Fruchtfleischs aufnehmen. Die Geizigen tragen diesen Bodensatz in Eimern nach Hause und entziehen ihm in vierzehn Tagen harter Arbeit mit einem Teelöffel noch einen halben Liter Öl. Die Großzügigeren überlassen ihn dem Müller. Von Jahr zu Jahr häuft er sich in den *infers* an und gärt vor sich hin. Die Masse besteht aus schwammigen Fladen, dick wie Rinderleber und schmierig wie Essigmutter. Drückt man darauf, sondert sich eine zähe, stark riechende Substanz ab, mit einem ganz eigenartigen Geruch – halb nach Trüffeln duftend, halb nach Fäulnisgasen stinkend –, der letztlich die Nase aber doch nicht beleidigt. Einige dieser Kuchen schlummern tief unten in diesen Abfallgruben, seit die ersten Sépulcres hier Öl ausgepresst haben. Es ist eine Tradition, sie niemals zu reinigen. Früher kamen die Armen hierher, um das bisschen Öl für den Docht der Stalllampen zu holen, und die Priester holten es für das Licht auf dem Ruhealtar.

Die Térésa meinte immer, dass diese *infers* in einer so sauberen Mühle wie der ihren nichts zu suchen hätten und dass Didon, hätte er auch nur einen Funken Schamgefühl, sie längst hätte zuschütten sollen. Wie jedes Jahr zu Beginn der Saison hatte sie es ihm auch heute wieder gesagt. Didon zuckte mit den Schultern und lächelte, als er daran dachte.

Sogar Térésas ständige Vorhaltungen taten ihm gut in seiner Angst. Sie beruhigten ihn wie der Geruch der *infers*.

Sorgsam legte er sein Gewicht auf einen Stapel Pressmatten. Seine durchnässte Jacke und Mütze hängte er an die Haken, wo die Arbeiter sich umzogen. Er leerte den Sack mit den Werkzeugen auf dem Boden aus und machte sich an die Arbeit.

Er arbeitete lange, ruhig, jede Furcht war verflogen. Dennoch kam es ihm einige Male, wenn er gelegentlich zum kleinen Fenster hinschaute, so vor, als ob die Sintflut, die von der Regenrinne herabrauschte, einen anderen Klang annahm – als würde sie plötzlich von einer Zeltplane unterbrochen oder von einem Regenschirm… aber wenn man sich mit jeder Kleinigkeit aufhalten wollte …

Alles war jetzt an seinem Platz, festgekeilt, geschmiert, genau eingestellt, aber Didon musste sich noch vergewissern, ob er auch nichts vergessen hatte. Dazu musste man den gesamten Mechanismus rückwärts laufen lassen.

Vor sich hin brummelnd suchte er eine Weile lang vergeblich nach dem langen Stab mit der Eisenspitze am Ende, der nur hierfür benutzt wurde. Er fand ihn dort, wo er nicht hingehörte, hinter dem großen Ofen an das Rohr gelehnt, gut versteckt in einem dunklen Winkel. Wahrscheinlich hatte ihn letztes Jahr einer der Taglöhner dorthin gestellt, nur damit er, Didon Sépulcre, lange danach suchen müsste.

Er stieg mit diesem Werkzeug über die Einfassung des großen Beckens und setzte die Eisenspitze des Stabes unter einem der Mühlsteine an. Indem er sich mit seinem ganzen Gewicht gegen den Hebel stemmte, brachte er die beiden tonnenschweren Mühlsteine dazu, sich Zentimeter um Zentimeter zu bewegen. Gleichzeitig horchte er aufmerksam auf die Zahnräder, die sich der Bewegung anschlossen, von den langsamen bis hin zu den allerkleinsten, die sich mit höchster Geschwindigkeit drehten. Sie ließen nicht mehr das mindeste Knarren hören, nicht den kleinsten Seufzer – die Saison konnte beginnen. Leichtfüßig sprang Didon zu Boden und stellte den Hebel an seinen angestammten Platz zurück, wo er ihn im nächsten Jahr schnell wiederfinden würde.

Jetzt musste er nur noch einen Liter Olivenöl in das steinerne Lager der Stahlachse des Wellbaums gießen. Auf diesen letzten Baum wirkte die gesamte Antriebskraft. Er war das letzte Glied der Kette. Jeder Stoß kam hier verhundertfacht an. Er wurde mit Olivenöl geschmiert, weil er nichts anderes vertrug. Verwendete man irgendein anderes Fett, so kreischte er bei jeder Umdrehung der Mühlsteine wie ein Säugling, so dass er sogar die Gespräche der Kunden übertönte.

Mit der vollen Flasche ging Didon zurück zum Kollergang. Bevor er wieder hinaufstieg, zögerte er für den Bruchteil eines Augenblicks. Er warf einen Blick auf den halb im Boden versenkten Hebel, der zum Kuppeln des Getriebes diente. »Eigentlich«, sagte er sich, »solltest du die Räder auskuppeln, wo doch jetzt alles in Ordnung ist... Wenn das Einlasswehr mal brechen sollte ...« Er zuckte mit den Schultern. Seit dreißig Jahren hatte er nun immer alles genau gleich gemacht. Warum ausgerechnet dieses Jahr etwas daran ändern? Das Wehr hatte schon so lange gehalten. Es saß sicher in seinen tiefen Schienen, und seine verzapften Eichenplanken setzten seit jeher dem Strom die robuste Trockenheit von alten Familienmöbeln entgegen. Zugegeben, selten hatte der Lauzon so getobt wie in dieser Nacht. Aber wenn man sich mit jeder Kleinigkeit aufhalten wollte ...

Er sprang behände in das Gehäuse der Mühlsteine. Er kauerte sich vor der Achse nieder. Er holte ein Schilfröhrchen aus der Tasche und hielt es in die Vertiefung im Stein. Er kippte die Flasche und ließ das Öl langsam, ganz langsam am Röhrchen hinunterfließen. Es war eine langwierige, anstrengende Arbeit direkt im Schatten der überhängenden Mühlsteine, die Didon zwangen, sich zu verrenken, auf den Zehenspitzen zu kauern, wobei das Gleichgewicht durch den abschüssigen Boden des Beckens noch zusätzlich beeinträchtigt wurde. Didon streckte vor Anstrengung die Zunge heraus und dachte an gar nichts mehr.

Da löste sich derjenige von der Wand, der ihn die ganze Zeit durch das Fensterchen unter den Sturzbächen, die von den Regenrinnen herabrauschten, beobachtet hatte. Er stieg die in die Erde gegrabene Treppe hinauf. Er ging in absoluter Dunkelheit das Gerinne entlang, nicht langsamer als am helllichten Tag. Der Lauzon brauste vor ihm, kam ihm entgegen. Er warf sich gegen den hölzernen Leib des Wehrs und machte dabei den Lärm eines Trommelwirbels. Der Mann setzte die Füße fest auf den Boden rechts und links des Gerinnes. Mit beiden Händen, schnell und ohne zu zögern, packte er die Griffe des Wehrs und zog es in einem Schwung hoch. Mit einer Hand hielt er es, mit der anderen tastete er umher und fand den Stift, den er in die Öffnung schob, so dass das Wehr offen gehalten wurde. Nach diesen drei Handgriffen schossen die üppigen Wasser des Stroms wie ein stählerner Arm durch die gründlich gereinigten Kanäle. Lautlos wie eine Schlange schnellten sie voran.

In diesem Augenblick hörte Didon das Geräusch. Das Geräusch, das durch all die anderen hindurchdrang, durch den Lärm des Wasserfalls, durch das Trommeln des Regens, das Rauschen des Blätterschauers, der unter dem Meerwind von den Bäumen niederging, jenes Geräusch, das sich zwischen all die übrigen schlich wie eine kleine Melodie, die von den Holzinstrumenten der Mühle gespielt wurde. Es war das biegsame, geschmeidige Wasser, das, von allen Seiten wohl eingedämmt, sich mit steter Kraft durch die Nussbaumholzkanäle vorwärts schob, das die Sickergruben überflutete, gegen die Schaufeln der Räder schlug, die Kastagnetten der Gegengewichte klickern ließ und das große Zahnrad in kaum spürbare Schwingungen versetzte, bevor es sich langsam, scheinbar Zahn um Zahn, zu drehen begann. Das Wasser übertrug jedoch letztlich die ganze rohe Gewalt des Lauzon auf die mannsbreite, viereckige Achse aus Lärchenholz, auf der die Mühlsteine saßen, jeder eine Tonne schwer. Zwischen diesen Mühlsteinen machte Didon gerade zwei Handgriffe zu viel: Er wischte das Schilfröhrchen ab, das er nächstes Jahr wieder verwenden würde, und er verschloss die Ölflasche. Doch hatte er ebendiese zwei Handgriffe jedes Jahr während der letzten fünfundzwanzig Jahre immer am selben Fleck und unter denselben Umständen getan. Warum hätte er daran etwas ändern sollen? Warum hätte er erst vom Kollergang hinuntersteigen sollen?

Die Verblüffung hielt ihn eine Sekunde zu lange in ihrem Bann. Wohl sah er drüben auf der anderen Seite des Kollergangs den Kupplungshebel sich in seiner Halterung bewegen, doch schnitt ihm in diesem Moment schon der eine Mühlstein den Rückzug ab, und der andere, der exzentrisch auf der Achse angebracht war, traf ihn am Rücken. Durch den Stoß verlor er das Gleichgewicht. Mit dem Geräusch, das entsteht, wenn man ein Insekt zertritt, spritzte sein Körper in alle Richtungen, als er unter den massigen Stein geriet.

Im dichten dunklen Regen hörte man den Lauzon und den sonst so schwächlichen, jetzt gewaltig angeschwollenen Wasserfall auf einen Kilometer Entfernung und darunter, als tiefe Begleitstimme, das Malmen der Mühlsteine.

Die beiden Gebäude, die Mühle und das Bauernhaus, waren über die Grundmauern und über die Schuppen, die Ställe und die Scheunen miteinander verbunden. Trotz des Lärmens des Wassers übertrug sich das dumpfe Dröhnen der Mühlsteine unmittelbar von einem Gebäude zum anderen.

Rose Sépulcre schlief den sanften Schlummer der Verliebten. Als sie dieses vertraute Geräusch hörte, öffnete sie die Augen. Seit ihrer Kindheit hatte es ihre Herbstnächte begleitet, dieses Geräusch, das zu ihrem Lebensunterhalt beitrug. Sie konnte nichts Böses von ihm erwarten. Es war wie ein Pferd, das im Stall aus seiner Raufe frisst. Sie drehte sich auf die andere Seite, versetzte dem Kopfkissen einen Schlag und versuchte, wieder einzuschlafen.

Auf der anderen Seite des großen Bettes brummte Marcelle im Schlaf. Rose wachte vollends auf.

»Aber … Was ist denn jetzt los? Es ist doch noch gar nicht Sankt Katharina.«

»Was ist …?«, knurrte Marcelle.

Rose krallte sich in ihren Arm. »Hör doch mal hin!«

»Was soll ich denn hören?«

»Die Mühlsteine …«

»Na und?«

»Den Wievielten haben wir?«

»Keine Ahnung! Lass mich gefälligst in Ruhe!«

Rose schüttelte sie kräftig. »Hörst du's jetzt«

»Das sind die Mühlsteine«, stammelte Marcelle. »Wahrscheinlich probiert der Papa sie gerade aus.«

»Blödsinn!«, sagte Rose. »Die lässt man nie leer laufen, da geht doch alles kaputt!«

»Na dann wird es eben … dann wird es wohl …« Marcelle wedelte schwach mit der Hand und ließ das Gesicht wieder aufs Kissen fallen.

Rose warf die Daunendecke auf den Boden und schlug das Bettzeug zurück. Sie sprang auf den Bettvorleger und zog Marcelle an den Füßen. »Wach auf, du Transuse! Irgendwas ist da los!« Sie schlüpfte in ihre Pantoffeln, wickelte sich in ihren Morgenmantel und hielt Marcelle den ihren hin.

»Dumme Gans! Was soll schon los sein? Spinnst du?«

Aber Rose hielt sie fest und schob sie erst auf den Flur und dann die Treppe hinunter. Der dichte Regen ließ sie einen Moment auf der Türschwelle zögern. Drüben, auf der anderen Seite, schimmerte matt durch die Fugen der Tür und durch die schmutzige Scheibe des Fensterchens das schwache Licht der Glühbirne, das durch die öligen Ausdünstungen der *infers* drang. Die beiden Schwestern rannten hinüber und warfen sich gemeinsam gegen die Tür, öffneten sie weit. Erst jetzt, nach der Regendusche, war Marcelle vollkommen wach.

Sie begriffen nicht sofort, was das für ein schweres rotes Tuch war, das schillernd an den kreisenden Mühlsteinen hing und sie in dem spärlichen Licht wie ein Umhang aus Rubinen umgab.

Ein Geräusch riss sie aus ihrer Erstarrung. Didons rechter Arm war außerhalb der Reichweite der Steine auf den Boden gefallen. In Höhe des Ellbogens war er auf dem Rand des Kollergangs abgebrochen. Die Steine hatten das Fleisch und die Knochen zermalmt, bis er völlig abgetrennt war, und das dumpfe Geräusch entstand, als er durch sein eigenes Gewicht auf die Bodenplatten fiel. Mit weit aufgerissenen Augen starrten die Mädchen auf das Bild, das der abgetrennte Arm bot. Beide stießen sie einen Schrei aus, der den ganzen anderen Lärm übertönte, der das Tosen des Wasserfalls durchbrach, der durch den Regen drang, den festen Schlaf der Térésa jäh beendete und sie auf den Flur stürzen ließ, nur mit einem im Vorbeihasten vom Haken gerissenen Morgenmantel bekleidet. Von neuem ertönte ein Schrei mit derselben Lautstärke, er kam von der Mühle. Die Térésa sah die offene Tür und ihre Töchter davor und Marcelle, die zum Kupplungshebel stürzte, sich gegen ihn stemmte und ihn mit aller Kraft gegen sich zog.

»Ma! Geh nicht rein! Ma, du darfst da nicht reingehen!«

Sie wollten sie zurückdrängen, und der Regen ging ihr bis auf die Haut, und ihre nassen Haare ließen die drei Frauen schon aussehen wie Ertrunkene. Und Térésa schlug blindlings auf ihre Töchter ein und zog sie, die nicht loslassen wollten, hinter sich her bis an die Tür der Mühle.

Sie sah alles. Die Mühlsteine standen still. Didons Arm mit der geöffneten Hand auf den Fliesen schien sie herbeizurufen wie der eines Ertrinkenden. Da stieß auch Térésa einen langen, verzweifelten Schrei aus, hörte nicht mehr auf zu schreien. Sie flüchtete, rannte durch den Regen, rannte die rutschige, in die Erde gegrabene Treppe zur Brücke hinauf und machte sich dabei schmutzig, überquerte die Brücke, rief um Hilfe. Völlig verstört hielt sie inne, wusste nicht, in welche Richtung sie laufen sollte, rief mit gewaltiger Stimme das Echo um Hilfe an, grub die Fingernägel in die Handflächen. Und die Mädchen nahmen ihren Schrei auf, rannten ihr nach und hielten sich am Rock ihrer Mutter fest, als wären sie immer noch vier Jahre alt, den Weg entlang, der im Regen kaum zu erkennen war. Es gab keine Hoffnung, keinen Lichtschein am ganzen Horizont, nur diesen öligen Schimmer dort unten bei der Mühle, zu dem sie auf keinen Fall zurückkehren durften.

An jenem Abend standen drei von Gott verlassene Frauen in der Ebene von Lurs, zwischen Sigonce und den Niederungen von Planier. Drei Frauen, die wie Tiere in Todesangst heulten. Und der Wind warf ihnen Schwaden welker Blätter ins Gesicht, und der Lauzon brüllte und höhlte das Becken tiefer aus, in das er sich stürzte, und der Regen fiel und fiel. Vom Instinkt geleitet, stiegen die drei Frauen den Hang von Lurs zum Dorf hinauf. Sie schrien vor dem Seminar, schlugen mit dem großen Bronzeklopfer gegen das Tor, als wollten sie es zertrümmern. Doch hinter den meterdicken Mauern schliefen alle weiter den Schlaf der Gerechten.

Immer noch schreiend, in ihren Hauspantoffeln auf den Pflastersteinen stolpernd, liefen sie nebeneinander die ansteigende Dorfstraße entlang. Ein Licht, ein einziges Licht warf zweihundert Meter weiter einen glänzenden goldenen Streifen auf das Pflaster.

Célestat Dormeur bearbeitete die Brotlaibe mit einem nassen Lappen, damit sie schön goldbraun aus dem Ofen kämen, als er von weit durch den Regen hindurch den Lärm hörte. Von weitem vernahm er das an- und abschwellende Gebrüll, das durchdringende Flehen, den dumpfen Nachhall einer erschöpften Klage, die zu ihm drangen wie ein klägliches Donnern. Das Ganze kam mit der Geschwindigkeit einer Lawine auf ihn zugerollt. Im selben Augenblick glaubte Célestat an alle Legenden, die er je gehört hatte. Aus dem wilden Schrei erschuf er in seinem Geist ein gestaltloses Ungeheuer, dessen Masse die Straße von Lurs gar nicht fassen konnte. Er sprang zu seinem Gewehr, verschanzte sich zwischen dem Ofen und den Mehlsäcken und stierte durch den Regenvorhang, den die Dachrinnen vor der Tür niedergehen ließen.

Was sich dann aber aus der Nacht herausschälte, war schlimmer als jedes namenlose Ungeheuer. Waren es drei Frauen? Man sah nur noch drei verquollene Gesichter mit Mündern, die sich nicht mehr schlossen, die nur Regen und Angst ausspien, deren rote Augen nur noch riesige Pupillen waren. Ihre aufgeweichten Körper schienen im Unglück wie miteinander verschmolzen.

Länger als drei Minuten – die drei Minuten, die er brauchte, um sie zu erkennen – standen sie da, die Münder weit geöffnet zu einem letzten Schrei, der nicht kam. Es blieb ihnen nur eines, um sich ihm verständlich zu machen: Mit erschöpften, lahmen Armen beschrieben sie die Bewegung eines sich drehenden Rades.

~ 15 ~

SÉRAPHIN folgte dem Leichnam Didon Sépulcres. Das heißt dem, was man von ihm mit Hilfe eines Scheuerlappens, einer Schaufel und eines Eimers noch hatte einsammeln können.

Séraphin zweifelte an seinem Verstand. Zum dritten Mal hatte jemand die Arbeit an seiner Stelle getan und das auf eine so grauenhafte Art und Weise, dass er sich fragte, ob er selbst den Mut dazu gehabt hätte. Wer? An den Abenden, an denen er sich bei der Mühle herumtrieb und nach einem Weg suchte, sein Ziel zu erreichen, hatte er die Anwesenheit eines Unbekannten gespürt, der im Nebel oder in der Dunkelheit herumstrich, ungreifbar, heimlich und flink wie das Trippeln eines Eichhörnchens im Laub. Warum? Wer außer ihm, Séraphin Monge, brachte genug Hass auf für diesen Mann, um ihn von einem Mühlstein zermalmen zu lassen? Und außerdem, wer könnte ein Interesse daran gehabt haben, Gaspard und Charmaine aus dem Weg zu räumen?

Séraphin bemerkte, dass der hoch aus der Menge aufragende Leichenwagen auf dem steilen Weg, der von der Mühle zur Kirche und zum Friedhof von Lurs führt, nur langsam vorankam. Man hatte ein weiteres Pferd zur Verstärkung vor den Wagen spannen müssen. Er beobachtete Patrice, der die trauernde Rose Sépulcre am Arm führte und unter seinen Schirm zog, um sie vor dem Regen zu schützen. Denn es regnete auf der Beerdigung. Vor ihnen dampfte Lurs unter den Nebelschwaden. Ein trüber November hatte sich endgültig in der Gegend eingenistet.

Séraphin lief es kalt den Rücken herunter. Gaspard war tot. Die schuldlose Charmaine war tot. Didon Sépulcre war tot. Und jetzt raunte man sich im Leichenzug zu, dass Marie Dormeur im Sterben lag.

Die Gendarmen mit ihren Fahrrädern standen in Reih und Glied um die bebende Menge herum, unter der sich vielleicht der Mörder befand, von Freunden umgeben. Wer weiß, vielleicht sprach er von seinen Geschäften, dort hinten in den letzten Reihen des Leichenzugs? Man hatte das Einlasswehr offen gefunden, der Bolzen steckte in seinem Loch. Aber der Regen hatte alle Spuren weggewaschen. Jeder hätte in dieser düsteren Nebelnacht sein Haus verlassen können und über die ihm auch im Dunkeln vertrauten Wege gehen können, um dieses Wehr hochzuziehen, während Didon das Mahlwerk überprüfte. Jeder hätte für Gaspard den Rand des Wasserbeckens einseifen können. Aber: Nicht jeder hätte den beiden blutgierigen Hunden die Tür öffnen können, ohne befürchten zu müssen, in Stücke gerissen zu werden.

Séraphin pflügte ohne Regenschutz durch die unter einem Meer von Schirmen verborgene Menge. Um ihn herum bildete sich stets eine respektvolle Leere, er ging immer allein. Man hielt Abstand zu ihm. Niemand wollte in seinem Schatten gehen. Mehrere Male widerstand er dem Drang, die Menge zu teilen, den Gendarmen seine Handgelenke darzubieten und zu sagen: »Nehmen Sie mich fest … Ich habe zwar niemanden umgebracht, doch ich hatte durchaus vor, diejenigen umzubringen, die jetzt tot sind. Nehmen Sie mich fest, führen Sie mich vor den Richter. Er hat mehr Verstand als Sie und ich. Vielleicht wird er klug daraus.«

Aber wahrscheinlich blieb Séraphin gerade deshalb bis zur Kirche, bis zum Friedhof in den Reihen des Leichenzugs, weil er genau wusste, dass niemand ihn verstehen würde, und löste sich erst daraus, als er den Freiwilligen half, den leichten Sarg in die Grube gleiten zu lassen.

Langsam und hartnäckig fiel der Regen auf Lurs und das Tal hernieder. Trübselig mischte sich das Brausen der Durance in das Elend der Welt.

Marie stand nicht mehr auf. Marie warf die Arme in Zuckungen von einer Seite des Bettes auf die andere. Marie wiederholte ständig dieselben Worte: »Ich muss es ihnen sagen … Ich muss es ihnen unbedingt sagen …«

»Der Doktor war da. Er sagt, wir müssen warten, bis es richtig zum Ausbruch kommt. Er sagt, er weiß nicht, was es ist.«

»Isst sie wenigstens?«

»So gut wie nichts. Und manchmal redet sie dummes Zeug.«

»Und was sagt sie dann?«

»Oh, ungereimtes Zeug. Was soll sie schon groß sagen?«

»Was für ungereimtes Zeug?«

»Dass sie etwas vergessen hat. Dass sie etwas gesehen hat. Dass sie aufstehen muss, um jemandem etwas zu erklären …«

Die Clorinde ließ sich auf den Ladentisch sinken, ihre Haare waren in Unordnung geraten. Sie weinte: Ihr *Augapfel* …

»Du musst ihr Johanniskraut zu trinken geben, in Ziegenmilch, das hilft.«

»Was hab ich ihr nicht schon alles eingeflößt«, stöhnte Clorinde. »Eisenkraut, Bilsenkraut – nur ein einziges Körnchen –, Beinwell, Stechwinde und dazu Teufelskralle, Mutterwurz und Hornklee. Alles, sag ich dir.« Sie weinte noch heftiger. »Sie will nichts zu sich nehmen. Man muss ihr alles mit einem Teelöffel einflößen. Meine Mutter hilft mir, und meine Schwester kommt auch, aber ich kann nicht mehr. Ich kann den Leuten im Laden schon nicht mehr richtig rausgeben!«

Der Zug mit dem toten Sépulcre kam auf seinem Weg durch die enge Straße zur Kirche unter Maries Fenster vorbei. Man hörte das Rumpeln des Leichenwagens – jedes der vier Räder quietschte in einer anderen Tonlage –, das verhaltene Wiehern der wohlerzogenen Pferde, das leise Schlurfen der Schritte, Getuschel; man sah die tief gebeugten Häupter, die in einer letzten Andacht versunken waren. Man hatte sogar dafür gesorgt, dass der Pfarrer und die Chorknaben ihren Wechselgesang bis zum Ende der Straße einstellten. Aber das Geschniefe eines Leichenzugs ist nicht zu überhören.

Marie hörte auf zu stöhnen und schien plötzlich voll gespannter Aufmerksamkeit. Ihre fiebrigen Augen rollten in ihren Höhlen hin und her. Sie setzte sich auf.

»Wer wird da beerdigt?«

»Niemand. Ein Alter. Bleib ruhig, sonst steigt das Fieber wieder.«

»Ich muss raus und ihnen sagen ...« Sie warf die Bettdecken zurück, setzte einen Fuß auf die roten Bodenfliesen und geriet ins Schwanken.

»Da siehst du's, meine arme Kleine. Du kannst ja kaum stehen. Wenn du wieder gesund bist, wirst du es ihnen sagen ...«

»Dann ist es zu spät«, sagte Marie.

Sie ließ sich wieder auf ihr Kopfkissen fallen und warf den Kopf hin und her wie jemand, den niemand versteht.

Die Clorinde oder ihre Schwester verließen das anheimelnde Zimmer mit dem Meißner Porzellan, dem hübschen, mit Intarsien verzierten Sekretär und den ineinander geschobenen Beistelltischchen jedes Mal in völliger Erschöpfung.

»Sie betastet die leere Stelle an ihrem Finger ... Und sie verlangt nach ihrem Aquamarinring. Gott steh uns bei! Man müsste nach Aix runter, einen neuen kaufen ... Aber wie, frag ich dich? Mit dem Laden und der kranken Marie, wie soll ich das denn schaffen?«

Die Tricanote kam, um die letzten Neuigkeiten zu erfahren, machte dreimal die Runde durchs Zimmer. Ihr Ziegenhirtinnenschritt klang hell auf den Bodenfliesen. Sie schnaubte. Aus Verachtung? Oder hegte sie einen Verdacht? Auf jeden Fall stellte sie den geweihten Buchsbaumzweig, der am Kopfende von Maries Bett lag und schon braun geworden war, in einen kleinen Becher aus rosafarbenem Meißner Porzellan, der mit einem nicht sehr andächtigen Engelchen verziert war, das eher an einen geflügelten Amor erinnerte als an einen Soldaten aus der Leibgarde des Allmächtigen.

Und dann begann sie zu sprechen, die Tricanote, aber erst nach einiger Zeit:

»Von wegen Typhus! Ich weiß, was sie hat. Gott behüte!« Und presste ihre ohnehin schmalen Lippen zusammen.

In dieser Zeit machte sich der Mann, der den Schlüssel zur Lösung des Rätsels besaß, auf den Weg nach Peyruis. Vielleicht wurde er von einer Art krankhafter Sehnsucht getrieben, diese Gegend wieder zu sehen.

Der Mann war traurig. Der Mann war in Trauer. Er trug einen breiten schwarzen Trauerflor am Hutband. Seine Frau, die er geliebt hatte, war vor kurzem gestorben. Er hatte sich tief in die Polster seiner Limousine einsinken lassen, sein Blick glänzte noch von Tränen. Er kam aus Saint-Chély d'Apcher in der Auvergne, wo er in vier Kriegsjahren als Lieferant von Hieb- und Stichwaffen für die Armee endlich reich geworden war.

Seine drei Kinder, die es eilig hatten, auf eigenen Füßen zu stehen, hatten ihn dazu gedrängt, die Gelegenheit zu ergreifen, die die traurigen Umstände boten, und einige Zeit auszuspannen. Er war auf dem Weg nach Marseille, um sich nach den Antillen einzuschiffen, wo er geschäftlich zu tun hatte.

Er hätte den direkten Weg durch das Rhonetal nehmen können, aber in Lyon hatte er zu seinem Chauffeur gesagt: »Fahren Sie weiter in Richtung Grenoble, wir fahren durch die Alpen.«

Diesen Umweg war er seiner Frau schuldig, die als Einzige in seine Vergangenheit eingeweiht war und die ihm dieses

Versprechen während ihrer Krankheit abgenommen hatte. Und so saß dieser reiche, traurige Mann nun in seiner Luxuslimousine, die auf der holprigen Straße, im letzten Glanz der flammendbunten Ahornbäume, die eine dreißig Kilometer lange Allee säumten, von Monestier-de-Clermont zum Col de la Croix-Haute emporfuhr.

Der November war mild in den Tälern des Trièves, zwischen dem Vercors und dem Champsaur. Der traurige Blick dieses Mannes folgte nachdenklich den Hügeln, den Wäldern, den fernen Bergen, den Dörfern mit den grauen Kirchtürmen, die auf Weihnachten warteten, um unter dem Schnee den Rauch von vielen anheimelnden Feuern aufsteigen zu lassen. Er betrachtete die Gegend, die bei jeder Straßenbiegung leise von ihrem ruhigen Glück erzählte, dieses arme Land, das keinen Reichtum brauchte, dieses Land, das er nie gesehen hatte.

Er hatte es nie gesehen, und doch ... Vierundzwanzig Jahre zuvor hatte er es zu Fuß durchquert, in der entgegengesetzten Richtung, die Angst im Nacken.

Er erinnerte sich nur an den Regen, an die Nacht, an den abstoßenden Modergeruch der verfallenen Scheunen am Saum der großen Wälder, wo er sich mit seiner Angst, seinem Hunger verkrochen hatte ... Vor allem mit seinem Hunger: Drei Tage und vier Nächte hatte er fast nichts gegessen ... Bis er die Grenze zu Savoyen erreicht hatte, wo er sich endlich offen zeigen konnte, mehr als zweihundertfünfzig Kilometer von dem verfluchten Ort entfernt, wo er sich in einer bestimmten Nacht im September besser nicht aufgehalten hätte. O ja, sie hatte ihn durch seine Angst hindurch geleitet, diese schmucke Handwerksgesellentracht, die sich jetzt in einer Vitrine in seinem Schloss in Saint-Chély befand. Der schwarze, in den Regengüssen verfilzte Umhang ... Den Gesellenhut, der so keck aussah, wenn er ihn schräg auf dem Kopf trug, er hatte ihn durch diese furchtbaren Nächte getragen; im Regen, der pausenlos vom Himmel fiel, hatte er all seine Steife verloren und schließlich das Aussehen einer schadhaften Ziehharmonika angenommen. Seinen großen Stock mit den Schmuckbändern, die der ständige Regen mit der geschnitzten, sich unheilverkündend windenden Schlange verklebt hatte, er hatte ihn nur noch benutzt, um die nassen Dornenranken im Unterholz beiseite zu schieben, durch das er zitternd schlüpfte. Gott im Himmel! Hatte es jemals wieder so geregnet wie vor vierundzwanzig Jahren? Die Erinnerung an diesen endlosen Regen, an diese endlosen Nächte war lebendig geblieben.

Der 29. September 1896 ... Damals war er fünfundzwanzig Jahre alt und floh über diese Straßen. Wenn eine Postkutsche mit trüben Laternen bimmelte, warf er sich in den Graben. Er hörte durch den kräftigen Trab der Pferde hindurch das Lachen der Frauen unter ihren tief ins Gesicht gezogenen Hauben, die Scherze der Männer, und all dieses Leben zog einen Schweif von Gerüchen hinter sich her; es roch nach Parfüms, nach Leder und Zigarrenrauch. Er dagegen war auf der Flucht, verfolgt vom schrecklichen Geräusch des Messers der Guillotine, das unweigerlich auf seine schmächtigen Jünglingsschultern herabfallen würde, wenn man ihn erwischte.

Denn wer hätte ihm geglaubt? Wer hätte seine Erklärungen für einleuchtend gehalten? Das fragte er sich noch jetzt, da er in den Polstern seiner Limousine versunken das vorbeirauschende Purpurrot der Ahornbäume betrachtete und dann unter dem Nadelpelz der Tannen über die Passhöhe des Col de la Croix-Haute glitt. Als er damals, immer noch im sintflutartigen Regen, an dieser Stelle den Fuß auf den nördlichen Abhang des Passes setzte, hatte er zum ersten Mal das Gefühl gehabt, er würde vielleicht noch einmal davonkommen. Aber dazu hatte es einer finsteren Entschlossenheit bedurft, die Einladung auszuschlagen, die die erleuchteten Fenster oder die Dorfplätze auszusprechen schienen, wo die Kühe aus den Brunnen tranken. Man musste sich tagsüber verstecken und nachts marschieren. Keinen Anhaltspunkt geben. Nirgendwo verweilen und sei es nur, um in irgendeinem Laden ein Stück Brot zu kaufen. Niemand durfte Gelegenheit erhalten zu sagen: »Ja, wir haben einen Landstreicher vorbeikommen sehen. Wir haben einen Handwerksgesellen beherbergt. Er kam aus dem Departement Basses-Alpes. Er schien Angst zu haben.« Glücklicherweise hatte ihm gerade diese Angst eine Beharrlichkeit verliehen, die jeder Bewährungsprobe standhielt. Er war marschiert, marschiert, marschiert. Jeder mühevolle Schritt brachte die Rettung ein Stückchen näher.

Er erinnerte sich noch an die Apfelbäume, die die Vorsehung dort hatte wachsen lassen. Sie hatten ihm in der Nacht durch den Vorratskellerduft, den sie ausströmten, den Weg gewiesen und hatten ihn großzügig ernährt.

Ebendieser Mann passierte Schlag zwölf Uhr die *clue* von Sisteron, die Dauphiné und Provence voneinander trennt. Er ließ den Chauffeur in der Rue Saunerie halten, um in einem *Bureau de tabac* eine Zeitung zu kaufen. Über drei Spalten erstreckte sich ein fett gedruckter Titel:

NEUES VERBRECHEN IN DEN BASSES-ALPES.
MÜLLER ZWISCHEN SEINEN MÜHLSTEINEN
ZERQUETSCHT.
UNFALL SO GUT WIE AUSGESCHLOSSEN!

Darunter war ein sehr dunkles Foto abgedruckt, auf dem man immerhin Mühlsteine erkennen konnte. Wie versteinert blieb der Mann auf seinem Sitz. Es schien ihm, als wären die letzten vierundzwanzig Jahre gar nicht vergangen, als befände er sich immer noch zitternd auf der Flucht im unaufhörlichen Regen.

Dann riss er sich zusammen. Er sagte sich, dass in der Zeit, in der er lebte, Verbrechen zum Alltag gehörten. Doch dass er nun, da er zum zweiten Mal in diese Gegend kam, diese wiederum unter dem Zeichen vergossenen Blutes vorfand, schien ihm ein böses Omen. Die Angst rumorte genauso stark in ihm wie damals. Beinahe hätte er dem Chauffeur befohlen umzukehren, aber das seiner sterbenden Frau gegebene Versprechen und angstvolle Neugier trieben ihn weiter. Von neuem spürte er, wie das Unheil nach ihm schnappte, mit Gewalt auf sich aufmerksam machte. Er beschloss, eine Pause einzulegen, damit der Chauffeur etwas essen konnte. Er selbst rührte kaum etwas an und streifte durch die Gassen. Die Stadt hatte sich kaum verändert. Er erinnerte sich an die Mühe, die es ihm bereitet hatte, die Laternen zu umgehen, als er nachts die Stadt durchquerte. Er erinnerte sich, dass er die Schuhe ausgezogen hatte, um das Geräusch seiner Schritte zu dämpfen. Das Entsetzen von damals packte ihn von neuem. Es machte zwanzig Jahre ruhigen Lebens ungeschehen.

Von Sisteron an duckte er sich tief in den Rücksitz der Limousine, als fürchtete er, wiedererkannt zu werden. Les Bons-Enfants, Peipin, Château-Arnoux, Peyruis ... In Peyruis gab der Mann dem Chauffeur den Befehl, langsamer zu fahren. Er fürchtete, sich nicht mehr zurechtzufinden. Bei Pont-Bernard, einem großen Hof mit einem Taubenschlag, der an der Straße Wache hielt, ließ er den Wagen halten und stieg aus.

»Warten Sie hier auf mich«, sagte er dem Chauffeur. Seine Angst war verflogen. Wie der junge Geselle von einst schritt er auf der Straße voran, trunken von Jugend und frei wie ein Vogel. Er fand in seinem Schnurrbart sogar die unbekümmerte Melodie wieder, die er quer durch ganz Frankreich vor sich hin gepfiffen hatte. Er erkannte jeden Felsen wieder, jede kleine Brücke, jeden Weidenbusch. An dieser Quelle direkt am Erdboden mit dem seltsam abgewetzten Stein hatte er angehalten, um zu trinken. Die Nacht war hereingebrochen. Das Nachtlager, auf das man ihn verwiesen hatte, war nicht mehr weit gewesen. »La Burlière ... La Burlière«, hatte man ihm gesagt, »und der Besitzer heißt Félicien Monge. Du wirst sehen, er wird dich gut aufnehmen ...«

Er erkannte alles wieder, der ehemalige Handwerksbursch, außer den Eisenbahnschienen, die es damals noch nicht gegeben hatte. Plötzlich – er glaubte, seit nicht mehr als fünf Minuten unterwegs zu sein – sagte ihm das einschläfernde Säuseln des Windes in den hohen Zypressen, dass er sein Ziel erreicht hatte. Dieses Geräusch hatte er damals auch gehört. Nach rechts ging ein Weg ab, das hatte er nie vergessen. In der einfallenden Nacht war er über die Wagenspuren gestolpert, die der Fuhrbetrieb mehrerer Generationen in den gewölbten Steinplatten hinterlassen hatte. Er fand seine Leichtigkeit, seinen Schwung und seine Selbstsicherheit von damals wieder. Um einigermaßen ordentlich auszusehen, hatte er seine Schuhe kräftig mit Grasbüscheln abgerieben, die er am Straßenrand ausgerissen hatte. Seinen Gesellenhut hatte er etwas schief aufgesetzt und die festlichen Bänder seines Stocks entwirrt. Er hatte diese Tür da aufgestoßen und gerufen: »Grüß euch Gott, alle zusammen!«

Diese Tür da? Welche Tür denn? Noch immer wiegte der Wind die vier Zypressen hin und her und entlockte ihnen einen lang gezogenen Klagelaut.

Der Handwerksgeselle betrachtete verdutzt diese weite, weiße, mit Schotter bedeckte Leere vor sich, aus der hier und dort ein Büschel frischen Grases hervorwuchs. Er ging auf die Fläche zu, und als er seinen Fuß darauf gesetzt hatte, durchfuhr ihn die flüchtige Empfindung, er sei durch eine Mauer gegangen. Als wäre sie nur durch einen größeren Schritt von ihm getrennt gewesen, sprang ihm die Vergangenheit mit neuer Kraft an die Kehle. Dieser Geruch von zum Trocknen aufgehängten Windeln, von Muttermilch, heißer Suppe und Ruß, der ihn auf der Schwelle empfangen hatte, stieg ihm in die Nase, als ob die große, öde Fläche unter seinen Füßen ihn über die lange Zeit hinweg aufbewahrt hätte, um ihn heute zurückzugeben.

Er sah alles wieder, er nahm alles wieder wahr: die junge, hübsche Frau, die dort gesessen hatte, den rothaarigen Mann, der mit auf dem Rücken verschränkten Händen im Zimmer auf und ab gegangen war, den Alten am Kamin, das Kichern der Kinder unter dem großen Tisch, die Wanduhr und darunter, auf dem Fußboden, eine Wiege, in der ein Neugeborenes wimmerte.

Es musste hier gewesen sein. Genau zwischen den vier Zypressen, die hoch über ihm ein Lied von Aufbruch und großer Fahrt zusammenreimten.

Schnell zog er sich aus der scharf abgegrenzten weißen Fläche zurück, als ob er aus Achtlosigkeit auf ein Grab getreten wäre.

Da fiel sein Blick auf den Brunnen. Er strahlte weiß in der Wintersonne, genauso, wie er im Mondschein geleuchtet hatte; er wenigstens hatte sich nicht verändert. Er schien fast wie neu zu sein, erst vor kurzem gebaut. Der Mann ging langsam auf ihn zu. Er betrachtete das Bild, das er in seiner Erinnerung von diesem Brunnen im Mondschein bewahrt hatte, damals, als er blutjung und voller Angst mit den Zähnen klapperte, während hinter ihm die tobende Durance den Hauch der Berge herantrug.

Ein Windstoß ließ vor ihm einen Wirbel von welken Blättern aus dem Becken des Waschtrogs emporsteigen. Er wiegte sich eine Zeit lang in der Luft, geschmeidig, gleichsam körperlos, und fiel dann in einem Blätterregen in sich zusammen.Plötzlich hörte der Mann ein Gebimmel von Glöckchen zwischen den Steineichen. Er ging ihm nach. Weiter oben in den Lichtungen der Eichenhaine hütete eine Greisin mit scharfem Blick ein paar Ziegen und beobachtete, wie er näher kam. Er trat auf sie zu und lüftete den Hut.

»Vielleicht können Sie mir helfen«, sagte er. »Stand hier nicht früher ein Hof namens La Burlière?«

»Der stand hier«, erwiderte die Ziegenhirtin. Beim Sprechen klapperten ihre zahnlosen Kiefer.

»Nun sagen Sie mal… Was ist passiert? Ein Brand?«

»Nein, ein Verbrechen. Ein abscheuliches Verbrechen. Ein Verbrechen, an das sich heute noch alle erinnern.« Die Hirtin lehnte ihren mageren Hintern gegen die Tuffsteinböschung. »Fünf Menschen, Monsieur! Fünf wurden umgebracht.«

Fünf ... Der ehemalige Handwerksbursch schloss die Augen. Er hatte damals, mit vor Schreck geweiteten Augen, nicht zählen können, wie viele Tote im Raum gelegen hatten. Er erinnerte sich nur noch an dieses Rinnsal, das sich auf ihn zuschlängelte, den Rand der Falltür erreichte und dann die hölzerne Treppe hinunterfloss, mit einem dumpfen Platschen auf seine Schuhe fiel und den Saum seiner Hose befleckte. Wer hätte ihm Glauben geschenkt mit all dem Blut, das er an sich hatte?

Die Hirtin erzählte ihm von der Entdeckung des Verbrechens, von der Beerdigung der Opfer, von der Festnahme der Schuldigen, von der Gerichtsverhandlung bei vollbesetztem Saal, vom beruhigenden Ende der Täter unter der Guillotine. Und von der Erinnerung, die einem an stürmischen Abenden eine Gänsehaut bescherte.

Mit geballten Fäusten stand er vor diesem Wortschwall, der sich aus dem zahnlosen Mund ergoss. Zehnmal wollte er sie unterbrechen, zehnmal nahm er Abstand davon. Er hätte gern geschrien: »Nie und nimmer, Sie irren sich! So hat es sich nicht zugetragen. Nie und nimmer. Ihre drei Schuldigen, auf deren Enthauptung Sie so stolz sind –, sie waren unschuldig. Verstehen Sie: unschuldig.«

Der Gedanke an diese vor langer Zeit Hingerichteten, von denen sicher nicht einmal mehr die Knochen im Massengrab übrig waren, erschütterte ihn. Er erschütterte ihn, weil ein einziges Wort von ihm ihnen damals das Leben gerettet hätte. Aber da hätte er seinen Kopf für die ihren hinhalten müssen; denn wer hätte ihm geglaubt?

»Sie sind ganz schön blass, mein lieber Herr. Stimmt schon, es ist nicht gerade lustig, was ich Ihnen da erzähle. Aber zum Glück hat's wenigstens einen Überlebenden gegeben. Der liebe Gott hat nicht gewollt, dass alle sterben.« Sie zeigte mit dem Ende ihres gewundenen Hirtenstabes auf den leeren Platz zwischen den Zypressen.

»Er war es, der das getan hat …«, sagte sie. »Alles! Er wollte nicht, dass auch nur ein Stein auf dem anderen bleibt, der ihn daran erinnern könnte.«

Ein Überlebender! Wie hatte jemand dieses Blutbad überleben können? Der Geselle hatte damals taumelnd und mit glasigen Augen nur Sterbende gesehen. Er sah immer noch und noch schärfer, seitdem er hier war, die erhobene Hand der Mutter, mit gespreizten Fingern, die kraftlos zurückfiel. Ein Überlebender …

»Ja«, fing die Alte wieder an, »niemand weiß, warum. Ob sie ihn nicht gesehen haben? Oder sind sie zurückgeschreckt, weil sie dachten, es bringe Unglück, wenn man einen Cherub tötete? Sie müssen wissen, er war kaum drei Wochen alt …«

Drei Wochen … Das also war die Wiege vor der großen Uhr. Ein Mann, der heute vierundzwanzig Jahre alt sein musste. Vielleicht ein Mann, dem er endlich die Wahrheit sagen und so sein Gewissen erleichtern konnte.

»Ist er … Ich meine, lebt er noch?«, fragte er.

»Na und ob er lebt. Er ist groß wie ein Turm. Und gut sieht er aus!« Sie schlug die Hände zusammen und sah zum Himmel auf, als ob sie ihn zum Zeugen anrufen wollte. »Es sieht fast so aus, als ob der liebe Gott ihn so schön gemacht hat, um etwas an ihm wieder gutzumachen.«

»Und … Wohnt er hier in der Gegend?«

Der Blick der Tricanote wurde noch schärfer als gewöhnlich. Während sie sprach, forderte sie irgendetwas Unbestimmbares zur Wachsamkeit auf. In Lurs passierten so viele seltsame, so viele schreckliche Dinge. Wo kam denn dieser Mann plötzlich her, in tiefer Trauer, mit seinem schwarzen Anzug, seiner schwarzen Krawatte, seinem Trauerflor am Hut und dieser untröstlichen Miene? Schon oft hatte sich das Unheil durch ähnlich düstere Erscheinungen angekündigt, sagte sich die Tricanote. Er erinnerte sie an den Mann, der damals, von zwei Gendarmen begleitet, die Nachricht vom Tode eines Soldaten zu überbringen pflegte. Die Schreie der Mütter, der Ehefrauen hinter den Türen … Ein Mann in Trauer, das bedeutete selten etwas Gutes. Dieser arme Séraphin Monge hatte nun wirklich genug davon gesehen. Auf einen weiteren von der Sorte konnte er gut verzichten.

»Madame«, sagte der Mann sanft, »ich spüre, dass Sie wohl wissen, wo er ist, und dass Sie Bedenken haben, es mir zu sagen. Wenn er alles hier dem Erdboden gleichgemacht hat, Ihr Überlebender, dann heißt das doch, dass ihm das Verbrechen, das ihm seine Familie geraubt hat, heute noch nachgeht. Vielleicht ist er sich über die Umstände immer noch im Unklaren. Sehen Sie: Ich bringe ihm ein Stück Wahrheit und glaube, es wird ihm gut tun, zu erfahren, was ich weiß.«

»Die Wahrheit?«, hauchte die Tricanote. Sie richtete sich auf. »Man kennt sie schon, die Wahrheit«, rief sie aus.

»Nein«, sagte der Mann mit leiser Stimme.

Wie angewurzelt stand die Tricanote wohl eine Minute lang stumm vor ihm. »Er wohnt in Peyruis«, sagte sie schließlich, »an dem Platz, auf dem ein Brunnen mit schweinischen Figuren steht … Es ist ein schmales Haus, mit einer schmalen Tür und drei Stufen davor und einem unten angebauten Schuppen …«

Er dankte mit einer Verbeugung und setzte seinen Hut auf.

Sie hörte, wie sein Schritt leiser wurde. Sie horchte auf den Wind in den Zypressen, sie belauschte ihn. Zwei Ziegen kamen heran und legten die Köpfe vertraulich auf ihre Unterarme, um sie daran zu erinnern, dass es Zeit war, zum Stall zurückzukehren. Mit einem schrillen Pfiff rief die Tricanote die Tiere zu sich. Sie stieg hinauf zum Dorf, schwitzend und keuchend, mit gerafften Röcken, um schneller gehen zu können. Sie würde die Ziegen in die Dorfstraße von Lurs treiben und rufen: »Clorinde! Komm doch mal raus! Weißt du noch … La Burlière …? Nein, du weißt eben nichts …« Aber plötzlich verlangsamte sie ihren Schritt. Nein, sie musste das alles für sich behalten. Die arme Clorinde, wie sollte ihr der Sinn nach Schauergeschichten stehen, wo doch ihre Kleine so krank war?

Der Mann hatte keine Mühe, das Haus von Séraphin Monge zu finden. Der Chauffeur parkte nicht ohne Murren auf dem kleinen Platz, auf dem der Wagen schwer zu manövrieren war. Der Mann stieg aus, stieg die Stufen hinauf, schlug dreimal mit der Faust an die Tür. Niemand antwortete. Er versuchte, die Tür zu öffnen, und stellte fest, dass sie nicht verschlossen war. Er zögerte eine Sekunde, machte eine schicksalsergebene Handbewegung und stieg die Treppe hinauf, die zur Küche führte.

Er hielt einen Moment inne angesichts dieser bescheidenen kleinen Welt, in die einzutreten ihn niemand gebeten hatte. Er sah den vor Sauberkeit blitzenden Fußboden, den kalten Ofen, das Geschirr im Regal über dem Spülstein. Er sah den Tisch, der abgerückt von den Stühlen schief im Zimmer stand. Er ging zum Alkoven. Das Bett war gemacht, sogar sehr ordentlich gemacht, die Bettwäsche sauber, es lag nur ein Kopfkissen da. In dieser Armeleutewohnung herrschte die peinliche Ordnung eines Menschen, der darauf bedacht ist, nichts von sich selbst zu verraten, und sei es durch die Beschaffenheit des Ortes, an dem er lebt. Kein Geruch (außer vielleicht einem leichten Hauch von Bergamotte) half ihm, die Anonymität dieses Schlupfwinkels zu entschlüsseln. Keine Zeitung, kein Buch, nicht ein einziges Blatt Papier. Der Mann musste eine Seite aus seinem Notizbuch reißen, um die Worte aufzuschreiben, die für den Überlebenden von La Burlière bestimmt waren. Als das getan war, suchte er einen gut sichtbaren Gegenstand, um damit die Botschaft mitten auf dem Tisch zu beschweren, sodass sie sofort auffallen musste.

Er fand nichts. Doch, auf dem Regal dort, neben der Bratpfanne, diese Zuckerdose da, die würde sich hervorragend dazu eignen. Er streckte die Hände aus, nahm sie herunter und fand sie ungewöhnlich schwer, aber darüber machte er sich zunächst keine Gedanken. Er schob den Zettel unter den Dosenrand, sodass er gut zu sehen war. Erst jetzt begann er sich über das Gewicht der Dose zu wundern. Er öffnete den Deckel, nahm die Papiere heraus, ohne sie zu entfalten. Er betrachtete den Inhalt, schüttelte seufzend den Kopf, schloss den Deckel wieder und verließ den Raum.

Sein Herz zerfloss vor Mitleid mit demjenigen, der hier in solcher Bescheidenheit hauste. Denn bei jemandem, der einen Raum, in dem sich vier Kilo Goldmünzen befanden, unverschlossen ließ, konnte es sich nur um einen zutiefst unglücklichen Menschen handeln.

Als die Limousine bei der kleinen Anhöhe, auf der die Kapelle von Saint-Donat steht, die Straße erreichte, die nach Mallefougasse hinaufführt, konnte man sehen, wie das Sonnenlicht über die Wipfel der großen Steineichen hüpfte und sie in Meereswellen verwandelte. Aus der erstarrten Dünung dieser dichten Wälder ragte die tausendjährige Kirche empor wie ein riesiger Steinhaufen.

Diese Ruine war nicht totzukriegen. Man hatte sie geplündert und geschleift, man hatte die Schieferplatten, die Winkeleisen an den Ecken abgerissen, man hatte die mit Reliefs geschmückten Kapitelle der kleinen Säulen, die von der Ankunft des heiligen Donatus in seiner Doline erzählten, in den Eingang geworfen. Und dennoch behauptete das gedrungene Kreuz ihres Grundrisses, mit seinen kurzen Querbalken, die so recht geschaffen waren, der Erosion zu trotzen, noch immer seinen Platz im grünen Vlies des Waldes.

Zehn Kilometer von jedem bewohnten Ort entfernt lagert der Block dieser Zitadelle tief in den Wäldern. Er überragt sie und hält sie auf Distanz. Einsam, massig, hoch aufragend erschien er als ein stummes, eine unbestimmte Drohung aussprechendes Rätsel, wie alle Bastionen der Frömmigkeit. Wer hatte ihn erbaut? Wo waren die Massen geblieben, die eine Reihe gebildet hatten, um beim Gesang frommer Hymnen auf den Heiligen die Steine heranzuschaffen? Jetzt wurde die Kapelle vom Wald belagert, die Steineichen kreisten sie ein, hielten sie gefangen.

In den letzten vierundzwanzig Jahren hatte sie sich nicht verändert – seit jener Nacht, in der sie dem Handwerksgesellen im letzten Mondlicht erschienen war, kurz bevor alles dunkel wurde und der Regen wieder einsetzte. Sie war inzwischen nicht noch weiter verfallen, die gleichen Gewächse hatten sich damals schon auf dem unförmigen Dach ausgesät.

Der Mann gab dem Chauffeur den Befehl zu warten und begann, die Anhöhe zu dem Gotteshaus hinaufzusteigen. Er folgte den Spuren des schlanken, beweglichen jungen Mannes, dem die Angst Flügel verliehen hatte. Auf seiner ziellosen Flucht war er von diesem schwarzen Vorbau angezogen worden, der sich vor dem gewaltigen leeren Kirchenschiff auftat, mit seinem Boden aus gestampfter Erde, auf den der Regen von neuem laut niederprasselte. Hier war er wieder ein wenig zur Besinnung gekommen und zu der Überzeugung gelangt, dass es für den letzten Zeugen eines Verbrechens keinen Zufluchtsort gibt. Nur die Flucht …

Heute, an diesem milden Abend im November, sah man die Spitze des Kirchenschiffes nur mehr durch einen Nebelschleier. Hoch oben, rings um die starken runden Säulen, die bis zu fünfzehn Meter in die Höhe ragten, kreisten schon Schwärme von Fledermäusen.

Der Mann schaute auf seine Uhr. Würde er kommen? War es falsch gewesen, ihm diesen Ort als Treffpunkt zu nennen, statt einfach bei ihm zu Hause auf ihn zu warten? Er hatte dem Drang nachgegeben, diese Kirche an seiner Beichte teilnehmen zu lassen, und lief nun Gefahr, dass niemand sie ihm abnehmen würde.

Er ließ den Vorbau, in dem das Tageslicht immer schwächer wurde, nicht aus den Augen. Plötzlich brachte eine dunkle

Masse es völlig zum Verlöschen. Jemand kletterte den Eingang hinauf, denn die vier Stufen, die einst zu ihm geführt hatten, waren längst gestohlen worden, und so musste man sich mit den Armen hochziehen, so wie er es selbst kurz zuvor getan hatte.

Der Neuankömmling richtete sich langsam aus seiner gebückten Stellung auf und kam näher. Gebannt sah der Handwerksgeselle, wie er mit ausdruckslosem Blick, der durch ihn hindurchzugehen schien, auf ihn zukam. Er betrachtete diese eindrucksvoll massige und zugleich leichtfüßige Gestalt, die vollkommen lautlos dahinschritt und mit einer stämmigen, vor ihm aufragenden Säule verschmolz, als ob der Mann sie auf seinen Schultern trüge.

Der Besucher hielt dem Handwerksgesellen den Zettel hin, den dieser ihm auf den Tisch gelegt hatte.

»Haben Sie das geschrieben?«

»Ja«, sagte der Mann.

»Ich heiße Séraphin Monge«, sagte Séraphin.

»Ich weiß. Als ich Sie zum ersten Mal gesehen ... ich meine, als ich Sie zum ersten Mal wahrgenommen habe, passten Sie bequem in eine Wiege, und Sie schrien, weil Sie Hunger hatten ... Ich war da«, sagte er leise, »am Abend des Blutbads ...«

»Sie waren da?«

»Ja. Ich werde es Ihnen erzählen. Hören Sie mir zu, ohne mich zu unterbrechen. Urteilen Sie erst dann über mich.«

»Ich bin kein Richter.«

»Doch, Sie sind es, Sie müssen es sein. Sie sind der Nachkomme. Ja. Ich war da. Ich war gerade angekommen. Ich hatte die Tür geöffnet – sogar ohne anzuklopfen, wie mir jetzt einfällt, so sehr war ich davon überzeugt, dass man mich wie den Messias erwartete, nur weil ich ein Geselle aus der *compagnie du devoir* war, ein Handwerksgeselle, ein *dévoirant*. Oh, ich habe schnell bemerkt, dass ich höchst ungelegen kam. Ihr Vater runzelte die Stirn wie jemand, der denkt: Der hat uns gerade noch gefehlt. Er machte einen gehetzten Eindruck. Er ging auf und ab. Ihre Mutter hatte schnell ihre Brust bedeckt. Ich nehme an, sie wollte Sie gerade stillen. Nun ja ... Ich habe wohl gemerkt, dass ich nicht erwünscht war. Aber schließlich hatte ich schon hundert Kilometer im Regen hinter mir – seit Marseille, von wo ich kam. Und ich war zwanzig Jahre alt. Ich war trunken von Freiheit und von dem Wunsch, die Zukunft zu erobern. Ich fühlte mich ungebunden. Die anderen erschienen mir nur als Figuren auf einem Wandbehang, zwischen denen ich mich als Einziger frei bewegen konnte.« Der Mann seufzte: »Sie werden sich fragen, warum ich Sie gerade hierher bestellt habe.«

»Nein«, sagte Séraphin, »erzählen Sie weiter. Sie waren in der Küche. Meine Mutter gab mir die Brust. Mein Vater ging auf und ab.«

»Ja, er packte mich am Arm. Er hob die Falltür hoch – mein Gott, wie kann ich dieses Wort nur aussprechen, ohne ins Zittern zu geraten. Dann ließ er mich die Holztreppe zu den Ställen hinabsteigen. Er brachte mir einen Laib Brot, eine Salami und Käse. Ohne ein Wort zu sagen, ohne mich irgendetwas zu fragen. Er hatte eine Falte mitten auf der Stirn, die nicht verschwinden wollte.«

Séraphin trank jedes Wort von seinen Lippen. Der alte Burle hatte Tote vorgefunden. Dieser hier sprach von Lebenden. Er ließ seinen Vater *lebend* vor seinen Augen erstehen, und seine Mutter war *am Leben* gewesen, als sie – erschrocken über das Eindringen eines Fremden – züchtig ihre Brust bedeckt hatte.

»Er hat mir ein Lager auf den Postsäcken angewiesen«, fuhr der Mann fort. »Ich erinnere mich genau. Es roch nach Wachs. An den zugebundenen Jutesäcken waren große rote Siegel. Das Lager war rau, aber warm und vor allem trocken. Ich habe mich ausgestreckt und etwas gegessen. Ich muss eingeschlafen sein vor Erschöpfung – mit einem ungekauten Bissen zwischen den Zähnen – Sie sehen, wie gut ich mich an alles erinnere … Oh, nicht lange! Ich glaube, es gab irgendwann einen dumpfen Stoß, der die Balken erzittern ließ. Ich stand auf. Ich hatte Durst. Er hatte vergessen, mir etwas zu trinken mitzugeben. Auf einem Wandbrett stand eine alte Laterne. Ich schaute in die Eimer für die Pferde. Damit hatte ich mich oft begnügt. Aber sie waren leer. Also sagte ich mir: ›Was soll's, du wirst ungelegen kommen, aber etwas trinken musst du schließlich.‹«

Er machte eine Pause. Dann wiederholte er: »Etwas trinken musst du schließlich … Ich ging auf die Holztreppe zu«, fuhr er fort, »die sich im Dunkeln befand. Oh, ich hatte wohl bemerkt, dass die Pferde ein bisschen tänzelten. Sie waren unruhig, sie streckten die Hälse nach ihren Hufen und schnaubten laut. Aber wenn man zwanzig Jahre alt ist, achtet man nicht auf solche Zeichen.« Er seufzte abermals, bevor er weitererzählte. »Die Holztreppe hatte zweiundzwanzig Stufen. Weiß Gott, ich hatte genug Zeit, mich an jede einzelne von ihnen zu erinnern … Ich weiß noch, dass ich meine Bewegung nicht ganz ausgeführt habe, dass mein Arm, der die Tür aufhielt, vielleicht zwei Minuten ausgestreckt blieb. Du meine Güte … Ich habe nicht alles sofort mitgekriegt. Denn sehen Sie, ich habe alles gleichzeitig gesehen, in weniger als zwei Sekunden, und ich brauche fünf Minuten, um es Ihnen zu erzählen …«

Er ließ sich auf die mit Trümmern übersäten Altarstufen sinken, als versagten ihm die Beine schon beim Gedanken an das, was er erzählen würde, den Dienst.

»Alles gleichzeitig«, wiederholte er. »Da kam so eine Art von roter Schlange geradewegs auf mich zu, über den Staub hinweg bewegte sie sich vorwärts, als ob ihr eigenes Gewicht sie vorantreiben würde. Wie soll ich es Ihnen beschreiben? Sie schlängelte sich durch die Fugen zwischen den Bodenfliesen, und dann erreichte dieses Ding die Kante der Falltür, platzte auf und ergoss sich über mich. Meine Hose war sofort bespritzt. Gott verzeihe mir … Einige Tropfen fielen auf meine Knöchel oberhalb der Schuhe. Ich hab sie gespürt... Sie waren warm... Aber ich hatte keine Zeit, mich damit aufzuhalten. Ich sah... Oh, nicht weiter als einen Meter entfernt! Ein Gewirr aus Rock und Bluse und Haaren, und das Ganze kroch auf dem Boden und machte ein schreckliches Geräusch, wie ein durchlöcherter Blasebalg, und an einem Ende war ein Arm, der sich nach der Wiege ausstreckte, in der Sie lagen... Und er hätte Sie fast erreicht, aber kurz vorher fiel er leblos herunter.«

»Meine Mutter«, sagte Séraphin leise.

»Aber zur gleichen Zeit sah ich auch... aber das nur in einem roten Nebel... Verstehen Sie, die Lampe war umgefallen, und nur die Flammen des Kamins erhellten den Raum. Da sah ich zwei Männer miteinander kämpfen. Und einer davon war Ihr Vater. Er hielt etwas in der Hand. Auch etwas Rotes. Und auch der andere hatte eine Waffe, die blitzte, und beide versuchten, sich die Kehle durchzuschneiden, in aller Stille, ohne ein einziges Wort. Und dann gewann Ihr Vater die Oberhand. Er stieß den Mann mit dem Knie gegen den Kamin. Der andere verlor das Gleichgewicht. Er fiel nach hinten, konnte sich jedoch noch an dem Bratspieß festhalten, der sich dabei von der Wand löste. Er hatte ihn in der Hand, in dem Augenblick, als Ihr Vater sich auf ihn stürzte. Dabei hat er sich selbst aufgespießt... Und dann... Dann hat Ihr Vater mit diesem Bratspieß im Leib noch einen Schritt, vielleicht zwei Schritte gemacht. Mit beiden Händen hat er sich an der Kaminwand abgestützt. Und dann hat der andere Mann –«

»Ein Mann?«, keuchte Séraphin. »Sind Sie sicher, dass es nur ein Mann war?«

»Ja, ein einziger, der jetzt etwas Glänzendes in der Hand hielt. Er ist auf Ihren Vater zugegangen, hat ihm den Kopf nach hinten gerissen und ihm die Kehle durchgeschnitten...«

»Ein einziger Mann...«, wiederholte Séraphin.

»Ja. Es war noch ein anderer im Raum, aber das war ein Greis. Er saß im Sessel vor dem Herd, die Hände flach auf den Armlehnen, die Augen zum Himmel gerichtet, mit einem langen roten Bart.«

»Und diesen einen Mann«, fragte Séraphin, »haben Sie den genau gesehen?«

»Nein. Ich habe nur eine schwarze Masse gesehen. Ich habe das Aufblitzen eines Auges gesehen, zwei kräftige Beine und zwei Hände. Ungefähr so wie Ihre. Schultern in voller Bewegung, ungefähr so wie Ihre. Das hab ich gesehen. Ich sagte Ihnen schon, die Lampe war umgefallen. Und außerdem hatte mich die Angst gepackt. Alles, was ich Ihnen da erzähle, hat sich blitzschnell abgespielt. Ich habe die Falltür sofort wieder zugemacht. Sie hat geknirscht, als sie sich über dem Blut schloss, das schon anfing zu gerinnen. Nie habe ich dieses winzige Geräusch vergessen. Ich sagte mir, dass mein Schicksal besiegelt wäre, sollte der Mann es auch gehört haben. Ich hatte Angst, verstehen Sie, Angst. Ich zitterte wie Espenlaub. Haben Sie je Angst gehabt?«

Séraphin hob den Blick zum oberen Säulenende empor, das jetzt in der Höhe des Schiffs nicht mehr zu erkennen war. »O ja«, sagte er leise.

»Dann sollten Sie mich verstehen. Ich hatte vor Angst den Verstand verloren. Sie hielt mich noch monatelang, vielleicht jahrelang in ihrem Griff. Ich bin die Holztreppe wieder hinuntergeklettert. Ich habe mein Lager wieder aufgesucht. Und da begriff ich blitzartig, dass ich nach dem Verschwinden des Mannes allein mit all diesen Leichen zurückbleiben würde, mit dem Blut, das durch die Falltür auf meine Schuhe gespritzt war und damit bewies, dass ich die Klappe angehoben hatte. Wer würde meine Geschichte von einem Mann glauben, den ich nicht richtig gesehen hatte, den niemand kannte, der vielleicht unauffindbar bleiben würde? Handwerksgeselle, *dévoirant*, das ist schnell dahingesagt. Papiere kann man fälschen. Zu der Zeit gab es in Frankreich genug *compagnons du devoir*, die durch das Land zogen, ohne ihre *devoirs*, ihre Pflichten, sonderlich ernst zu nehmen. Es waren Schürzenjäger, fidele, aufdringliche Burschen, die sich fünfzehn Jahre Zeit ließen, um mehr schlecht als recht ein Handwerk zu erlernen, und die alle Welt für sich in die Pflicht nahmen. Sie fielen mit der Tür ins Haus, ohne Anmeldung, ausgehungert und erschöpft. Ein *dévoirant* – was immer man sonst behauptet haben mag – wurde von den Gendarmen und den Justizbehörden häufig schief angesehen. Und wenn ich am nächsten Tag von den Gendarmen schief angesehen worden wäre ...«

Séraphin spürte, dass dem Mann bei diesem Gedanken noch heute der Schreck in die Glieder fuhr.

»Die Angst, die ich nun empfand, hatte nichts mehr mit dem Entsetzen zu tun, das mich beim Anheben der Falltür ergriffen hatte. Nun war es die Angst vor der bürgerlichen Gesellschaft, die mich umtrieb, die Angst vor dem Schafott. Wer hätte mir geglaubt?«

Der Mann hielt einen Augenblick inne. »Also habe ich meinen Stock und meinen Hut und meinen Tornister genommen«, fuhr er fort. »Ich habe die Reste des Brotes eingesammelt, bis zum letzten Krümel (sie kamen mir später sehr zustatten). Ich habe die Postsäcke sorgfältig aufgeschüttelt, auf denen ich gelegen hatte. Ich bin durch das Stalltor hinausgegangen, durch das kleine Türchen unten im großen Tor. Ich bin wie ein Irrer ins Freie gerannt, wie der Irre, der ich war. Und dann fand ich mich im Mondlicht wieder. Ich habe den Brunnen gesehen, vielleicht in fünfzig Metern Entfernung, und vor dem Brunnen stand der Mann. Er kehrte mir den Rücken zu. Aber ich hatte den Eindruck, dass er mich gehört hatte, dass er mich gleich entdecken würde. Da habe ich mich hinter einen Karren geworfen. Ich habe gesehen, wie er sich bückte, um etwas aufzuheben. Er machte etwas mit seinen Händen, ein Paket, so schien es mir. Und dann habe ich eine Handbewegung gesehen. Er hat etwas in den Brunnen geworfen. Etwas Schweres... Nein, ich war doch nicht fünfzig Meter entfernt, eher dreißig. Ich hörte das Plumpsen.«

»Ein einziger Mann …«, wiederholte Séraphin.

»Ja, er war ganz allein. Und ich habe ihn nicht gesehen. Das Mondlicht spielte mit dem Schatten, den sein Hut warf. Ich bin sicher, dass er keinen Bart trug. Sein Kinn schimmerte bleich. Er ging gebeugt, ein bisschen schwerfällig. Ich kann es nicht beschwören, aber … Es schien mir, als hätte ich ihn stöhnen hören, es schien mir, als weinte er.«

»Und es war derselbe, der meinen Vater aufgespießt hat?«

»Ja. Da bin ich sicher.«

»Und sonst war niemand da?«

»Nein, niemand.«

»Und er hat etwas in den Brunnen geworfen?«

»Ja, und dann ist er weggegangen, mit hängenden Schultern, in Richtung Eisenbahnbaustelle. Da bin ich losgerannt, geradewegs nach Norden. Der Geruch der Berge hat mir den Weg gewiesen. Ich bin gelaufen … Dann bin ich auf diese Kirche gestoßen. Ich weiß immer noch nicht, wie sie heißt.«

»Saint-Donat«, sagte Séraphin ausdruckslos.

»Im Gebet habe ich um Rat gefragt«, sagte der Mann. »Und die Antwort lautete nur: Fliehe! Und das hab ich dann auch getan.«

»Ein Mann allein«, murmelte Séraphin. »Und Sie wissen nicht, wie er aussah?«

»Ich bitte Sie, vierundzwanzig Jahre«, sagte der Handwerksgeselle. »Ich habe mein Leben gelebt. Meine Frau ist vor kurzem gestorben. Nein, ich weiß es nicht. Aber wenn ich eine Beschreibung liefern könnte, was würden Sie damit anfangen? Wie sieht er nach vierundzwanzig Jahren aus, dieser Mann? Von außen! Und von innen? Und dann der Krieg? Ist er überhaupt noch am Leben?«

»Wenn er tot wäre«, sagte Séraphin, »würde ich es hier spüren.« Er legte seine Hand flach auf die Brust und verstummte. Der Mann betrachtete ihn, wie er da im Halbdunkel stand, bewegungslos und immer noch an die Säule gelehnt wie ein in die Säule eingemeißeltes Relief.

»Ein Vierteljahrhundert«, sagte der Mann müde. »Sie sind zu jung, um zu wissen, was das bedeutet, ein Vierteljahrhundert... Und ...«

Er hielt erstaunt inne. Es kam ihm vor, als hörte er Séraphin Monge im Halbdunkel aus vollem Halse lachen. Jedenfalls richtete dieser sich auf, kehrte dem ehemaligen Gesellen den Rücken und ging schweigend auf den Rest des Tages zu, der da draußen vor dem Vorbau verdämmerte.

Der Mann folgte ihm. »Gibt es nichts, was ich für Sie tun kann?«, sagte er zögernd. »Sie müssen wissen... Wie soll ich mich ausdrücken... Ich bin reich ...«

Er hätte sich auf die Zunge beißen können dafür, dass er diese Worte ausgesprochen hatte. Soeben war ihm die Zuckerdose mit den Louisdors wieder eingefallen.

»Und ich«, sagte Séraphin, »ich bin noch ärmer, als Sie glauben. Als ich drei Wochen alt war, hat man mir meine Mutter genommen. Vierundzwanzig Jahre lang musste ich auf sie verzichten. Alles, was mir von ihr geblieben ist, ist ein Alptraum, der mich beherrscht. Sie meinen, das sei lang, vierundzwanzig Jahre? Aber sie, die seit vierundzwanzig Jahren tot ist, ist nicht älter geworden. Sie hat immer noch eine durchschnittene Kehle und ...« Beinahe hätte er gesagt: »Und die beiden letzten Tropfen Milch, die für mich bestimmt waren.« Aber er hielt seine Worte rechtzeitig zurück.

»Sie hat nicht verziehen«, fuhr er fort. »Und ich verzeihe auch nicht. Und Sie mit Ihrem Mann, der alles allein getan hat, Sie kommen vielleicht zu spät. Vielleicht«, wiederholte er, »vielleicht.«

Er ging, ohne einen Gruß, ohne einen Blick, ohne ein Wort des Dankes für diesen Mann, der schwach war und reich.

Ein Regen welker Blätter fiel um die Kirche hernieder. Die Nacht war vollends hereingebrochen.

~ 16 ~

»ICH hätte mir gleich Gedanken machen müssen«, sollte Monsieur Anglès später sagen, »es war das erste und das letzte Mal, dass er mich um einen freien Tag gebeten hat. Ich erinnere mich noch: Es war ein Montag.«

Séraphin schlief unruhig und angespannt, unzusammenhängende Gedanken schossen ihm durch den Kopf. »Ein Mann allein. Der Brunnen. Er hat etwas in den Brunnen geworfen. Und er war ganz allein, als er das Blutbad anrichtete. Und was war dann mit den beiden anderen?« Er war also völlig auf dem Holzweg gewesen. Er hatte zwei Unschuldige töten wollen. Oder vielleicht einen Unschuldigen und einen Schuldigen … Jetzt gab es nur noch einen, der die Wahrheit kannte: den einen, der am Leben geblieben war. Der Bäcker von Lurs: Célestat Dormeur. War er es also gewesen, der die beiden anderen umgebracht hatte? Aber warum? Der Brunnen … Der Mann, den der Handwerksgeselle gesehen hatte, hatte ein Päckchen gemacht und es in den Brunnen geworfen. Das musste etwas gewesen sein, an dem man ihn hätte erkennen können, etwas Persönliches. In den Brunnen, dem er, Séraphin, sich nicht nähern konnte, ohne vom Geist seiner Mutter heimgesucht zu werden. Und außerdem war da wohl Wasser im Brunnen. Wie viel? Ein Meter oder zwei? Er hatte es nie über sich gebracht, sich über den Brunnenrand zu beugen. Wie sollte man auf dem Boden eines Brunnens etwas finden können? Und was konnte davon übrig geblieben sein? Nach vierundzwanzig Jahren!

Er lag da, die Hände hinter dem Kopf verschränkt, im nächtlichen Peyruis beim hellen Plätschern des Brunnens. Er dachte an Marie Dormeur. Marie und krank – was für eine Ungerechtigkeit. Sie hatte so viel Lebenskraft besessen. Er nahm sich vor, sie in jedem Fall zu besuchen. Vielleicht würde es ihr gut tun zu erfahren, dass er sich Sorgen um sie machte. Das verpflichtete ihn zu nichts. Sie wusste jetzt ja, dass er niemanden lieben konnte.

Mit einem Ruck setzte er sich auf. Das Bild Maries, wie sie da auf dem Rand des Brunnens saß, als er sie beinahe hinuntergestoßen hätte, erinnerte ihn an etwas Wichtiges. Eines Tages hatte Monsieur Anglès in seinem Beisein mit einem Kollegen, einem Landvermesser, gesprochen. Séraphin vergaß nie etwas, das Monsieur Anglès sagte, und an diesem Tag hatte er gesagt: »Die Brunnen hier sind fast alle versiegt. Als 1910 die Minengesellschaft von Sigonce ihre Fördermenge erhöht hat, wurden durch die neuen Stollen, die man gegraben hat, viele Wasseradern und Siphons im Gestein angeschnitten, sodass fast alle Brunnen versiegt sind.«

Schon am folgenden Morgen bat Séraphin Monsieur Anglès um einen freien Tag und fuhr mit dem Fahrrad nach Forcalquier. Auf dem Markt kaufte er fünfundzwanzig Meter kräftiges Seil, fünfzehn Meter Schnur und heim Eisenwarenhändler eine Karbidlampe.

Die Leute, die auf den Bus warteten und ihn an diesem Morgen mit einer Seilrolle über der Schulter vorbeikommen sahen, konnten es sich nicht verkneifen, ihm zuzurufen: »He, Séraphin! Willst du dich aufhängen?«

»Vielleicht …«, rief Séraphin zurück.

Zur Mittagszeit war er bei La Burlière. Die Tricanote, die ihre Ziegen in den Lichtungen der Eichenhaine hütete, sagte später, sie habe sich in diesem Augenblick tatsächlich gefragt, ob er sich aufhängen wollte. Er habe fast eine Viertelstunde regungslos unter der Zypresse gestanden und den Brunnen betrachtet. Sie hatte sich hinter einem großen Rosmarinbusch versteckt und von da aus alles beobachtet, was er tat.

»Er hat sich auf die Bank unter der Zypresse gesetzt«, sagte sie, »er hat sein Seil entrollt und angefangen, Knoten hineinzumachen, in gleichmäßigen Abständen. Er machte etwa jeden halben Meter einen Knoten und zog ihn mit einem Ruck fest. Ich konnte ihn gut sehen ... Das hat ihn ganz schön viel Zeit gekostet, und als er damit fertig war, ist er weggegangen. Richtig, zur Straße hin. Bestimmt zehn Minuten lang war er weg. Ich hab das Fahrrad gesehen, ich hab die Seile gesehen, und jetzt, wo er nicht mehr da war, da hab ich auch die Karbidlampe auf der Bank stehen sehen. Und als er zurückkam, hatte er sich eine Eisenbahnschwelle auf die Schulter geladen, die er neben den Schienen gefunden haben musste. Also, meine Lieben, wie soll ich es euch erklären? Ich hab gesehen, wie er mit der Schwelle daherkam. Ihr wisst ja, was das für ein Kerl war. So eine Schwelle konnte dem doch nichts ausmachen. Mich hätte das Ding glatt erdrückt, aber ihn ... Und trotzdem ... wie weit wird das wohl sein, von der Zypresse bis zum Brunnen? Vielleicht fünfzig Meter? Nun, hört mir gut zu: Er hat gut und gern fünf Minuten dafür gebraucht. Alle drei Meter blieb er stehen. Ich hab ihm genau ins Gesicht gesehen, hinter meinem Rosmarin. Er belauerte den Brunnen wie ein Jäger seine Beute. Er blieb auf einem Bein stehen, dann ging er weiter. Als er nah genug herangekommen war, hab ich seinen schiefen Blick gesehen. Er sah nämlich gar nicht zum Brunnen hin, sondern zum Waschtrog. Ihr wisst schon, der Waschtrog, der jetzt voll mit welkem Laub ist. Meine Güte! Er schaute ihn an, als ob gleich der Leibhaftige daraus hervorspringen würde. Er schien Angst zu haben. Aber schließlich ist er bis zum Brunnen gekommen. Seine Schwelle hat er auf den Brunnenrand gelegt. Dann hat er wieder gewartet, auf der Lauer, bereit, sofort zurückzuspringen, ja, genau so! Und dann hat er seine schwere Holzplanke aufgehoben, als ob das nichts wäre. Fast so, als ob er einen toten Ast aufheben würde, und dann hat er sie quer über den Brunnen gelegt. Ich hab ihm die ganze Zeit zugesehen. Und er hat stur auf den Waschtrog geschaut. Er machte irgendwie einen erstaunten Eindruck. Und dann ... Stellt euch das mal vor. Er ist zum Waschtrog hin, hat seine Arme ins welke Laub gesteckt und angefangen, darin herumzuwühlen. Warum bloß? Woher soll ich das wissen? Vielleicht suchte er irgendwas ... Jedenfalls hat er drei Minuten lang nichts anderes getan.«

Nein, entgegen seinen Befürchtungen erschien die Girarde diesmal nicht aus ihrem mit Blättern angefüllten Sarg, um ihren Sohn daran zu erinnern, was sie von ihm erwartete. Die Luft blieb rein, als ob dieser unheilvolle Ort endlich von allem Bösen gereinigt worden, als ob die Straße, die zum Ziel führte, jetzt endlich frei wäre und man ihr nur noch ohne Umwege zu folgen hätte.

Séraphin befestigte die Schwelle an beiden Enden auf dem Brunnenrand. Sorgfältig knotete er das Seil daran fest und ließ es in den Brunnen hinunter. Er zündete die Karbidlampe an und machte sie am Ende der Schnur fest. Er stellte die Flamme richtig ein. Dann beugte er sich über den Rand und ließ die Lampe Meter um Meter nach unten gleiten. Ihr weißes Licht beleuchtete das Brunneninnere aus gelbem Tuffstein und fiel manchmal auf den unheimlich aussehenden Stängel der Sommerwurz oder das bleiche Grün eines Venushaars. Séraphin ließ die Lampe immer langsamer hinunter und versuchte, die Dunkelheit unter der Lichtquelle zu durchdringen. Jetzt war der ganze Brunnenschacht erleuchtet. Unter der Lampe erschien plötzlich der Boden des Schachts. Séraphin ließ sie weiter hinunter, Zentimeter um Zentimeter, bis die Schnur schlaff wurde. Die Lampe hatte den Boden berührt. Sie erlosch nicht. Die Flamme brannte hoch und hell.

Séraphin machte die Schnur an einem Teil des schmiedeeisernen Brunnenaufsatzes fest. Er stieg über den Brunnenrand, hielt sich an der Schwelle fest und ergriff das Seil. Langsam, ohne jede Eile, Knoten um Knoten, kletterte er in die Tiefe. Er hatte berechnet, dass er ungefähr zehn Meter weit hinunter musste. Von einer gewissen Tiefe an entdeckte er Ringe, die das Wasser an den Steinen zurückgelassen hatte. Sie waren stärker oder schwächer ausgeprägt, lagen höher oder niedriger. Die Ringe zeigten die guten und die schlechten Jahre an, die Jahre, in denen es viel, und die, in denen es wenig Wasser gegeben hatte.

Das erste, was er sah, als er seinen Fuß auf den harten, hellen Felsgrund setzte, war ein von der weißen Flamme der Karbidlampe grell beleuchteter Totenschädel, der ihn aus seinen leeren Augenhöhlen anstarrte und ihn mit seinem noch vollständigen Gebiss angrinste. Ein Skelett kauerte am Boden, wie in Meditation versunken. Es war unter einem Gewölbe eingeklemmt, einer Art Höhle, die sich über zwei oder drei Meter durch den funkelnden mineralischen Einschluss im Fels am Grund des Brunnens hinzog und sich dann zu einem Trichter verengte. Ein kleines Rinnsal floss unter den angewinkelten Beinen des Gerippes hindurch und verlor sich glucksend in der Öffnung des Trichters. Das Skelett war vollständig erhalten, da es durch die Kalkschicht, die sich auf die Knochen gelegt hatte, wie versteinert war. Es musste sich um die Überreste eines jungen Mannes handeln: Das Gebiss war vollständig erhalten, und über seinen Rippen und seinen Schlüsselbeinen kreuzten sich die ebenfalls versteinerten Riemen eines Säbelgurtes. Ein breites, mit einer Schnalle versehenes Koppel, an dem eine Art von Patronentasche befestigt war, hing von seinen Hüftknochen herunter.

Séraphin betrachtete das Skelett mit dem ruhigen Ernst desjenigen, der schon oft und anhaltend genug mit dem Tod Umgang gehabt hat, um ihm ins Gesicht sehen zu können. Aber etwas erregte seine Neugier. Er fragte sich, was es wohl mit diesem rauen Band auf sich habe, das sich völlig mit Kalk überzogen auf dem Boden hinschlängelte, bis hin zu einem gewaltigen runden Stein, um den es gewickelt war. Er bückte sich, um den Kalkmantel zu zerbrechen. Darunter kam eine unversehrte Peitschenschnur zum Vorschein. Er folgte ihr bis zu dem versteinerten Klumpen, den die Füße des Toten bildeten. Da begriff er, dass man diesen Toten in den Brunnen geworfen hatte, mit den Füßen zuerst, die mit dem Stein beschwert worden waren, und mit auf dem Rücken gefesselten Händen. Ob er da wenigstens schon tot gewesen war?

Er schaute nach oben, sah die Öffnung des Brunnens und darüber das schwarze Loch des Himmels, an dem vier oder fünf Sterne funkelten. Alles da draußen gehörte zu La Burlière. La Burlière, die Wiege seiner Familie. La Burlière, wo es schon immer Monges gegeben hatte … Irgendein Monge hatte irgendwann diesen Mann in den Brunnen geworfen, oder, wenn er es nicht selbst getan hatte, so musste er doch davon gewusst haben. Das Schwert der Gerechtigkeit, das Séraphin hochhielt, seitdem er die Schuldscheine gefunden hatte, bekam einen Sprung. Er stammte also aus einer Familie von Mördern oder zumindest von Mitwissern eines Verbrechens. Mit welchem Recht spielte er sich als Kämpfer gegen das Unrecht auf?

Er wollte mehr über dieses Geheimnis wissen. Er riss die versteinerte Patronentasche vom Gürtel, und durch diese heftige Bewegung fiel das Skelett mit einem Geräusch von im Sturm knickenden Ästen in sich zusammen. Der durch den vielen Kalk beschwerte Schädel rollte bis zum Eingang des Trichters, in dem das Rinnsal verschwand. Séraphin nahm die Patronentasche in die Hand, zog ein kleines Taschenmesser aus seiner Hosentasche und fing an, den Kalk abzukratzen, der den Dorn der Schnalle gefangen hielt. Die Patronentasche sah noch nach Leder aus. Sie war leer, bis auf eine unförmige Masse, die noch immer weich und klebrig war und nach Wachs roch. Auf der Suche nach irgendetwas stocherte

Séraphin in dieser Masse herum. Die Klinge traf auf etwas Metallisches. Es war ein völlig von schwarzem Wachs überzogenes Geldstück. Unendlich geduldig – er hatte vergessen, dass er eigentlich etwas ganz anderes suchte – säuberte Séraphin es und kratzte das Wachs ab. Er hielt es ins Licht, untersuchte den Rand des Geldstücks und das Profil des Bürgerkönigs. Dieses Geldstück war identisch mit denen, die er in der Zuckerdose in der Mauer von La Burlière gefunden hatte. Also hatte sich dieses Verbrechen, dieser Raub, diese Angelegenheit vor mehr als siebzig Jahren abgespielt. Zwei Kriege hatten inzwischen stattgefunden. Sein Vater, der zur Regierungszeit Louis-Philippes noch nicht einmal auf der Welt gewesen war, konnte das Verbrechen nicht begangen haben, wenn er auch Nutzen daraus gezogen hatte. Und die Girarde, seine Mutter, gehörte nicht zu dieser Familie von Mördern. Und sie, die zu rächen er auf die Welt gekommen war, sie war es, die man umgebracht hatte.

Séraphin rutschte auf den Knien herum und vergaß das Skelett. Der Rest des geknoteten Seils, an dem er sich hinuntergelassen hatte, bildete ein Gewirr auf dem Boden, und darunter entdeckte er zwei flache Steine, die zusammengebunden waren, wozu man ebenfalls eine lederne Peitschenschnur verwendet hatte. Diese Schnur war noch nicht mit Kalk überzogen. Sie war schwarz, fast wie neu und noch geschmeidig. Séraphin schnitt sie mit seinem Taschenmesser durch. Die beiden Steine rutschten auf dem abschüssigen Boden nach unten. Dabei lösten sich zwei Gegenstände von ihnen und rollten auf das Rinnsal zu. Séraphin griff nach ihnen, ließ sie in seine hohle Hand gleiten und betrachtete sie aufmerksam im Licht der Flamme. Danach wickelte er sie in sein Taschentuch und steckte es in seine Hosentasche. Er richtete sich auf und kletterte gemächlich Knoten um Knoten wieder ins Freie.

»Ich hab ihn herausklettern sehen«, sollte die Tricanote später sagen, »mehr oder weniger planlos, wie beim Hinuntersteigen. Und er hat alles am Brunnen liegen lassen, das Seil, die Schnur und die brennende Lampe. In der schrägen Sonne sah sie ganz komisch aus, fast wie eine große Altarkerze. Und dann ist er zu seinem Fahrrad gegangen und bedächtig und zögernd davongefahren. Aber wenn ich jetzt so zurückdenke, glaube ich, dass er genau wusste, wohin er wollte.«

Er wusste, wohin er wollte. Der Fahrweg schlängelte sich zwischen Olivenbäumen hindurch und gab den Blick auf das Haus erst spät frei. Der Weg wurde wenig benutzt. Gnadenkraut, Beinwell und Hirtentäschel hatten sich in den Wagenspuren ausgesät und versteckten sich zwischen heimischem Mannstreu und Quecken. Man ging auf weichem Boden und stieß erst hinter der letzten Biegung auf das Haus.

Es war ein großes, quadratisches Haus mit einem Walmdach und zwei Stockwerken, deren Fensterläden fest verschlossen waren und dies offenbar nicht erst seit gestern. Links neben dem Haus ragte aus einem dichten Gestrüpp von Yuccapflanzen eine Zypresse hervor. Sie schien genauso alt wie die von La Burlière und überragte den Dachstuhl. Ihre vom Wind bewegte Spitze malte mit kurzen, präzisen Pinselstrichen im Blau des Himmels.

Nur im Erdgeschoss des Hauses schien es Leben zu geben; die Läden von drei angelehnten Fenstern standen offen. Ein in Form eines Akanthusblatts ausgeführter Schlussstein schmückte den Giebel der weit geöffneten Tür. Ein altes Fahrrad mit Gepäckträger war gegen die Mauer gelehnt, sehr schräg, offenbar in großer Eile abgestellt.

Séraphin stellte sein Fahrrad an den Stamm der Zypresse. Er blieb unbeweglich stehen und betrachtete die Vorderseite des Hauses. Die Tür war mit einem Jutevorhang verhängt, der sich im Wind bewegte. Im Schutz dieses Vorhangs konnte man von innen alles sehen, was sich auf dem Weg abspielte. Für den von draußen Kommenden blieb der Vorhang hingegen undurchsichtig wie ein Orakelspruch.

Séraphin näherte sich dem Eingang und schob den Vorhang beiseite. Die Tür dahinter stand offen, und man sah, dass sie nie geschlossen wurde, denn hinter der Ecke des Türrahmens hatte sich Löwenzahn ausgesät. Eine dunkle und modrig riechende Treppe lag der Tür gegenüber. Links neben dem Eingang befand sich eine in die tragende Wand gebrochene Tür. Séraphin hob die Schließe an und stemmte sich gegen die Tür, die mit ächzenden Angeln widerwillig nachgab und dabei über die Fliesen schleifte.

Er trat in einen großen, kalten Raum, in dem im Laufe der Zeit ein Sammelsurium von Gegenständen des täglichen Gebrauchs griffbereit zusammengetragen worden war. Sein Licht erhielt der Raum von den drei Fenstern mit den geöffneten Läden an der Vorderseite des Hauses. Vor dem dritten Fenster hing ein dichter Vorhang, sodass man den hinteren Teil des Zimmers schlecht erkennen konnte. Den ruhenden Pol in diesem Durcheinander bildete ein Kamin mit einem Wappen auf dem Rauchfang, auf dessen Sims (und das gehörte zu den Dingen, die zuerst ins Auge fielen) ein einzelner Bilderrahmen stand, der mit einem schwarzen Tuch verhüllt war.

Séraphin ließ seinen Blick über alles streichen, was da war. Am hintersten Ende des Raums sah man in eine kalte Küche, aus der alles Leben geschwunden war. Er sah einen großen Schreibtisch, um den alles herumlag, was im Laufe der Jahre von dort heruntergefallen sein musste, alles, was zur Seite geschoben worden war, um Platz für neue Errungenschaften zu schaffen. Er sah einen Haufen Asche im Kamin, der von einem kräftigen Feuer zeugte, das nun am Erlöschen war. In einer entfernten Ecke konnte er im Halbdunkel hinter einem zerlumpten grünen Vorhang ein Bett ausmachen.

Alles in dieser weiträumigen Gruft kündete von dem Unglück, das sich hier seit langem niedergelassen hatte. Das Kaminfeuer, so stark es auch sein mochte, konnte doch nie die Kälte vertreiben. Die Sonnenstrahlen, die mühsam das Geheimnis der Fenster durchdrangen, spiegelten sich freudlos in den roten Fliesen. An den Wänden hingen Bilder mit religiösen Motiven, auf denen jedoch nur noch das rote Gewand Jesu zu erkennen war.

Séraphin ging am Kamin vorbei und näherte sich dem verhängten Bett in der abgedunkelten Ecke des Zimmers. Am Fußende des Bettes blieb er im Licht stehen, damit er gut zu erkennen war.

Im Bett lag ein Mann und starrte ihn wortlos an. Er hatte die Decke bis unters Kinn gezogen und trug einen Hut auf dem Kopf. Das wenige, das Séraphin unter dem Hut erkennen konnte, verriet ihm, dass auch dieser Mann vom Tode gezeichnet war. Ein dumpfes Gefühl der Auflehnung bemächtigte sich seiner bei dem Gedanken, dass er offenbar nur Tote und Sterbende vor den Richterstuhl seiner Mutter zerren konnte. Die einzigen lebenden Wesen, die sich seinem Zorn gestellt hatten, waren die beiden Hunde gewesen. Er kam zu spät. Das Verbrechen, das an ihm klebte, war schon zu stark verblasst. Es war nur noch eine Geschichte, die man sich abends vor dem Schlafengehen erzählte, wenn man sich an der Haustür verabschiedete, und die einem einen wohligen Angstschauer über den Rücken jagte.

Angesichts dieses Sterbenden fühlte Séraphin eine furchtbare Bitterkeit in sich aufsteigen. Nichts als kümmerliche Reste eines Mörders hatte er da seit Monaten gejagt. Aber er musste jetzt alles wissen.

Aus dem alten Mund, der aussah, als hätte man ihn wie einen Beutel mit einer Kordel zugeschnürt, drangen gut hörbare Worte:

»Noch ein bisschen später, und du hättest mich nicht mehr vorgefunden. Ich trage den Tod im Leib. Ich muss ihn mir geholt haben, als ich Didons Wehr hochgezogen habe. Ich war durchnässt bis auf die Knochen ...«

Séraphin nahm die beiden Fundstücke aus dem Brunnen aus seiner Hosentasche. Er warf sie in Reichweite des Kranken auf die Bettdecke.

»A. Z., das sind doch Sie?«, fragte er.

»Ja, das bin ich: Alexandre Zorme. In meinem jetzigen Zustand klingt dieser finstere Name lächerlich. Aber früher, da hat sich keiner über ihn lustig gemacht.«

Als er seufzte, pfiff seine Brust wie ein Dudelsack. Seine Hand glitt über die Bettdecke und suchte die Gegenstände, die Séraphin dort hingeworfen hatte. Er nahm einen in die Hand und betastete ihn.

»Das ist das meinige«, sagte er, »da brauche ich nicht einmal hinzuschauen. Ich erkenne es schon beim Anfassen. Ich kann auch fühlen, dass die Klinge fehlt. Das Wasser und der Rost haben alles aufgefressen ... Mein *tranchet* ... Ich habe mein ganzes Leben kein neues mehr gekauft. Komisch, dass wir damals überall unsere Initialen einbrennen mussten! Diese ständige Angst, es könne einem etwas geklaut werden«, sagte er mit einem Grinsen. Dann schüttelte er den Kopf.

»Ohne das Ding da«, sagte er, »wäre ich jetzt tot. Und du wärst tot. Und niemand hätte je etwas erfahren.«

Beim Atmen gab er ein seltsam klapperndes Geräusch von sich. Hin und wieder stieß er gewaltig auf, wie einer, der zu viel gegessen hat. Er hielt Séraphin mit dem eindringlichen Blick seiner schwarzen Augen gefangen. Beiläufig strich er mit der Hand über den Horngriff des Messers, das er vor vierundzwanzig Jahren auf den Grund des Brunnens geworfen hatte.

»Ich hätte nicht gedacht, dass ich es jemals wieder sehen würde«, sagte er. »Ich hätte nicht gedacht, dass es mir jemand zurückbringen würde. Schon gar nicht du.«

»Ich musste Bescheid wissen«, sagte Séraphin.

»Das ist es ja ... Ich habe gleich geahnt, dass du würdest Bescheid wissen wollen, als ich dich mit dem alten Burle gesehen habe. Der hat sein Wissen nicht mit in den Himmel genommen ...«, sagte er hämisch.

»Von ihm weiß ich es nicht.«

»Und du glaubst, jetzt wüsstest du Bescheid?«

»Ja«, sagte Séraphin.

»Dann lass dir sagen, dass du nichts weißt! Überleg mal, warum ich zwei Messer in den Brunnen geworfen habe. Hast du gesehen, was für Initialen auf dem anderen stehen?«

»F. M.«, sagte Séraphin.

»Stimmt ... F. M.«, wiederholte Zorme. »Félicien Monge. Als ich reinkam, hatte er gerade deine Mutter umgebracht. Sie ... Sie bewegte sich noch ... Sie kroch auf allen vieren mit ihrem aufgeschlitzten Hals, und ich hab gehört, wie das Blut rausspritzte. Wie aus einem Flaschenhals. Sie kroch auf dich zu und streckte ihre Hand abwehrend nach Monge aus, der dich schon gepackt hatte und deinen Kopf nach hinten bog, um dich richtig zu treffen ... Damit!«

Er fuhr mit der Hand tastend über seine Bettdecke, packte den anderen Horngriff, an dem wie bei seinem *tranchet* die Klinge fehlte, fuchtelte damit herum, und Séraphin sah, wie das Messer in den Fingern des Sterbenden zitterte.

»Ich habe ihn zu mir hin gerissen. Ich habe mit dem *tranchet* auf ihn eingestochen. Ich habe ihn nicht richtig getroffen. Wir haben gekämpft. Er hat mich gegen die Wand gestoßen. Ich bin hingefallen. Wenn ich dabei nicht den Spieß erwischt hätte, wäre ich nie mit dem Monge fertig geworden. Niemals. An diesem Abend war er wie ein Stück aus rotglühendem Eisen, der Monge. Und sogar als ich ihm den Spieß schon in den Körper gerammt hatte, beschimpfte er mich noch. Es schien, als wolle das Leben ihn einfach nicht verlassen. Ich war darauf gefasst, dass es aus ihm heraustreten, seinen Körper sterben lassen und sich neben ihn stellen würde, um mich anzuspucken ... Um mich mit körperlosen Armen zu schlagen ... Um mich in Wolken von Geifer ersticken zu lassen, und all das nur, um ...«

»Ja, warum?«, fragte Séraphin.

»Warum, warum? Ständig wollt ihr alle wissen, warum! Weiß ich vielleicht, warum? Die Angst. Wir machen uns gegenseitig Angst. Ich für meinen Teil habe nach diesem Ereignis vierundzwanzig Jahre lang Angst gehabt.«

»Warum?«

Zormes Augen wichen dem aufmerksamen Blick Séraphins aus wie die Luftblase in einer Wasserwaage, die man gerade auszurichten versucht.

»Er konnte mich nicht leiden«, murmelte er. »Er glaubte, ich brächte Unglück.«

»Aber warum meine Mutter? Meine Brüder? Warum ich? Sie haben ja selbst gesagt ...«

Zorme nickte mehrmals mit dem Kopf. »Ja, du! Ich habe dich aus seinen Händen gerissen. Drei Zentimeter war die Klinge von deinem kleinen Hals entfernt. Der hätte dir glatt den Kopf abgeschnitten.«

»Aber warum?«

Zorme zögerte mit der Antwort. Er war voll gespannter Aufmerksamkeit. Sein Blick war fast rechtwinklig zur Seite gerichtet, und er horchte in die gleiche Richtung. Séraphin hatte den Eindruck, als höre man draußen Motorengeräusch.

»Denk nur nicht, dass du es von mir erfahren wirst«, fuhr Zorme fort, »ich hatte schon genug damit zu tun, heil aus dieser Sache herauszukommen. Wer hätte mir geglaubt? Mir, der ich ganz allein war, mit fünf Toten neben mir, mit meinem schlechten Ruf und dem Spieß und dem Messer mit meinen Initialen. Man hätte verrückt sein müssen, um mir zu glauben! Ich wäre mit allem Tamtam auf dem Schafott gelandet, zur Begeisterung der ganzen Gegend!«

Das Dudelsackpfeifen in seiner Brust wurde schriller und schnitt ihm das Wort ab. Nach einer Weile fuhr er fort: »Also bin ich raus zum Brunnen und habe die beiden Messer hineingeworfen. Das von Monge hätte ich eigentlich liegen lassen können. Ich weiß nicht, warum ich es auch reingeworfen habe.«

»Man hat mir berichtet. Sie hätten dabei geweint ...«, murmelte Séraphin.

»Wer hat dir das gesagt?«

Mit einem Mal war Zorme in sich zusammengefallen wie eine entspannte Feder. Er stützte sich gegen sein Kopfkissen.

»Wer hat dir das gesagt?«, wiederholte er mit kräftiger, fast drohender Stimme.

»Was ändert das?«, fragte Séraphin. »Ich bin in den Brunnen gestiegen, ich habe die beiden Messergriffe gefunden ... Was spielt das für eine Rolle, von wem ich es weiß?«

Diesmal versuchte Zorme nicht, seinem Blick auszuweichen, im Gegenteil, er hielt ihn aus, er suchte ihn sogar, aber Séraphin sah sehr wohl, dass er dabei die Fäuste geballt hatte.

»Du hast Recht«, sagte Zorme, »aber das mit dem Weinen beruht auf einer Täuschung. Ich habe nicht geweint, in meinem ganzen Leben nicht. Ich hatte Angst, das ist nicht das Gleiche.«

»Aber vor wem hätten Sie Angst haben sollen?«

Zorme kaute mühsam seinen Speichel, der zähflüssig wie Mörtel geworden war. Er begann wieder Séraphins Blick auszuweichen.

»Ich werde dir alles erzählen«, kündigte er an, »und du wirst es dann den Gendarmen berichten. Gleich danach, ohne etwas hinzuzufügen oder wegzulassen ... Also hör zu: Als ich mich vom Brunnen wegdrehte in dieser Nacht, habe ich drei Männer hinter den zerbrochenen Rädern eines Langholzwagens gesehen. Oh, sie dachten, sie wären gut versteckt! Und dabei glänzten sie im Mondlicht wie eine Schlangenhaut im Gras. Nur ihre Gesichter habe ich nicht sehen können. Sie trugen Imkerhüte. Aber mich, mich konnten sie genau sehen. Unmöglich, dass sie mich nicht erkannt haben. Wie ein Hase bin ich davongehoppelt, die Angst im Nacken. Ich habe mich hier versteckt gehalten und auf die Gendarmen gewartet. Aber zum Glück, zum Glück ...«

Er vermochte nicht zu sagen, welch glückliches Ereignis denn nun zu seiner Rettung beigetragen habe.

»Zum Glück hat man drei Unschuldige hingerichtet«, ergänzte Séraphin.

»Drei Trottel! Sie mussten gegen Tagesanbruch dahergekommen sein, vielleicht waren sie schon blau. Sie hatten allerlei mitgehen lassen, Eier, Schinken, was weiß ich? Sie mussten die offene Tür gesehen haben. Beim Spülstein stand eine Korbflasche voll Schnaps. Sie diente dazu, den Fuhrleuten Bescheid zu tun. Auch die Leichen mussten die drei gesehen haben! Aber der Schnaps! Die Flasche musste auf sie wie eine Art Köder gewirkt haben. Richtige Wilde! Die mussten über die Leichen gestolpert sein, direkt auf die Korbflasche zu. Dich haben sie vielleicht gar nicht gesehen. Und dann der Schnaps... Was für Erklärungen hätten die schon abgeben können?«

Gestikulierend murmelte er etwas, das die drei hingerichteten Herzegowiner zum Teufel schicken sollte. Séraphin betrachtete die runzlige Gesichtshaut, die verbrauchten Sehnen, deren Zuckungen das Gesicht entstellten. Die Wahrheit, die aus diesem verbitterten Mund sprach, schien in keiner Beziehung zu dem Bild des Grauens zu stehen, das ihn, Séraphin, überallhin begleitete.

»Ich habe gesagt ›zum Glück‹, doch wer weiß?«, fuhr Zorme fort. »Wer weiß, ob es nicht besser gewesen wäre, wenn sie *mich* festgenommen hätten. So habe ich all diese Jahre in Angst gelebt. Die drei da hinter dem Wagen, ich wusste ja nicht, wer das war. Wie leicht hätte alles herauskommen können: Wenn die Frau neben einem im Bett liegt oder wenn man nach einem feuchtfröhlichen Abend einträchtig in die Brennnesseln pinkelt, da wird man schnell gesprächig: Komm mir nicht mit La Burlière, ich weiß, was da passiert ist. Und so, wie alle anderen glauben, war es nicht... So etwas rutscht einem leicht heraus... Ich fühlte mich durchsichtig wie Reispapier. Zum Glück machen die Leute einen Bogen um mich, wenn sie mir begegnen. Zum Glück vermeiden sie es, mich anzusehen. Noch nie, noch nie hat einer meinem Blick so hartnäckig standgehalten wie du ...«

Er schwieg. Wieder lauschte er. In der Stille hörte man die Zypresse im Winde rauschen. Zorme entspannte sich und ließ den Kopf ins Kissen sinken.

»Es wird spät«, sagte Séraphin.

»Oh, ja«, sagte Zorme. »Du bist geradlinig und aufrecht und willst Bescheid wissen. Glaubst du, ich hätte nicht mehr Zeit genug, dir alles zu sagen? Als ich sah, wie du mit der Faust auf den Steinen herumgehämmert hast, wusste ich, dass du nicht aufgeben würdest. Dass du jeden Stein umdrehen würdest, um zu sehen, was darunter liegt. Also bin ich dir nicht mehr von der Seite gewichen. Ich steckte in dem Lorbeergebüsch, als du mit... mit... der Tochter von Célestat Dorineur gesprochen hast. Ich war an dem Abend da, als Bruder Calixtus kam, um dich zu holen. Und genau an diesem Abend habe ich begriffen, dass alles zusammenspielen würde, um dich auf eine falsche Fährte zu locken.«

»Dann waren Sie es, der von dort unten nach mir gerufen hat?«

»Ja, das war ich, und ich bin dir auch bis zur Sioubert-Quelle gefolgt. Und ich habe gesehen, wie du mit der Hand über die Stelle gefahren bist, an der man früher die Sensen wetzte. Mir wurde klar, dass du etwas entdeckt hattest... Ich habe Tag und Nacht Blut und Wasser geschwitzt, während du La Burlière abgerissen hast... Ich bin durch die Trümmer gelaufen, in der Nacht, in der du den Kamin zerschlagen hast. Ich habe das Versteck gesehen, das du freigelegt hattest. Ich musste wissen, was du gefunden hattest...«

»Dann waren Sie also dieser schwarze Schatten, der mir dauernd folgte, dessen Anwesenheit ich in meiner Küche gespürt habe?«

»Ich habe mir gesagt: Wenn er den anderen an den Hals geht, werden die meinen Namen brüllen wie Ferkel unter dem Metzgermesser. Und das werden die so lange tun, bis er ihnen zuhört. Und dann wird er herkommen. Und dann...«

»Ich bin hergekommen«, sagte Séraphin.

»Zu spät. Ich werde sterben, und die Wahrheit, die kennst du jetzt. Ich konnte nicht riskieren, dass du mir keine Zeit für meine Geschichte lassen würdest. Und schließlich hättest du mir ja auch nicht glauben können.«

»Das kann ich immer noch«, sagte Séraphin.

»Warte noch, wenn du den Rest hören willst. Ich konnte das Risiko nicht eingehen. Ich wusste nicht wann, ich wusste nicht, wie du sie packen würdest. Als ich gesehen habe, wie du nach Pontradieu gefahren bist, bin ich dir gefolgt. Mit Gaspard habe ich angefangen. Der hatte es in jedem Fall verdient. Wenn sie ihn in jener Nacht nicht umgebracht haben, den Monge, dann nur, weil ich das vor ihnen erledigt hatte. Ich habe ihnen einen großen Dienst erwiesen.«

Unvermittelt verstummte er. Ohne den Kopf zu drehen, richtete er den Blick zur Seite zu einem angelehnten Fenster, dessen Geheimnis vom Windhauch gelüftet wurde.

»Wer belauscht mich da?«, grummelte er. »Außer dir habe ich niemanden erwartet.«

»Das ist der Wind in der Zypresse«, sagte Séraphin.

»Du warst es, der mich auf den Gedanken gebracht hat. Ich habe dich gesehen, wie du mit der Hand über den Rand des Beckens strichst, als ob er dir nicht glatt genug wäre ... Und ich habe dich auch an einem Morgen im dichten Nebel nachdenklich vor dem Wehr des Gerinnes hei Didon Sépulcre stehen sehen. du bist dann zur Mühle zurück und hast durch das Fensterchen geschaut.«

»All das habe ich wirklich getan ...«, flüsterte Séraphin.

»Ja«, sagte Zorme, »aber alles Übrige habe ich erledigt.«

»Sie haben Charmaine vergessen. Denn die Hunde haben doch wohl Sie freigelassen?«

»Ach ja«, seufzte Zorme, »die Hunde, die Natur, die Menschen, ich kannte sie in- und auswendig ... Ich konnte mit den Käuzchen, mit den Dachsen reden. Ach ja, die Dachse! Stundenlang haben sie mir auf den Hinterpfoten sitzend zugehört... Mit den Hunden konnte ich natürlich erst recht reden ...«

»Charmaine hatte Ihnen nichts getan.«

»Sie hatte mich gesehen. Oh, nur für einen kurzen Augenblick! Sie hat mich für dich gehalten, nachts im Park. ›Séraphin!‹ hat sie gerufen.«

Er ahmte Charmaines Stimme täuschend ähnlich nach. Séraphins Herz krampfte sich zusammen.

»Und irgendwann wäre ihr das wieder eingefallen«, sagte Zorme. »Sie hätte mich beschreiben, mir irgendwo begegnen und mich wiedererkennen können... Wer weiß? Dieses Risiko konnte ich nicht eingehen.« Er verzog das Gesicht zu einem Grinsen. »Da gibt man sich so viel Mühe, seine Haut zu retten, und dann das, sieh mich an ...«

Séraphin wandte seinen Blick ab und entfernte sich vom Bett. Ratlos ging er in dem riesigen Zimmer auf und ab. Das also war die Wahrheit, die ihm solche Schmerzen bereitet hatte. Ein Mann tötet in einem Anfall von Wahnsinn seine Familie. Einem anderen Mann bleibt nichts anderes übrig, als den ersten seinerseits umzubringen, um ihn, Séraphin, in seiner Wiege zu retten.

Er war vor dem großen Tisch stehen geblieben, der als Ablage diente und eine ganze Ecke des Raums einnahm. Er betrachtete ihn, ohne ihn wirklich wahrzunehmen, und sagte sich dabei, dass er als Sohn eines Mörders und Abkömmling einer Familie von Mördern nicht das Recht habe, irgendjemanden zu verurteilen. Das Skelett auf dem Grund des Brunnens lastete auf seinen Schultern, als ob er es zusammen mit allen übrigen Dingen nach oben ans Tageslicht gebracht hätte.

Gedankenlos starrte er auf das Durcheinander auf dem Schreibtisch: höchst ungewöhnliche Dinge, die sich hier schon seit Jahren stapeln mussten. Einige waren verstaubt, andere sauber. Dinge, an denen man den Lauf der Zeit ablesen konnte: Sanduhren, dicke Taschenuhren, deren Gehäuse durch all die rauen Finger, durch die sie gegangen waren, abgegriffen waren. Auf verstreut herumliegenden Stichen waren menschliche Körper zu sehen, deren Betrachtung Unbehagen bereitete, denn trotz ihrer geöffneten Augen sah man gleich, dass es sich um Tote handeln musste. Vergilbte Fotos zeigten hoheitsvolle Matronen oder listige Greise. Taschenmesser, Kragenknöpfe, abgegriffene Eheringe, kleine Handspiegel, Haarlocken in einem Medaillon, fingerlose Handschuhe, Monokel: Es war, als ob ein Dutzend Leute hier ihre Taschen umgestülpt hätten, bevor sie zu Bett gingen. Überragt wurde dieser Wust von einer Porzellankachel, auf der eine Windrose zu sehen war, und von einem Sextanten, der einstmals in das Kompasshäuschen eines Segelschiffs gehört hatte.

Von diesem wüsten Durcheinander hob sich eine leere, weiträumige und peinlich saubere Fläche ab, die sich vor einem durchgesessenen Strohsessel erstreckte, der den Eindruck vermittelte, dass hier jemand regelmäßig in Gedanken versunken zu sitzen pflegte. Auf diesem saubergefegten Platz standen, der Größe nach geordnet, einige Glasbehälter von unterschiedlichster Form, die in trüben Farben schillerten. Vor ihnen befand sich etwas, das nicht hierher gehörte, ein für die Wohnung eines alten Junggesellen höchst unpassender Gegenstand. Es war ein Puppengitterbett aus Nussbaumholz, einem echten Bett genau nachgebildet. Ein luxuriöses Spielzeug, das über hundert Jahre alt sein musste. Es war hochbeinig und war mit glänzenden Rädern an Kopf- und Fußende versehen. Es stand auf einer Platte aus matt glänzendem Metall, offenbar Blei.

In diesem Bett lag eine Puppe. Sie maß von Kopf bis Fuß mehr als dreißig Zentimeter. Es war eine plumpe Figur aus Lehm, mit einem langen Rumpf, dünnen Beinchen und lang gestreckten Affenarmen. Auf dem Rumpf hatte man jedoch sorgfältig zwei kleine Wölbungen modelliert, die die Brüste darstellen sollten. Genau zwischen diesen Brüsten steckten in sternförmiger Anordnung sieben mit verschiedenfarbigen Steinen verzierte Krawattennadeln in dem Lehmkörper. Der ein wenig zur Seite geneigte ovale Kopf erinnerte nur durch seine Form an den Kopf eines Menschen. Er hatte weder Augen noch Nase, noch Mund. Dass es ein Kopf war, sah man an einer einzelnen Nadel, die in der Mitte der Stirn steckte. Auf dieser Nadel, die aus der Puppe ragte, war ein Ring befestigt, der wie ein Diadem auf der unförmigen Stirn ruhte, sie sogar ein wenig verformte und sich in den weichen Lehm eindrückte. Der in den Ring eingelassene Aquamarin sammelte das diffuse Licht der untergehenden Sonne, von dem das Zimmer durchflutet wurde, und strahlte es gebündelt in Séraphins blaue Augen zurück.

Wo hatte er diesen Ring schon einmal gesehen? Unter welchen Umständen? Hatte er sich jemals für einen Ring interessiert? Und doch, diesen Ring hatte er schon einmal voll Bewunderung angesehen: dieser Ring hatte ihm schon einmal ein Zeichen geben wollen. Charmaine? Nein. Charmaine hatte nie einen Ring getragen. Charmaine hatte ihr ganzes Leben lang darauf geachtet, ihre Seele niemandem zu offenbaren.

»Marie!«, rief Séraphin leise aus.

Er sah sie jetzt wieder vor sich, jugendlich frisch und verführerisch, mit baumelnden Beinen auf dem Rand des Brunnens sitzend, in den er sie stürzen wollte. Und Marie hatte sich mit der Hand am Brunnenrand fest gehalten. Und an dieser Hand trug sie diesen Stein, der jetzt an der Lehmpuppe funkelte, die nach Verwesung aussah und von Nadeln durchlöchert war.

»Marie!«

Séraphin hörte in seinem Innern undeutlich die ängstlich geflüsterten Worte widerhallen, die er in den letzten Tagen und noch an diesem Morgen (ja, noch an ebendiesem Morgen war es gewesen) von den Leuten aufgeschnappt hatte, die ihm auf dem Markt von Forcalquier begegnet waren. Unkenrufe, die Marie galten: »Die arme Marie ... Die Tochter des Bäckers aus Lurs.« – »Sie hat Typhus.« – »Man kühlt ihr den Kopf mit Eis.« – »Man hat sie punktiert.« – »Lang wird sie es nicht mehr machen.« – »Eine Schönheit! Es ist wirklich ein Jammer!«

»Marie«, flüsterte Séraphin.

Er nahm den Aquamarin an sich und steckte ihn in seine Tasche. Er griff nach der Tonpuppe. Er zerdrückte sie mit seinen riesigen Händen. Der Ton klebte an seinen Fingern. Die Nadeln, mit denen die Puppe gespickt war, bohrten sich in sein Fleisch, ohne dass er es fühlte, genau wie die spitzen Reißzähne der Hunde, die er auch nicht gespürt hatte, weil er von der gleichen rasenden Wut ergriffen war. Endlich war ihm die Kraft zugewachsen, diesem Sterbenden den Rest zu geben. Er warf die alberne Puppe auf den Boden und trampelte wütend auf ihr herum. Er ging auf das Bett zu. Der Schemel, auf den er sich, ohne sich dessen bewusst zu sein, gesetzt hatte, fiel nach hinten.

Da hörte er leichte, schnelle Schritte hinter sich. Jemand stellte sich ihm in den Weg. Es war Rose Sépulcre.

»Nein«, sagte sie. »Du nicht! Du darfst ihn auf keinen Fall töten!«

»Verschwinde«, knurrte er.

Er wollte sie am Handgelenk packen, um sie aus dem Weg zu ziehen. Rennend, tänzelnd, herumwirbelnd entwischte sie ihm. Blitzschnell gelangte sie zu der Stelle zwischen der Mauer und der Seitenwand des Kamins, wo man, wie in jedem Haus hier, durch bloßes Tasten auf den Kolben einer Waffe stoßen konnte. Sie nahm Zormes Gewehr von der Wand und erkannte schon am Gewicht, dass es geladen war. Sie richtete es auf Séraphins Brust, stieß ihm den Lauf in die Rippen. Sie wich Schritt für Schritt zurück, denn Séraphin ging schwer atmend weiter.

»Bleib stehen!«, sagte sie. »Du darfst es nicht tun. Du würdest es dein Leben lang bereuen.«

Er legte die Hand auf den Lauf, um ihn beiseite zu schieben.

»Hör wenigstens, was ich dir zu sagen habe!«, bettelte sie. »Hinterher kannst du ihn immer noch töten, wenn du es dann noch willst! Ich werde dich nicht mehr daran hindern! Verstehst du denn nicht, dass er ein altes Lügenmaul ist? Es stimmt nicht, was er dir gesagt hat. Wir standen am Fenster, Patrice und ich! Wir haben alles gehört. Wir waren bei dir: Wir haben die Papiere gefunden. Jetzt wissen wir alles. Fast alles! Aber du, du weißt es nicht! Es ist viel schlimmer, als du glaubst! Du darfst ihn nicht töten!«

Séraphin war stehen geblieben. Er fühlte den Lauf der Waffe in der Magengrube, aber das war es nicht, was ihn aufhielt. Er machte sich klar, dass hier die Tochter Didon Sépulcres, der von den Mühlsteinen zermalmt worden war, mit ihm sprach. Und wenn sie alles gehört hatte, wusste sie jetzt, wer der Mörder ihres Vaters war. Und wenn sogar sie ihn bat, von seinem Vorhaben abzulassen ...

Rose stieß einen Seufzer der Erleichterung aus und ließ die Waffe sinken.

»Du und deine geliebte Wahrheit«, sagte sie, »wie lange rennst du schon hinter ihr her! Also gut, hör sie dir an!«

»Sag ihm nichts«, rief Zorme mit zitternder Stimme. Er hatte sich im Bett aufgesetzt und die Decken zurückgeworfen, und wie er so im Nachthemd dasaß, wurde deutlich, dass der Tod ihn schon für den Sarg zurechtgestutzt hatte.

»Da kenn ich gar nichts!«, sagte Rose aufgebracht. »Die Wahrheit wird er erfahren!«

Sie ging zum Kamin. Mit dem Lauf der Waffe hob sie den Trauerflor hoch, der den Gegenstand verhüllte, der einsam auf dem Kaminsims stand. Es war ein altes, gerahmtes Foto. Das traurige, verschwommene Gesicht einer jungen Frau aus vergangener Zeit wurde sichtbar. Sie hatte helle Augen; das linke schielte ein wenig nach oben.

Dieses Bild bewirkte, was der Gewehrlauf nicht vermocht hatte: Séraphin wich drei Schritte zurück. Eine Art Frösteln lief unaufhaltsam in feinen Wellen über seine Kopfhaut und hielt ihn fest wie ein Schraubstock. Sein riesiger Körper erzitterte wie ein Baum, an den man die Axt legt. Dreimal fuhr er sich mit den Händen über das Gesicht. Aber das Bild mit dem klaren Blick, dem leicht schielenden Auge, war immer noch da: gegenständlich. Man konnte es anfassen, es umdrehen, man konnte es küssen, dort, wo die Lippen waren. Es war dasselbe Gesicht, es waren dieselben Lippen, die so oft vor ihm Gestalt angenommen hatten, es war dieser Mund, in dem man winzige Zähne erkennen konnte, obwohl er kaum geöffnet war, dieser Mund, der so viele Dinge zu sagen hatte, die er nicht hören wollte. Es war der Kopf, der das welke Laub neben dem Brunnen zum Rascheln brachte.

»Meine Mutter ...«

Séraphin hauchte diese Worte nur. Sie versetzten ihn in Schrecken. Rose sah ihn erstaunt an.

»Woher weißt du das?«, fragte sie. »Du hast sie doch noch nie gesehen.«

Séraphin schüttelte stumm den Kopf. Er hörte kaum zu. Das Geheimnis, das es ihm erlaubt hatte, seine Mutter kennen zu lernen, konnte er mit niemandem teilen. Er begann zu begreifen, was sie ihm unbedingt hatte sagen wollen und wofür er taub gewesen war.

»Für mich«, sagte Rose, »war sie die Kommunionskameradin meiner Mutter. Als sie mir von dem Verbrechen erzählt hat, meine Mutter, da hat sie ein Foto rausgesucht, auf dem beide drauf waren, so mit sechzehn etwa. Sie hat mir so viel von ihr erzählt, von der Girarde ...«

Séraphin sah auf den Trauerflor, der neben dem Kamin auf den Boden gefallen war und einen großen schwarzen Fleck auf den roten Fliesen bildete.

»Meine Mutter«, sagte er wieder.

»Verstehst du nun?«, sagte Rose sanft.

Zorme war flach ins Bett zurückgesunken. Das Geräusch des löchrig gewordenen Dudelsacks, aus dem die letzte Luft pfeift, wurde stärker und stärker.

»Sie hat mich vor ihm geliebt ...«, sagte er. »Und ich hab sie auch geliebt. Und als ihr klar wurde, was er für ein roher Kerl war, da war es zu spät. Ein einziges Mal«, keuchte er, »ein einziges Mal haben wir Trost beieinander gefunden. Ein einziges Mal. Nie wieder ... niemals wieder hab ich eine andere Frau angesehen.«

»Alle wussten es«, sagte Rose.

»Ich wollte keine Schande über sie bringen«, sagte Zorme.

»Alle«, bekräftigte Rose. »Und an Schande hat es nicht gefehlt! Meine Mutter hat es oft genug gesagt: Ein Kind der Liebe! Die Hebamme war es, auf ihrem Sterbebett. Sie redete wirres Zeug. Für vier oder fünf verdächtige Ähnlichkeiten im Dorf hat sie nur die Bestätigung geliefert. Aber bei dir wäre niemand auf die Idee gekommen. Du hattest keine Ähnlichkeit mit irgendjemandem hier. Darauf hat uns erst die Hebamme gebracht. Sie hat gesagt (das wird wohl zwei Stunden vor ihrem Tod gewesen sein): ›Der Séraphin‹, hat sie gesagt, ›der arme Kleine. Stellt euch vor, sogar er! Bei seiner Geburt war er dem Zorme wie aus dem Gesicht geschnitten! Wie aus dem Gesicht geschnitten, sag ich euch. Ich wusste nicht, wie ich ihn halten sollte, um zu verhindern, dass Monge etwas merkt!‹«

»Ein einziges Mal«, zischte Zorme wie ein Schlauch, der seine Luft verliert. »Ich wollte keine Schande über sie bringen. Ich wollte sie nicht ins Gerede bringen. Und als ich dich dann gesehen habe, als ich dich gesehen habe ...«

»Sagen Sie es ihm, Zorme, jetzt wo Sie nichts mehr zu verlieren haben. Sagen Sie ihm, warum Sie meinen Vater und Gaspard Dupin umgebracht haben. Sagen Sie ihm die Wahrheit.«

»Ich wollte nicht, dass du zum Mörder wirst. Als ich die Papiere bei dir entdeckt habe, die du gefunden hattest, wusste ich, was du tun würdest. Also hab ich es für dich getan. Wenn ich dir die Wahrheit erzählt hätte, hättest du deine Mutter verachtet. Ich habe ihr hoch und heilig versprechen müssen ... Ich wollte, dass sie makellos für dich bleiben sollte. Und ich wollte, dass wenigstens du dem Schicksal entgehst.«

»Charmaine ...«, sagte Séraphin.

»Nein. An jenem Abend im Park hat sie mich nicht erkannt. Doch ich hab sie zu dir gehen sehen. Durchs Fenster habe ich beobachtet, wie sie die Zuckerdose herausnahm. Sie hatte dich in der Hand. Du warst ihr ausgeliefert.«

»Und Marie?«, murmelte Séraphin.

»Es gibt keine Marie.«

»Und Marie?«, schrie Séraphin.

Er ging auf das Bett zu mit seinen lehmverschmierten Händen, die noch von den Nadelstichen bluteten.

»Sie ist mir dazwischengekommen«, sagte Zorme. »Sie hat mich wohl gesehen, damals, als ich Charmaine bei dir überraschte. In ihrem Fieberwahn sagt sie dauernd vor sich hin: ›Ich habe jemanden gesehen ... Ich muss es sagen ... ‹ Und schließlich, wo schon ihr Vater nicht zu erwischen war ... Der hat zu gut aufgepasst ... Da habe ich gedacht, die Tochter würde es auch tun ... Du würdest, wenn erst einmal Untergang und Trauer über alle drei Familien gekommen wären, dich endlich zufrieden geben ...« Er stützte sich mit letzter Kraft auf seine Ellenbogen, wobei ihm ein lautes Ächzen entfuhr. »Bist du nun endlich zufrieden, Racheengel?« Er richtete seinen funkelnden, noch sehr lebendigen Blick auf Séraphin.

»Er redet wirres Zeug«, sagte Rose.

»Schon zu spät«, röchelte Zorme, »zu spät für Marie. Sie wird sterben. Jetzt kann ich nicht mehr zurück.« Mit unbeweglichem Gesicht murmelte er noch etwas, während er in seine Kissen zurücksank. Rose sollte später schwören, sie habe ihn sagen hören:

»Wenn ich ... zur Hand hätte ...«

»Vater hin, Vater her ...«, sagte Séraphin. Er dachte nur noch an Marie. Er versetzte Rose einen letzten Stoß, der sie mehrere Meter zurücktaumeln ließ. Er beugte sich über das große Bett.

Aber ein anderer war schneller gewesen. Zormes Mund stand offen, die Nasenflügel lagen eng am Nasenbein an und bildeten ein spitzes Dreieck. Das Fleisch unter seinen Gesichtszügen war eingefallen und hatte sich schlaff über die Knochen des Schädels verteilt. Seine Augen blickten jetzt auf eine andere Welt.

»Du siehst«, sagte Rose sanft, »du bist nicht zum Rächer geboren.«

Séraphin wandte sich ab. Er fühlte sich nackter und ärmer als damals, als er aus dem Krieg zurückgekehrt war, mit so vielen Toten im Gepäck. Doch Maries Name wies ihm den Weg.

Im Vorbeigehen schaute er flüchtig auf das Bild seiner Mutter auf dem Kaminsims. Er deutete eine sanfte Berührung ihres Gesichtes an. Aber es blieb bei der Andeutung. Seine Liebe zu ihr begann schwächer zu werden.

Patrice sah ihn mit versteinertem Gesicht aus dem Haus treten. Aus Rücksicht hatte sich Patrice bisher noch nicht gezeigt. Er kam gegen sein Glücksgefühl nicht an. Er begann, sein missgestaltetes Gesicht mit Roses Augen zu sehen. Sie ließ es ihn immer mehr vergessen. Den verstörten Séraphin hätte er ohnehin nicht trösten können. Dieser schaute ihn an, ohne ihn wahrzunehmen.

Er stieg auf sein Fahrrad. Über seinen Lenker gebeugt, fuhr er los, ohne sich noch einmal umzusehen.

~ 17 ~

SEIT einer Woche kam in Lurs schlecht gebackenes Brot auf den Tisch. Der Célestat hatte seine Gedanken nicht mehr bei der Arbeit. Alle hatten Verständnis dafür. »Nun denken Sie mal«, hieß es, »was kann man da schon anderes erwarten, wo doch seine Kleine so übel dran ist …« – »Geht es ihr schlechter?« – »Das ist gar kein Ausdruck! Sie hat verlangt, man soll ihr die Standuhr und die Wiege aufs Zimmer bringen.« – »Was für eine Wiege?« – »Was für 'ne Uhr?« – »Ach, das kann man nicht so leicht erklären. Sie würden es doch nicht verstehen!«

Als Séraphin vor dem Backhaus erschien und hoch aufgerichtet, die unheilvolle Zuckerdose unter den Arm geklemmt, die ganze Türöffnung ausfüllte, saß Célestat zusammengesunken vor dem kleinen Tisch mit den Brotschiebern. Seine mehlbestäubten Arme lagen vor ihm – reglos, nutzlos. Er hatte nicht einmal mehr genügend Kraft, um mit dem Teigkneten anzufangen. Das Fieber, das Marie verzehrte, fühlte auch er in seinen Adern pochen.

Als ihm bewusst wurde, dass jemand das restliche Tageslicht der Türöffnung verstellte, hob er ein wenig den Kopf. Seine Hand machte eine Bewegung, eine schwache Bewegung – wozu auch? – zum Gewehr. Sein Leben zu retten, erschien ihm sinnlos, jetzt, da Marie sterben würde.

Séraphin bückte sich tief, als er durch die niedrige Türöffnung schritt. Er sah die auf seinen Bauch gerichtete Waffe. »Gib dir keine Mühe«, sagte er, »ich weiß, wer meine Mutter umgebracht hat.«

»So so, du weißt es«, sagte Célestat zerstreut. Diese alte Geschichte gehörte nicht mehr zu seinem Leben; es schien ihm, als wäre sie einem anderen widerfahren, als habe irgendjemand sie ihm erzählt und er habe sie sich gleichgültig angehört.

»Der Zorme ist tot«, verkündete Séraphin.

»So so ...«, sagte Célestat.

Er ließ sich diese zu spät eingetroffene Neuigkeit langsam durch den Kopf gehen. Noch vor einer Woche wäre er vielleicht freudetrunken auf die Straße gerannt und hätte sich zusammennehmen müssen, um nicht überall herumzuposaunen: »Der Zorme ist tot!« Doch jetzt nahm er sie in seinem Unglück kaum zur Kenntnis.

»Jetzt, wo der Zorme tot ist, könnte ich dir da vielleicht erzählen, wie es wirklich gewesen ist?«

Séraphin zuckte mit den Schultern. »Dazu bin ich eigentlich nicht hergekommen«, sagte er.

Célestat starrte auf das unverputzte Steingewölbe des Backhauses, das nur mit weißem Kalk getüncht worden war. »Hättest du vielleicht eine Zigarette für mich? Ich bin so durcheinander, dass ich meine auf dem Ladentisch liegen lassen habe.«

Séraphin rollte ihm eine Zigarette und zündete sie ihm an. Der Geruch von Tabak, Mehl und den Bündeln aus Kiefernreisig, die unter der schrägen Wand aufgestapelt lagen, ließen den armen Bäcker etwas freier durchatmen.

»Als wir damals auf La Burlière zugeschlichen sind«, sagte er, »kam der Zorme aus der Tür; mit einem schrecklichen Gesichtsausdruck und blutroten Fingern. Und wir kauerten da ... Die *tranchets* zitterten in unseren Händen. Er ist zum Brunnen gegangen. Dann kam er zurück und ist auf der Draisine weggefahren. Daraufhin sind wir rein. Das dampfte von Blut wie beim Schweineschlachten ... Wir haben alles nur durch einen blutigen Schleier gesehen. Da haben wir gern auf unser Wechselgeld verzichtet. Wir haben uns auf Schleichwegen in Richtung Ganagobie verzogen. Jeder für sich allein. Wir haben uns nie wieder getroffen. Wenn wir uns zufällig begegneten, sind wir in Seitenstraßen abgebogen. Und seither… seither hab ich eigentlich immer nur Angst gehabt. Und die beiden anderen, die hatten bis zu ihrem Tod auch nur Angst, glaube ich. Wir hatten Angst vor dem Zorme.«

»Was die beiden Toten angeht«, sagte Séraphin, »die hat der Zorme auf dem Gewissen. Und der hatte auch Angst – vor euch.«

»Der Zorme? Nicht du?«

»Nein. Ich hatte die Absicht. Aber er hat es für mich getan.«

»Da war ja nicht nur der Zorme… Die Justiz war ja schließlich auch noch da. Sogar nachdem die drei unter der Guillotine geendet hatten, hab ich noch das Fallbeil an meinem Hals gespürt. Wie oft bin ich aus dem Schlaf hochgeschreckt. Ich hörte es niederfallen, mit einem pfeifenden Geräusch, wie eine geschwungene Sense.«

Célestat verstummte für einige Sekunden. »Mein armer Vater«, fuhr er fort, »auf seinem Totenbett hat er zu mir gesagt, Célestat, hat er zu mir gesagt, wenn du etwas brauchen solltest, *was immer es sei*, wende dich an Félicien Monge. Er kann es dir nicht abschlagen, verstehst du? Er kann es nicht… Und dann hat er etwas gemurmelt, von irgendeiner Angelegenheit, die es einmal zwischen den beiden Großvätern gegeben hatte. Ich weiß nicht, was es war…«

»Ich schon«, meinte Séraphin.

»So, du weißt Bescheid. Dann kann ich ja auch reden. Ich habe da Gerüchte von einem aus Villeneuve gehört, einem uralten Kerl, der fast hundert Jahre alt geworden ist. Der hat mir was erzählt… Aber damals hab ich's nicht geglaubt.«

»Steigen Sie doch mal in den Brunnen von La Burlière«, sagte Séraphin, »dann wird Ihnen alles klar werden.«

»So, meinst du? Aber du musst verstehen, früher war das eben so, in unseren Familien: Wenn da einer weiterkommen wollte, durfte er nicht die Hand ausschlagen, die ihm der Zufall hinstreckte.«

»Klar«, seufzte Séraphin.

»O ja«, fuhr Célestat fort, »wenn ich etwas brauchte, hat der Monge nie nein gesagt... Und mit dem Gaspard und dem Didon war es ebenso. Nur mussten wir uns alle drei an Sankt Michael vor den Türen von La Burlière einfinden. Dreiundzwanzig Prozent! Eines Tages wollten wir da nicht mehr mitmachen. Wir konnten nicht mehr. Wir hatten schon hässliche Frauen heiraten müssen, um wenigstens zu ein bisschen Geld zu kommen. Wir hatten uns gut vorbereitet«, fügte er kopfschüttelnd hinzu, »aber die Sache war eine Nummer zu groß für uns. Wir hätten es nicht fertig gebracht. Als wir das ganze Blut gesehen haben, stützten wir uns gegenseitig wie Betrunkene... Wir hätten es nicht fertig gebracht. Schon gar nicht mit dir. Du lagst in deiner Wiege und hast geschrien.«

»Wussten Sie, dass der Monge nicht mein Vater war?«

»Unglücklicherweise haben wir es erfahren.«

»Nicht einmal der Name, den ich führe, steht mir zu«, sagte Séraphin. Er schob dem Bäcker die Zuckerdose mit dem bretonischen Kalvarienberg über den Tisch zu. »Da drin sind die Schuldscheine, die Sie Monge ausgestellt haben. Verbrennen Sie sie. Darunter liegen Goldstücke, ein ganzer Haufen... Die sind für Marie. Geben Sie sie ihr, wenn sie wieder gesund ist.«

»Gesund ...«, sagte Célestat, »gesund ...« Schluchzend ließ er den Kopf in die Arme sinken. »Sie ist verloren«, stöhnte er. »Der Arzt sagt, dass sie nur noch eine Woche zu leben hat.«

Séraphin erhob sich und legte ihm die Hand auf die Schulter. »Geben Sie sie ihr, wenn sie wieder gesund ist«, wiederholte er mit Entschiedenheit. Und traurig fügte er hinzu: »Auf dass sie mir vergebe – sofern sie kann –, dass ich ihren Lebensweg gekreuzt habe.«

Célestat hob überrascht den Kopf. Er spürte neben sich den Atem Séraphins – Séraphin, vor dem er so viel Angst gehabt hatte und der ihn an die schlimmsten Stunden seines Lebens erinnerte. Und nun fühlte er den Hauch seines Atems, und die Hand auf seiner Schulter empfand er als Schutz.

Mechanisch öffnete er die Dose. Da lag es, das Papier mit dem blauen Stempel, das sein Leben vergiftet hatte, das ihn vorzeitig hatte altern lassen und dessentwegen die beiden anderen letztlich hatten sterben müssen. Er hob die gefalteten Papiere hoch, die nun keine Bedeutung mehr hatten. Darunter kam die schlummernde Schicht warmen Goldes zum Vorschein, die unschuldig leuchtete, als ob nichts geschehen wäre.

»Da klebt noch mehr Blut dran als an den Papieren«, sagte Séraphin.

»Ja aber ... Und du?«, fragte Célestat.

»Ich? Was soll ich mit einem Haufen von Goldstücken?«

»Du könntest doch ... Was hast du überhaupt vor?«

»Ich gehe zu Marie«, sagte Séraphin. Er kehrte Célestat den Rücken, bückte sich unter dem Türrahmen und trat auf die menschenleere Straße. Die Nacht war jetzt ganz hereingebrochen. Er schob den Perlenvorhang des Bäckerladens zur Seite. Im Inneren fand er Clorinde vor, die völlig zusammengesunken auf der Bank saß, den Kopf in den Armen verborgen hielt und weinte.

»Ich gehe zu Marie«, sagte er. Ohne ihre Antwort abzuwarten, stieg er schwerfällig, Schritt für Schritt, die enge Treppe hoch, die zu den Schlafzimmern führte. Aus einer halbgeöffneten Tür drang das schwache Licht eines Lämpchens. Gleichzeitig machten sich die sonderbare Wärme des Krankenzimmers und seine üblen Ausdünstungen bemerkbar. Séraphin stieß die Tür auf.

»Ich hielt Krankenwache bei Marie«, sollte die Tricanote später sagen. »Ich habe mich umgedreht. Ich habe ihn gesehen. Wie soll ich das beschreiben? Ein Strahlenkranz des

Zorns umgab ihn. Er zitterte vor Empörung. Er roch nach den Hügeln, nach den Tiefen der Erde, nach welkem Laub, nach den Wassern der Durance, nach allem Möglichen, nur nicht nach Mensch. Ich habe mich still weggeschlichen und die beiden allein gelassen. Es war so eine Art Hochzeitsnacht für sie.«

Séraphin blieb allein bei Marie.

Marie aber hielt ihre Hände zu Fäusten gegen das Übel geballt. Noch in ihrem Fieberwahn, noch in ihrer Schwäche war in ihrem Innersten eine unglaubliche Kraft zu spüren, ein Leben, das sich zu einer kleinen Kugel zusammenzog, das sich nicht ausreißen lassen wollte, das die Verführungskünste des Todes zurückwies, das bis zur Erschöpfung mit dem Gegner rang.

Marie hatte alle ihre Rundungen verloren. Dort, wo sie lag, war kaum eine Aufwölbung der Decke zu erkennen. Marie hatte ihre Haare verloren. Von ihrem Gesicht waren nur noch die weiße Stirn und die etwas abstehenden Ohren zu sehen. Ihre Augen waren nicht geschlossen. Seitlich trat das Blau zweier immer noch wachsamer Augäpfel hervor, die bereit schienen, in einem letzten Blick aus ihren Höhlen zu treten. Maries Mund war halb geöffnet; ihr unhörbarer Atem verbreitete einen unerträglichen Geruch. Ihre Finger waren gekrümmt wie die einer geizigen Alten und kratzten wie zappelnde Spinnenbeine an der Decke.

Séraphin schaute sich gründlich im Zimmer um. Auf der Marmorplatte der Kommode waren die sorgfältig aufgestellten Figuren aus Meißner Porzellan zu sehen. Am Fuße des Bettes entdeckte er – ohne sich darüber zu wundern – seine eigene Wiege, und darin lag, wie der Kopf eines missgebildeten Kindes, das Werk der Standuhr, die sie ihm auf La Burlière entrissen hatte, um sie mit nach Hause zu nehmen.

Am Kopfende stand einer jener Stühle aus gelbem und grünem geflochtenen Stroh, die hierzulande den Luxus der Armen darstellen. Mit angehaltenem Atem nahm Séraphin auf ihm Platz, nachdem er ihn im rechten Winkel zum Bett ausgerichtet hatte. Er streckte seine Hände den erbärmlichen Pfötchen entgegen, die sich unaufhörlich bewegten, als wühlten sie in der Erde. Er umschloss sie mit seinen Händen. Sie glühten unter einer kalten, schwammigen Haut. Zuerst spürte er, wie sie sich mit einer Art von Bösartigkeit gegen seine Umklammerung wehrten. Er hatte das Gefühl, als würden Katzenkrallen sich ins Fleisch seiner Handflächen bohren. Aber nach und nach wurden aus bösen erbarmungswürdige Hände. Sie teilten demütig all das mit, was Marie, geknebelt durch ihre Krankheit, wie sie war, ihm nicht sagen konnte.

Er sah auf zu dem Kruzifix, das ebenfalls aus Meißner Porzellan war, und zu dem daran befestigten Becherchen, in dem ein geweihter Buchszweig steckte. Lange Zeit starrte er auf diese alberne Nippesfigur, und sein Gesicht nahm einen besorgten, eindringlich fragenden Ausdruck an.

Lurs versank im Dunkel, und Séraphin, mit Marie im Raum allein, fühlte sich wie ein Hälmchen Stroh, in dem kaum mehr Leben war als in der Todgeweihten. Aber er ließ ihre Hände nicht los. Aber er ließ nicht davon ab, an sie zu denken und nur an sie, nur ihr sein Mitleid entgegenzubringen, nur auf ihren Atem, auf die unendlich hinfällige Bewegung zu achten, die er schließlich doch bemerkt hatte, ein Heben und Senken, auf dem die leichte Decke wie eine Marmorplatte zu lasten schien.

Durch das Fenster, dessen Läden offen standen, sah man, wie die Nachtstunden ihre Bahn in das Schwarz des Himmels schrieben, wie der Große Bär sich fügsam mit dem Rücken auf die Berge legte. Hügel und Dörfer, aus denen hie und da ein Licht aufleuchtete, lagen vor diesem Fenster im Schlaf und würden bald heiter unter der Sonne erwachen …

Zusammen mit dem Fenster ließ er auch das Kreuz aus Porzellan nicht aus den Augen. Er war voll Zuversicht. Er ließ keinen Zweifel in sich aufkommen – was wäre geschehen, wenn er gezweifelt hätte? –, aber der Gedanke, dass die ganze Last seines stillen Gebets allein auf diesem Kruzifix, auf diesem jämmerlichen Fürsprecher, ruhte, ängstigte ihn.

So kämpfte er die schlimmen Stunden der Nacht hindurch gegen den Tod, mit den Waffen, über die er verfügte.

Und manchmal war der üble Geruch, der aus Maries Mund aufstieg, nicht mehr zu spüren, und er glaubte, sie habe ihr Leben ausgehaucht. Und manchmal geriet ihr Puls unter seinen Händen aus dem Takt, versuchte wegzulaufen, versuchte, so schien es, einem dringenderen Ruf zu folgen. Dann verstärkte er den Druck auf diese erbärmlichen Pfötchen in der Wärme des Nests, das seine Hände ihnen bereiteten, und stand mit seiner ganzen Kraft Marie in ihrem Kampfe bei. So ging es die Nacht hindurch, bis der Große Bär dort oben über dem Pas de la Graille, über dem Tal des Jabron, sich wieder aufzurichten begann. Da sank Séraphin der Kopf auf die Brust. Wie er so auf seinem Stuhl lag, Maries Hände immer noch in den seinen, die sich wie ein Kelch geöffnet hatten, da war er nur noch ein armer Mann, den die Müdigkeit überwältigt hatte und der nun schlief und vergaß.

Das beunruhigende Gefühl, es sei jemand ins Zimmer getreten, weckte ihn. Noch war es Nacht. Maries Hände lagen immer noch in den seinen, und in ihnen machte sich der Neuankömmling bemerkbar. Der unregelmäßige, wie verrückt hüpfende Puls war dem schön gleichmäßigen Gang eines Uhrwerks gewichen, das dumpf pochte, dessen Ausschläge jedoch zusammen mit dem Augenblick unbeweglicher Stille, der zwischen ihnen lag, einen erhabenen Rhythmus bildeten.

Séraphin schaute auf in Maries Gesicht. Sie hatte die Augen geöffnet und lächelte ihm zu. Das Leben strömte mit unglaublicher Schnelligkeit in sie zurück. Von Minute zu Minute gewann sie Form und Farbe zurück. Die ganze Luft des Raums reichte nicht mehr hin für ihre plötzlich befreiten Lungen.

Da ging Séraphin zum Fenster und öffnete es ein wenig, damit sie den Geruch des Todes, den sie zurückgelassen hatte, nicht wahrnehmen sollte. Marie dankte ihm mit einem langen Seufzer.

Er kehrte zu ihr zurück. Er zog den Aquamarinring aus seiner Tasche und steckte ihn ihr an den Zeigefinger.

Er legte einen Finger über seine Lippen. Rückwärts, auf Zehenspitzen, verließ er den Raum. Er stieg die Treppe hinunter. Die Clorinde hatte sich nicht gerührt; noch immer war sie auf der Bank zusammengesunken, noch immer hingen die alten Haare ihr wirr vom Kopf. Séraphin tippte ihr auf die Schulter.

»Gehen Sie nur hinauf«, sagte er, »sie lebt.«

Er trat hinaus. Der Morgenglanz lag auf der Dorfstraße. Er holte sein Fahrrad und fuhr die steile Straße hinunter, die aus Lurs hinausführt. Er sah die klagenden Zypressen im Morgenwind. Zum letzten Mal überquerte er den sauber hergerichteten Platz, auf dem einst das Haus stand, das er nie besessen hatte. Er warf einen Blick auf den Brunnen, auf den Waschtrog. Nie mehr würde seine Mutter ihn heimsuchen. Seine Liebe zu ihr war von ihm abgefallen wie das Laub eines Baums im Herbst.

Er stieg auf sein Rad. Er begann, in die Pedale zu treten. Kein einziges Mal mehr hat er sich umgesehen.

Epilog

ICH habe die Durance überquert, der nun in der Zwangsjacke ihrer Staudämme das Singen vergangen ist. Ich habe das Dorf betreten. Es hält sich recht gut unter dem Schutzschild seiner Dächer, und seine Straßenzüge verlaufen in tiefem Schatten.

Den ersten Alten, der mir über den Weg lief, habe ich nach Marie Dormeur gefragt. Sie hieß später anders, aber der Alte da kannte sicher ihren früheren Namen.

»Gehen Sie einfach unter den Glocken durch, hinter der Kirche. Die erste Straße rechts. Sie sehen es gleich, es ist ein grünes Haus, mit einem Laubengang und einer Terrasse. Um diese Zeit sitzt die Marie sicher im Freien.«

Hinter all den lila Fuchsien, den Begonien und Geranien war das Haus kaum zu sehen. Marie schleppte eine grüne Gießkanne und war gerade mit dem Blumengießen fertig geworden. Sie nahm ihren Klappstuhl und ihre Zeitung unter den Arm und stieg schwerfällig Stufe um Stufe die Treppe hinunter, wobei sie sorgfältig darauf achtete, wohin sie ihren Fuß setzte. Dann richtete sie sich im Halbschatten häuslich ein.

Ich wusste, dass sie auf die zweiundachtzig zuging, denn an jenem klaren Morgen, an dem ich sie für Sie zurückgelassen habe, lieber Leser, nachdem Séraphin weggegangen war, musste sie achtzehn oder neunzehn Jahre alt gewesen sein. Ich wusste auch, dass sie einen Mann von gewöhnlichem Zuschnitt geheiratet hatte, dem wie ihr eine schöne Kindheit beschieden gewesen war. Sie hatte wohlgeratene Kinder von ihm gehabt, die später in alle Welt hinausgeschwärmt sind, wie es heutzutage Mode ist. Und nun saß sie allein auf ihrem Klappstühlchen. Ihre Knöchel über den Pantoffeln waren aufgrund kleinerer Kreislaufbeschwerden geschwollen, und durch die dicken Brillengläser, die sie nach ihrer Staroperation trug, blickte sie auf die Leute, die vorbeikamen.

Die Vergangenheit, in der sie voller Leben war, ist längst im Schlamm der Zeit versunken. Erinnert sie sich überhaupt noch daran? Schwer zu sagen! Augen, aus denen man die Linse entfernt hat, können kein Bedauern und keine Schwermut mehr ausdrücken. Sie lachen nur noch.

Sie strickte munter an einem Bettjäckchen. Sie sah mir zu, wie ich näher kam. Ich sah den Aquamarinring glänzen, den Séraphin ihr angesteckt hatte. Das Fleisch um den Ring herum zeigte die Spuren von über sechzig Jahren Leben, aber der Ring war immer noch so, wie ihn Célestat und Clorinde heimlich zum achtzehnten Geburtstag ihrer Kleinen ausgesucht hatten.

»Ach, *das* ist es«, hat sie zu mir gesagt, »*das* wollen Sie sehen.« Sie ließ ihr Strickzeug und ihre Zeitung auf dem Klappstühlchen liegen. Ein wenig hinkend, aber immer noch flink, stieg sie die Terrassentür vor mir hoch. Dann hat sie die Fliegengittertür aufgemacht und ist auf der schönen, gewachsten Holztreppe ein Stockwerk hochgestiegen. Das Haus verfügte über eine vollkommene Akustik. Es roch nach Nusswein und Bohnerwachs.

Marie schubste mich in einen Raum, in dem schwere Möbel standen. Und sofort fiel mein Blick auf die Uhr. Man hatte das Werk in ein helles Gehäuse eingesetzt, das mit einem Blumenstrauß bemalt war. Der Name des Herstellers prangte immer noch in elegant geschwungener Kursivschrift auf dem Zifferblatt: *Combassive, Abriès-en-Queyras.*

»Sie geht auf die Minute genau«, sagte Marie voller Stolz, »weder vor noch nach! Und da, schauen Sie hin!« Mit ihrem kurzen Arm zeigte sie auf einen Platz am Fuß der Standuhr, neben dem schweren Renaissancetisch, wo eine blitzblank polierte Wiege stand. Darin befanden sich zwei Töpfe mit prächtigen Schildblumen. Am Kopfende strahlte noch immer der Stern der Hautes-Alpes, eine Art Rosette, die überall in den kargen Hochtälern die Menschen vor Unheil schützt.

»Ich bin mir sicher, Marie, dass Ihr Herz ebenfalls auf die Minute genau geht. Ich bin mir sicher, dass es wie der Aquamarinring, der Ihnen so gut steht, keinen Kratzer abbekommen hat. Also sagen Sie mir: Wer war Séraphin wirklich?«

»Ah!«, rief sie aus und machte eine lange Pause zwischen diesem »Ah« und dem Rest der Antwort. »Das wollten Sie also wissen? Und dazu mussten wir beide allein sein?«

Ich nickte.

»Wusste er denn selbst, wer er war? Manchmal ... manchmal frage ich mich, ob er sich nicht einfach auf die Erde verirrt hatte und hier unten ständig kläglich schrie. Einen Blick hatte er ... wie ein angebundenes Tier, dessen Augen riefen: Bindet mich los. Das war Séraphin. Wie hätte ich armes Menschenkind ihn festhalten sollen? Weg ist er, über alle Berge ... Mich hat man dann mit zwanzig mit einem Mann verheiratet, wie ich keinen besseren hätte finden können ... Eine Seele von Mensch ... Mit dreißig hatte ich meine vier Kinder. Was soll man da noch sagen? Ja, schließlich ist es auch bis zu mir gedrungen. Er hat so lange mit dreißig Meter hohen Tannen den Torero gespielt, bis er endlich bekommen hat, wonach ihm so lange der Sinn stand. Koloss gegen Koloss, und am Ende war der Baum der Stärkere. Er hat ihn unter sich begraben. Zumindest hat mir das einer von da oben aus dem inneren Tal erzählt, als ich ihm Birnen abgekauft habe für den Winter. Er liegt in Enchastrayes begraben, hat er mir erzählt, unter den Brombeerranken des alten Friedhofs. Ich glaube zumindest, dass er da liegt. Ich glaube zumindest, dass er es ist ...

Und als dann mein armer Mann gestorben ist, da wollte ich dorthin, nach Enchastrayes. Ich wollte dem armen Teufel wenigstens einen Grabstein setzen lassen, damit die Leute merken sollten, dass sich noch jemand an ihn erinnert. Danach wollte ich dann jedes Jahr zu Allerheiligen hingehen und ihm Blumen aufs Grab legen. Das wäre ein schöner Ausflug für mich gewesen. Kennen Sie Enchastrayes nicht? Sehr hübsch, besonders im Herbst.

Nun ja, dann hab ich ihn gesucht, den alten Friedhof... Die Brombeerranken... Du meine Güte... Schließlich sind mir ganz in der Nähe zwei Pilzsucher begegnet, zwei in einem Alter, in dem man sich den Rücken hält, und sie haben sich den Rücken gehalten. Die waren noch nie aus der Gegend herausgekommen. Mit Gesten und Worten habe ich ihnen zu verstehen gegeben, was das für ein Kerl war, der Séraphin, und sein Gesicht habe ich ihnen mit meinen Händen vorgezeichnet und mit meinen Augen, die damals noch gut waren. Sie haben in ihrem Gedächtnis herumgesucht. Alle kräftigen Burschen, die sie hatten sterben sehen, haben sie vor ihrem inneren Auge Revue passieren lassen. Nichts. Ich musste mich täuschen. Wenn es der war, an den sie dachten, dann lag der nicht auf dem alten Friedhof begraben. Ihr Séraphin, das wird wohl eher der gewesen sein, der beim großen Erdrutsch von 1928 allein im Wald war. Man glaubt, dass er dabei verschüttet wurde. Man glaubt es. Denn letztlich, denken Sie doch mal... Hunderttausende von Kubikmetern! Was hätte man darunter suchen sollen? Inzwischen sind die Tannen, die dort nachgewachsen sind, auch schon wieder zwanzig Meter hoch. Da ist keine Spur mehr zu finden. Nur eine kreuzförmige Narbe an der Flanke des Bergs. Wenn Ihr Koloss überhaupt irgendwo zu finden ist, dann liegt er da drunter. Und dann braucht er auch keinen Stein bei all den Steinen, die auf ihm liegen!«

»Aber Marie, Sie reden von einer Zeit, in der Sie ihn gar nicht mehr kannten. Wie war er früher? Als Sie ihn um sich hatten?«

Sie hat mich angesehen wie ein unergründliches Orakel, das sämtliche Geheimnisse dieser Welt unter Verschluss hält. Sie hat mich angesehen, um sich davon zu überzeugen, dass sie genauso frei reden konnte, als wäre sie ganz alleine. Dann hat sie zu mir gesagt:

»Da war die Nacht, in der er mich gerettet hat. Und erinnern Sie sich daran, Sie, der Sie ja Bescheid wissen, dass er am selben Tag noch morgens in Forcalquier gewesen war. Dann ist er in den Brunnen hinuntergestiegen. Und dann war er dabei, als der Zorme gestorben ist, und das alles am selben Tag. Und schließlich hat er die ganze Nacht hindurch auf einem Stuhl gesessen und war damit beschäftigt, das Übel zu erdrücken, das in mir war. Ich bin damals unvermittelt aufgewacht. Er schnarchte nicht. Er atmete stark wie ein Blasebalg in einer Schmiede. Die Luft, die aus seiner Nase und seinem Mund auf mich herunterwehte, war frisch wie der Bergwind... Er saß da, mit gesenktem Kopf und gebeugtem Rücken... Meine Hände lagen immer noch auf den seinen, aber die waren nun schutzlos geöffnet. Sie lagen offen da, wie die beiden Hälften eines Granatapfels. Sie wissen ja, wie hartnäckig er sie immer geschlossen hielt, sogar dann noch, als die Hunde sie mit ihren Zähnen durchbohrt hatten. Und in jener Nacht habe ich meine Hände vorsichtig weggezogen und habe einen Blick auf seine Handflächen geworfen. Und da war sie, die Wahrheit... Die Wahrheit ist, dass seine Hände jungfräulich leer waren, *keine einzige Linie war auf den Handflächen zu erkennen.* Und deshalb, mein lieber Herr, hat er auch nicht gelebt.«

Noch nach mehr als sechzig Jahren ging Maries Atem stoßweise bei der Enthüllung dieses Geheimnisses.

»Aber ziehen Sie nur keine falschen Schlüsse daraus... Nachdem ich wieder gesund war, habe ich seinen Namen in alle Himmelsrichtungen gerufen. Man glaubte, ich würde verrückt werden. Von woher hätte man ihn mir denn herbeischaffen sollen? Als er mir den Ring angesteckt hat und mit einem Finger auf den Lippen davongegangen ist, da dachte ich, er würde wiederkommen. Was hätten Sie denn an meiner Stelle gedacht? Ständig rannte die Tricanote hinter mir her und schüttelte mich wie ein Pflaumenbäumchen. ›Vergiss ihn endlich, du Jammerlappen‹, rief sie mir hinterher. ›Der ist doch nur ein Haufen Asche.‹ Und eines Tages habe ich ihr geantwortet: ›Das weiß ich besser als Sie! Aber was heißt das schon? Glauben Sie, das könnte mich vom Weinen abhalten?‹«

Das alles hat mir Marie erzählt und viele andere Dinge mehr ...

Nun blieb mir, lieber Leser, nur noch eines zu tun, damit in Maries Welt kein anderer außer mir von der Wahrheit Wind bekäme; ich musste sie sterben lassen. Und das tat ich dann auch. Ich nahm mir noch einmal mein Manuskript vor, und in derselben Nacht starb sie sanft in ihrem schönen, weichen Bett, und niemand war bei ihr.

Ihre Kinder, die es eilig hatten, in ihre vier Weltgegenden zurückzukehren, verkauften die schönen Möbel zu einem Schleuderpreis auf dem Marktplatz von Les Mées. Ein Antiquitätenhändler mit einem Laden in Forcalquier hat sich die Standuhr und Séraphins Wiege gesichert. Den Laden gibt es noch. Seine Schaufenster sind vielversprechend wie eh und je. Und was die Uhr und die Wiege betrifft, so sind sie, glaube ich, immer noch dort.